장기영
책의 미래를 말하다

책의
미래

책의 미래

초판 1쇄 인쇄 | 2011년 09월 26일
초판 1쇄 발행 | 2011년 09월 30일

지은이 | 장기영
펴낸이 | 원선화   펴낸곳 | 푸른영토

편집부 | 이세경, 조미영   디자인 | 김왕기, 정연규
영업부 | 조병훈

주소 | 경기도 고양시 일산동구 장항동 751 삼성라끄빌 321호
전화 | (대표)031-925-2327, 070-7477-0386~9 · 팩스 | 031-925-2328
등록번호 | 제2005-24호   등록년월일 | 2005. 4. 15
홈페이지 | www.blueto.co.kr   전자우편 | kwk@blueto.co.kr

종이 | (주)비전 B&P
인쇄 | 예림인쇄

ISBN 978-89-965818-9-5 03800

* 잘못된 책은 바꾸어 드립니다.
* 값은 뒤표지에 있습니다.

장기영
책의 미래를 말하다

Future
of the
Book 책의

파피루스에서 e-Book까지 진화의 시간

미래

푸른영토

이 책은 지난 10년간의 전자책 산업에 대한 기록이자 고찰이고, 책이라는 미디어에 대한 사색과 사유를 그린 이야기입니다.

인류는 책을 탄생시키기 위해 수천 년 이상의 집요함과 인내와 끈기의 역사를 만들어 왔습니다. 그리고 마침내 종이책을 탄생시켰습니다. 그리고 2천 년이 흐른 뒤 인류는 또 한 번 혁신을 이루기 위해 전자책이라는 미디어를 만들어 냈습니다. 책의 역사는 테크놀로지 혁신의 역사입니다. 그리고 새로운 미디어를 향한 인류의 끊임없는 혁신은 여기서 그치지 않고 계속될 것입니다.

우리는 지금 전자책이라는 테크놀로지 혁신이 막 시작되고 있는 지점에 서 있습니다. 종이책이든 전자책이든 콘텐츠 창조자들, 테크놀로지 혁신자들은 어느 시대에나 존재했습니다. 하지만 종이책 기반의 콘텐츠 창조자와 테크놀로지의 혁신자들과 전자책 기반의 콘텐츠 창조자와 테크놀로지의 혁신자들은 이제 자리바꿈을 해나가고 있는 중입니다. 과거의 잔재와 미래의 징후들이 현재라는 시공간에서 격렬한 변증법적 과정을 거치고 있는 것입니다.

이 책에서 줄기차게 말하고자 하는 첫 번째 키워드는 혁신입니다.

나는 '애플빠'라고 스스로 생각합니다. 애플이 좋아서가 아니고 그들의 창조성과 혁신성이 우리 모두를 자극시키고 변화시키고 있기 때문입니다. 과독점에 기반한 국내 대기업들과 이동통신사들의 현실 안주는 결국 한국의 모바일 콘텐츠 시장을 10년 뒤로 후퇴시키고 말았습니다. 반면 애플의 현재 시장 지배력은 과독점에 의한 것이 아니고 끊임없는 혁신에 의한 것입니다. 최근 애플 인앱 정책에 문제가 많다고 합니다. 하지만 약자의 위치에 있는 출판사나 저자는 인앱 정책에 대해 의외로 조용합니다. 스티브 잡스가 혁신을 단행한 것은 유통사 때문이 아니라 콘텐츠 생산자 때문입니다. 그들은 콘텐츠 생산자들에게 새로운 비전을 현실화시킨 혁신주의자들입니다.

이 책에서 말하고자 하는 두 번째 키워드는 협력과 협업입니다.

해변이 아름다운 이유는 수많은 모래알갱이들이 모여 있기 때문입니다. 그들 하나하나는 작고 힘이 없지만, 거대한 파도에 휩쓸려 이리저리 밀려나는 존재처럼 보이지만, 그들의 존재는 거대한 파도와 대륙의 충돌을 완화시켜 주는 위대한 연합입니다. 밤하늘이 아름다운 이유는 수많은 크고 작은 별들이 일정한 법칙을 가지고 어울려 있기 때문입니다. 크거나 작거나 그 나름의 생명이 있고 존재 가치가 있는 것입니다. 전자책 산업 역시 수많은 크고 작은 뉴 퍼블리셔와 저자, 작가들이 지속 가능한 창조적 에너지를 분출시킬 수 있는 환경이야말로 우리 모두가 지향하고 만들어 가야 하는 과제입니다.

이 책에서 말하고자 하는 세 번째 키워드는 글로벌입니다.

이 책을 쓰게 된 가장 강력한 동기는 20~30대들을 글로벌 퍼블리셔를 주인공으로 세우기 위해서입니다. 콘텐츠 기획이나 생산 능력만 있다면 자본 없이 언제든지 도전해 볼 수 있는 신세계가 바로 전자책이기 때문에 전자책 출판사를 내고 글로벌 시장에 도전하길 바랍니다. 글로벌 시장에 마음껏 창조적 에너지를 분출하면서 경제적 비전을 만들어 내는 것이, 이 땅의 젊은이들이 한국 사회의 병든 경제적 구조를 벗어나 탈출할 수 있는 유일한 길이기 때문입니다.

이 책은 책을 지독하게 사랑하지만 출판산업 양극화의 벼랑 끝에서 내일을 기약할 수 없는 중소 출판사와 5만여 개의 무실적 출판사, 그리고 종이책 시스템에서 소외되어 왔던, 새로운 전자책 세상에서 디지털 셀프 출판의 꿈을 키워가는 저자와 작가들에게 전자책으로 인도하는 안내자 역할을 하게 될 것입니다.

2011년 9월 26일 파주출판도시에서

장기영

차 례
Contents

미디어

Media

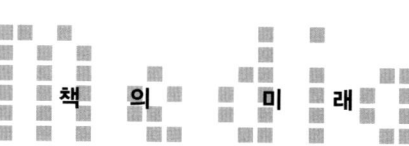

Media 책의 미래

1

지금 우리에게
진짜 중요한 일은
무엇인가?

본격적인 전자책 시대가 도래하면서 전자책에 대해 '장밋빛 환상'이라는 비아냥거림은 더 이상 들리지 않는다. 하지만 초기의 단세포적인 반응은 이제 전자책을 둘러싸고 오래된 것과 새로운 것과의 갈등, 혁신과 융합의 하모니, 편견과 오만의 저항, 중립과 균형의 모호함 같은 매우 혼탁한 경계를 끊임없이 만들어 내고 있다. 그 경계의 생산자는 바로 이해 관계에 얽힌 다양한 분야의 사람들이다.

아날로그에서 가장 뒤늦게 디지털로 넘어온 책에 대한 관심은 독자보다 오히려 그 밖의 사람들이 더 뜨겁게 반응하고 있다. 출판사는 새로운 환경에서 '어떻게 살아남을 수 있을까?'라는 고민과 함께 고유의 퍼블리싱 영역이 해체되거나 재구성될 수밖에 없는 상황을 부담스러워하고 있다. 언젠가는 전자책으로 가겠지만 아마존이나 애플의 성공 사례가 한국에서도 재현되기는 어렵다고 인식하고 있는 듯하다. 우리는 이런 유사한 흐름이 인터넷 쇼핑몰의 등장 과정에서도 있었음을 기억하고 있다.

1990년대 중반 미국의 이베이(eBay)라는 인터넷 쇼핑몰 회사가 등장하자 일부 전문가들은 "미국은 집과 상점의 거리가 기본적으로 멀기 때문에 인터넷 쇼핑몰이 뜰 수밖에 없다. 하지만 한국은 집에서 문만 열고 나가면 바로 크고 작은 상점들이 즐비하다. 미국처럼 인터넷 쇼핑몰이 성장하기엔 한계가 있다. 특히 한국 소비자는 물건을 직접 만져보고 입어보고 느끼면서 선택하는 특성 때문에 더욱 그렇다."고 호언장담했다. 그런데 10여 년이 지난 지금은 어떤가? 한국 인터넷 쇼핑몰 규모는 연간 30조 원에 달하며 매년 20% 이상의 성장률을 기록하고 있다.

그들의 판단에는 어떤 착오가 있었을까? 집과 상점 간의 거리, 오감으로 체험하는 물건에 대한 확실성 같은 '아날로그'에 대한 과도한 집착 때문이다. 0과 1의 비트 세계가 만들어 내는 '디지털'에 대한 왠지 미덥지 못한 마음이 자리 잡고 있었기 때문이다. 그렇기 때문에 인터넷을 활용해 시간, 비용 대비 제품에 대한 만족도를 최대한 높이려는 소비자의 심리, 아날로그 시대와 달리 점점 현명해지는 소비자의 구매 패턴을 제대로 꿰뚫어 보지 못한 것이다.

얼마 전 문화체육관광부에서는 출판사들의 요구를 받아들여 '북스캔 서비스'업체의 행위에 대해 저작권법 위반으로 간주했다. 문화체육관광부의 이런 유권해석이 내려지자마자 한국복사전송권협회에서는 재빨리 북스캔 대행업체에 내용증명을 뿌려댔다. 이에 대해 네티즌들은 볼 만한 전자책을 내놓지도 못하면서 단속에만 급급한 출판계를 비난했다. 물론 이런 댓글을 단 네티즌은 10여 명에 불과했다. 반응이 적다는 것은 관심도 적다는 뜻이다. 연예인에 관한 뉴스에는 수천 개의 댓글이 올라 오지만 책은 관심 밖이다. 어쨌든 북스캔 대행을 맡긴 독자들은 이미 종 이책을 샀던 사람들이다. 사실 우리가 더 주목해야 할 것은 바로 이런 독 자들의 반응이다.

출판사와는 달리 언론사, 디지털콘텐츠업체, 단말기업체, IT 기술업 체, 이동통신업체 등 전자책 사업에 새롭게 뛰어들고자 하는 사람들은 '어떻게 하면 돈을 벌 수 있을까?' 하는 문제에 집중하고 있다. 그런데 막 상 뛰어들고 나면 두 가지 문제에 직면한다.

하나는 유사한 비즈니스 모델이 너무 많다는 것이고, 다른 하나는 출 판사로부터 공급받을 수 있는 콘텐츠 자원이 그리 많지 않다는 것이다. 국내의 경우 연간 발행되는 신간은 3만 종 정도다. 이중 30%는 해외 번 역도서가 차지한다. 그리고 30%의 해외 번역도서가 매출의 70%를 주도 한다. 당연히 독자들이 읽을 만한 종이책이라고 여기는 것은 해외 번역 도서에 집중되어 있다. 그런데 현재 해외 번역도서는 출판사들이 전자 책을 만들어 팔 수 있는 '전송권'을 확보하지 못하고 있다.

그렇다면 70%를 차지하는 국내 저작물의 경우는 어떤가? 70년대까지 한국의 출판시장은 서가에 장식으로 이용되는 고가의 전집류가 주도했 다. 그러다가 80년대 민주화 붐이 일면서 사회과학 서적을 중심으로 단 행본 출판물이 빠르게 확산되었다. 당시 한국은 세계저작권협약(세계저작권협약Unversal Copyright Convention은 1952년에 체결된 국제 협약으로 한국이 이 협약을 받아들인 시기는 1987년이다. 세계저작권협약에 가입하지 않은 국가에서 올림픽을 개최하면 의무 가입하도록 하고 있다.)에 가입되지 않았기 때문에 일부 사회과학 출판사들은 미국, 유럽, 일본, 소련 등의 국가에서 발행한 단행본을 저작권 허락 없이 번역하여 발행하는 경우도 많았다. 당시 사회과학 서적은 출간만 하면 초판 5천 부는 기본으로 나갔다. 사회과학 전문 출판사만 차려도 돈을 벌었던 시기였고 연간 출간 종수는 눈덩어리처럼 불어났다.

하지만 90년대 들어서면서 상황이 달라지기 시작했다. 동유럽 사회주의권이 몰락하면서 사회과학 서적도 된서리를 맞기 시작했다. 출판시장 자체는 점차 축소되고 경쟁이 치열해지기 시작했다. 출판사들은 저자나 작가가 직접 들고 찾아오는 원고보다는 시장의 흐름에 편승하는 기획 출판물에 더욱 집중했다. 그래서 유명인을 앞세운 스타마케팅을 더욱 선호하게 되었다. 편집과 디자인에 미적 세련미가 더해지고, 표지나 책띠지가 화려해지기 시작했다. 시간이 갈수록 경쟁은 치열해졌다. 80년대 민주화 붐에 힘입어 급증한 출판사 수에 비해 시장의 수요는 계속 감소되었기 때문이었다. 그래서 출판사들이 눈이 돌린 곳이 해외였다. 국내 저작물을 수출하는 것이 아니라 해외에서 이미 검증된 베스트셀러를 도입하는 일이었다. 예상은 적중했다. 이미 검증된 해외 베스트셀러는 높은 라이선스 비용을 치르더라도 도입하면 어김없이 대박을 쳤다. 이런 흐름은 해외 번역물이 30%를 넘고 있는 현실과 긴밀하게 맞닿아 있다. 출판사들의 이런 흐름에 따라 당연히 국내 저작물의 지위와 저자들의 입지는 점점 더 약화되어 왔다. 그래도 아직 70%나 차지하고 있다는 것에 위안을 삼아야 할까?

문제는 2000년대에 들어와서 시작되었다. 전자책 시장이 제대로 형성되지 않았을 때는 무시하면 그만이었지만 지금은 상황이 달라졌다. 전자책 시장에 대응하지 않으면 안 될 상황에 놓여 있기 때문이다. 하지만 해외 번역물은 비싼 라이선스 비용 때문에 불가능하고 국내 저작물은 종이책과 전자책으로 동시 출간하기가 쉽지 않다. 전자책 수익이 종이책을 능가하면 고민이 쉽게 풀리겠지만 아직 그렇지 못한 상황에서 종이책과 전자책을 동시 출간할 경우 종이책 매출에 영향을 줄 수 있다는 판단 때문에 그렇다.

이런 상황에서 출판사로부터 공급받아 만드는 전자책은 이미 오래된 콘텐츠이거나 종이책을 내도 잘 팔리지 않는 것들이 대부분이다. 비즈니스 모델이야 추후에 개척해도 될 일이지만 콘텐츠 자원이 빈약하면 사업 자체가 진전이 안 된다는 것을 의미한다.

어쨌든 아마존과 애플의 성공에 따른 뒤늦은 과열 양상은 많은 위험을 안고 있다. 책이란 수백 년, 아니 수천 년의 장구한 역사를 가지고 다듬어져 온 테크놀로지 산물이다. 불과 몇 년 사이에 그 결과물이 아날로그에서 디지털로 이동하고 있을 뿐이다. 그런데 지난 10년간 아무도, 심지어 출판사조차도 관심을 기울이지 않던 분야에 너도 나도 뛰어들고 있다. 미국처럼 전자책 산업이 빠르게 개화될 수도 있지만 그렇지 않을 수도 있다. 전자책이 대세가 될 것은 분명하지만 이 사업에 뛰어든 기업이 모두 주인공이 되는 천국은 아니다.

지금 우리에게 진짜 필요한 일은 전환기에 놓인 다양한 현상들을 면밀하게 들여다보고, 곱씹고 되새김하는 과정이다. 책이라는 미디어는 지금 어떤 위치에 와 있는지, 독자들이 책 대신 쥐고 있는 스마트폰과 태블릿PC가 무엇을 변화시키고 있는지, 콘텐츠 생산자인 작가들은 지금 어떤 채비를 하고 있는지, 아마존과 애플의 성공 비결이 무엇인지 전자책이라는 키워드에 함축된 것들에 대한 탐색이 필요하다.

2

미디어의
개인화

라디오나 텔레비전과 같은 기기들이 학교, 은행, 음식점, 기차역 같은 공공장소에서 함께 보는 미디어라는 인식이 지배적인 때가 있었다. 그 기기들이 가격이 저렴해지면서 가정에 보급되었지만 '여럿이 함께 보는 미디어'라는 특성은 버리지 못했다.

어릴 적 내게 과자봉지나 지나간 신문에 박힌 글자보다 더 재미있는 것은 라디오였다. 서울 변두리에서 살았지만 저녁엔 촛불을 켜고 살았다. 그래도 라디오만큼은 건전지가 남아 있는 한 온 식구가 귀를 기울이며 드라마나 뉴스 같은 정보를 전달해 주는 역할을 단단히 했다. 아침에 "안녕히 주무셨어요? 오늘 하루도 유쾌하게!" 같은 오프닝 테마가 흘러나오는 〈아차부인 재치부인〉을 들으면서 눈을 떴고, 어둠이 시나브로

깔려가는 초저녁엔 〈마루치 아라치〉를 즐겨 듣곤 했다. 물론 텔레비전이 막 보급되기 시작했지만 동네 구멍가게에서 돈을 내고 보던 시절이었다. 70년대엔 금성전자에서 나온 19인치 흑백텔레비전이 집 안에 들어오면서 영상매체의 즐거움을 알게 되었고, 80년대엔 턴테이블과 소니 워크맨으로 음악을 즐겨 듣게 되었다.

라디오나 텔레비전의 경우 과거엔 온 식구들과 함께 보는 미디어였지만, 턴테이블과 워크맨은 혼자 즐기는 미디어가 된 셈이다. 그리고 지금은 텔레비전조차 혼자 보는 경우가 더 많다. 컴퓨터가 거실에 모여 있던 개인들을 책상 앞으로 끌어당겼기 때문이다. 그리고 그 경향은 더욱 가속화되고 있다. 손 안의 자그마한 단말기로도 음악, 영화, TV 등 거의 모든 미디어를 즐길 수 있기 때문이다. 간당간당한 건전지에 의존해 온 가족이 라디오를 들었던 시절에서 손 안에 모든 미디어를 포괄해버린 지금까지 불과 40년밖에 흐르지 않았다.

지난 30년간 우리의 기억에는 IBM, 마이크로소프트, 소니, 삼성전자, 네이버, 다음커뮤니케이션, HP, 구글, 애플, 노키아, 페이스북, 트위터 같은 기업들의 명단이 각인되어 왔다. 그리고 그 기억의 중심에는 라디오와 텔레비전, 워크맨과 MP3, 컴퓨터와 인터넷, 휴대전화과 모바일, 검색과 SNS(Social Networking Service) 같은 하드웨어 단말기나 미디어 서비스들이 자리를 차지하고 있다. 그런데 이들 기업에게 명성을 안겨 준 테크놀로지는 아날로그와 디지털의 결코 길지 않은 역사에서 시작되었다. 180여 년 전에 발명된 사진, 150여 년 전에 발명된 축음기, 1백여 년 전에 발명된 전화기와 영화, 80여 년 전에 발명된 텔레비전 같은 아날로그 기술

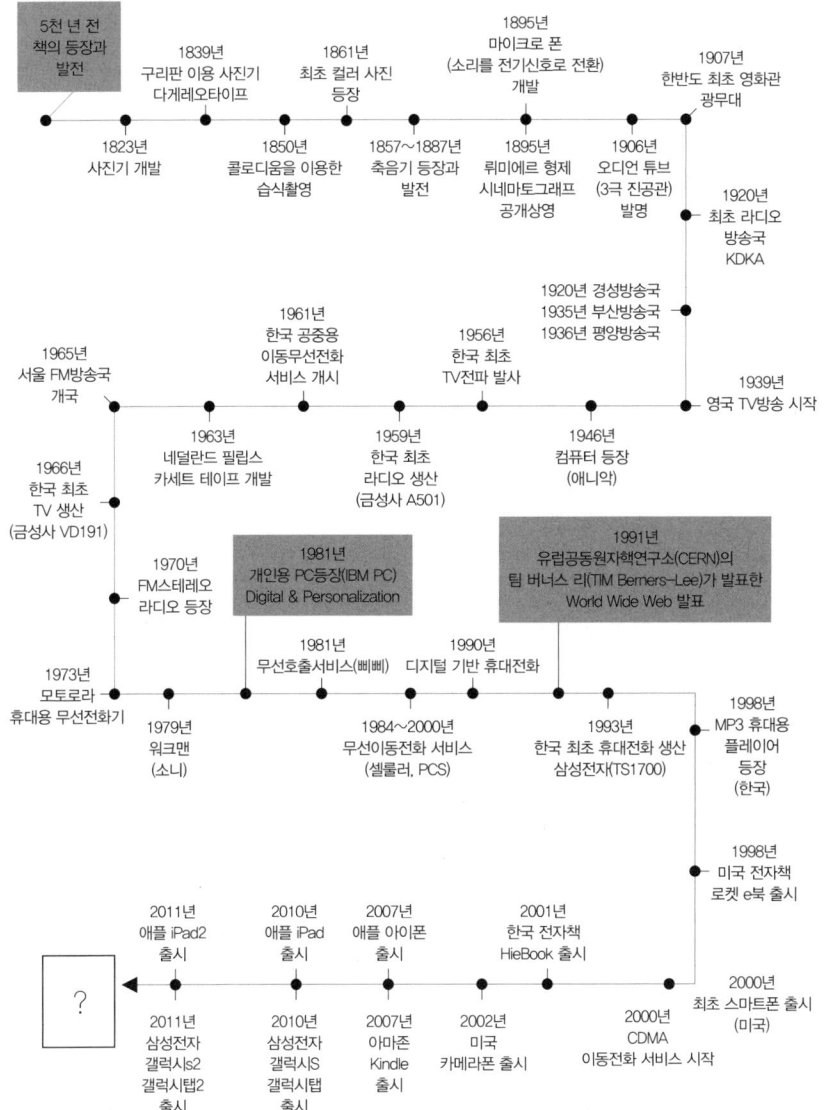

5천 년 전
책의 등장과
발전

1823년
사진기 개발

1839년
구리판 이용 사진기
다게레오타이프

1850년
콜로디움을 이용한
습식촬영

1861년
최초 컬러 사진
등장

1857~1887년
축음기 등장과
발전

1895년
마이크로 폰
(소리를 전기신호로 전환)
개발

1895년
뤼미에르 형제
시네마토그래프
공개상영

1906년
오디언 튜브
(3극 진공관)
발명

1907년
한반도 최초 영화관
광무대

1920년
최초 라디오
방송국
KDKA

1920년 경성방송국
1935년 부산방송국
1936년 평양방송국

1965년
서울 FM방송국
개국

1961년
한국 공중용
이동무선전화
서비스 개시

1956년
한국 최초
TV전파 발사

1939년
영국 TV방송 시작

1966년
한국 최초
TV 생산
(금성사 VD191)

1963년
네덜란드 필립스
카세트 테이프 개발

1959년
한국 최초
라디오 생산
(금성사 A501)

1946년
컴퓨터 등장
(애니악)

1970년
FM스테레오
라디오 등장

1981년
개인용 PC등장(IBM PC)
Digital & Personalization

1991년
유럽공동원자핵연구소(CERN)의
팀 버너스 리(TIM Berners-Lee)가 발표한
World Wide Web 발표

1981년
무선호출서비스(삐삐)

1990년
디지털 기반 휴대전화

1973년
모토로라
휴대용 무선전화기

1979년
워크맨
(소니)

1984~2000년
무선이동전화 서비스
(셀룰러, PCS)

1993년
한국 최초 휴대전화 생산
삼성전자(TS1700)

1998년
MP3 휴대용
플레이어
등장
(한국)

1998년
미국 전자책
로켓 e북 출시

2011년
애플 iPad2
출시

2010년
애플 iPad
출시

2007년
애플 아이폰
출시

2001년
한국 전자책
HieBook 출시

?

2011년
삼성전자
갤럭시|s2
갤럭시탭2
출시

2010년
삼성전자
갤럭시|S
갤럭시탭
출시

2007년
아마존
Kindle
출시

2002년
미국
카메라폰 출시

2000년
CDMA
이동전화 서비스 시작

2000년
최초 스마트폰 출시
(미국)

에 기반하고 있다. 그리고 30년 전에 등장한 PC와 20년 전에 등장한 인터넷 같은 디지털 기술을 등에 업고 있다.

이런 미디어 기술은 일정한 방향으로 놀랄 만큼 발전해 가고 있다. 네트워크를 통해 수억 명의 인구가 그물망처럼 연결되어 있지만 사실은 철저하게 개인화된 미디어로 가고 있다. 소니의 워크맨이 개인화된 미디어는 분명하지만 네트워크가 없었다. 라디오와 텔레비전은 방송 송출이라는 일방향 통신은 있었지만 개인화된 미디어는 아니었다. 이 흐름에 결정적인 변화를 준 것은 IBM의 PC(Personal computer, 개인용 컴퓨터)와 인터넷이었다. 개인용 PC 안에서 사람들은 모든 것을 구현하는 것을 꿈꿔왔다. 마치 세포가 산소를 빨아들이고 이산화탄소를 내보내면서 스스로 에너지를 만들어 내듯 PC는 사람들에게 개인 영역을 강화시키는 데 일조해 왔다. 동시에 인터넷이라는 네트워크를 통해 세상 모든 사람들과 정보를 연결해 주는 신비로운 뉴런을 만들어 내기도 했다. 개인화된 미디어, 그러나 세상 밖 무한대로 연결되어 있는 네트워크는 아날로그 시대에는 불가능한 일들이다.

스마트폰과 태블릿PC는 개인화된 미디어이면서 동시에 지구상의 모든 사람들과 연결된 광대한 미디어다. 그 미디어가 지금 사진기, 전화, 라디오, 텔레비전은 물론 책, 만화, 잡지, 신문 등 현존하는 모든 미디어를 블랙홀처럼 빨아들이고 있다. 개인이 소유한 단말기는 작은 세포에 불과하지만 그 작은 세포가 우주를 품고 있는 셈이다.

미디어의 개인화는 마셜 맥루한(Marshall McLuhan, 1911~1980)이 그의 저서 《미디어의 이해》(《미디어의 이해－인간의 확장Understanding Media-The

Extensions of Man)라는 책은 마셜 맥루한이 미디어의 본질을 탐구하고 정리한 이론으로 1964년에 발간되었다.)에서 "테크놀로지의 힘은 인간의 신체나 감각의 확장과 깊은 관계가 있다. 우리가 시각을 잃어버리면 다른 모든 감각이 어느 정도까지 시각 역할을 맡는다. 쓸 수 있는 감각을 이용하고 싶은 인간의 욕구는 호흡과 마찬가지로 강력하다. 이것은 테크놀로지가 이미 우리 신체의 일부가 되어 있기 때문에 발생하는 현상"이라고 예측한 이론과 밀접하다.

미디어란 정보를 전달하는 도구다. 공기가 소리를 전달하는 역할을 하듯 사상, 철학, 감정, 정보를 전달하는 방법은 다양하다. 그런데 아날로그 방식이든 디지털 방식이든 책, 잡지, 신문, 라디오, 텔레비전, 인터넷 같은 매체가 나오기 전까지 인류는 정보를 어떻게 주고받았을까?

문자와 책이 등장하기 전까지 인류는 암벽이나 토기에 그림이나 기호로 정보를 남기기도 했다. 하지만 기본적으로 사람은 동물과 마찬가지로 손짓 같은 시각이나 목소리 같은 청각을 통해 정보를 주고받았다. 돌고래처럼 초음파 능력이 있는 것도 아니고 개미처럼 페로몬 같은 화학적 의사소통 능력을 가진 것도 아니기 때문에 위와 같은 의사소통 방식은 다른 동물과 크게 다르지 않았다. 그래서 미디어의 근본을 찾아 거슬러 올라가면 문자와 책이라는 미디어를 만날 수밖에 없다.

책은 근본적으로 개인화된 미디어다. 책을 남에게 읽어주는 것은 할머니가 손자들에게 옛날이야기를 해주는 것과 비슷하고, 함께 보는 행위도 있긴 하지만 일부에 지나지 않는다. 책을 공유하는 도서관도 있지만 읽는 행위는 결국 개인에 국한된 미디어다. 그렇다면 우리는 하나의 작은 결론에 도달할 수 있다. 책으로 시작된 개인화된 미디어는 수천 년 동안 사진기, 라디오, 텔레비전, 영화 같은 미디어로 각각 분화 발전된 다음 21세기에 다시 통합되어 우리 손 안으로 되돌아 온 것은 아닐까?

이 해답을 찾으려면 우리는 과거로 기나긴 시간여행을 떠나야만 할 것이다. 미디어는 왜 탄생했고, 어떻게 해서 탄생했을까? 미디어 탄생 이전의 준비과정은 어떠했을까? 그것은 구어(口語)의 탄생에서부터 그림과 기호를 거쳐 문자와 종이, 책에 이르는 우리 인류 조상이 밟아왔던 기나긴 과정을 살펴보는 일에서부터 그 단초를 얻을 수 있다.

3

생 각 의
탄 생

지금으로부터 2백만 년 전 아프리카 동부지역, 광대한 삼림이 사라진 자리에는 푸른 초원이 바다처럼 펼쳐져 있었다. 그 위로 습격해 오는 거친 바람, 수 킬로미터까지 퍼지는 맹수들의 울음과 함께 밤이 깊어 갔다. 생존을 위해 온 신경을 모아 언제든 도망갈 태세를 하고 있는 나약한 동물들, 먹이사슬의 법칙에 따라 긴박하게 움직이는 크고 작은 생명들, 어떤 존재들에겐 그날 밤 보는 별이 마지막일지도 몰랐다.

몇 백 미터마다 간간이 자리 잡은 나무 위 또는 포식자의 손에 닿지 않는 바위틈에는 나약하기 그지없는 존재들이 삼삼오오 숨어 있었다. 그들이 바로 파란트로푸스와 호모 하빌리스라는 유인원들이다. 그들에게 밤은 너무나 길었다. 별이 쏟아져 내리는 밤하늘을 바라보며 그들은 무슨 생각을 했을까? 눈에 보이지 않는 포식자에 대한 공포, 굶주림에 대한 공포가 그들로 하여금 어떤 생각이든 하게 했을 것이다. 그렇게 생각의 기초는 생존을 위한 본능으로부터 시작되었다.

3억 7천만 년 전 포유류의 선조격인 아칸소스테가 당시 5미터 크기의 하이네이라라는 포식자로부터 자신을 보호하기 위해 손발이 생기게 되고, 수백만 년 후에는 육지로 진출해 동부 아프리카의 광대한 산림을 기반으로 살아가는 카르폴레테스로 진화한 것처럼 생존을 위한 몸부림이 진화의 계기가 되었다. 풍부한 산림을 기반으로 나무에서 살아가던 그들이 오랜 시간이 흐른 뒤 왜 직립보행을 하는 유인원이 되었는지, 그리고 200만 년 전에 왜 그렇게 다양한 종의 유인원들이 생기게 되었는지 그 답은 히말라야 산맥에 있다.

800만 년 전 인도판과 유라시아판이 충돌하면서 총 길이 2,400백 킬로미터, 높이 8천 미터에 달하는 거대 산맥이 생성되었다. 이로 인해 인도양에서 북상하는 해양성 기단이 히말라야 산맥에 가로막혀 인도에서는 몬순 기후가 형성되었고 아프리카에 도달한 기류는 매우 건조할 수밖에 없었다. 그때부터 아프리카의 광대한 산림이 급속하게 사라졌고, 나무 위에서 살던 유인원들은 땅으로 내려와 직립보행을 하기 시작했다.

200만 년 전 대표적인 유인원 중 파란트로푸스와 호모 하빌리스는 아프리카의 혹독한 환경에서 직립보행을 하는 점에선 같았지만 살아가는 형태는 달랐다. 파란트로푸스의 경우 특정한 나무뿌리를 주식으로 삼는 채식주의자인 반면 호모 하빌리스는 육식을 기본으로 하는 잡식주의자였다. 그러한 특징 때문에 훗날 이들의 운명은 갈리게 되었다.

파란트로푸스는 나무뿌리를 먹는 식습관으로 이동거리가 길지 않았지만 호모 하빌리스는 동물의 시체를 찾아 이곳저곳을 떠돌 수밖에 없었다. 그러나 호모 하빌리스는 동물을 사냥하는 강자가 아니었으므로 주로 육식동물이 먹고 남긴 동물의 시체를 찾아다녔다. 뼈만 남은 시체를 찾아낸 뒤에는 돌로 뼈를 부수고 나뭇가지로 그 안에 있는 골수를 파먹었다. 그런데 죽은 동물의 뼈에서 추출한 골수는 단백질과 지방이 풍부하게 들어 있었다. 호모 하빌리스의 고단백 영양식은 그들의 뇌 용량을 크게 발전시키는 데 결정적인 역할을 했다.

인류의 진화 발전에서 직립보행과 도구의 사용은 빼놓을 수 없는 요소이긴 하지만 절대적인 요소는 아닌 듯하다. 호모 하빌리스의 경우처럼 생존을 위해 도구를 사용했고, 주식으로 삼았던 동물의 시체가 오히려 그들의 뇌 용량을 확장시켰다. 뇌 용량이 커지면서 동물의 시체를 찾아내는 방법과 도구를 사용하는 방법이 더 정교해진 것으로 보인다. 또 그들은 동물의 시체를 찾기 위해 불가피하게 긴 거리를 이동했다. 이동하면서 포식자로부터 피하는 방법에서부터 동물의 시체를 찾아내는 방법, 지형지물을 이해하고 활용하는 등 다양한 경험과 지식을 축적해 나갔을 것이다.

그들이 무리 지어 이동하고 동물의 시체를 찾아내고 뇌 용량이 커지는 과정에서 동료들과의 소통이 어떻게 이루어졌는지는 알기 어렵다. 직립보행으로 중력에 의해 목의 후두가 내려앉아 언어를 구사할 수 있는 발음기관을 갖게 된다는 이론에 의하면 어떤 방식으로든 목소리로 의사소통을 했을 것으로 짐작된다. 하지만 협업보다는 힘이 센 우두머

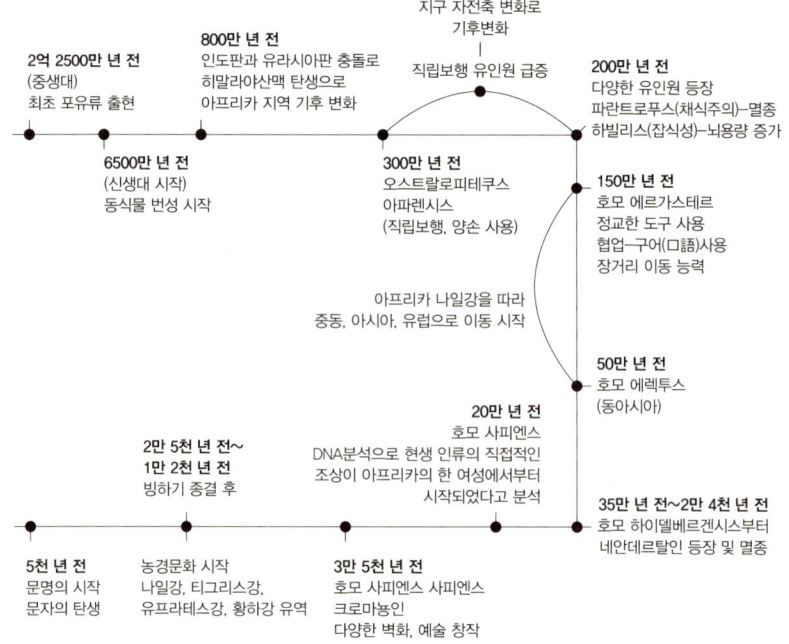

지구 자전축 변화로
기후변화

직립보행 유인원 급증

2억 2500만 년 전
(중생대)
최초 포유류 출현

800만 년 전
인도판과 유라시아판 충돌로
히말라야산맥 탄생으로
아프리카 지역 기후 변화

200만 년 전
다양한 유인원 등장
파란트로푸스(채식주의)-멸종
하빌리스(잡식성)-뇌용량 증가

6500만 년 전
(신생대 시작)
동식물 번성 시작

300만 년 전
오스트랄로피테쿠스
아파렌시스
(직립보행, 양손 사용)

150만 년 전
호모 에르가스테르
정교한 도구 사용
협업-구어(口語)사용
장거리 이동 능력

아프리카 나일강을 따라
중동, 아시아, 유럽으로 이동 시작

2만 5천 년 전~
1만 2천 년 전
빙하기 종결 후

20만 년 전
호모 사피엔스
DNA분석으로 현생 인류의 직접적인
조상이 아프리카의 한 여성에서부터
시작되었다고 분석

50만 년 전
호모 에렉투스
(동아시아)

35만 년 전~2만 4천 년 전
호모 하이델베르겐시스부터
네안데르탈인 등장 및 멸종

5천 년 전
문명의 시작
문자의 탄생

농경문화 시작
나일강, 티그리스강,
유프라테스강, 황하강 유역

3만 5천 년 전
호모 사피엔스 사피엔스
크로마뇽인
다양한 벽화, 예술 창작

리를 중심으로 움직이는 단순한 무리 이동이고, 사냥보다는 동물의 시체를 찾아 채집하는 방식으로 볼 때 의사소통은 매우 단순했을 것으로 보인다.

히말라야 산맥 때문에 건조해진 아프리카 지역에 또 다른 악재가 겹어갔다. 300만 년 전부터 지구의 기울기가 점점 커지기 시작하여 마침내 극지방의 얼음지대가 넓어져 갔다. 지구 전체가 건조해지면서 아프리카의 건기도 점점 더 길어지고 심해졌다. 특정 식물에 기대어 살았던 파란트로푸스는 변화된 환경에 적응하지 못하고 멸종된 반면 호모 하빌리스는 목숨을 이어갈 수 있었다.

150만 년 전 호모 하빌리스보다 진화 발전된 존재가 등장했다. 바로 호모 에르가스테르였다. 그들의 뇌 용량은 오스트랄로피테쿠스보다 두 배나 컸다. 커진 뇌 용량은 그만큼 더 많은 칼로리를 요구한다. 현대인의 경우 섭취한 칼로리의 60%를 기초대사활동에 쓰는데 그중 뇌가 소비하는 에너지가 가장 많다. 에르가스테르 역시 섭취한 칼로리의 60%를 두뇌 등 기초대사활동에 썼다. 그만큼 뇌 용량이 과거의 유인원에 비해 급격하게 커졌음을 의미한다. 호모 하빌리스에 비해 그들의 이동 거리는 훨씬 더 넓어졌다. 호모 하빌리스가 짐승의 사체를 채집하던 방식과 달리 그들은 직접 사냥까지 하게 되었다. 사냥을 하려면 집단적 협업이 필수다. 협업을 하기 위해서는 최소한의 의사소통이 필요하게 된다. 그래서 그들은 인간의 음성이라고 할 수 있는 최초의 소리를 사용했다고 한다.

언어란 발성기관이 만들어 내는 특정한 음성에 어떤 의미를 담은 것이다. 어떤 의미라는 것은 사회적 약속이다. 우두머리를 중심으로 모인 집단의 핵심 원리는 힘이지만, 협업을 전제로 한 사회적 관계는 차원이 달라진다. 서로 의지하고 결속하면서 사회적 관계는 끈끈해지기 마련이다.

호모 에르가스테르의 집단적 협업은 먹이를 확보하는 방식에 질적인 변화를 거쳤을 것이 분명하다. 정교한 도구를 사용하고 협업을 통해 사냥을 하고 그렇게 모은 식량을 집단과 함께 나누어 먹는 문화가 퍼졌을 것이다.

일본 NHK가 제작한 명작 다큐멘터리 〈경이로운 지구〉 중 '제5편 인류의 눈에 숨겨진 비밀'편을 보면 다른 영장류와 다르게 인간은 흰자위를 가지고 있다. 흰자위를 가지게 되면 약육강식의 사회에선 불리하지만 인간끼리 서로 돕고 의지하고 협업을 해야 했기 때문에 의사소통이 쉬운 쪽으로 진화한 것으로 보인다. 이러한 특징 덕분에 호모 에르가스테르는 아프리카 나일강을 따라 중동, 아시아, 유럽 등 전 대륙으로 1백만 년 동안 이동하면서 계속 진화했을 것이다. 50만 년 전에는 동아시아에서 호모 에렉투스가, 30만 년 전에는 유럽에서 네안데르탈인이 등장했다. 마침내 20만 년 전에는 현대 인류와 DNA가 일치하는 호모 사피엔스가 등장하기에 이르렀다. 인류 최초로 협업을 했고 음성을 사용한 호모 에르가스테르의 이동 과정과 진화 과정을 보면 1만 년 전 농경문화가 시작된 곳과 5천 년 전 문명 발생지와 밀접한 관련이 있는 것은 필연이었다.

4

언어의
탄생

사전적 의미로 언어(言語)란 '생각, 느낌 따위를 나타내거나 전달하는 데 쓰는 음성, 문자 따위의 수단'을 말한다. 케냐의 고인류학자 리처드 리키(Richard Leakey)는 자신의 저서 《인류의 기원》에서 인간의 언어에 대해 "음소(音素)를 발성할 수 있는 인간의 능력은 유인원보다 조금 나은 수준에 불과하다. 사람은 50개의 음소를 가진 반면 유인원은 약 12개의 음소를 갖는다. 그렇지만 사람의 음소 사용 능력은 거의 무한하다. 음소는 여러 가지 방식으로 배열되어 평균적인 인간에게도 수십만 개의 단어로 이루어진 어휘를 부여해 주고, 그 단어들이 결합해 다시 무한한 문장을 생성할 수 있다. 따라서 호모 파시펜스가 가진 빠르고 상세한 의사소통 능력과 풍부한 사고는 자연계의 다른 동물들과 견줄 수 없는 수준"이었다. 그래서 그는 인간이 언어를 획득하는 순간 인간과 다른 자연 사이에 넘을 수 없는 심연이 생겼다고 보았다.

그렇다면 인간은 언제부터 어떻게 언어를 획득했을까? 이에 대해서는 인류학자나 생물학자들 사이에서 의견이 분분하다. 언어의 기원과 탄생을 증명할 수 있는 과학적 근거들이 거의 남아 있지 않기 때문이다. 그렇기 때문에 그들은 여러 가지 가설과 추측으로 퍼즐 조각을 맞추듯이 맞추어 가고 있는 중이다.

최근 뉴질랜드 오클랜드대 쿠에틴 앳킨슨 박사가 〈사이언스〉지에 발표한 내용에 따르면 현대 언어는 5만 년에서 7만 년 전의 아프리카인들이 사용했던 단일 언어에서 비롯되었다고 한다. 그가 이러한 결론에 이른 것은 아프리카 지역의 방언들에서는 가장 많은 음소가 발견되었지만, 아프리카 지역에서 멀리 떨어진 곳일수록 가장 적은 수의 음소가 발견되었기 때문이다. 이러한 추측은 현생 인류가 20만 년 전 아프리카에서 탄생했고, 그 후로 전 대륙으로 이동하는 과정에서 하나의 언어가 다양한 언어로 파생되었을 것이라는 가설에 기반을 두고 있다. 하지만 이 가설 역시 또 하나의 가설에 불과할 수도 있다. 분명한 것은 생존을 위해 죽은 짐승의 뼈 속에서 골수를 발견했고, 그 결과 뇌 용량이 커졌고, 커진 뇌 용량에 따라 협업이라는 강력한 시스템을 손에 넣은 인간은 협업을 극대화하기 위해 직립보행을 하면서 목의 후두가 내려앉아 생긴 발성기관을 바탕으로 언어를 발전시켜 왔다는 점이다.

그런데 막 태어난 아기의 경우 다른 동물들처럼 후두의 높이가 비슷하다가 청소년기에 도달해서야 성인과 같은 높이로 후두가 자리 잡는다. 후두가 내려앉은 자리엔 성대가 자리 잡게 되어 발성을 할 수 있다.

아기가 '엄마'라는 말을 제대로 할 수 있기까지는 평균 2만 번 연습한다고 한다. 발성기관이 제대로 형성되지 않은 채 태어났지만 수만 번 이상의 연습을 통해 겨우 단어 하나를 획득하게 된다. 그리고 또 다른 단어를 하나씩 하나씩 획득해 나간다. 그러는 사이에 첫돌이 지나고 두 돌이 지나면서 후두가 목구멍 아래쪽으로 서서히 내려앉고 성장과 함께 성대라는 발성기관이 점차 자란다.

인간의 해부학적 특징은 왜 이러한 과정을 거칠 수밖에 없을까? 성대의 확장에는 인간의 진화에 어떤 숨은 의미가 있을 법하다. 인간은 자연 상태에서 태어나서 유년기까지 부모나 집단의 보살핌이 없으면 생존하기 어려운 존재다. 물론 다른 포유류들도 상황은 엇비슷하다. 그래서 일정 기간 부모나 집단의 보호 아래 성장한다. 이 보호 아래서 부모나 집단의 무리들은 후손들에게 생존법을 학습시킨다. 육식동물의 경우 사냥하는 법을 가르치고, 초식동물의 경우 무리지어 있음으로써 생존율을 높이는 법을 가르치고, 조류의 경우 하늘을 나는 법을 가르친다. 반면 인간은 다른 동물들보다 보호기간을 더 길게 가지면서 언어를 연습시키는데 많은 노력과 시간을 들인다.

이러한 습성은 인간의 언어가 어떻게 탄생되고 발전되어 왔는지를 말해주는 나침반 같은 역할을 한다. 인류의 조상은 처음에는 눈에 흰자위를 만들어 교감을 주고받았고, 나무 위를 이동하던 손이 직립보행으로 보다 자유로워지면서 도구를 만들거나 손짓 언어를 만들어 냈을 것이다. 눈이나 손은 어떤 형태로든 교감을 하고 신호를 주고받을 수 있는 기초 언어임에는 분명하다. 무성영화나 팬터마임 같은 무언극으로 적절하게 의미와 뜻을 전달할 수 있는 것과 같은 원리다. 물론 위급한 상황에서 손짓 언어로만 위기를 피할 수는 없다. 다른 동물들이 신변에 위험을 느낄 때 괴성을 지르듯이 인간 역시 어떤 형태로든 소리를 질렀을 것이다. 하지만 생존을 위해 무리지어 이동하면서 사냥을 하고 적으로부터 신변을 지키기 위해 협업의 고도화는 필연적인 선택이었을 것이다. 생존을 위해 협업을 선택한 인류의 선조는 협업을 고도화하기 위해 언어를 만들어 냈고 발성기관이 발전하면서 보다 정교한 언어를 만들어 왔던 것으로 보인다.

신체를 이용한 언어의 개발과 발전으로 충분히 의사소통이 됨에도 인간은 여기서 멈추지 않았다. 육성으로만 된 언어는 휘발성이어서 내뱉는 순간 사라지기 때문에 시공간에서 자유롭지 못하다. 또한 아무리 좋은 정보와 지식이라 할지라도 육성으로 전달된 내용은 세대를 거치는 동안 변질되거나 사라지기 마련이다. 인간은 언어가 가진 최대 취약점을 극복하기 위한 진화의 시간을 향해 나아갔다.

5

언어와
문자와
미디어의 알고리즘

인류는 어떻게 해서 아프리카에서 유럽과 아시아 대륙으로 거쳐 북아메리카 대륙까지 이동했을까? 인류가 배링해협을 건널 수 있었던 것은 빙하기 때문이라고 보는 견해가 많다. 유럽과 북아메리카를 덮은 빙하가 아시아까지 얼어붙게 했기 때문에 북아메리카로 이동할 수 있는 길을 열어준 것이다. 이처럼 빙하기와 인류의 진화는 상관관계가 깊다고도 한다. 빙기가 확대되면 동식물이 격감하기 때문에 인류는 수렵과 채집을 위해 더 멀리 이동할 수밖에 없었다. 지금도 아프리카에서는 건기가 찾아오면 초식동물들이 초원과 물을 찾아 대이동을 하고, 육식동물 역시 그들을 따라 이동하는 것과 마찬가지일 것이다.

지금으로부터 5만 3천 년 전 지구에 빙하기에 찾아왔고, 결과적으로 그 빙하기 때문에 인류가 세계 각지로 이동하는 계기가 되었을 것이다. 빙하기 때문에 후기 구석기 시대의 유물들은 비교적 따뜻한 동굴에서 많이 발견되고 있다. 1만 8천 년 전에는 극빙을 이루고 있는 북아시아를 제외하고 유럽과 서아시아, 중앙아시아, 한반도와 일본까지 거의 모든 지역에 인류의 거주지가 존재했다. 당시엔 한반도와 일본 열도가 얼음으로 연결되어 있었다.

매서운 추위를 견디기 위해 동굴 속에서 불을 지피고 기나긴 밤을 지새우던 사람들은 소일 삼아 다양한 이야기꽃을 피웠을 것이다. 거대한 맘모스를 사냥한 이야기부터 사실인지 아닌지 구분되지 않는 이야기 또는 생존 여부가 불투명한 미래에 대한 이야기가 펼쳐졌을 것이다. 아이들은 어른들의 이야기를 들으면서 잠을 청했을 것이다. 그렇게 적어도 수천 년이라는 진화의 시간이 흘러갔을 것이다.

언어만 발전한 것은 아니다. 1만 7천 년 전으로 추정되는 시기에 전 프랑스 남부의 라스코 동굴벽화나 1만 4천 년 전의 스페인 북부의 알타미라 동굴벽화에 새겨진 들소나 사슴 그림은 매우 화려하고 사실적이어서 지금의 예술기법에 견주어도 손색이 없다. 이러한 예술적 표현 능력은 훗날 문자의 탄생을 가능하게 한 힘으로 작용한다.

수천 년을 통해 진화한 언어로부터, 집단 구성원 간의 대화로부터 파생된 예술적인 능력과 지적 능력은 마침내 문자를 필요로 했을 것으로 보인다. 약 1만 년 전 빙하기가 끝난 다음 농경시대를 맞으면서 문자를 만들어 내는 데까지는 불과 4천~5천 년밖에 걸리지 않았다는 것은 그리 놀랄 일도 아니다.

농업을 기초로 발생한 문명은 5천 년 전 메소포타미아 지역에서 수메르 문자가 탄생한 후 시작하여 4500년 전 이집트 상형문자와 중국의 한자가 등장했고, 이후 순차적으로 페니키아 문자, 라틴문자, 인도문자, 키릴문자에서 최종적으로 한글까지 등장하게 되었다.

리처드 리키는 그의 저서 《인류의 기원》에서 빙하기 미술의 이미지들이 "흩어져 있는 기하학적 패턴들 또는 부호들"이며, "거기에는 점, 격자(格子), 갈매기표, 곡선, 갈지(之)자, 겹쳐진 곡선들, 직사각형 모양이 포함되어 있다."고 하여 문자의 기원과 원형에 대해 많은 암시를 주고 있다.

인류가 탄생시킨 문자는 인류의 정신세계와 언어에 내포된 수만 가지 철학과 사상, 감정을 효율적으로 전달하고 기록하기 위한 일정한 순서와 규칙들을 정한 알고리즘이라고 본다. 수학에서 알고리즘이 '명백히 정의되고 확정된 규칙들의 집합'이듯 문자란 '언어에 대해 명백히 정의되고 확정된 기록의 규칙'이라고 해도 무방하다.

문명의 발생지에서 탄생한 문자들은 사물의 모양을 표현하는 상형문자에서 시작되었다. 빙하기의 예술적 표현 능력이 단순화된 기호로 발전하게 되는 순간이다. 메소포타미아, 이집트, 인더스, 황화 등 문명의 주인공들이 탄생시킨 최초의 문자들은 사물의 형상을 본떠 만든 그림문자다.

인류 최초로 문자를 만든 메소포타미아 문명의 주인공 수메르인들이 만든 문자는 그림문자였지만 나중에는 쐐기문자(설형문자)로 발전한다. 쐐기문자는 단순히 사물의 모양뿐만 아니라 뜻과 음을 포괄하는 추상적인 개념으로까지 발전되었다.

	수메르	이집트	히타이트	중국
별				
해				
물				
사람				
소				
양				

EBS 다큐멘터리 3부작 〈문자〉 중
제1편 '위대한 탄생'중에서

그런데 이들이 쐐기문자를 사용하기 전에 사용했던 문자의 흔적들을 보면 처음에는 나무, 여자, 개, 양, 카펫 같은 물건을 교환할 때 대신 쓰던 손톱만 한 물표가 있었고, 이 물표를 담는 주먹보다 조금 작은 항아리가 있었다. 이것이 나중에 쐐기문자를 표기하는 점토판 기록매체가 된 것이다. 처음에는 그림문자나 기호처럼 단순했던 문자가 담아야 할 내용이 많아지면서 확장되었고, 그것이 정교하게 다듬어지면서 오늘날의 문자로 귀착되었다고 볼 수 있다.

문자의 탄생과 함께 반드시 살펴보고 지나가야 할 것이 있다. 바로 기록매체다. 수메르인들은 점토판을, 이집트인들은 나일강 유역에 풍부했던 파피루스를, 중국인들은 대나무를 쪼개 글자를 새겼다. 한자의 책(冊)은 대나무를 쪼개 엮은 모양을 그대로 표현한 글자다. 문명 발생 전에는 뼈나 거북이 등껍질 같은 것이 사용되었고, 문명 발생 후에는 우피지, 양피지, 다라수 잎, 돌(비석), 청동, 나무껍질, 비단 등 기록 가능한 모든 것을 매체로 사용했다. 종이라는 기록매체가 등장하고 보급되기 전까지 각 지역 특성에 따라 다양한 기록매체가 사용되었다.

구어(口語)의 시공간적 한계를 극복하고자 인류가 만든 문자는 필연적으로 기록매체의 발견 또는 발명을 할 수 있게 만든 원동력이다. 기록매체의 원리를 가만히 들여다보면 지역별로 각각 달랐던 기록매체는 문자발명 이후 다양한 매체로 진화 발전하게 된 첫 걸음인 셈이다. 점토판이든 종이든 또는 전자종이든 LCD든 방식만 다를 뿐 정보를 담는 그릇이라는 점에서 본질적으로 다르지 않다. 물론 점토판에는 갈대로, 종이에는 잉크로, 전자종이에는 전기자극이라는 방식만 다를 뿐 정보를 담고 기록한다는 점에선 본질적으로 같다.

또 하나 중요한 점은 당시 문자는 그것을 담아내는 그릇의 재질과 기록 도구에 따라 형태에 영향을 받았다는 점이다. 수메르인의 쐐기문자와 중국의 한자가 형태나 쓰는 방식도 각각 달랐다. 글자를 왼쪽에서 오른쪽 방향으로 쓰는 것이 좋을지, 그 반대 방향으로 쓰는 것이 좋을지, 위에서 아래 방향으로 쓰는 것이 좋을지, 흘려 쓰는 것이 좋을지, 각을 세워 쓰는 것이 좋을지는 매체와 도구의 재질에 따라 결정되었다. 기록매체에 따라 문자의 형태가 결정된 원리는 오늘날에도 그대로 관통하고 있다. 종이책이과 전자책이라는 매체의 특성이 다르기 때문에 정보를 담는 형태와 방향이 달라질 수 있음을 암시하고 있다.

과거의 문자와 기록매체, 기록 도구의 상관관계를 내포하는 본질은 효율성이다. 기록매체가 쉽게 구할 수 있는 재질인가, 오랫동안 보관할 수 있는 재질인가 등의 효율성에 따라 결정되었다는 점이다. 지금도 마찬가지다. 오늘날 종이책에서 전자책으로 이동하는 것도 마찬가지로 효율적 선택이라는 점에서 재론의 여지가 없다.

6

2천 년의 시간을 담고 있는 종이 매체

중국 후한 중기의 환관 출신인 채륜이 미완성의 제지기술을 완결하는 순간(105년) 그 기술은 고대 동서양의 교역로인 실크로드를 타고 동서로 전파되었다. 동쪽으로는 한국과 일본, 서쪽으로는 누란 왕국을 거쳐 타클라마칸 사막을 넘어 사마르칸트로, 중동을 거쳐 지중해로 전파되면서 전 세계는 2천 년에 걸쳐 페이퍼로드를 완성했다.

2010년 3월 사계절B&C가 제작한 6부작 다큐멘터리 〈페이퍼로드〉가 MBC를 통해 방영된 바 있다.《책의 미래》를 준비하던 나에게는 매우 흥미로운 다큐멘터리였다. 이 다큐멘터리는 아시아, 중동, 유럽 등 전 세계 13개국을 찾아다니며 종이의 전파 경로와 그 흔적을 추적하는 등 생생한 현장을 보여주었다. 그동안 종이의 탄생과 전파 경로를 머릿속으로

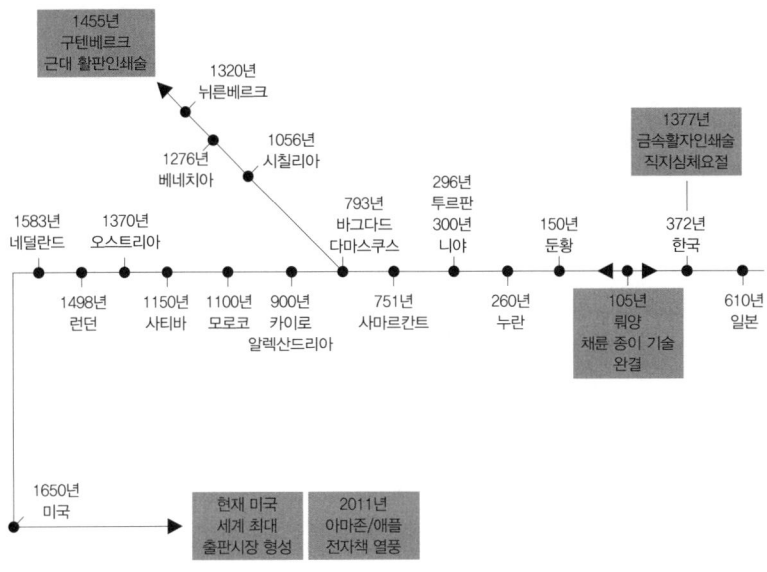

만 그리고 있었는데 안개처럼 희미했던 부분들이 말끔하게 정리되는 순간이었다.

　그동안 그 어떤 책으로도 종이의 대서사시를 사실감 있고 깊이 있게 느낄 수 없었는데 이 다큐멘터리를 보고 나서야 그 깊이를 느낄 수 있었다. 영상 미디어의 힘이 대단하다는 생각이 들었다. 또 하나 이 다큐멘터리를 만들기 위해 제작팀이 얼마나 많은 책과 문서를 조사하고, 또 얼마나 많은 문서에 시나리오를 작성했을까 하는 생각이 들었다. 결국 아무리 뛰어난 영상 미디어조차도 책과 종이의 힘을 빌리지 않으면 탄생하기 어렵다는 것이다. 물론 감성적이거나 즉흥적인 단편 영상물의 경우 굳이 종이의 힘을 빌리지 않아도 가능하겠지만, 그 역시 감독의 사상과 감성을 뒷받침하는 것은 독서의 힘이 아닐까 싶다.

이렇듯 종이에는 만만치 않은 역사의 힘, 시간의 힘이 있다. 종이는 지난 2천 년 동안 동아시아에서는 불교문화의 꽃을 피우는 원동력이 되었고, 유럽에서는 종교개혁과 르네상스를 촉발시키는 계기가 되었다. 특히 구텐베르크의 활판인쇄술이 이탈리아, 프랑스, 영국, 스페인, 러시아는 물론 아메리카 대륙으로 넘어가면서 종교, 철학, 과학, 의학, 문학, 예술 등 전 분야에 걸쳐 지식혁명이 급속하게 진행되었다. 더욱이 18세기 영국에서 시작된 산업혁명과 기술혁신이 더해지면서 출판산업은 급팽창하게 되어 오늘에 이르렀다.

과거에는 소수의 전유물이었고 서민은 구경도 하기 힘들 만큼 비쌌던 책이었지만, 지금은 누구나 사 볼 수 있고 소장할 수 있는 흔한 물건이 되었다. 웬만한 가정에는 수백 권, 또는 수천 권의 책이 서가에 즐비하게 꽂혀 있고, 주변 서점에는 수만 권의 책들로 넘쳐나고 있다. 지역마다 구축되어 있는 도서관에는 적게는 수만 권, 많게는 수십만 권의 책들이 쌓여 있다. 어디 그뿐인가? 인터넷에서 원하는 책을 마음껏 골라 주문할 수 있다. 2천 년 동안 거침없이 발전해 온 책의 역사에 걸맞게 우리는 지금 책의 홍수 속에 살고 있다.

그런데 무엇이 문제란 말인가? 언제부터인가 국내외를 막론하고 "사람들이 책을 읽지 않는다"는 소리가 자주 들린다. 출판산업의 불황은 어제 오늘의 일이 아니다. 지역 서점의 붕괴는 더 심각하다. 한때 가파른 고공성장을 하던 인터넷 서점도 성장이 정체되거나 감소하고 있다. 도대체 무슨 일이 벌어지고 있는 것일까? 그 원인을 찾기에 앞서 지난 20년간 알게 모르게 변화되고 있는 우리의 라이프스타일에 주목할 필요가 있다.

나는 지난 25년간 보던 종이신문을 1년 전에 끊었다. 지난 시간 동안 신문은 책 대신 정보를 얻었던 매우 중요한 창이었다. 출퇴근을 하면서도 늘 신문을 끼고 다녔고, 밥상머리에서도 신문을 뒤적이며 밥을 먹곤 했다. 가끔 중요하다 싶은 기사를 스크랩해서 벽에 붙여 놓았다. 매주 쓰레기 분리를 하면 절반이 신문 폐지였다. 그러던 것이 언제부터인가 그런 짓을 하지 않아도 될 만큼 인터넷 검색으로 모든 것이 해결될 뿐만 아니라, 인터넷에는 더 많은 정보가 흘러넘쳤다. 신문의 장점은 큰 지면에 펼쳐진 각종 정보들을 빠르게 스케치하면서 관심이 높은 부분부터 읽어가는 자유로운 방식이 아닐까 싶다. 그럼에도 그 장점을 포기한 이유는 검색으로 다양한 의견과 정보를 함께 얻는 것이 더 좋았기 때문이다.

조금 더 과거로 가 보면 이런 습관의 변화가 어느 순간 갑자기 나타난 것이 아니라는 것을 알 수 있다. 국내에 인터넷이 들어오기 전에 PC통신이라는 온라인 서비스가 있었다. 나는 1995년부터 PC통신을 하게 되었는데, 처음 느낌은 그야말로 별천지 같은 세상이었다. 동호회, 문학서클, 게임, 뉴스, 메일, 교육정보뿐만 아니라 전자책 서비스도 있었다. 기존에는 절대 경험하지 못했던 각종 정보들과 커뮤니케이션이 이뤄지는 공간을 발견하고는 밤을 샌 적이 많았다.

이제는 하루 24시간 중 종이책을 들고 있는 시간보다 컴퓨터나 인터넷을 붙들고 있는 시간이 더 많아졌다. 더욱이 최근 아이폰과 아이패드2를 쓰게 되면서 단말기를 통해 정보를 보는 시간이 더 늘어나고 있는 중이다. 특히 아이패드2가 생긴 다음부터 집에 있는 3천 여 권의 책을 모조리 스캔하고 싶은 욕구가 들끓었다. 집 곳곳에 박혀 있는 책들을 다시 들춰보는 일이 그리 많지 않기 때문이다. 오히려 아이패드에 넣고 다니면서 읽는 것이 독서를 늘리는 최선의 방책이라는 생각 때문이다. 물론 시간이 없어 실행하지 못하고 있지만 일부 책은 스캔해서 넣고 다니면서 틈틈이 읽곤 한다.

문제는 텍스트와 영상의 중간 지대에 놓인 우리 세대보다는 지금의 영상 세대에게는 위와 같은 라이프스타일의 변화가 더 넓고 깊다는 데 있다. 그러니 당연히 종이책의 미래가 암울해 보일 수밖에 없는 것이다. 지금의 종이책 불황은 이제 시작에 불과하다.

호주의 서면 영이라는 대학 교수는 2008년에 펴낸 《책은 죽었다》에서 "출판 산업계의 변덕스러운 먹물들이 사상을 사고파는 산업을 장악하려는 다국적 기업들의 의도에 편승하면서 책을 벼락부자로 만들어주는 신통한 제품쯤으로 변질시키고 말았다. 책은 아주 단기적인 금전적 수익 측면에서 반드시 투자 이익을 재정의해야 할 또 다른 희생자가 돼버린 것이다. …(중략)… 책은 출판계가 사상이 아닌 물건을 파는 데 열을 올리기 때문"에 죽은 것이라고 말했다.

출판산업이 발전되어 있는 미국, 유럽, 한국, 일본 등 세계 곳곳에서 종이책의 위기는 동일한 현상으로 자리 잡고 있다.

이런 상황에서 종이책을 둘러싼 관계사슬의 고리와 주체들에 대한 강제적인 변화가 도처에서 진행되고 있다. 도서관 사서, 서점업체, 제지업체, 인쇄업체, 출판사, 편집자, 편집디자이너, 번역가 등 이 혁명으로부터 자유로운 사람은 거의 없다. 만일 이 혁명으로부터 가장 자유로울 수 있는 사람이 있다면 그것은 작가와 독자뿐이다. 이에 대해 사람들은 '구텐베르크 시스템의 붕괴'라고도 말한다.

종이책의 위기를 맞아 많은 사람들이 착각하는 점이 한 가지 있다. 지난 2천 년간 문자혁명을 주도해 온 종이이고, 지난 500여 년간 지식혁명을 주도해 온 종이책이기 때문에 그 패러다임이 쉽게 변하지 않을 거라는 것이다. 더욱이 불과 20년도 채 안 된 전자책에 그 자리를 넘겨준다는 일도 기가 막힌 일일 것이다. 하지만 이것은 착각이다. 매체는 변화하기 마련이고, 끊임없이 변화하고 있다는 것을 우리는 과거를 통해 확연하게 보고 있기 때문이다.

종이는 천 년을 건딘다고 한다. 하지만 그 안에 들어 있는 정보는 천 년으로도 부족하다. 5천 년 전의 수메르인이나 이집트인들이 집대성한 종교, 철학, 물리학, 천문학, 과학, 의학, 문학 등 숱한 지식과 정보들은 매체의 변화에도 인류의 자산으로 굳건하게 살아 있다.

7

책은
테크놀로지 혁신의
역사다

인류 역사에서 가장 먼저 출현했고, 오랫동안 영향력을 행사하고 있고, 다른 모든 것들의 원천이 되는 미디어는 바로 책이다. 책은 처음엔 점토나 죽찰, 파피루스 같은 기록 매체를 기반으로 하다가 제지술과 인쇄술이라는 테크놀로지의 발전을 통해 수천 년 동안 그 명성을 이어왔다. 사상과 철학, 지식과 정보를 체계적으로 전달할 수 있는 매체로 종이책만 한 것이 없었기 때문이다. 니콜 하워드(Nicole Howard)는 자신의 저서 《책, 문명과 지식의 진화사》에서 책에 대해 "어떤 테크놀로지도 인류 역사에 이만큼 지대한 영향을 미치지는 못했다."고 말했다.

그런데 많은 사람들이 책은 곧 종이책이라는 생각을 하는 경우가 많다. 생각과 정보를 담는 그릇으로서 종이책의 역사가 그만큼 길었기 때

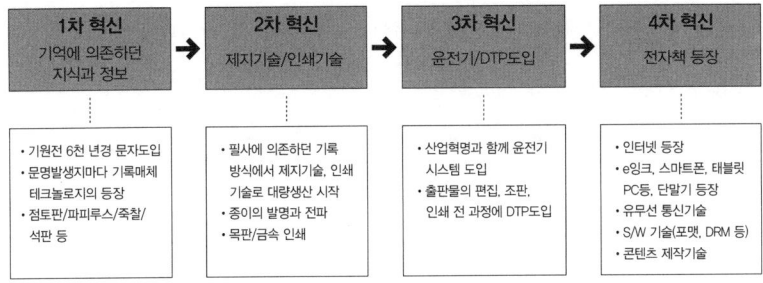

1차 혁신 기억에 의존하던 지식과 정보	→	2차 혁신 제지기술/인쇄기술	→	3차 혁신 윤전기/DTP도입	→	4차 혁신 전자책 등장

• 기원전 6천 년경 문자도입
• 문명발생지마다 기록매체
  테크놀로지의 등장
• 점토판/파피루스/죽찰/
  석판 등
		• 필사에 의존하던 기록
		  방식에서 제지기술, 인쇄
		  기술로 대량생산 시작
		• 종이의 발명과 전파
		• 목판/금속 인쇄
				• 산업혁명과 함께 윤전기
				  시스템 도입
				• 출판물의 편집, 조판,
				  인쇄 전 과정에 DTP도입
						• 인터넷 등장
						• e잉크, 스마트폰, 태블릿
						  PC등, 단말기 등장
						• 유무선 통신기술
						• S/W 기술(포맷, DRM 등)
						• 콘텐츠 제작기술

문이다. 수백 년의 시간을 통해 우리는 종이책의 질감과 시각적 효과, 오감을 통해 책을 하나의 문화로 받아들였다. 하지만 책의 역사를 보면 종이책은 하나의 테크놀로지에 불과하다는 것을 알 수 있다.

문자를 만들어 내기 전까지 인류는 바위나 벽에 그림으로 자신의 생각이나 정보를 전달하려고 노력했다. 그러나 그 방법은 노력에 비해 전달할 수 있는 정보가 매우 한정적이었다. 기억에 의존하던 지식과 정보를 어떻게 하면 더 효과적으로 다른 사람들과 공유할 것인가를 고민한 끝에 문자가 만들어지고 죽간(竹簡), 목독(木牘), 점토판, 패다라엽(다라수의 잎), 파피루스 같은 기록매체를 만들어 냈다.

이것이 바로 첫 번째 테크놀로지 혁신이다. 책의 1차 혁신은 문명의 발생과 깊은 연관을 가지고 있었다. 예를 들어 수메르인들이 경제 활동을 위해 점토판을 이용한 것이나, 귀족의 자녀 교육을 위해 점토판 도서관을 만든 것이 그렇다. 이런 기반은 훗날 책 제작이나 필사본, 삽화 관련 직종이 발전하게 된 계기가 되었다.

책의 2차 혁신은 종이와 인쇄술의 발전으로부터 시작되었다. 한정된 기록매체와 수작업으로 이뤄지던 필사본 방식으로는 더 이상 수요를 감당하기 어려웠기 때문이었다. 주변에서 흔히 구할 수 있는 나무를 바탕으로 종이를 만들었고, 금속 활자를 바탕으로 활자 인쇄술이 독일에서 발생하여 이탈리아, 프랑스 등으로 확대되어 나갔다. 소수 귀족이나 성직자의 전유물이었던 책, 서점, 도서관은 보다 많은 대중들이 이용할 수 있는 사회 문화적 기반이 되어갔다.

책의 3차 혁신은 근현대에 시작되었다. 윤전기는 책을 대량으로 만들 뿐만 아니라 실크스크린 인쇄나 평판인쇄 같은 정교한 인쇄를 가능케 했다. 출판물의 편집과 인쇄 전 과정에 컴퓨터가 접목된 DTP(Desktop Publishing)는 3차 혁신의 마지막 단계가 되었다. 그런데 종이책을 보다 정교하게 발전시키려고 도입한 DTP, 컴퓨터와의 접목이 지금 진행 중인 책의 4차 혁신의 디딤돌이 될 줄은 아무도 예측하지 못했다. 책을 구성하는 다양한 테크놀로지 기술이 0과 1로 변환되는 순간 책이 아날로그에서 디지털 영역으로 자리를 옮기는 것은 시간문제였다.

종이책은 인류의 지식문화를 이끈 대표적인 매체였다. 하지만 지난 백 년 동안 라디오, 영화, 텔레비전, 인터넷이 종이책을 밀어내고 그 자리를 대체하고 있는 중이다. 또한 종이책은 지구온난화를 촉진하는 대표적인 산업이 되고 있다. 국내에서 종이책에 소비되는 종이 소비량은 연간 200만 톤에 달한다. 이는 30년생 나무 3,500백만 그루를 희생시킨 양이다. 그뿐만이 아니다. 최근 종이책에 들어가는 제작, 인쇄, 유통 등의 비용이 과도해지자 출판사는 판매가 검증된 해외 번역도서 비중을 30% 이상 늘리고 있으며, 베스트셀러에만 관심을 쏟는 경향이 더욱 짙어지고 있다. 잘 팔리지 않는 책은 더 이상 출간하지 않고 있다. 지식문화에 대한 독자의 욕구는 점점 더 다양해지는데, 종이책은 오히려 독자들의 욕구와는 다른 방향으로 가고 있는 것이다.

이 모든 문제는 종이책이라는 물리적 형태 때문에 발생하는 것이다. 하지만 인류가 사상과 철학과 정보를 전달하고 저장할 방법으로 문자와 기록매체를 발명하고 종이책으로 진화해 왔듯이, 현대 사회에서 더욱 복잡해진 사상과 철학과 정보를 영구히 저장하고 전달하기 위해 디지털과 유무선 통신을 기반으로 하는 전자책이라는 새로운 매체를 만들어 냈다.

전자책은 스마트폰이나 아이패드 같은 휴대용 단말기에 수천 권을 저장하고, 검색하고 이용할 수 있는 '내 손 안의 도서관'이라는 혁명적인 독서환경을 만들어 내고 있다. 휴가나 출장을 갈 때, 등하교 때 종이책의 수량에 따른 무게 때문에 짓눌릴 필요가 없다. 제작비용 때문에 출판을 포기하거나 품절되거나 절판할 필요가 없다. 종이책이라는 물리적 형태를 버림으로써 오히려 출판사는 한계를 뛰어넘을 수 있으며, 독자는 더 다양한 책을 자유롭게 만날 수 있다. 이것이 바로 책의 4차 혁신이다.

책은 인류 역사상 가장 먼저 등장한 미디어이며 가장 오랫동안 영향력을 행사했고 앞으로도 소멸되지 않을 미디어다. 그러나 지금 책은 종이책이라는 물리적 형태에서 벗어나 다양하고 새로운 미디어와 결합함으로써 끊임없이 새로운 가치를 만들어 내는 새로운 미디어로 거듭나고 있다. 그 혁명은 이제 시작에 불과하다.

퍼블리싱

Publishing

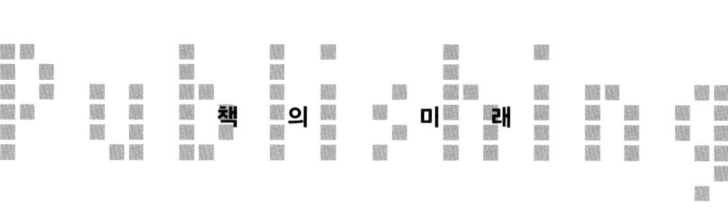

Publishing 책의 미래

1

**출판
패러다임의
변화**

■

■

■

■

■

어린 시절 내겐 아주 소박한 꿈이 하나 있었다. 동네 책방 주인이 되는 게 꿈이었다. 한여름엔 슬레이트 지붕에 누워 뙤약볕을 맞으면서도 책을 읽는 게 즐거웠다. 햇빛이 책에 반사되어 눈이 부시게 저려와도 그게 좋았다. 동네에 명지서점이란 책방이 있었고 문화문고라는 헌 책방이 있었는데 어릴 적부터 자주 찾는 곳이었다. 책 욕심이 많아 책에 둘러싸여 있는 주인장을 보면서 참 부럽다는 생각을 했다. 주인장들이 대부분의 시간을 책을 읽고 책을 정리하는 데 소일하는 것 같았기 때문이다. 그런 기억 때문일까? 책을 읽는 사람도 좋아 보였고, 책을 만드는 사람도 좋아 보였고, 책을 운반하는 사람도 좋아 보였다. 그만큼 책에 관한 모든 것을 소중하게 여겼다.

1960~70년대 한국 사회는 산업국가로 이동하면서 지방에서 서울로 상경하는 이농 인구가 급속하게 늘고, 강남과 여의도가 개발되기 시작하면서 도시 변두리엔 판자촌이 늘기 시작했다. 동시에 자기 집과 자가용을 보유하는 사람들도 늘어나기 시작했다.

신흥 중산층으로 올라선 가정집 거실에는 어김없이 유리문이 달린 책장이 배치되어 있었다. 그 안에는 전집류의 책들이 가지런히 꽂혀 있었다. 읽기 위한 책이라기보다 장식용에 가까웠다. 가난 때문에 배울 기회가 없었던 사람들이 경제적으로 안정되면서 지식에 대한 콤플렉스와 욕구를 표현한 현상 중의 하나였다. 이러한 욕구는 중산층에만 있었던 것은 아니었다. 부자이거나 가난하거나 관계없이 그런 욕구는 동일했다. 그러한 욕구는 자녀들을 최고의 배움터로 보내기 위한 교육열로 이어졌다. 그 한가운데에 책이 있었다.

지식과 책에 대한 열망은 산업사회로 도약하던 70년대 한국 사람들에게만 있었던 특별한 현상은 아니었다. 문자 발명과 책이라는 미디어가 등장한 이후부터 책을 소유하기 위한 열망은 시대를 불문하고 보편적인 현상이었다. 책에 대한 그러한 인류의 열망이 구텐베르크 시스템을 낳았고, 공공 도서관이 확산되고 오늘날의 고도화된 출판 시스템을 낳았던 것이다.

책에 대한 인류의 집념은 대단하다. 기록매체 진화 발전은 결국 종이를 만들어 냈고 책을 만들어내는 인쇄, 제본의 진화 과정은 목판, 금속, DTP라는 결과물을 만들어 냈다. 목판인쇄나 금속인쇄 방식 이전에는 대규모 필사 작업으로 책을 만들었고 목판인쇄술이 나오면서 부정확성,

대규모 노동력 등이 수반되는 필사 작업의 한계를 극복해 냈다.

그러나 목판인쇄술 역시 글자의 정교함이나 목판을 일일이 만들어 내야 하는 문제가 있었기 때문에, 금속활자를 기반으로 하는 활판인쇄술을 만들어 냈다. 그리고 근대 이후 인쇄공정에 컴퓨터를 접목하는 DTP(Desktop Publishing) 기술을 만들어 냈다. DTP 역시 필름 제작과 현상, 판제작, 잉크 조절, 인쇄, 제본 등의 복잡한 과정을 거쳐야 했기 때문에 마침내 이 모든 공정을 하나로 처리하는 디지털 프린팅 기술까지 등장하기에 이르렀다.

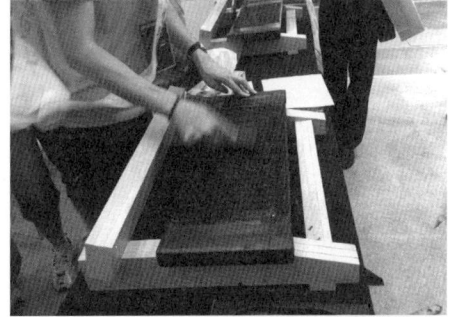

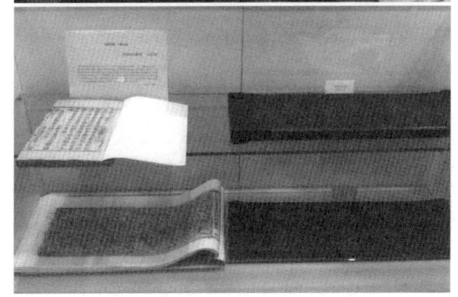

이렇듯 책이란 지식에 대한 인류의 열망과 욕구를 바탕으로 최소 2천 년, 아니 문자의 기원까지 거슬러 올라가면 5천 년의 시간 속에서 가다듬고 정제되고 발전해온 테크놀로지이자 문화다. 책만큼 다양한 정보와 지식을 방대하게 담을 수 있는 매체가 없었기 때문이었다.

하지만 이제 인터넷은 인쇄공정 자체를 무력화시키고, 종이라는 기록 매체를 대체하는 전자책이라는 뉴미디어가 등장하게 되었다. 수천 년 동안 고도의 테크놀로지에 기반한 종이책이 이제 또 다른 테크놀로지로 대체되는 순간이 온 것이다.

최근 세계 출판산업의 패러다임 변화를 예고하는 사건들이 줄줄이 발생하고 있다. 구글이 대규모 디지털 도서관 프로젝트 구현을 위해 전 세계 주요 일간지에 저작권 허락을 요청하는 광고를 게재하기도 하고, 아마존은 킨들(Kindle) 단말기를 출시한 지 3년 만에 1천만 대를 팔았다. 전 세계 앱스토어 열풍을 불러온 애플은 아이패드라는 태블릿PC와 연계된 아이북스(iBooks)라는 전자책 플랫폼을 내놓았다.

국내에서도 2006년 교보문고가 전자책 사업을 시작한 이래 인터파크, 예스24, 알라딘, 북센 등 도서유통사는 물론 삼성전자, 팬택, KT, SK텔레콤 등 하드웨어 업체와 이동통신사도 가세하고 있다. 이러한 다양한 징후에 앞서 세계 각국의 출판계 리더들은 이미 2008년부터 출판산업의 새로운 패러다임에 대해 경고를 쏟아내기 시작했다.

고트프리트 호네펠러 독일 출판서적판매상협회 회장은 "이제 출판인들은 전자책의 발전을 더 이상 외면할 수 없게 됐다. 전자책에 대해 새로운 비즈니스 모델을 비롯, 지적 재산을 어떻게 다룰 것인지에 대한 정치적 논쟁이 필요하다"고 말했고, 아마존 CEO 제프 베조스(Jeffrey Bezos)는 킨들을 출시하면서 "종이책은 아날로그의 마지막 성역이었으나 독자의 변화된 욕구를 디지털로 충족시켜 줄 때가 왔다. 책은 앞으로도 죽지 않을 것이며 다만 모양만 바꿀 뿐"이라고 말했다. 이에 더 나아가 한국전자출판협회 최태경 회장은 "창작, 독서, 출판 영역에서 근본적인 변화가 일어나고 있다. 출판사들이 이에 대비할 때가 되었다."고 말했다.

2

내부로부터의 붕괴와
외부로부터의 충격

이 말은 현재 종이책 출판산업의 현실을 그대로 반영하고 있다. 과연 전자책 시장이 커져서 종이책 시장이 감소되고 있는 것일까? 인터넷이나 TV 때문에 독자들이 떠나고 있는 것일까? 둘 다 영향이 없다고 할 수는 없지만 둘 다 정답은 아니다.

내부로부터의 붕괴는 출판계 자체에서 시장 감소의 원인을 제공했다는 것을 의미하고, 이런 상황에서 외부로부터의 충격이 더해졌음을 의미한다. 이런 상황을 극복하기 위해서는 좀 더 냉철한 분석이 필요하다. 그래야 변화하고 있는 출판 패러다임에 대한 올바른 대책과 전략이 제대로 나올 수 있을 것이다.

최근 KG북플러스 유통사와 생각의 나무, 이레 등과 같은 중견 출판사의 부도는 가뜩이나 침체에 놓인 종이책 시장에 충격을 주고 있다. 하지만 출판계의 이런 분위기는 어제 오늘의 일이 아니다. 아주 오래 전부터 내부 붕괴가 시작되었다 해도 과언이 아니다. 종이책 시장의 붕괴 원인은 헝클어지고 엉켜버린 실타래처럼 매우 복잡하다.

나오시(수정할 것), 도비라(속제목), 소부(판굽기), 우라(뒷면), 가꾸양장(각양장), 노리(풀칠) 등등 출판사나 인쇄소 현장용어는 온통 일본어 투성이다. 일제로부터 해방된 지 60년이 넘었는데도 아직도 일본 용어가 현장에서 사용된다는 것은 그만큼 출판인쇄산업이 전근대적인 요소가 많다는 것을 말해준다.

대표적인 것이 판매 방식과 유통 구조다. 국내 종이책 판매 방식은 위탁판매제다. 일단 서점에 깔아놓고, 팔리는 만큼 지불받는다. 그리고 일정 시기가 지나서 판매되지 않은 책들을 출판사로 돌려보낸다. 그래서 출판사는 두 가지 문제에 직면할 수밖에 없다. 하나는 서점이나 유통사의 현금 지급일이 늘 늦기 때문에 중소 출판사일수록 자금난에 허덕인다. 더욱이 어음결제가 대부분이어서 그 어려움은 시기나 지날수록 더할 수밖에 없다. 그래서 출판사들이 선택한 것은 신간을 담보로 현금을 앞당겨 쓰는 것이다. 이런 구조는 악순환을 부른다. 또한 위탁판매는 유통사나 서점으로부터 반품을 받은 뒤에야 얼마나 팔렸는지 겨우 알 수 있는 구조다. 이런 시스템이 1년, 2년 반복되면 출판사의 수익성은 갈수록 악화된다.

2010년 한국출판문화진흥재단에서 펴낸 〈한국 출판산업의 위기 극복 방안 연구〉에서는 이 문제를 극복하기 위해 독일의 사례에서 배워야 한다고 강조하고 있다. 이 보고서에서는 독일의 경우 위탁판매에서 직접판매로 전환하고, 출판사 - 물류사 -서점의 정보 공유와 출판사 - 서점의 공생을 기반으로 하는 협업을 이루어냈기 때문에 위기를 극복했다고 진단하고 있다.

독일 사례의 핵심은 직접판매 제도다. 출판사가 서점에 납품하는 순간 열흘 이내에 현금으로 결제를 해준다. 어음제도란 것이 없다. 500부 정도 판매되는 책, 2천 부 판매되는 책, 또는 그 이상 판매되는 책에 대한 과학적인 기준이 존재하기 때문에 출판사는 반품이나 재고 등 낭비적인 요소를 최대한 줄일 수 있다. 또한 현금 수급이 빠르기 때문에 수익성 악화도 피할 수 있다. 그렇기 때문에 중소 규모의 출판사들이 지속적으로 출판 활동을 할 수 있게 된 것이다.

2009년 6월 25일 대한출판문화협회 주최로 개최된 '28회 출판경영자 세미나'에서 서점업계의 대표는 "출판유통의 비효율적 시스템으로 발생하는 비용손실이 적게는 수천억 원에서 1조 원으로 추산된다"고 말했다. 이런 문제 때문에 문화체육관광부와 출판계는 10년 전부터 출판유통 현대화 사업을 추진하기 위해 노력해왔다. 서점에 POS(Point Of Sales) 설치, 책에 RFID(Radio Frequency Identification) 태그 부착 등으로 유통구조 문제를 해결하려고 했다. 하지만 대부분의 시도는 실패로 귀결되었다. 가장 핵심적인 위탁제도 문제를 뜯어고치지 못했기 때문이다. 위탁제도를 유지한 채 진행되는 POS나 RFID 같은 시스템의 도입은 '언 발에 오줌 누기'와 진배없다.

또 하나 내부로부터의 붕괴는 과도한 선인세 경쟁 때문이었다. 과도

한 선인세 경쟁의 주범은 해외 번역도서 라이선스다. 해외의 경우 번역도서 비중이 독일 12%, 일본 8%, 미국 5%, 중국과 러시아 10% 등 보통 10% 내외지만, 한국은 번역도서 비중이 2000년 이후 30% 내외로 급증한 기형적인 양상을 보이고 있다.

〈2010년 한국출판연감〉에 따르면 지난 10년간 번역출판 종수는 2000년 8,839종으로 25.3%에 달하고, 2010년에는 9,680종으로 28.2%로 확대되고 2008년에는 1만 3,391종으로 무려 31.1%까지 치솟았다.

	2000	2001	2002	2003	2004	2005	2006	2007	2008	2009
총발행종수	34,961	34,279	36,186	35,371	35,394	43,585	45,521	41,094	43,099	42,191
번역출판 종수	8,839	9,680	10,444	10,294	10,088	10,695	10,482	12,321	13,391	11,681
구성비	25.3%	28.2%	28.8%	29.1%	28.5%	24.5%	23.0%	30.0%	31.1%	28%

국내 출판사의 선인세 경쟁은 전근대적인 유통구조와 맞물려 출판사 수익성을 악화시키는 대표적인 문제로 대두되었다. 지나치게 번역출판 중심으로 이끌어 온 자업자득의 성격이 강하다.

전근대적인 유통구조와 과도한 선인세 경쟁에 따른 문제는 여기에서 그치지 않고 다양한 문제를 야기시켜 왔다. 번역도서의 비중이 높다 보니 결과적으로 국내 저자의 약화를 초래했고, 수익성이 악화되다 보니 출판사들은 저자 인세는 물론 편집디자인, 삽화, 교정교열 등의 외주 노동자들의 임금까지 제때 주지 못하거나 심지어 떼어먹는 것이 관행처럼 굳어져왔다. 상황이 이렇다 보니 출판인들의 커뮤니티인 '북에디터' 사이트에는 출판 외주 노동자들의 원성과 불신이 게시판을 도배하고,

2010년 한 중견 출판사가 일본의 유명 소설가 작품을 15억 원이 넘는 선인세를 주고 도입하자 일각에서는 "그 금액이면 국내 작가 100명을 육성할 수 있는 돈"이라며 냉소적인 반응이 터져 나왔다.

위와 같은 핵심적인 문제가 내부로부터의 붕괴를 재촉한 원인이라면 외부로부터의 충격이란 무엇일까? 외부로부터의 충격이란 디지털 기술과 유무선 통신 네트워크를 기반으로 한 '인터넷'을 말한다. 10년 전 인터넷 서점이 등장했을 때 출판계는 매우 무능하고 무지했다. 인터넷이 출판산업에 어떤 변화를 강제할지 전혀 예측하지 못했다. 그 결과 도서유통의 모든 주도권은 인터넷 서점으로 이동하게 된 것이다.

인터넷 서점의 등장은 어음결제 관행을 현금으로 대체하고, 적어도 그 내부에서는 판매 통계가 제대로 잡히게 되었다는 점에선 긍정적인 역할을 했다. 또한 독자들에게 최적의 검색 환경을 제공하고 저렴한 할인제를 제공했다는 점에서도 긍정적이다. 하지만 인터넷 서점 역시 도서유통에서 전근대적인 요소를 몰아내진 못했다. 현재 순수 인터넷 서점은 존재하지 않는다. 대부분의 인터넷 서점은 종합 쇼핑몰화 되어가고 있으며 인터넷 서점은 쇼핑몰의 작은 섹션에 불과하다. 종합 쇼핑몰은 치열한 경쟁에서 살아남기 위해 출판사의 수익률을 지속적으로 떨어뜨릴 것으로 예상된다. 그 결과 이미 종이책 시장에서는 유통사와 출판사가 공동 번영할 수 있는 선순환 구조 확보에 실패했다고 본다.

만일 10년 전에 출판계가 공동으로 인터넷 서점을 구축하여 연합전선을 펼쳤다면 현재와는 다른 양상의 출판산업이 펼쳐졌을 것이다. 인터넷은 유통구조만 바꾼 게 아니었다. 출판계가 외국 출판물의 라이선스 사냥에 몰입하면서 국내 저자·작가층을 취약하게 만들고, 베스트셀러 아류작 양산과 스타 마케팅으로 출판 콘텐츠의 다양성을 훼손하는 동안 저자와 작가와 독자들은 종이책으로부터 이탈하여 인터넷으로 이동한 것이다.

3

독자들은
왜 책을
떠나고 있는가?

세계에서 사람들이 가장 많이 읽은 책이 성경이라고 하고, 그 다음으로 많이 읽은 책이 《자본론》이라고 한다. 칼 마르크스는 대영도서관에서 《자본론》을 집필할 당시 애덤 스미스의 《국부론》 경제학 이론에 집중적으로 천착했지만, 구체적으로 보면 노동, 잉여가치, 분업, 화폐, 가격, 시장 같은 경제학을 구성하는 다양한 개념을 재정립하기 위해 다른 방대한 문헌을 참조하고 분석했다고 한다. 칼 마르크스에게 《국부론》은 모티프를 제공했지만 뼈와 살을 붙이는 역할은 그 밖의 방대한 문헌이 담당했던 것이다.

대영도서관에 꽂혀 있던 한 권 한 권의 책이 오직 칼 마르크스에게만 의미가 있었을까? 아니다. 오스카 와일드, 마크 트웨인, T.S. 엘리어트 등등 수많은 문호와 석학들, 그리고 이름 없는 수많은 독자들에게 한 권의 책은 읽는 사람마다 다른 해석과 다른 지적 산출물을 이끌어 냈다. 그런 점에서 한 권의 책은 누구에게나 새로운 지식을 창출케 하고 상상력의 다양성을 담보해주는 독립적인 세계라 할 수 있다. 그래서 책은 획일화된 대량생산 대량소비라는 패러다임과는 근본적으로 맞지 않는다.

그런데 최근 국내 출판산업의 흐름을 유심히 살펴보면 포디즘의 망령이 대세처럼 번져가고 있는 것처럼 보인다. 독자들의 요구를 반영하지 못한 책들이 프레스 찍듯이 생산되고, 콘베이어 벨트 방식의 밀어내기식 유통 시스템이 작동되고 있다.

한국이 종이책의 경우 제작에 관한 한 세계적 수준이라는 점에서 문제는 없는 것처럼 보인다. 하지만 상당수의 출판사들이 베스트셀러에 대한 강박관념에 사로잡혀 있으며, 1년에 100종 이상 출간해서 밀어내는 대량생산을 추구하고 있다는 점에서 많은 문제가 발생하고 있다.

하나의 베스트셀러가 뜨면 아류작들이 우후죽순처럼 뒤따르는 것은 어제 오늘의 일이 아니다. 일부 출판인들 사이에선 "아류 중에서 2류만 되어도 손해는 안 본다."는 말이 거침없이 튀어나오기도 한다. 1년에 100종 이상 밀어내기 위한 대량 생산 시스템이 필수가 된 지 오래다. 한 권의 책을 만들기 위한 편집자의 고뇌는 없고, 유명인들을 섭외해 대필작가를 붙여주는 손쉬운 방법을 선호한다. 더욱 심각한 것은 이런 행위에 대해 도덕적 불감증을 가지고 있다는 점이다. '립싱크'도 비난받는 마당에 어떤 가수가 '대리 음악'으로 가수 생활을 영위하는 것을 팬들이 안다면 난리가 날 것이다. 가수의 음색과 가창력은 저자의 문체와 문장

력에, 가수의 음반은 저자의 책에 비유될 수 있는데, 독자들이 모른다고 "대필이 뭐가 문제야?"라고 정신 나간 소리를 할 수 있단 말인가?

로만 폴란스키 감독이 연출한 〈유령작가〉(The Ghost Writer, 2010)라는 영화가 있다. 아담 랭 수상은 유명한 정치인이지만 그를 조정하고 만들어내는 것은 그의 아내 루스다. 그리고 루스를 사실상 조정하는 것은 폴 에멧 교수다. 대필작가로 등장하는 이완 맥그리거는 이들의 정치쇼를 그럴듯하게 포장해서 책을 대신 써준다. 대중들은 아담 랭 수상 뒤에 유령 같은 존재들이 있다는 걸 알지 못한 채, 그의 이름으로 펴낸 책과 그의 발언과 행동으로 그를 평가한다. 그의 책을 구매한 대중들은 유령들에 의해 짜인 각본을 읽는 셈이다.

저작권법에는 저작인격권(著作人格權)이란 게 있다. 저작물은 저자의 분신이기 때문에 저작인격권에는 해당 저작물을 공표하거나 공표하지 아니할 것을 결정할 권리, 저작물에 대한 실명 또는 가명을 표시할 수 있는 권리, 저작물에 내용, 형식, 제목의 동일성을 유지할 권리를 규정하고 있다. 그런 점에서 대필 시스템은 저작권법을 위반하는 행위이며, 독자를 속이고 기만하는 낡은 출판 시스템의 유령 같은 요소다. 대량 생산 시스템으로 만들어지는 대필 시스템이나 마구 찍어내는 책들이 사실은 책에 함축되어야 할 철학과 사상을 몰아내고 있으며, 결과적으로 독자들을 책으로부터 멀어지게 하고 있다.

4

독자들의 반란,
북스캔

최근 문화체육관광부에서는 종이책 출판계의 요구를 받아들여 북스캔 대행사업을 사실상 저작권법 위반으로 진단내린 바 있다. 그 근거는 저작권법 제30조 사적 이용을 위한 복제 항목에 따른 것이다. 저작권법 제30조 내용은 다음과 같다.

"공표된 저작물을 영리를 목적으로 하지 아니하고 개인적으로 이용하거나 가정 및 이에 준하는 한정된 범위 안에서 이용하는 경우에는 그 이용자는 이를 복제할 수 있다. 다만, 공중의 사용에 제공하기 위하여 설치된 복사기기에 의한 복제는 그러하지 아니하다."

북스캔 대행사업을 저작권법 위반으로 지목한 핵심 근거는 "다만, 공중의 사용에 제공하기 위하여 설치된 복사기기에 의한 복제는 그러하지 아니하다"를 적용한 것이다. 북스캔 대행사업에 대한 저작권 위반 사실이 언론을 통해 공표되자 네티즌들의 반응은 다양했다. "정작 보고 싶은 책들은 전자책으로 나온 게 별로 없는데 어떡하자는 것인가? 전자책으로 팔던가, 거꾸로 가고 있는 출판업계 눈앞에 이익만 놓는다고 불법 스캔이 없어지는 것도 아니며, 그런 식으로 방어만 한다고 이미 대세가 기운 것들이 다시 원상태로 돌아갈까?" 같은 반응들이 많이 나왔다.

네티즌들의 이런 반응은 이미 예견된 것이다. 국내에 태블릿PC 보급이 120만 대를 돌파하면서 독자들은 이미 지난해부터 자신이 소장하고 있는 책을 스캔해서 아이패드에 넣고 다니기 시작했다. 그 진원지는 대학생들이다. 특히 대학교재의 경우 크고 두껍고 무거운 책들이 많다. 전공서적과 교양서적, 그리고 취업이나 취미 관련 책들까지 더하면 책가방이 무거워진다. 아이패드를 구입한 대학생들이 자신이 소유한 책을 디지털로 전환해서 가지고 다니는 것은 자연스러운 흐름이다.

이런 흐름으로 인해 일본의 경우 이미 100여 개 북스캔 대행업체가 활발하게 영업활동을 하고 있고, 국내에서도 아이북스캔, 스캔맨, 미래스캔, Docuscan, 북스캔넘버원, 스캔집, 오케이스캔, 북미디어컴, 스캔포패드 등 10여 개 기업형과 40여 개 카페형 1인 기업 등 50여 개 기업이 성업 중이었다. 일부 업체는 매달 300%에 달하는 고성장을 하던 중이었다. 이 와중에서 북스캔 대행사업에 대해 저작권법 위반이라는 딱지가 붙여진 것이다.

그런데 문화체육관광부의 북스캔 대행업에 대한 저작권법 위반 해석은 여러 가지 쟁점과 그 실효성에 대해 의문이 존재한다.

첫째로 지나친 저작권법 적용으로 개인 소장 도서의 디지털화에 대한 권리를 제약하는 것은 아닌가 하는 쟁점이다. 북스캔을 직접 하든 남에게 대행을 맡기든 이 모든 행위의 본질은 독자가 자기 소유의 종이책을 스캔해서 넣고 다닌다는 것이다. 디지털화된 파일을 남에게 어떤 형태로든 유통하지만 않는다면 불법은 아니다. 오히려 그것은 종이책 소유자의 권리이기도 하다. 예를 들어 독자가 소장하고 있는 책을 읽기 위해 다른 사람에게 돈을 주고 '읽기 대행'을 시킬 수도 있고, 필사본을 가지고 싶은 경우 '필사 대행'을 맡길 수도 있다. 또 MP3로 듣기 위해 '낭독 대행'을 맡길 수도 있다. 자기 책을 읽거나 필사하거나 낭독을 하거나 스캔하는 등의 대행 행위는 본질적으로 '대행'의 성격이다. 다시 말해서 북스캔 대행업은 독자가 일정의 돈을 주고 맡기는 대행 서비스의 일종으로 볼 수 있다.

둘째로 과거에는 북스캔용 스캐너가 대부분 고가여서 개인이 구입하기가 어려웠지만 최근 엡손에서 출시된 GT-S80모델의 경우 100만 원 안팎이면 구할 수 있을 정도로 저렴해지고 있다. 북스캔 대행업체의 경우 나름대로 저작권법 문제를 해결하기 위해 북스캔한 PDF 파일 뒷면에 이름, 연락처 기입과 워터마크 삽입 등을 취하고 있으나, 개인이 직접 북스캔을 할 경우 이러한 최소한의 조치조차도 생략될 것이 자명하다. 문화체육관광부의 북스캔 대행 서비스에 대한 저작권법 위반 간주는 그런 점에서 과연 얼마나 실효성이 있을까 하는 의문이 들게 한다.

베스트셀러 등 영향력이 큰 종이책일수록 대행업체에 의해 스캔되든 개인에 의해 스캔되든 한 번 디지털화돼서 퍼지면 걷잡을 수 없다. 그런 점에서 더 큰 잠재적 위험성은 개인들의 북스캔에 있다. 그러나 개인들의 북스캔 행위는 법이나 제도로 막을 수 있는 게 아니다. 태블릿PC 등 개인들이 소유하는 모바일 기기가 발전할수록, 필요한 책이 전자책으로 늦게 나오면 나올수록 북스캔에 대한 독자들의 열망은 더 커질 것이 분명하다.

저자들의 반란,
디지털
셀프 퍼블리싱

북스캔 논쟁이 종이책 출판사에 대한 독자들의 반란이라면 디지털 셀프 퍼블리싱은 그동안 종이책 출판에서 철저하게 소외되고 버림받았던 저자들의 반란이다. 조안 K. 롤링이 30여 개 출판사를 전전한 끝에 《해리포터》시리즈를 출간한 것이나 귀여니 작가가 여섯 번째 출판사에서 승인을 얻어 책을 출간하게 된 사례 외에도 이런 경우가 적지 않다. 이는 전문 편집자라 할지라도 미래에 가치가 있거나 상업적인 성공을 내포한 원고를 제대로 걸러내지 못하고 있다는 진실의 일면을 보여준다.

전자책이 대중화되기 전까지는 출판사에서 거절한 원고가 세상을 빛을 보는 경우는 거의 없다. 일부 작가가 자비를 들여 출판하는 경우가 간혹 있지만 대부분의 원고는 사장된다. 번역출판이 30% 내외로 비중이 높아진 상황에서 국내 창작물은 그렇게 사라져 갔다. 그런데 인터넷이 보급되고 대중화되면서 그동안 종이책에서 소외되었던 작가들이 인터넷 커뮤니티나 블로그를 통해 출간에 대한 욕구를 어느 정도 해소하는 경로를 찾게 되었다. 적게는 수천 명에서부터 많게는 100만 명까지 회원을 거느린 작가 커뮤니티가 지난 10년간 급증했다. 분야도 픽션과 논픽션, 소설과 시나리오, 로맨스, 추리, 판타지, SF, 무협 등 큰 갈래에서 하위 갈래로 세분화되어 발전해 갔다. 처음에는 단순하게 글쓰기를 취미로 삼는 수준이었지만 작가 커뮤니티들이 덩치를 키워가면서 구글 광고 등의 수익 방법을 찾기도 했고, 일부 작가들은 연합해서 전자책 서점을 열기도 했다. 또 유명 블로거의 글은 종이책으로까지 이어지는 경우도 잦아지고 있다. 하지만 이러한 작가들의 인터넷 기반 활동이 사회적 명성이나 온전한 수익을 보장해주진 않았다. 그런데 전자책이 대중화되면서 상황이 달라지고 있다.

디지털 셀프 퍼블리싱 바람은 해외에서부터 시작되었다. 아마존이 킨들 서비스에 도입한 셀프 퍼블리싱에서 무명작가들의 활약이 두드러지고 있다. 전자책 밀리언셀러 작가는 기존의 유명작가군에서 나오는 것이 아니라 삼류작가 또는 무명작가, 인디 작가로 불리는 작가군에서 속속 탄생하고 있다.

아만다 호킹(Amanda Hocking)이라는 26세의 미국 인디 작가는 자신의 소설 10여 권을 아마존 전자책으로 서비스하면서 200만 달러 이상을 벌어들이고 있고, 존 로크(John locke)라는 범죄소설 작가는 전자책 밀리언셀러 작가로 등극했다. 또 미국이나 일본에서는 베스트셀러 작가가 출판사를 거치지 않고 직접 전자책으로 출간하는 사례가 늘고 있다. 국내에서도 전자책 오픈마켓인 '유페이퍼'나 디지털 셀프 퍼블리싱을 본격적으로 지원하는 '북씨'같은 서비스들이 등장했고, KT의 '올레북카페'나 위즈덤베이글의 '비슬' 같은 디지털 셀프 퍼블리싱 지원 서비스가 나오면서 인터넷 작가나 블로거들이 대거 전자책 출간 대열에 합류하기 시작했다. 작가들이 직접 전자책을 만들어 유통하기도 하고, 또 상당수의 작가들은 직접 출판사를 등록해 디지털 퍼블리셔 영역을 개척해 가고 있다.

전자책 시장이 활성화될수록 전문성과 창조력을 가진 독자와 저자들은 종이책 출판사를 제치고 직접 전자책 출판사로 나서는 현상이 보편화될 것으로 보인다. 그들은 출판사보다 인터넷 블로그와 커뮤니티, 소셜 네트워크 같은 뉴미디어 시대를 더 잘 알고 잘 이용하는 사람들이다.

무실적 출판사
91.8%의
진실

가끔 출판사 지인들을 만나면 "국내에 출판사가 너무 많다."고 푸념한다. 그런데 〈2010년 출판연감〉 통계를 보면서 사실이 아니라는 것을 알게 되었다. 2009년 기준으로 국내에 등록된 3만 2,289개 출판사 가운데 1년에 단 한 권이라도 책을 낸 출판사는 2,902개사다. 이 중 5종 이하로 낸 출판사가 1,530개사, 6종 이상 10종 이하로 낸 출판사는 467개사다. 결과적으로 10종 이하로 낸 출판사는 1,997개사, 10종 이상 낸 출판사는 905개사에 불과하다. 과연 연간 10종 이하로 책을 내는 출판사들이 제대로 된 경쟁 속에서 출판을 하고 있다고 볼 수 있을까?

	2003년	2004년	2005년	2006년	2007년	2008년	2009년
전체 출판사 수	20,782	22,973	24,580	27,103	29,977	31,739	35,191
실적 출판사 수	1,524 (7.3%)	1,715 (7.6%)	2,273 (9.2%)	2,175 (8.0%)	2,771 (7.8%)	2,777 (8.7%)	2,902 (8.2%)
무실적 출판사 수	19,258 (92.7%)	20,783 (92.4%)	22,307 (90.8%)	24,928 (92.0%)	27,206 (92.2%)	28,962 (91.3%)	32,289 (91.8%)

2010년 한국출판문화진흥재단에서 펴낸〈한국 출판산업의 위기 극복 방안 연구〉보고서에 따르면 "서적출판업에서 학습참고서 업체가 차지 하는 비중은 32.7%이나 금액 비중은 80.6%"를 차지하고, "일반서적 출 판업체 가운데 매출 30억 원 미만의 출판사는 전체 일반서적 업체 가운 데 54.5%, 금액 비중은 8.5%에 불과한 반면 매출 100억 원 이상을 기록 하는 출판사는 18.8%이나 금액 비중은 71.4%"를 차지한다고 한다.

이 말은 대략 10% 내외 또는 2백 개 미만의 메이저 출판사들이 사실상 시장을 과독점하고 있다는 것이다. 또한 시장을 과독점하고 있는 이들 출판사들이 학습참고서를 집중적으로 키워왔거나 해외번역도서 비중을 기형적으로 늘려 선인세 경쟁을 촉발해온 주범이라 봐도 무방하다.

출판사의 양극화와 서점의 몰락은 세계적인 흐름이다. 한국 역시 지 역 서점의 몰락과 출판사의 양극화 문제는 피해갈 수 없는 문제다. 그런 데 일부 출판계에서는 본질적인 문제 대신 환경 타령을 하는 경우가 많 다. 하지만 한국의 독서 환경이나 출판 환경이 그렇게 열악한 것만은 아 니다.

	2003	2004	2005	2006	2007	2008	2009
서점 수	3,589	2,205	2,103	2,065	2,042	-	1,825
공공도서관 수	471	487	514	593	607	644	704

서점 수가 해마다 줄고 있는 것은 어쩔 수 없다 하더라도 공공도서관만큼은 그렇게 열악한 편은 아니다. 2009년 기준으로 국내 공동도서관 수는 704곳, 국민 1인당 공공도서관 장서 수는 1.18권이다. 물론 미국 3.0권, 일본 2.8권, 프랑스 2.5권에 비해 열악하지만 독일 1.5권에 비하면 위안이 될 수 있는 수준이다. GDP나 GNP 대비로 보면 비교적 준수한 편이다. 또한 최근 작은도서관 설립 운동이 펼쳐지고 있고 문화체육관광부가 작은도서관을 5천여 개로 확대할 계획을 가지고 있기 때문에 우리나라의 독서 환경이 결코 나쁜 편이 아니다.

그렇다면 연간 10종 이하로 책을 낸 1,997개 출판사들의 운명은 어떻게 되는 것일까? 91.8%에 해당되는 3만여 개의 무실적 출판사들의 운명은 또 어떻게 되는 것일까? 아마도 정답은 없을 것이다. 정부가 아무리 많은 지원을 하고 막대한 자금을 투입한다 하더라도 종이책 출판구조에서는 이들의 운명은 쉽게 바뀌지 않을 것으로 보인다. 물론 일부 1인 출판사나 중소 출판사가 몇 개의 히트작을 낼 수도 있고, 그렇게 해서 자본축적을 하게 될 가능성이 완전히 없는 것이 아니지만 전체적인 흐름은 어떻게 할 수 없을 것이다.

나는 이들에게 필요한 해답은 전자책 사업에 있다고 본다. 이들의 꿈과 희망은 오히려 전자책에서 꽃 피울 수 있는 에너지로 작동할 것이라고 믿고 있다. 이 책에서 관통하고 있는 것도 사실은 이들에 대한 대안 마련이기도 하다.

7

미디어 환경의
변화와
독서 스타일의 변화

앞에서 종이책 시장의 붕괴 원인을 출판계 내부의 문제와 외부의 충격에 관해 말했지만, 그보다 더 큰 원인은 미디어 환경 변화에 따른 라이프스타일에 근본적인 변화가 일어나기 시작했다는 점이다.

2010년 4월 《The PR》 잡지에서는 창간 특집으로 국내 200개 주요 기업 홍보담당 임직원을 대상으로 조사한 '미디어 환경 변화에 따른 홍보 트렌드 변화'라는 내용을 발표한 적이 있다. 이 조사에서 최근 영향력이 가장 많이 증가한 매체는 1위를 소셜미디어(51.5%)가 차지했고, 2, 3, 4, 5 위로는 인터넷 커뮤니티(38.0%), 모바일(35.5%), 포털(33.5%), 방송(16.5%) 순이었다. 반면 종이매체의 경우 신문(8.0%)이 꼴찌를 차지했다.

좀 더 구체적인 자료를 보면 미디어 환경 변화가 독서에 어떻게 영향을 주고 있는지 알 수 있다. 문화체육관광부가 2009년과 2010년에 발간한 〈국민 독서실태 조사〉 보고서에 따르면 2009년 기준으로 일반 성인의 평균 매체 접촉 시간 비중은 영상매체, 정보오락매체, 음향매체, 인쇄매체 순이었고, 학생의 경우 정보오락매체, 영상매체, 음향매체, 인쇄매체 순으로 성인, 학생 모두 인쇄매체 접촉 시간 비중이 가장 낮았다.

성인 매체 접촉시간 (단위 : 분)		2006년		2007년		2008년		2009년	
		평일	주말	평일	주말	평일	주말	평일	주말
인쇄매체	일반도서	37	34	33	35	29	30	31	32
	만화	5	6	4	4	3	4	3	4
	잡지	8	7	8	6	6	6	6	5
	신문	21	13	20	15	19	13	18	11
	소계	71	60	65	60	57	53	58	52
영상매체	TV	91	125	90	128	103	138	102	137
	영화	6	13	6	11	9	28	13	31
	소계	97	138	96	138	112	166	115	168
음향매체	라디오	24	12	26	15	20	13	24	16
	음악 듣기	35	30	32	27	26	22	35	30
	소계	59	42	58	42	46	35	59	46
정보 오락 매체	인터넷	64	60	57	58	59	56	59	56
	게임하기	17	22	16	20	15	20	16	19
	휴대폰/PDA	36	34	34	31	25	22	29	26
	소계	117	116	107	109	99	98	104	164

학생 매체 접촉시간 (단위 : 분)		2006년		2007년		2008년		2009년			
								중학생		고등학생	
		평일	주말	평일	주말	평일	주말	평일	주말	평일	주말
인쇄매체	일반도서	45	51	45	51	41	48	36	43	30	36
	만화	21	24	23	25	19	23	16	20	11	14
	잡지	6	6	7	6	4	6	6	7	6	7
	신문	-	-	7	6	5	5	10	9	12	10
	소계	72	81	82	88	70	82	68	79	59	67
영상매체	TV	88	148	96	153	88	144	104	159	85	141
	영화	7	15	9	16	12	23	25	48	31	57
	소계	95	163	105	169	100	168	129	208	116	198
음향매체	라디오	13	13	10	11	12	11	10	10	8	8
	음악듣기	50	59	59	65	60	67	67	76	75	83
	소계	63	72	69	76	72	79	77	86	83	91
정보 오락 매체	인터넷	74	121	85	131	46	68	62	84	59	95
	게임하기	-	-	-	-	48	75	56	89	43	71
	휴대폰/PDA	-	-	86	91	54	58	65	70	75	84
	소계	74	121	171	222	148	201	183	243	177	250

일반도서, 만화, 신문, 잡지 등 인쇄매체 접촉 시간은 성인의 경우 2006년에는 평일 71분(주말 60분), 2007년에는 평일 65분(주말 60분), 2008년에는 평일 57분(주말 53분), 2009년에는 평일 58분(주말 52분)으로 매년 줄어들고 있다. 학생의 경우에도 2006년에는 평일 72분(주말 81분), 2007년에는 평일 82분(주말 88분), 2008년에는 평일 70분(주말 82분), 2009년에는 중학생이 평일 68분(주말 79분), 고등학생이 평일 59분(주말 67분)으로 계속 줄어들고 있다.

반면 영상매체의 경우 성인의 평균 매체 접촉 시간은 2006년에는 평일 97분(주말 138분), 2008년에는 평일 96분(주말 138분), 2008년에는 평일 112분(주말 166분), 2009년에는 평일 115분(주말 168분)으로 해마다 큰 폭으로 늘어나고 있으며, 특히 주말에는 접속시간이 더 늘어나고 있다. 학생의 경우도 마찬가지로 2006년에는 평일 95분(주말 163분), 2007년에는 평일 105분(주말 169분), 2008년에는 평일 100분(주말 168분), 2009년에는 중학생의 경우 평일 129분(주말 208분), 고등학생의 경우 평일 116분(주말 198분)으로 크게 늘어나고 있다.

인터넷 등 정보 오락 매체는 성인의 경우 2006년에는 평일 117분(주말 116분), 2007년에는 평일 107분(주말 109분), 2008년에는 평일 99분(주말 98분), 2009년에는 평일 104분(주말 164분)으로 크게 늘어나고 있다. 2009년을 기점으로 정보 오락 매체 접촉 시간이 중학생은 평일 183분(주말 243분), 고등학생은 평일 177분(주말 250분)으로 더 크게 늘어난 반면 인쇄매체에 대한 비중은 크게 줄어들고 있다.

국민 독서 실태를 일반도서, 만화, 잡지, 신문, TV, 인터넷 등 세분화하여 비교했을 때는 성인 이용자 전체 평일 평균이 일반도서 29분, 만화 3분, 잡지 6분, 신문 19분에 비해 TV 103분, 인터넷 59분으로 나타났다. 특히 '안 본다/안 한다'의 경우 일반도서 43.3%, 만화 90.5%, 잡지 74.2%에 비해 TV의 경우 7.0%, 인터넷 26.2%에 불과했다. 주말에는 일반도서 49.8%, 만화 88.7%, TV 5.2%, 인터넷 32.9%였다.

학생의 경우 학습과 과제, 학원 등에 투자하는 시간이 급격하게 늘어나고 있어 다양한 매체에 접촉할 시간이 상대적으로 줄어들고 있다. 하지만 이런 상황을 감안하더라도 평일 매체 접촉 시간은 일반도서가 1994년에 62분이었다가 2008년에 41분(주말 48분)으로 줄어들었고, 만화의 경우 1994년에 27분(주말 27분)이었다가 2008년에는 19분(주말 23분)으로 줄어들었다. 반면 TV의 경우 2008년에 88분(주말 144분), 인터넷의 경우 46분(131분)으로 도서·만화에 비해 압도적이다.

| 초중고 학생 연도별 매체 접촉 시간 비교 (단위 : 분) | | | | | | | | | | | | | |
구분	연도	일반도서	만화	잡지	신문	TV	비디오/DVD	라디오	음악	인터넷	휴대폰/PMP/PDA	컴퓨터게임	공부숙제	학원과외
평일	08년	41	19	4	5	88	12	12	60	46	54	48	87	99
	07년	45	23	7	7	96	9	10	59	85	86		76	89
	06년	47	21	6	-	88	7	13	50	74			93	105
	04년	45	31	7	8	101	18	14	61	81			70	84
	02년	48	33	9	8	109	22	18	67	95			71	90
	99년	44	39	17	10	145	34	38	63	37			57	56
	96년	53	36	18	111	37	45	51	5			75	65	
	95년	58	31	15	111	37	45	54	-			83	60	
	94년	62	27	16	108	35	45	54	-			88	55	
주말	08년	48	23	6	5	144	23	11	67	131	58	75	80	41
	07년	51	25	6	6	153	16	11	65	121	91		63	30
	06년	51	24	6	-	148	15	13	59	115			83	44
	04년	49	33	6	8	157	31	13	73	127			59	28
	02년	53	35	8	8	167	35	18	81	50			100	60
	99년	51	46	20	11	203	57	37	74	5			48	12
	96년	53	36	18	111	37	45	51	-			75	65	
	95년	58	31	15	111	37	45	54	-			83	60	
	94년	62	27	16	108	35	45	54	-			88	55	

이상의 출판 현황과 독서 실태 등을 살펴볼 때 독자들의 독서 스타일이 근본적으로 바뀌고 있다는 것은 분명하다.

출판계에서는 오래전부터 "한국인은 정말 독서를 하지 않는다"고 푸념해 왔다. 그런데 이는 사실과 다르다. 예를 들어 2007년 기준으로 볼 때 네이버 회원 수는 3천만 명이며, 카페나 블로그 1일 방문자 수는 1천만 명이 훌쩍 넘어간다. 이들이 블로그나 카페에 들어가서 주로 보는 것은 텍스트, 그림, 동영상 등으로 이루어진 콘텐츠들이다. 그 콘텐츠들은 인터넷 소설부터 백과사전, 만화책, 사진, 요리, 건강, 여행, 육아, 환경, 주식 등 종이책에서는 접할 수 없는 방대한 정보들이다. 네티즌들이 접하는 콘텐츠의 내용과 수준에 대해서는 다양한 이견이 있을 수 있으나, 어쨌든 그들이 방대한 독서를 하고 있다는 것은 사실이다. 과거에는 종이책에 의존해서 보던 지식과 정보들이 이제는 인터넷이라는 매체로 대체되고 있는 것뿐이다. 네티즌들의 독서 스타일의 변화에 천착하지 못할 경우 종이책 기반의 출판사의 미래는 암담해질 것이다.

8

경 계 가 무 너 지 고
미 디 어 가 융 합 되 고
있 다

미디어 환경 변화와 독자들의 독서 스타일이 변화고 있는 것은 어
제 오늘의 아니다. 2011년 연말이면 스마트폰은 2,500백만 대를 돌파할
예정이고, 태블릿PC는 200만 대에 달할 것으로 보인다. 이런 환경은 출
판 미디어를 둘러싼 두 가지 뚜렷한 징후를 강제하고 있다.

그 하나는 세계적으로 저자와 독자, 저작권자와 출판사의 경계가 무
너지고 있다는 점이다. 인터넷에선 이미 저자와 독자, 저작권자와 출판
사의 전통적 관계가 무너진 지 오래되었다. 앨빈 토플러가 《제3물결》에
서 정립한 프로슈머 개념이 현실화된 UCC가 일반화되고 있는 곳이 바
로 인터넷이다. 그리고 이러한 기반 위에서 전자책 셀프 퍼블리싱이 급
격하게 팽창하고 있다.

또 다른 하나는 매체 간 경계가 무너지고 끊임없이 융합이 일어나고 있다는 점이다. 종이책은 신문이나 TV, 영화처럼 하나의 매체에 불과하다. 디지털 기술이 없었을 때는 지식이나 정보를 전달하기 위해 종이에 의존해야 했다. 하지만 지금은 표시장치로 LCD, LED, 플렉서블 디스플레이, e잉크 디스플레이, 전자종이 등이 있고, 저장장치로는 CD, DVD, 블루레이디스크, 하드디스크, 메모리디스크, 플래시메모리 등 다양한 기술이 등장해 나날이 진보하고 있다.

더욱 주목할 일은 단말기 기술과 통신 · 네트워크 같은 기술 발전으로 스마트폰이나 태블릿PC 같은 휴대용 단말기 하나에 수천 권의 책을 소장할 수 있고, 수천 권의 책을 전 세계 어디에서나 접속해서 볼 수 있는 환경이 다가오고 있다는 점이다.

이런 상황에서 종이책을 기반으로 하는 출판 시장이 온라인으로 이동하는 것은 자연스럽고 당연한 일인지도 모른다. 현재 전자책 사업을 위해 교보문고가 삼성전자와 손을 잡았고, 유페이퍼는 예스24, 리브로, 영풍문고, 알라딘, 반디앤루니스 등과 연합전선을 펼치고 있고, OPMS는 바로북, 아이리버 등과 연합전선을, KT와 SK텔레콤 같은 이동통신사들과 팬택, 삼성전자, 삼보컴퓨터 같은 단말기 업체들도 전자책 사업에 뛰어들고 있다. 또한 대교, 웅진씽크빅 같은 메이저 교육출판사들은 독자적인 전자책 플랫폼 사업으로 무장하고 있는 중이다.

또 아직 시장에 본격적으로 드러나고 있지 않은 몇몇 대기업들까지 가세하면 출판산업은 전자책을 중심으로 일대 재편될 것으로 예상된다. 또한 이들 대기업군은 포털 사이트나 이통사와도 합종연횡을 거듭하면서 전자책 대중화를 앞당길 것이다. 그 결과 2~3년 내에 전자책 산업은 상상 이상의 시장 규모를 창출할 것이다.

또 하나 주목할 일은 애플, 아마존, 구글과 같은 글로벌 기업들의 움직임이다. 이들 글로벌 기업들은 아시아 시장을 공략하기 위해 중국, 일본, 한국 등에 전자책 서비스를 할 날이 곧 올 것이다. 결국 국내 전자책의 글로벌 유통이 좀 더 앞당겨질 가능성이 있다. 이렇게 되면 스마트 단말기기 중심의 디지털 독서(디지털 독서는 휴대용 단말기로 이동 중에 책을 읽을 수 있는 환경과 휴대용 단말기 내에 수천 권의 전자책을 담을 수 있어 '내 손안의 도서관'이 구현되는 순간 일반화될 수 있는 사회적 현상이라고 볼 수 있다.)라는 사회적 현상을 광범위하게 불러일으킬 것으로 예상된다.

이런 상황에서 기존 종이책 출판 산업이 내부 혁신 없이 그대로 전자책 산업으로 이동된다면 콘텐츠 빈곤, 선인세 경쟁, 출판사 양극화, 수익성 악화 등의 고질적인 문제가 그대로 전수될 가능성이 높다. 종이책 시장에서 약자인 중소 출판사 역시 전자책 유통에서도 열악한 위치를 벗어나지 못할 수도 있다.

책은 지식의 보고이자 인류의 정체성과 미래의 발전을 담보할 소중한 가치다. 아무리 뉴미디어 영상매체가 발전하다 하더라도 텍스트와 이미지를 중심으로 한 책은 영원하다. 마치 생태사슬에서 빽빽한 나무숲과 푸른 초원이 풍성해야 초식동물이 번성하고, 초식동물에 기반한 다양한 육식동물이 번성할 수 있는 것처럼 책이라는 콘텐츠가 다양하고 풍성해야 영상매체도 함께 발전할 수 있다.

이런 원리는 지금 변동하고 있는 출판산업에서도 그대로 적용된다.

출판 콘텐츠 저술·창작, 단말기, 유통, 솔루션 전반에 걸쳐 동시 번영할 수 있는 생태계 사슬을 확립하는 것과 콘텐츠의 다양성을 확보하는 것이 지금 온오프 출판산업에 종사하는 모든 사람들의 핵심적 과제가 되고 있다.

9

올드 퍼블리셔인가?
뉴 퍼블리셔인가?

문제를 인식하고 문제의 원인을 파악하면 해결 방법이 보이기 마련이다. 책은 모든 문화의 원천이고, 최초의 미디어이고, 가장 오래된 미디어이기 때문에, 상업적인 관점으로 보면 안 되는 것이라고 아무리 외쳐본들 무의미한 일들이다. 이미 책은 상업주의 때문에 망가져 가고 있기 때문에 그러한 외침은 공허한 메아리처럼 들릴 뿐이다. 따라서 과거의 낡은 출판 시스템은 전자책으로 가기에 앞서 혁신이 필요하다.

지금 독자들에게 필요한 것은 책을 포장하는 매체가 아니라 그 안에 들어 있는 내용이다. 종이책과 전자책이 어떻게 자리바꿈을 할 것인가에 대한 논쟁이 아니라 스마트폰과 태블릿PC에서 어떤 책을 골라 읽을 것인가 하는 콘텐츠의 선택이다.

이러한 상황에서 지금의 출판 시스템은 몇 가지 근본적인 혁신을 단행해야만 한다. 이것은 선택의 문제가 아니라 필수적으로 하지 않으면 안 될 사안이다. 혁신의 과정을 통해 출판계는 올드 퍼블리셔와 뉴 퍼블리셔로 양분되어 전자는 몰락의 길을 갈 것이고, 후자는 새로운 비전과 미래를 찾을 것이 분명하다.

첫 번째 혁신, M&A 또는 선택과 집중

출판계에선 베스트셀러를 로또에 비유하는 경우가 많다. 베스트셀러를 만들기가 그만큼 어렵다는 뜻이다. 그래서 눈이 뒤집힐 만큼 높은 선인세를 주고 해외에서 검증된 베스트셀러를 도입하는 데 혈안이 되어 왔다. 자본력이 없는 1인 출판사나 중소 출판사에게는 그런 기회조차도 주어지지 않는다. 결국 국내에서 원석을 찾아 보석으로 만드는 일에 노력을 기울이거나 아니면 해외에서 아직 뜨지 않은 책을 찾아내서 헐값에 도입한 다음 주목받기를 기다리는 수밖에 없다. 아주 간혹 그런 기적이 일어나기도 한다. 《만화로 보는 그리스신화》나 《아침형 인간》이 그런 경우인데 이런 행운을 가져다 주는 확률은 과연 얼마나 될까?

2010년 한국출판문화진흥재단에서 펴낸 〈한국 출판산업의 위기 극복 방안 연구〉 보고서에 따르면 "출판사들이 겪고 있는 경영난의 원인은 출판사 내외부에 고루 원인이 있고 그 양상이 복합적이고 순환성을 지니고 있다"고 한마디로 정의한다.

출판사 경영난의 주요 동인(動因)은 서점 수 감소, 독서인구 감소,

e-Book 수요 증가, 수급통계 미흡, 출판기획 및 전략 부실, 창업 준비 미흡(소액자본), 도서정가제 미흡, 위탁판매 및 외상 관행, 고객 접점 미흡(브랜드, 서지정보) 등으로 보고 있고, 부차적인 요인을 반품 증가, 판매부진 및 재고 증가, 최소 유지 마진 미확보(누수 발생), 가격 할인 압력 심화, 인터넷 서점 및 대형 서점 의존도 심화, 선인세 경쟁 등의 출혈 매출을 예로 들고 있다.

이 보고서에서 적시한 내용과 설명을 보면 핵심적인 요인을 찾기가 무척 어렵다. 그 양상이 복합적이고 순환성을 가지고 있다는 것은 해결책이 없다는 말로 들릴 수도 있다. 이런 저런 이유를 붙여대기 시작하면 끝이 없고, 해결책은 오리무중에 빠져 버린다.

그런데 이 보고서를 자세히 살펴보면 국내 출판산업에 전근대적인 요소가 많다는 점이 발견된다. 예를 들면 위탁판매나 외상 관행(어음제도), 출혈 매출, 출판기획 및 전략 부실 등이 그런 것들이다. 나는 지금의 종이책 출판산업의 핵심적인 문제가 바로 전근대적인 요소가 고질적으로 뿌리 깊게 남아 있기 때문에 전문화와 자본 문제가 해결되지 않고 있다고 보고 있다. 이것과의 결별 없이는 그 어떤 변화나 해결책도 없다고 본다.

유럽이나 북미권의 출판사들은 끊임없이 합종연횡하거나 M&A를 통해 발전해 왔다. 그 결과 새로운 혁신이 일어나고, 새로운 비전을 만들어 내는 것을 우리는 많이 봐왔다.

국내에서 실질적으로 종이책 출간활동을 하는 출판사가 대략 3천 개라고 본다면 이들 출판사들이 분야별로 재편되거나 기획, 출판편집, 마케팅 등 역할을 분담해 재편되어 전문화와 자본 문제를 해결해 나가는 것이 바람직하다.

특히 연간 10종 미만의 종이책을 출간하는 출판사들은 과감하게 종이책을 버리고 전자책만을 전문화하는 것이 현명하다. 자본력 없이 간신히 한 달에 한 종씩 밀어내기를 하다가 1~2년 만에 도산하는 중소 출판사를 너무나 많이 보았기 때문에 그렇다. 10종 미만의 출판사들은 전자책 출판사로 노하우를 쌓아 나가고, 종이책 출간에서 자본과 마케팅이 강점인 출판사와 상호 연합하는 것도 매우 좋은 혁신 사례가 될 것이다.

두 번째 혁신, 뉴미디어 다매체 다채널 환경

종이책의 비즈니스 유형은 그리 많지 않다. 도매상이나 서점에 위탁 판매하는 유통 경로가 대부분이고 해외로 판권이 수출되거나 기업 프로모션 상품으로 선택되거나 TV 드라마, 다큐멘터리, 영화, 게임 등으로 활용되는 경우도 있지만 그런 경우는 극소수에 불과하다.

오히려 언제부터인가 영화나 드라마가 뜨면 그것을 각색해서 책으로 내는 경우가 더 많아진 것 같다. 또는 TV나 다른 매체에서 유명해진 사람들의 에세이를 책으로 내는 경우도 많다. 종이책이 다른 매체를 주도하는 게 아니라 오히려 다른 매체에게 끌려가거나 하위 매체로 비춰지는 것도 이런 이유 때문일 것이다.

이제 이런 상황이 전자책을 통해 변화되어야 할 상황에 왔다. 전자책의 경우 다양한 단말기의 발전으로 새로운 뉴미디어 환경에 대응할 수 있는 매체다. 전자책 콘텐츠를 볼 수 있는 단말기는 크게 4가지로 분류된다. 휴대용 단말기의 경우 e잉크단말기, 스마트폰, 태블릿PC가 있고, 가정이나 학교 등에서 보는 대형 스크린 기반의 스마트TV 등이 있다. 이러한 첨단단말기는 이미 전자책을 포함하여 만화, 음악, 게임, 영화, 애니메이션, TV방송, 교육 등 다양한 문화콘텐츠를 즐길 수 있는 환경을 빠르게 개척하고 있다.

결국 출판 시스템은 이러한 뉴미디어 환경에 대응하여 초기부터 기획되어야 할 필요가 더욱 절실해지고 있다. 책 제작비용으로부터 자유로워지는 순간 다양한 기획이 가능하고 다양한 콘텐츠 생산이 가능하다. 이러한 흐름이 모이면 책은 여타 미디어에 휩쓸려 가는 하위 미디어가 아니라 여타 미디어를 주도하는 콘텐츠 원소스의 역할을 하게 될 것이 분명하다.

세 번째 혁신, 先전자책 後종이책 시스템

국내에서 출간되는 종이책 90%가 연간 100권 내외로 판매되고 있으며, 판매 대비 과도한 제작비용, 물류비용, 전근대적인 시스템으로 인해 출판사의 수익성이 날로 악화되고 있다. 과당경쟁으로 인해 마케팅 비용, 외국 라이선스 비용 등이 치솟고 있다. 종이책의 경우 기획, 편집, 교정교열, 인쇄, 제책, 유통, 배송 등 다양한 과정을 거치기 때문에 제작생산비가 과도하게 소요된다. 특히 출판시장의 불황이 깊어감에 따라 종이책 출판산업은 대표적인 '고비용 저효율 산업'으로 전락하고 있다.

또한 대량 생산체계에 따라 무분별하게 출간하는 바람에 연간 200만 톤에 이르는 종이, 결국 매년 35년생 나무 3천5백만 그루를 희생시킴으로써 석유 등 화석연료 다음으로 환경오염의 주범으로 떠오르고 있다.

고비용 저효율 산업과 환경오염 주범이라는 문제를 해결하기 위해서는 종이책 대신 다양한 디지털 매체 활용으로 친환경 출판산업을 선도하고 '선전자책 후종이책' 구조로 출판 시스템을 저비용 고효율 산업으로 바꾸는 혁신이 필요하다. 전자책 출간으로 콘텐츠의 다양성을 확보해 나가고 독자들의 검증을 통해 걸러진 완성도 높은 콘텐츠는 소장판 종이책으로 내거나, 전자책 전문출판사가 종이책 전문출판사와 역할 분담을 해서 상호 수익성을 강화시켜 주는 방법도 좋을 것이다.

네 번째 혁신, 출판 콘텐츠의 다양성 확보로 출판 생태계 복원 필요

현재 종이책 출판 시스템은 과도한 제작 및 물류비용으로 스타마케팅 의존도가 높아가고 있으며, 자기계발서, 해외 번역도서 등 일부 콘텐츠에 편중되고 인문·교양계열 도서 발간이 급격하게 감소되고 있다. 이러한 콘텐츠 편중 현상으로 인해 종이책이든 전자책이든 독자들이 선택할 수 있는 콘텐츠가 많지 않다는 데 문제의 심각성이 존재한다.

인터넷 등장 이후 국내 독자들에겐 다문화 다코드가 일반화되고 있다. 출판사들이 코웃음을 치며 거절했던 귀여니 소설이 출간되고 판매량이 급증하고 주목을 받고 나서야 출판계는 10대 독자들이 기성세대와는 다른 문화 코드를 가지고 있다는 것을 뒤늦게 알게 되었다.

인터넷 등장 이전에는 보통 평론가들이 생산한 콘텐츠를 일반 대중이 소비하는 것이 일반적이었다. 그래서 영화, 문학, 스포츠, 문화예술, 책 등에 대해 평론가들의 입김이 매우 컸었다. 그런데 인터넷이 일반화되면서부터 이러한 평론가들의 입지가 매우 좁아졌다. 평론가들이 활동할 수 있는 공간은 신문, 잡지 같은 종이매체의 지면에 한정되었을 뿐만 아니라 그 권위와 영향력이 과거에 비해 많이 약화되었다.

반면 인터넷을 기반으로 등장한 수많은 네티즌들은 시간이 지날수록 뛰어난 논객을 만들어 내기고 하고, 평론가보다 더 똑똑하고 전문적인 평론가들을 많이 배출해 내고 있다. 또한 이들이 다양한 이슈나 쟁점에 대해 일정한 경향만을 추종하는 것이 아니라 백인백색이라 할 정도로 그 코드가 다변화되고 있다.

이런 환경은 책의 콘텐츠가 다양화되지 않으면 안 된다는 것을 말해 주고 있다. 일부 편집자들의 한정되고 좁은 식견으로 책 콘텐츠를 준비한다면 다변화되고 빠르게 변화 발전하는 독자들의 문화 코드를 결코 따라가지 못할 것이다.

다섯 번째 혁신, 내수시장에서 글로벌 시장으로

국내의 종이책 시장규모는 전근대적인 유통구조 때문에 파악하기가 쉽지 않다. 시장규모를 추산하는 대표적인 방법으로 연간 출간된 부수에 그해 출간된 종이책 값의 평균가격을 곱하는 방식이라고 한다. 그래서 2조5천 원에서 3조 원 정도로 추산하고 있다. 그런데 이 추정 방법에는 반품이나 기타 요소가 반영되어 있지 않다. 또한 비중이 높은 학습참고서를 제외하면 일반 단행본 시장은 우리가 생각하는 것보다 더 초라할 수 있다.

결국 종이책이든 전자책이든 기본적으로 한국은 내수시장이 좁다. 좁은 내수시장은 우리에게 근본적인 혁신의 계기를 부여하고 있다. 지난 10년간 한국이 수출한 종이책은 2천여 종에 불과하다. 수출 방법은 에이전시나 해외도서전을 통해 간헐적으로 이루어지기 때문에 크게 늘어날 수가 없다. 또한 번역의 문제 때문에 수출에 적극적이지도 못했다.

반면 전자책의 경우 이미 애플, 아마존, 구글과 같은 글로벌 유통 채널이 존재하기 때문에 복잡한 절차나 과정 없이 번역된 전자책을 곧바로 유통할 수 있다. 다만 전자책 역시 번역의 문제는 여전히 어려운 사안이다. 정부가 해야 할 역할은 이런 번역 문제를 지원하는 것이라고 본다.

예전에 출판인들이 자주 애용하는 어떤 사이트에선 '출판사업 희망이 없는 몇 가지 이유'라는 제목으로 이런 글이 올라왔다.

"인터넷 서점의 베스트는 90%가 출판사 매입의 산물이다. 인터넷 서점 베스트 진입(서적 단가 1만 원 기준) 2주간 매입 비용 약 2천만 원. 대형 서점의 홍보는 돈 있는 출판사들의 전시장이다. 행사 및 홍보비용은 30만 원에서 80만 원(한 달 기준). 1만 원짜리 도서 매절로 작업해서 전량 판매돼야 제로(제로 마케팅)다. 이는 서점과 출판사 모두의 잘못이다(법의 문제가 아니라 양심의 문제). 대형 서점 지역 확산으로 지방 소규모 서점 폐업. 힘들지만 즐겁게 출장 다니던 시절이 그립다. 연간 9천 종의 신간이 나오지만 정작 독자들에게 가까이 다가서는 책은 30% 미만이다. 그러면 나머지는 폐지업자. 정작 책을 봐야 할

우수 독자들에게 무료도서 증정. 할인쿠폰, 이벤트 사은품 등 홍보비용 과다 지출로 인한 도서정가 인상. 대형 출판사들도 남는 것이 별로 없다."

이 게시물에 의하면 책 한 권 제작해서 홍보마케팅까지 하려면 적어도 2천만 원에서 3천만 원을 들여야 한다는 말이다. 정가 1만 원 하는 책이 손익분기점을 넘으려면 적어도 6천 부에서 1만 부 정도 판매가 되어야 한다는 계산이다. 그나마 이 정도 성과를 내려면 유명한 저자나 해외에서 검증된 베스트셀러를 도입하는 데 목숨을 걸 수밖에 없다. 그 결과 국내 출판 콘텐츠는 외국 라이선스가 30%를 넘어섰고, 국내 저자층은 매우 취약하며 출판사 양극화는 전례없이 심화되고 있다. 결국 종이책 기반의 출판산업은 대표적인 '고비용 저효율' 산업으로 전락하고 말았다.

종이책 감소는 세계적인 추세다. 또한 앞으로 더 빠르고 깊게 진행될 것이다. 따라서 종이책만을 보고 한길을 달려온 출판사로서는 전자책은 불편하게 느껴질 수도 있다. 하지만 모바일 단말기 보급과 맞물려 전자책은 시대적인 추세가 될 것이 분명하다.

디지털 분야에서 세계적인 석학인 니그로폰테 교수가 "종이책은 5년 내에 소멸된다"고 한 것을 굳이 떠올리지 않더라도 지금 우리는 책, 신문, 잡지, 만화, 영상 등 올드 미디어의 새로운 혁신과 재구성을 요구받고 있다.

출판사들은 앞으로 살아남기 위해 전근대적인 요소를 과감하게 버리고 뉴미디어와 IT기술의 흐름과 시대적 요구에 맞게 능동적으로 노력하는 자세가 필요하다. 또한 그동안 수직관계에 있던 저자, 작가들과 수평적 관계로 전환하여 출판사와 저자가 상생할 수 있는 롤을 만들어야 한다. 물론 동시에 번영할 수 있는 선순환 발전구조와 출판 콘텐츠의 다양성 확보는 기존 출판계에서 저절로 이루어지는 일은 아니다.

분명한 것은 시대의 흐름이 출판인들에게 선택을 요구하고 있다는 것이다. 올드 퍼블리셔로 남을 것인가 아니면 뉴 퍼블리셔로 혁신할 것인가를.

e-Book

1

상상 속에서
피어난 전자책

■

■

■

■

■

지금은 스마트폰이나 태블릿PC, e잉크 단말기가 존재하기 때문에 누구나 전자책을 알지만 10여 년 전만 하더라도 전자책은 일반인들에게 생소했다. 그래서 전자책 업계에서 일하는 사람끼리 '이북'이라고 하면 알아들었지만 일반인들은 '이북'이라고 하면 북한을 뜻하는 것으로 오해하는 경우가 많았다. 10년 전에는 전자책 표기를 'ebook'으로 할 것인지 'e-Book'으로 할 것인지 전자책 업계 원년 세대들에겐 매우 중요한 문제였다. email이냐 e-mail이냐 아니면 e메일이냐 하는 것과 비슷했다. 그런데 지금은 'e'가 생략되고 그냥 '메일'로 일반화되고 있다. 전자책 역시 ebook, e-Book, e북 등으로 혼재되어 사용되다가 지금은 그냥 '전자책' 또는 e-Book으로 일반화되었다. 좀 더 시간이 지나면 아마도 '책'은 전자책을 의미하고 '출판'은 디지털 출판을 뜻하는 것으로 일반화될 것으로 보인다.

일반인들에게 생소했던 전자책은 사실 영화에서는 이미 17년 전부터 구현되었던 기술이다. 언어나 문자가 인간의 상상력에서 시작되고 발전되어 왔듯이 전자책 역시 상상으로부터 많은 모티프를 얻어왔다. 영화에 등장했던 전자책 기술은 현재 현실화되었거나 앞으로 실현될 수 있는 것들을 많이 발견할 수 있다. 특히 전자책 기술이 앞으로 어떻게 발전할 수 있는가를 잘 보여준 영화로는 〈폭로〉, 〈레드 플래닛〉, 〈마이너 리포트〉, 〈임포스터〉, 〈타임머신〉 같은 작품들이 있다. 이들 영화를 보면 전자책에 대해 좀 더 쉽게 이해할 수 있고, 앞으로 전자책 기술이 어떻게 발전해 갈 수 있을 것인가를 예측해 볼 수 있는 재미를 발견할 수 있을 것이다.

폭로(Disclosure, 1994) 가상 현실에서 볼 수 있는 디스플레이 기술과 디지털 도서관

마이클 더글라스와 데미 무어 주연의 〈폭로〉는 여성 상사가 남성 부하직원을 상대로 한 성폭력을 다룬 영화로 개봉 당시 많은 화제를 낳았던 영화다. 여성 상사의 모함으로 위기에 처한 주인공이 증거를 찾기 위해 회사의 가상 디지털 도서관에서 자료를 찾는 모습은 17년이 지난 지금 보아도 신선하다.

사진 속의 주인공은 가상 디지털 도서관에 접속해 그 안에 들어가 있는 디지털 분신이고, 그 앞에 보이는 동영상은 디지털 자료들이다. 가상

세계에 들어간 주인공은 눈 앞에 보이는 것들을 터치하 여 원하는 자료를 빠르게 찾 아낸다.

이 영화에서 선보인 기술은 모션 캡처(Motion capture), 터치스크린 (Touchscreen), 디지털 도서관(Digital Library System), 가상 도서관(Virtual Library System)이다. 주인공이 모션 캡처 기술로 가상 도서관에 접속한 뒤 터치 스크린으로 자료를 찾는 방식인데, 이미 모션 캡처나 터치스크린, 디지 털 도서관 등의 기술은 현실화되었고, 가상 도서관의 경우 머지않은 미 래에 구현될 수 있는 기술이다. 오래된 영화지만 현재 실현 가능한 기술 과 가까운 미래에 구현될 수 있는 다양한 기술을 예측했다는 점에서 감 독과 작가의 상상력이 놀랍기만 하다.

레드 플래닛(Red Planet, 2000) 자유롭게 구부릴 수 있는 플렉시블 기술

화성탐사를 주제로 한 〈레드 플래닛〉에서 탐사 대원들은 둥근 막대 모양의 봉을 하나씩 가지고 있다. 봉에서 두루마리처럼 20인치 이상의 와이드 플렉시블(Flexible) 디스플레이를 뽑아 종이처럼 사용한다. 그리고

GPS(Global Positioning System) 같은 위성항법시스템이 지금 의 스마트폰에서 사용되는 것처럼 작동한다.

현재 스마트폰이나 태블릿PC의 경우 화면 크기 경쟁이 치열해지고 있다. 스마트폰은 애플이 3.5인치 아이폰을 내놓자 삼성이나 LG전자, 팬택은 4인치에서 5인치 크기까지 나왔고, 태블릿PC는 9.7인치 아이패드를 겨냥해 7인치, 8.9인치, 10.1인치 등의 다양한 크기가 등장했다. 그리고 소니에서는 5.5인치를 채용한 듀얼스크린 제품을 출시했다.

하지만 플렉시블 디스플레이 기술이 실현되는 순간 스마트폰이나 태블릿PC의 화면 크기 경쟁은 무의해진다. 플렉시블 기술은 두루마리 종이처럼 둘둘 말아서 들고 다니거나 옷에 부착하는 것보다는 봉처럼 생긴 단말기 또는 볼펜처럼 날렵한 크기의 단말기에 내장될 가능성이 크다. 2000년에 개봉된 영화지만 불과 10년 만에 이러한 기술은 현실로 등장하고 있다. 플렉시블 디스플레이 기술은 현재 LG디스플레이에서 18인치 크기까지 개발되었다.

마이너리티 리포트(Minority Report, 2002) e페이퍼에 실시간 뉴스 전송

미래에 일어날 범죄를 미리 예측하여 범죄자를 단죄하는 최첨단 치안 시스템 '크리크라임'의 딜레마를 다룬 SF영화 〈마이너리티 리포트〉에서는 다중 장소에서 실시간으로 보여주는 전자신문, 생체인식 유비쿼터스, 플렉시블 디스플레이 등 다양한 볼거리를 제공한다.

특히 지하철에서 보는 실시간 e페이퍼 신문은 압권이다. 지하철에서 한 승객이 보

고 있는 신문은 종이신문이 아니라 e페이퍼 신문이다. 기사들이 실시간
으로 전송되고 동영상이 구현되고 있다. 그런데 승객이 보고 있는 신문
에서 주인공을 현상 수배하는 내용이 흘러나왔다. 그 승객의 건너편에
선 쫓기고 있는 주인공이 불안한 표정으로 앉아 있다. 이 영화에서 보여
준 기술 중에서 실시간으로 뉴스가 전송되는 것은 이미 현실화되었고
컬러 e잉크 기술도 구현이 가능하다. e페이퍼 기술이 상용화된 시기가
2005년임을 감안할 때 감독과 작가는 당시 기술 흐름에 대해 매우 빠르
게 감지하고 있었다는 것을 알 수 있다.

임포스터(Impostor, 2002) 칠판 대신 대형 디지털 스크린으로 수업

국내외에서 디지털 교과서와 80~100인치 크기의 전자칠판이 본격적
으로 도입되고 있는 상황에서 〈임포스터〉나 〈서레너티〉(Serenity, 2005) 등
의 영화를 보면 학교에서 수업 환경이 어떻게 변화될 것인가를 엿볼 수
있다.

건물마다 설치된 대형 스크린이 곳곳에서 화려하게 작동되고 기업과
학교 등에서 광범위하게 사용되고 있는 빔프로젝터나 100인치 내외의
LED TV가 개발되는 상황에서 이 영화의 수업 장면은 이미 현실이 된 상
상이다.

타임머신(The Time Machine, 2002) 가상 도서관에서 다양한 책을 검색

약혼자 엠마의 죽음을 되돌리기 위해 과학자이자 발명가인 알렉산더 하트겐(가이 피어스 분)은 시간여행을 하는 기구를 만든다. 하지만 과거는 결코 되돌릴 수 없었다. 해답을 얻지 못한 알렉산더는 다시 현실로 돌아오려다가 기계 고장으로 먼 미래로 가게 된다. 그곳에서 그는 지능형 가상 도서관을 만나게 된다.

이 영화에서 지능형 가상 도서관은 몰락한 인류 문명을 재건하는 데 중요한 지식과 정보를 사람들에게 전달하고 아이들 교육을 담당한다. 왼쪽에 서 있는 사람이 주인공이고 오른쪽에 서 있는 사람이 가상 도서관의 안내자이다. 그런데 이 안내자는 실제 인물이 아니고 디지털로 만든 가상의 인물이다. 가상 도서관의 안내자는 주인공 앞에 있는 투명한 유리 안에서 실물과 똑같이 움직이고 설명하고, 주인공이 원하는 정보를 순식간에 꺼내 보여준다.

전자책 기술을 다룬 영화 중 아직 현실화되지 않은 기술이긴 하지만 불가능한 기술은 아니다. 슈퍼컴퓨터 이상의 컴퓨터와 방대한 정보, 그리고 투명한 유리에서 보여주는 3D 기술은 앞으로 위와 같은 가상 도서관을 만들 수 있는 잠재력이 충분히 있다.

지금까지 영화에서 보여준 전자책 기술에 대한 상상이 상당 부분 현실화되고 있는데, 기술적 측면만이 아니라 영화 속에서 그런 전자책 기술들이 어떻게 사용되고 있는가를 살펴볼 필요가 있다. 도서관 이용, 학교 수업, 신문 읽기, 여행이나 탐사 등 전자책 기술이 우리 생활과 밀접한 곳에서 사용되고 있다. 또한 이러한 첨단 테크놀로지가 특정한 사람들의 전유물이 아니고 일반 사람들이 늘 활용할 수 있고 접할 수 있는 소비재 같은 것으로 그려지고 있다는 점이다. 그리고 인류가 언어, 문자, 종이책을 통해 진화하고 발전해 왔듯이 전자책 기술들은 인류의 지식정보 활용의 미래를 새롭게 조직해 나가고 있다는 것을 영화 속의 상상력에서 엿볼 수 있다.

현재의 전자책에 함축된 기술, 산업, 문화, 교육 등 사회 전반에 걸쳐 진행되고 있는 내용들을 탐색해 나가면 여러분은 전자책에 한걸음 더 접근하게 되는 계기가 될 것이다.

2

전자책이란
무엇인가?

종이책 시장이 급감하는 원인은 다양하고 복잡하다. 전근대적인 유통구조나 인터넷과 같은 뉴미디어가 일상에 밀접해지면서 책에 대한 의존도가 낮아진 배경도 있을 것이다. 하지만 보다 근본적인 것은 앞에서 살펴보았듯이 책은 시대마다 새로운 테크놀로지를 받아들이며 끊임없이 혁신을 거듭해왔다는 것이다. 책을 둘러싼 테크놀로지가 책의 본질은 아니다. 책의 본질은 사상과 철학, 지식과 정보를 전달하고 소통하는 그 자체다. 우리가 말하는 책의 위기는 종이책의 위기이지 책 자체의 위기는 아니라는 뜻이다.

수천 년 동안 종이책만이 유일했던 미디어가 근대에 들어 신문, 잡지 같은 인쇄매체나 TV, 라디오, 영화 같은 시청각 매체 등으로 확대되었다. 물론 새로 등장한 매체는 종이책에서 구현된 테크놀로지를 차용하거나 응용했고, 이러한 매체는 아날로그 영역에서 상호 보완적인 역할을 하면서 독립적인 발전을 거듭해왔다.

그런데 인터넷과 디지털 기술이 등장하면서 상황이 달라지기 시작했다. 이들 매체 간의 융복합(Convergence)이 일어나기 시작한 것이다. 아날로그 시대의 인쇄매체는 제지술과 인쇄술을 기반으로 하고 영상매체는 영상기술, 통신기술을 기반으로 하며 매체 생산자는 매체 수용자에게 일방적으로 전달하는 것에 그쳤다. 하지만 디지털 시대의 뉴미디어는 텍스트, 그림, 사운드, 동영상 등의 콘텐츠와 단말기, 유무선 통신 등 관련 기술이 끊임없이 융합할 뿐만 아니라 매체 생산자와 수용자 간의 쌍방 소통을 중시한다는 점에서 근본적인 차이가 발생하고 있다. 그래서 헤게모니는 종이책에서 신문으로, 신문에서 TV로, TV에서 인터넷으로 넘어가고 있는 것이다.

인터넷을 기반으로 하는 디지털 영역에서 책은 새롭게 변모하고 있다. 종이책이 그림과 텍스트만으로 구성된 데 반해 전자책은 그림과 텍스트는 물론 사운드와 동영상 등 디지털 콘텐츠의 모든 요소를 융합하는 플랫폼을 가질 수밖에 없다.

2006년 한국소프트웨어에서 발간한 《2006년 해외 디지털콘텐츠 시장조사 : 전자책》에서 전자책을 이렇게 정의하고 있다.

"전자책은 단순한 텍스트 기반 정보의 디지털화된 콘텐츠만을 의미하는 것도 아니며, 전자책 구현을 위한 소프트웨어 및 하드웨어 시스템으로만 인식되어서도 안 된다. 전자책 안에는 텍스트 기반의 콘텐츠에 멀티미디어 요소를 구현하는 기술 및 소프트웨어 플랫폼, 그리고 이 모두를 패키징하는 하드웨어 시스템이 융합되어 종이책의 물리적 한계를 뛰어넘어 새로이 창작된 콘텐츠를 전달하는 매체의 역할을 담당하게 되었기 때문이다. 이에 더해 라디오, 텔레비전, 신문 등 기존 매체의 디지털화, 매체간의 융복합, 유무선 브로드밴드 보급의 확산 등에 힘입어 디지털 미디어는 콘텐츠를 전달할 수 있는 새로운 방법으로 부상하고 있다. 다양한 멀티미디어 콘텐츠 구현 기술과 쌍방향성이 확대된 콘텐츠가 전자책에 포함되면서 전자책은 새로운 미디어로 거듭나고 있다."

여기서 전자책에 대한 핵심적인 정의는 '전자책은 새로운 미디어'라는 것이다. 즉 전자책이란 무정형의 디지털 출판물이자 다양한 형태로 재구성 중인 미디어다. 전자책은 일렉트로닉 북(Electronic Book)을 줄여서 e-Book 또는 디지털 북(Digital Book)이라고도 한다. 국내에서는 유비쿼터스 시대에 맞는 전자책을 유비쿼터스 북(Ubiquitous Book) 또는 u-Book으로 줄여서 부르기도 한다. 전자책을 출간하는 방법론으로 전자출판(Electronic Publishing 또는 e-Publishing) 또는 디지털 출판(Digital Publishing), 유비쿼터스 출판(Ubiquitous Publishing)이 동시 사용되기도 한다. 이로써 전자책이 특정한 형태로 규정된 유형물이 아니라 용도나 목적에 따라 다양한 형태로 출간될 수 있는 무정형의 디지털 출판물이자 다양한 형태로 재구성될 수 있는 새로운 미디어임을 알 수 있다.

3

전자책 포맷에는 어떤 것들이 있는가?

우리가 보통 말하는 전자책은 디지털 출판(Digital Publishing)을 통해 만든 결과물이다. 그리고 우리가 PC나 노트북 또는 스마트폰이나 태블릿PC로 보는 결과물은 단행본, 교육용 인터랙티브 전자책, 전자사전, 디지털 저널 및 학술논문, 데이터베이스 출판, 디지털 교과서·참고서, 오디오북, 3D-Book 등 다양한 유형의 전자책들이다. 이러한 다양한 유형의 전자책을 개발하려면 일종의 개발언어 같은 EPUB, PDF, XML, HTML, 플래시, 어플리케이션 SDK(Software Development Kit) 등과 같은 포맷과 개발 툴이 있어야 한다. 그리고 위와 같이 다양한 유형의 전자책을 보려면 이를 볼 수 있는 뷰어가 있어야 한다.

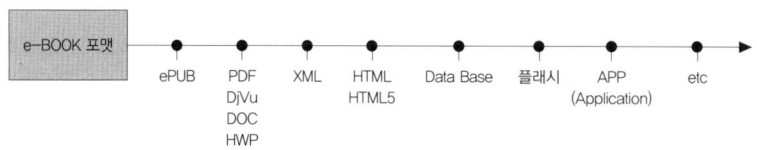

EPUB(Electronic Publication)

EPUB 포맷은 2007년 9월에 국제디지털출판포럼(IDPF, International Digital Publishing Forum)에서 전자책의 호환을 위해 제정된 국제 규약이다. 2007년 국제디지털출판포럼에서 규약이 발표된 후 3년 만에 전 세계 전자책의 산업표준으로 자리 잡았다. EPUB 포맷이 짧은 기간에 세계 산업표준으로 자리 잡은 이유는 EPUB 포맷이 가진 특징 때문이다. EPUB 포맷은 XML을 기반으로 하면서 동시에 단말기 화면 크기에 관계없이 레이아웃이 자동으로 조절되는 자동공간조정(Reflowable)을 기본으로 하기 때문에 한 번 만든 EPUB 포맷은 별도의 편집 작업 없이 다양한 단말기에서 바로 서비스할 수 있다.

OPS 2.0

+

OPF 2.0 =

+

OCF 1.0 사양

컨텐츠 유형	컨텐츠 유형	컨텐츠 유형
영상	비디오테이프 필름	.avi
음악	카세트테이프, CD레코드	.mp3
출판	종이책 인쇄물	ePUB

EPUB 포맷은 OPS(Open Publication Structure), OPF(Open Packaging Format), OCF(Open Container Format) 등의 구조로 이루어져 있다. OPS는 글자 크기, 색상, 라인 간격 등 화면이나 인쇄 시 출력에 관한 모든 명세를 규정하고 있으며, OPF는 EPUB를 구성하는 이미지, 기타 파일, XML 등 다양한 요소들의 유기적 관계 및 메타데이타를 규정하고 있고, OCF는 EPUB를 구성하는 파일들의 논리적 구성정보 및 ZIP 압축 파일생성에 대해 규정하고 있다. 이 세 가지 구성요소가 통합되어 EPUB 포맷을 이룬다.

EPUB 포맷의 단점은 인터랙티브한 기능이나 멀티미디어 표현이 불가능하기 때문에 고품질 전자책 제작에는 한계가 있다는 것이다. 그래서 텍스트와 이미지 중심의 전자책밖에 만들지 못한다. 하지만 지난 5월 24일 국제디지털출판포럼에서 HTML5 기반의 CSS(Cascading Style Sheets)3 규격을 지원하는 EPUB3.0(국제디지털출판포럼에서 지난 5월 발표한 EPUB3.0 규약에는 HTML5 기반의 CSS3 규격 지원 외에도 일본의 세로쓰기 등의 세부 규약이 추가되었다.) 을 제정하고 발표하여 이러한 문제가 전면 해소될 전망이다.

PDF(Portable Document Format)

PDF 포맷은 어도비시스템즈에서 개발한 애크로뱃(Acrobat)이 대표적이다. 원래 PDF는 어도비시스템즈에서 문서 및 출판 인쇄출력 프로그램으로 출발했다. 전자책이 등장하기 전에는 인쇄출력 전 단계에서 필름 대용으로 사용되기도 했다. 1998년 이후 전자책이 부각되면서 XML과 PDF가 전자책 표준을 둘러싸고 표준화 논쟁이 격화되기도 했다. 어도비시스템즈는 전자책에 대응하기 위해 2000년에 글래스북을 인수하여 이북리더2.0를 배포했고, 그 뒤 XML과 PDF 모두를 지원하는 플래시 기반의 디지털출판 시스템인 어도비 디지털 에디션(Adobe Digital Editions)을 발표했다. 최근에는 PDF와 EPUB은 물론 인터랙티브한 기능까지 구현한 CS5.5를 발표해 주목받고 있다.

흔히 PDF는 곧 어도비시스템즈라고 알고 있는데 이는 사실이 아니다. EPUB에도 다양한 개발툴과 뷰어가 있듯이, PDF 역시 다양한 개발툴과 뷰어가 존재한다. 국내의 경우 유니닥스나 엠마이북이 대표적이고, 이들 PDF 시스템은 교보문고, 한국출판협동조합 등에서 운영하는 POD(Publish on Demand) 시스템에서 이용되고 있다.

HTML(HyperText Markup Language)

인터넷이 등장한 후 웹 퍼블리싱을 위해 만든 프로그래밍 언어 중 하나다. 우리가 보는 인터넷의 모든 페이지를 다양한 웹브라우저를 통해 보여준다. 웹 문서와 문서를 상호 연결해주는 하이퍼텍스트를 기본으로 하고 웹 페이지에서 표현되는 폰트, 폰트 크기와 색상, 그래픽 요소 등 다양한 표현을 위한 태그로 구성되어 있다. HTML은 최근 HTML5로 진화되고 있고 HTML5는 차세대 웹 표준으로 각광을 받고 있다. HTML5가 차세대 웹 표준으로 각광받는 핵심적인 이유는 플래시(flash)나 자바(java) 같은 개발툴이나 개발언어가 없이도 그 이상 화려한 그래픽이나 인터랙티브한 표현이 가능하기 때문이다. 또한 현재 국내 웹 표준을 가로막고 보안에 취약한 액티브엑스(ActiveX) 기반의 프로그래밍을 대체할 수 있기 때문이다.

XML(Extensible Markup Language)

XML은 1996년 월드와이드웹컨소시엄(W3C, world wide web consortium는 웹 표준과 인터넷을 발전을 위해 월드와이드웹의 창안자인 팀 버너스 리(Tim Berners Lee)가 있는 유럽입자물리연구소(CERN)와 미국, 프랑스, 일본 등이 주도하여 1994년에 창립된 국제 컨소시엄이다.)이 HTML을 개선하여 만든 언어다. XML을 간단히 정의하면 다음과 같다.

첫째, HTML이 웹브라우저 등에서 정보를 출력하는 데 초점이 맞춰진 반면 XML은 정보를 저장하고 전송을 하는 데 초점이 맞춰져 있다. 둘째, XML 문서는 모든 것이 텍스트로 구성되어 있으며 문서를 구조화하여 데이터베이스로 만들 수 있는 장점이 있다. 예를 들면 HTML 전자책을 제목, 출간일, 저자, 출판사, 내용, 이미지 등 여러 가지 요소를 구조화하여 데이터베이스로 만들기 용이하다. 그래서 XML 문서는 운영체제, 브라우저, 플랫폼, 단말기 등 여러 가지 다른 환경에서도 호환되는 장점을 가지고 있다. 현재 국내 전자책 업계에서는 이지메타, 누리미디어 등이 고품질 데이터베이스 출판을 위해 XML을 선도적으로 사용하고 있으며, 일부 전자책 서비스 업체에서도 전자책 포맷으로 사용하기도 한다.

HTML이 규격화되고 한정된 태그에 비해 XML은 태그 정의가 자유롭다는 장점이 있는데, 오히려 이러한 장점이 단점이 되기도 한다. 왜냐하면 XML은 데이터마다 자신만의 태크를 정의하기 때문에 오히려 더 복잡해지는 경우가 많고, EPUB나 PDF 같은 포맷은 관련 저작툴이 많기 때문에 일반인이 접근하기 쉽지만 XML의 경우 기술적 이해가 없을 경우 접근하기 어려운 영역이다.

플래시(Flash)

플래시는 현재 웹브라우저 환경에서 가장 많이 쓰고 있는 포맷 중 하나다. 플래시는 포맷이기도 하며 어도비시스템즈의 저작도구 이름이기도 하다. 이 포맷은 벡터 그래픽스(Vector Graphics)를 기반으로 하고 있어 다양한 화면 크기의 화려한 퍼블리싱이 가능하다. 또한 애니메이션, 전자책, 동영상 등 인터랙티브한 기능을 다양하게 구현할 수 있다는 장점을 가지고 있다. 하지만 아이폰, 아이패드 등에서는 애플의 어도비시스템즈에 대한 견제로 플래시가 구동되지 않고 있다.

APP(Application)

앱은 포맷이라기보다 스마트폰이나 태블릿PC, 스마트TV 등에서 사용되는 응용 프로그램이다. 현재 애플의 단말기 iOS 운영체제 내에서 사용되는 앱이 있고 안드로이드 운영체제에서 사용되는 앱이 있다. 앱을 개발하기 위해서는 해당 운영체제에 맞는 SDK(Software Development Kit)라는 소프트웨어 개발 키트를 사용해야 한다. 앱이 중요해진 이유는 스마트폰이나 태블릿PC 시장이 급성장했기 때문이다. 현재 iOS와 안드로이드가 양대 운영체제이기 때문에 iOS와 안드로이드 운영체제에서 동시에 사용할 수 있는 앱북(APP-Book)을 개발하는 것이 추세다.

그런데 일부에서는 앱북(APP-Book)이라고 부르는 것을 못마땅하게 여기는 사람도 있다. 동영상이나 플래시 같은 인터랙티브 기능이 들어간 것을 과연 책이나 출판 영역으로 보는 것이 바람직한가 하는 인식 때문이다. 이런 문제의식은 정적인 것은 책과 출판 영역이고, 동적인 것은 그외의 것이라는 인식에서 나온다. 하지만 인터넷이 등장한 계기도 도서관과 책 때문이고 웹이 발전하게 된 것도 퍼블리싱 개념에서 나온 것이라는 사실을 잊고 있다. 동영상조차도 애니메이션은 4프레임에서 많게는 12프레임까지 정적인 그림이 빠르게 돌아가는 것에 불과하고, 영화는 보통 24프레임의 정적인 화면이 돌아가는 것에 불과하다. 프레임으로 쪼개면 전부 정적인 그림과 글에 불과하다. 또한 디지털 바이트 단위로 쪼개면 모든 디지털 콘텐츠는 0과 1만 남는다. 책이라는 미디어, 그리고 그 외의 다양한 미디어가 어떻게 발전해 왔고 어떻게 발전해 가고 있는가를 제대로 알지 못하기 때문에 앱북이라고 명명하는 것에 대해 못마땅하게 여기는 것이다.

4

전자책이
만들어 내는
두 가지 패러다임

전자책 산업의 대표적인 특성은 디지털 융복합(Digital Convergence)이다. 스마트 단말기와 그 안에 들어 있는 전자책 콘텐츠, 눈에 보이는 것만을 열거하면 단말기와 콘텐츠 두 가지만 보인다. 하지만 그 안에 숨어 있는 것들을 들쳐 내면 다양한 기술과 다양한 기업들이 거미줄처럼 연결되어 있다는 것을 알 수 있다.

단말기와 콘텐츠에는 디스플레이, 배터리, CPU, 메모리, 통신네트워크, 터치스크린, 유통 플랫폼, 저작권보호(DRM), 폰트, 콘텐츠 뷰어와 제작툴 같은 하드웨어 및 소프트웨어 기술들과 서점, 포털업체, 출판사, 언론사, 잡지사, 디지털콘텐츠업체, 저자, 광고업체, 콘텐츠 제작업체 등 셀 수 없는 기업들이 얽혀 있다. 그래서 전자책 산업은 콘텐츠, 단말기,

소프트웨어, 통신 네트워크 중 어느 한 가지라도 빠지면 성립되지 않는 산업이다. 마치 전자사전에 사전 콘텐츠가 없으면 전자사전이라는 단말기는 그 자체로 상품화되는 것이 불가능한 것처럼 말이다.

전자책 산업의 이러한 특성은 산업적으로 매우 중요한 두 가지 새로운 패러다임을 창출하고 있다. 전자책이 만들어 내는 첫 번째 패러다임으로는 전자책 관련 산업에 연관되는 업계가 폭발적으로 증가한다는 점이다. 전자책 하면 흔히 출판사, 유통사, 전자책 전용 단말기 업계만 참여하는 수준으로 이해하는 경우가 많다. 하지만 전혀 그렇지 않다.

종이책의 경우 출판사, 인쇄업체, 서점업체, 제지업체를 중심으로 하고 그 외에 교정교열, 편집디자인, 삽화 및 일러스트 등 외주 형태의 업이 일정하게 존재하지만, 전자책의 경우 콘텐츠, 유통 및 광고, 단말기, 소프트웨어 기술 및 통신 네트워크 등 다양한 산업군의 기업들이 대규모로 집결하는 산업이다. 그리고 연관된 기업들이 지속적으로 늘어날 수밖에 없는 연관 사슬을 가지고 있다. 그런 점에서 종이책 산업과 비교할 수 없을 정도로 커질 수밖에 없는 시장이다.

전자책이 만들어 내는 두 번째 패러다임은 전자책 관련 산업이 끊임없이 선순환 발전구조를 창출한다는 점이다. 마치 살아 있는 자연 생태계처럼 e-Book마켓을 중심으로 콘텐츠, 단말기, 소프트웨어 기술, 통신 네트워크, 모바일 광고 등의 동시 성장을 통해 시장이 확대되는 과정을 만들어 낸다. 그런데 이 시장의 확대에는 시대적 요구에 따라 중요한 혁명적 성격이 잠재되어 있다.

하나는 콘텐츠 생산 측면에서 일어나는 혁명적 변화다. 콘텐츠 생산

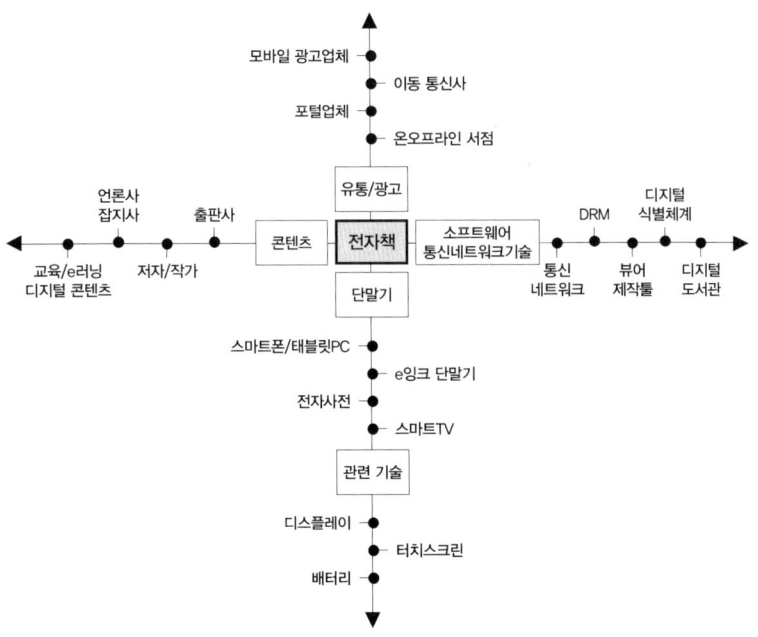

자와 소비자의 경계가 모호해지는 프로슈머(Prosumer) 개념이 점점 더 강화되어 앞으로 독자는 전자책을 구매하는 소비자이면서 동시에 생산자이기도 하다. 이런 변화의 흐름에는 저자와 작가들이 있다. 과거에는 출판사와 저자의 관계가 수직적이었지만, 전자책에서는 저자들이 직접 셀프 퍼블리싱으로 직접 출간하는 사례가 늘어나 수평적 관계로 전환될 수밖에 없다.

또 다른 하나는 내수시장과 글로벌 시장의 경계가 모호해진다는 점이다. 언제든지 애플이나 아마존, 구글 같은 시장이 한국으로 진출할 수 있고, 우리 역시 그들의 광대한 유통망을 활용할 수 있다. 이러한 환경은 오히려 내수시장이 작은 우리에게 더 큰 기회가 될 수 있다. 물론 내수시장을 내줄지 글로벌 시장을 얻을지 그것은 우리의 준비나 전략에 따라 달라질 것이다.

5

광 대 한 가 치 사 슬 을
만 들 어 내 는
전 자 책 산 업

전자책의 디지털 융복합(Digital Convergence) 특성으로 인해
지금 전자책 관련 산업은 끝이 보이지 않을 정도로 넓어지고 있다. 매일
아침 새로운 기업들이 탄생하거나 진입한다. 그중에서도 가장 역동적인
분야가 콘텐츠와 유통 플랫폼이다. 콘텐츠의 경우 전통적인 종이책 출
판사를 비롯해 오직 전자책만을 출간하는 디지털 출판사가 하루가 다르
게 늘어나고 있다. 매월 문화체육관광부의 출판검색 시스템을 살펴보면
출판사의 가파른 증가세가 놀라울 정도다. 또한 유통 플랫폼에는 크고
작은 기업들이 진입하고 있는 중이다.

콘텐츠

우리가 알고 있는 전자책이란 광의의 개념이자 상징적인 개념이다. 그래서 보통 크게 전자출판물로 보고 이를 다시 세분화하면 전자책, 교육 인터랙티브 전자책, 전자사전, 디지털 저널 및 학술논문, 데이터베이스 출판, 디지털 교과서·참고서, 오디오북, 3D-Book 등으로 나눌 수 있다.

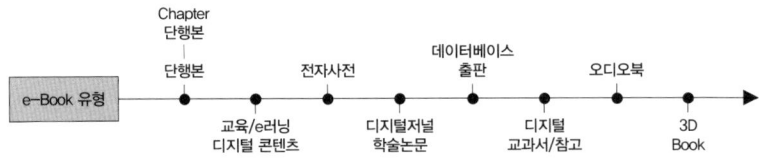

하지만 이러한 분류는 편의상의 구분일 뿐이다. 앞에서도 말했지만 '전자책이란 무정형의 디지털 출판물이자 다양한 형태로 재구성 중인 미디어'이기 때문에 경계가 모호할 때가 많다. 또 현재 상품화되고 있는 전자출판물이 어떤 경로로 어떻게 생산되고 있는지 주목할 필요가 있다. 현재 생산되고 있는 전자출판물은 첫째 종이책 등의 간행물이 전자 출판물로 출간되는 경우, 둘째 종이책 없이 처음부터 전자출판물로 출간되는 경우, 셋째 e러닝 교재 등 디지털 콘텐츠가 전자출판물로 출간되는 경우 등으로 구분될 수 있다.

한국전자출판협회에서 운영하고 있는 한국전자출판물인증센터(Korea Electronic Publication Certification Center)에 따르면 2004년 7월부터 2010년 12월까지 발급된 인증 건수는 총 270여만 건으로 이중에서 종이책에서 전자출판물로 전환된 전자책은 10만 종 내외로 5% 미만에 불과하다. 이러한 통계는 앞에서 말했듯이 해외 번역도서 비중이 30%가 넘는 상황에서 앞으로의 전자출판은 종이책 단행본에서 넘어오는 경우보다 종이책 없이 먼저 전자책으로 출간되거나 출판계 외부에서 넘어오는 경우가 더 많아질 것을 짐작할 수 있다. 특히 앞으로 선 전자책, 후 종이책 시스템이 확산되고 저자, 작가가 직접 전자책을 출간하는 것이 사회적으로 확산될 가능성이 높기 때문에 더욱 그렇다.

전자책 콘텐츠의 경우 오디오북, 멀티미디어북, 전자사전, 디지털 교과서 등의 다양성을 가지기 때문에 전통적인 출판사는 물론 e러닝, 게임, 교육콘텐츠, 멀티미디어콘텐츠 등 디지털 콘텐츠 관련 업계의 참여가 확대될 수밖에 없다. 특히 콘텐츠 생산에서 '프로슈머' 개념이 점점 더 강화된다는 점 때문에 1인 기업이 폭발적으로 늘어날 수 있는 시장이다. 최근 출판사 등록이 급증하는 것도 이 때문이다.

전자책	종이책 기반 전자책	종이책을 기반으로 하는 오프라인 출판사로 2천여 개 내외의 출판사가 유통 플랫폼에 전자책 콘텐츠를 제공하고 있다. 출판인회의 소속 오프라인 출판사 공동으로 출자인 한국출판콘텐츠(KPC)가 조직화되어 있다.
	디지털 기반 전자책	저자, 작가가 직접 출판사를 등록하거나 1인 창업을 하는 경우가 많다. 오직 전자책만을 전문으로 출판하는 디지털 출판사가 크게 늘어나고 있어 새로운 흐름을 형성하고 있다. 전자책 전문 출판사 모임인 뉴퍼블리셔포럼에 안북, 블루문파크, e스토리, 프리윌, 크리스피, 캘리포니아미디어, 탈피, 이모션북스, 나오미닷컴, 산책길, 글그림, 그린북아시아 등 100여 개 전자책 출판사가 현재 조직화되어 있다.
	셀프 퍼블리싱	인터넷 등에서 아마추어 작가나 일반인이 발표한 창작물을 기반으로 만든 전자책으로 신영미디어, 조아라닷컴, 바로북(아이작가), 양파북, 고이북, 인더북 등이 있다. 그리고 저자, 작가들이 출판사를 거치지 않고 직접 출간하는 전자책을 중심으로 유페이퍼(지니소프트), KT올레북카페, 마이디팟(북씨), OPMS(MEKIA) 등 유통 플랫폼이 오픈마켓으로 진화하고 있어 셀프 퍼블리싱이 전면 확대되고 있다.
APP Book 및 교육용 인터랙티브 전자책		과거에는 주로 CD롬이나 DVD 등으로 제작되어 판매되던 교육용 인터랙티브 전자책이 300여 개 제작업체에서 활발하게 생산되었고, 이를 유통하던 빌트인시디, 아리수미디어 등의 전문 유통채널이 있었다. 하지만 시장 환경이 오프라인에서 온라인으로 이동되면서 시장이 거의 소멸되었다. 대신 스마트폰과 태블릿PC가 대중적으로 보급되면서 iOS와 안드로이드 기반의 교육용 인터랙티브 전자책이 대교, 교원, 삼성출판사, 두산동아, 한글과컴퓨터 등 메이저 출판사와 디지털콘텐츠 업체를 중심으로 다시 활발하게 생산되고 있다. 뿐만 아니라 태블릿PC 기반의 교육용 인터랙티브 전자책은 향후 전자책 콘텐츠 중에서 핵심 킬러 콘텐츠로 주목받고 있다.

전자저널 및 데이터 베스트	전자신문	중앙일간지, 지방신문, 전문신문, 무가지 등 신문사에서 PDF, HTML, XML, APP 등의 방식으로 서비스하고 있다. 지난 10년간 포털에 인터넷 광고 시장 주도권을 빼앗긴 12개 언론사는 최근 연합으로 On-News 어플리케이션을 출시(iOS버전, 안드로이드버전)한 바 있다.
	전자잡지	전자잡지 포털 사이트는 모아진이 대표적이며, 두산동아 등 메이저 잡지사에선 독자 매거진을 어플리케이션(APP-Book) 형태로 진출하고 있다.
	디지털 학술 논문	국내 기업의 경우 한국학술정보, 누리미디어, 교보문고, 학술교육원, 학지사 등이 전문적으로 서비스를 하고 있고, 해외 기업의 경우 엘스비어, 스프링거, 엡스코코리아 등이 해외 학술논문을 국내 대학과 도서관 시장에 서비스하고 있다. 국내 DB의 경우 약 200억 원 정도의 시장을 형성하고 있고, 해외 DB의 경우 약 1,000억 원 정도의 시장을 형성하고 있다.
	전자사보	단체, 기업 등에서 전자사보 등 서비스하는 디지털 간행물로 주로 HTML 방식의 전자책으로 제작하고 있다. 전자 사보를 발행하는 기업과 기획사 등 제작업체 등이 참여하고 있다.
	전문지식	리포트, 독서감상문 등 개인 저작물을 흔글, 워드, 파워포인트 등에 저작권 보호 기술인 DRM을 적용하여 포털 사이트에서 서비스 중인 전자책으로 PDF, HWP, DOC, PPT, TXT 등의 문서 포맷을 활용한 학술, 기업보고서 등의 전문지식 서비스를 말한다. 네이버, 다음, 엠파스, 파란 등 포털 사이트 등에서 서비스를 하고 있고 교육지대 등 10여 개의 전문 업체들이 활동하고 있다. 전자책 시장과 별개로 연간 300억 원 시장규모를 형성하고 있다.
전자사전		국내 50여 개 출판사가 발간하는 전자사전 종류는 200여 종에 이른다. 그동안 전자사전 콘텐츠는 포털과 전자사전 단말기에만 공급되었으나 최근에는 휴대전화, 스마트폰, 태블릿PC 등의 모바일 기기에 어플리케이션 형태로 대거 공급되고 있다. 사전 콘텐츠는 교육이나 어학 부문에서 가장 잘 팔리는 어플리케이션 중 하나다. 대신 전자사전 전용 단말기 시장은 급속하게 축소되고 있다. 전자사전 단말기는 한때 연간 100만 대 총 2,600억 원 시장 규모를 형성했었으나 스마트폰과 태블릿PC 등장으로 2010년에 시장규모가 40% 정도 감소하고 있다.
오디오북		MP3 기술과 음성TTS 기술 등을 활용한 오디오북의 경우 석세스TV와 한솔C&M(오디언)을 중심으로 시장이 형성되어 있다. 미국과 유럽의 경우 오디오북이 전체 종이책 출판시장에서 10~14%를 차지하고 있으나, 한국은 활성화가 매우 더딘 분야 중 하나다.
e-카탈로그 및 매뉴얼북		상품 매뉴얼, 보험사 약관 등 전자책 툴을 활용한 전자 카탈로그 서비스가 일반화되고 있다. 한샘유저이지가이드 등 광고기획사나 인쇄기획사가 정부, 산하기관, 지자체, 교육기관 등 비정기적으로 발행되는 홍보물을 전자출판물로 제작하여 보급하는 것이 전사회적으로 확산되고 있다.
도서요약 서비스		베스트셀러 등 종이책 신간을 5페이지 내외로 요약해서 전자책, 모바일북, 오디오북 등으로 서비스다. 네오넷코리아(북집), 북코스모스 등의 업체가 활동하고 있다.
디지털 교과서		전자책 기반의 교과서, 참고서, 콘텐츠솔루션, 다올소프트, SKC&C, 엠아이북 등의 업체가 활동해 왔다. 하지만 교육과학기술의 디지털 교과서 전략과 방향이 모호하여 지난 몇 년간 실험이 거의 실패로 귀결되었다.

유통 플랫폼 및 광고

유통사와 인터넷 서점 외에도 포털업체, 이동통신사, 단말기 사업자, 광고업체 등 자본력을 가진 대기업들의 참여가 늘어나고 있다. 도서유통사와 인터넷 서점은 종이책이 정체 또는 감소하고 있는 상황에서 새로운 성장 동력을 찾기 위해 전자책 사업에 뛰어들고 있다. 포털업체는 검색에서 시작된 전쟁이 뉴스 정보, 카페, 블로그, 지식인, 지도검색 경쟁으로 확대된 것처럼 전자책을 기반으로 'Book Search'와 'e-Book Service'를 확대할 것이다. "구글은 수십 억 장이 넘는 웹 페이지를 색인화했지만 아직도 전 세계 정보의 15%만 디지털화됐을 뿐 앞으로 개척해야 할 부분이 많다"고 말한 구글 부사장의 말을 상기해 볼 필요가 있다. 현재 구글의 경우 전 세계 저작권 소멸 도서 1천만 권을 디지털화 해놓고 조만간 본격적인 서비스에 돌입할 예정이다.

그 외에도 모바일 광고 시장이 커지면서 광고업체도 가세하고 있다. 처음에는 전자잡지로 시작하겠지만 아이디어와 혁신이 거듭되면서 전자책 기반의 다양한 광고시장을 열 것으로 보인다.

전자책 서점	전자책 원년시대에 등장하여 현재까지 생존하고 있는 전통적인 전자책 전문 서점으로 유페이퍼(지니소프트), 바로북, 조은커뮤니티(ebook21), 리디북스, 우리전자책, 양파북, OPMS(MEKIA, 북토피아), 누리미디어(북레일), 북큐브, 에피루스(이북클럽), 고이북, 인디북, 양파북, 피우리 등 20여 개 업체가 활동하고 있다.	
온오프라인 서점	종이책을 기반으로 한 온오프라인 서점업체에서 전자책 사업으로 확장한 경우 교보문고, 인터파크, 에스24, 알라딘, 영풍문고, 리브로, 반디앤루니스 등이 있다. 이 중 2006년 전자책 사업에 가장 먼저 뛰어든 교보문고가 현재 선도적인 위치를 차지하고 있다.	유페이퍼, KT올레마켓, 교보문고, 비슬이 오픈마켓을 완성시켜가고 있으며, 타 유통 플랫폼도 오픈마켓으로 전환하기 위해 준비중이다.
출판사 독자 유통플랫폼	출판사가 독자적으로 유통 플랫폼을 구축한 사례로 대교(프렌디북), 위즈덤베이글(비슬)이 2011년에 오픈했다. 프렌디북은 단말기+콘텐츠 결합 모델이며 비슬은 장(Chapter) 위주의 저렴한 가격과 오픈마켓을 특징으로 하고 있다.	
단말기	단말기 업체에서 자사의 단말기과 결합된 유통플랫폼을 구축한 사례로 삼성전자(리더스허브), 팬택(스카이북), 아이리버(북투), 네오러스(NUUT) 등이 있다.	유통 플랫폼 업체 모두 전자책 기반 광고 모델을 염두에 두고 있고, 제일기획 등에서 전자책 기반 광고시장 진출을 검토하고 있다.
포털	네이버, 다음 등에서 전자책 업체와 제휴를 통해 서비스하고 있으며, 최근 네이버에서 네이버북스를 오픈했다. 현재는 만화를 중심으로 서비스하고 있으나 조만간 콘텐츠 분야를 확대할 것으로 보인다.	
이동통신사	KT의 경우 올레북카페를 오픈했고, SK텔레콤은 T스토어와 함께 전자책 전문 유통플랫폼을 오픈할 예정이다.	
언론사	조선일보사에서 텍스토어를 오픈했다.	
기타	신세계, 이베이지마켓옥션 등에서 전자책 유통 플랫폼 사업에 참여할 예정이다.	
글로벌 기업	애플(iBooks), 아마존(Kindle), 구글(구글e북스) 등의 글로벌 기업들이 한국 내 유통 플랫폼 시장에 진출할 가능성도 존재한다.	

단말기

전자책을 볼 수 있는 단말기는 전자책 전용 단말기, 스마트폰, 태블릿 PC, 스마트TV, 전자사전, 기타 등 5~6가지로 분류할 수 있다.

전자책 전용 단말기는 150DPI 해상도를 가지고 있어 가독성이 뛰어나고 e잉크 기술로 저전력 배터리 설계가 가능하다. 해외에서는 아마존, 소니, 반스앤노블 등이 있고 국내에서는 삼성전자, 아이리버, 네오럭스, 넥스트파피루스, LG이노텍, 서전미디어텍 등이 있다. 스마트폰은 이미 해외에서 1억만 대 이상 판매되었고 한국에서도 반응이 폭발적인 아이폰과 삼성전자의 갤럭시S가 대표적인 케이스다. 스마트폰은 국내외를 막론하고 단말기 업체 간 글로벌 경쟁이 가속화되고 있는 분야다. 태블릿PC는 7인치에서 10인치 내외로 아이패드, 갤럭시탭, 옵티머스패드 등 다양한 제품이 쏟아져 나오고 있다. 그 외에 현재 보급 초기인 스마트TV가 있고 스마트단말기기 때문에 축소되고 있긴 하지만, 한때 연간 1백만 대 내외로 판매되던 전자사전이 있다.

단말기 분야의 경우 애플, 삼성전자, LG전자, HP, 소니 등 세계적인 기업들간에 치열한 전쟁이 진행 중이고, 다른 한편으로는 후발 중소업체들이 새로운 기술로 무장하여 도전하고 있는 시장이기도 하다.

전자책 전용 단말기	e잉크 기반 기술로 이루어진 아이리버, 네오럭스, 서전미디어텍, 넥스트파피루스, LG이노텍 등의 업체가 활동하고 있고, 현재 누적 판매 5만 대 내외로 알려져 있다. 이 시장이 개화될 경우 국내에는 20~30여 개의 업체로 확대될 가능성이 존재한다.
태블릿PC	국내에서는 삼성, LG전자, LG디스플레이, 팬택, 애플코리아 등 대기업과 삼보컴퓨터, 아이리버 등 80여 개 중소기업으로 나뉘어 있으며, 2011년 연말까지 약 10여 종의 태블릿PC 신제품이 쏟아져 나올 예정이다.
스마트폰	삼성전자, 팬택, LG전자, 애플코리아 등에서 2011년 연말까지 약 2,500만 대가 보급될 것으로 예상하고 있다.

스마트TV	삼성전자, LG전자를 중심으로 초기 보급단계에 있다.
전자사전	아이리버, 샤프전자, 한누리비즈 등 10여 개 업체가 있으나 전자사전 시장 감소로 인해 특화되고 전문화된 전자사전이나 태블릿PC 등의 단말기로 이동하거나 진화될 가능성이 높다.

소프트웨어 기술 및 통신 네트워크

폰트, DRM(Digital Rights Management), 뷰어 및 제작툴, DB설계 및 구축, 디지털 도서관 시스템(Digital Library System), 디지털 식별체계 기술(UCI, DOI 등), 스마트 단말기기용 어플리케이션 제작기술, 전자책 관련 기술 발전에 따라 끊임없이 새로운 기술 패러다임과 기업들이 탄생하는 분야다.

APP 퍼블리싱 개발업체	스마트폰, 태블릿PC 기반의 단말기로 보는 앱북으로 주요 유통 플랫폼으로 애플앱스토어, iBooks, 안드로이드마켓, T스토어, 올레마켓, 오즈스토어 등이 있다. 관련 업체로는 인크로스, 모글루, 홍익세상, 성도솔루원, 이지메타, 엠아이북, 판다모코리아, 비트플러스, 이팩토리, 퍼블스튜디오, 에듀엔조이, 시공미디어, 넷앤티비, 얍코리아, 비얀드앱, 브레인팹스, 스토리스쿰 등 100여 개 개발업체가 등장했다. 또한 이통사, 정부기관 등 다양한 기관에서 개발자를 양산하고 있어 개인 개발자도 급격하게 늘어나고 있다. 한국전자출판협회에서는 2011년 6월 스마트앱퍼블리싱포럼을 결성해 약 40여 개의 개발업체가 조직화되어 있다.
Viewer, Publisher	EPUB, PDF, XML, HTML 등의 다양한 전자책 포맷으로 제작하는 제작툴과 뷰어 기술을 가진 업체로 지니소프트, 유니닥스, 애슬로, 이지메타, KDMT, 제이알크리에이티브, 어도비, 인큐브테크, 컨텐츠밸리, 아이비엘, 엠아이북 등 50여 개 업체가 활동하고 있다.
DRM	DRM(Digital Rights Management) 등의 저작권 보호 솔루션 업체로 파수닷컴, 마크애니, 에스소프트, 잉카엔트웍스 등 10여 개의 업체가 활동하고 있다.
DLS 시스템	전자책을 온라인으로 대출하고 열람할 수 있는 디지털 도서관(Digital library) 시스템으로 교보문고, 조은커뮤니티, 북큐브, 인터파크, YBM시사닷컴 등 B2B 사업을 하는 업체들로 구성되어 있다.
디지털식별체계	디지털 식별체계(DOI, COI, UCI) 등 국제 디지털 식별체계에 따라 국내에서는 일부 업체들이 참여하고 있으나 아직 활성화가 덜 된 분야다.
폰트	다양한 전자책용 디지털 서체 개발하는 업체로 산돌커뮤니케이션, 윤디자인, 한국글꼴개발원 등 10여 개 업체가 활동하고 있다. 최근 폰트업체에서 인쇄출판물에 적용하던 라이센스 비용을 전자책 폰트 라이선스로 확대하고 있는 중이다.

6

단말기
진화의 끝은
어디까지인가?

2007년 아마존에서 킨들(Kindle) 단말기를 출시했을 때만 하더라도 전자책 관련 단말기 논쟁과 경쟁이 e잉크 기반의 전자책 전용 단말기에서 격화될 것으로 사람들은 예측했다. 당시 리서치이모션의 블랙베리는 그 영향력이 대단했지만 북미권과 유럽 일부에서만 영향력이 있었고, 오히려 아마존의 킨들이 세계를 강타했기 때문이었다. 하지만 애플이 아이폰으로 세계를 강타하자 전 세계는 순식간에 스마트폰 논쟁과 경쟁에 휩싸이게 되었다. 컴퓨터 제조업체에 불과했던 애플은 휴대전화나 스마트폰에서 후발 주자였지만 불과 2년 만에 최고의 영업이익을 창출하며 놀라운 성적을 기록했기 때문이다. 선발 주자였던 노키아, 리서치

이모션, 모토로라, 삼성전자, LG전자 등은 애플의 급격한 성장에 위기의
식을 느끼기 시작했다. 이때부터 세계 단말기, 통신 네트워크 관련 기업
들은 스마트폰 경쟁으로 급속하게 빨려들어가기 시작했다.

경쟁은 스마트폰에서 그치지 않았다. 아이폰으로 세계를 강타한 애플
은 9.7인치의 태블릿PC인 아이패드를 출시해 1년 만에 2천만 대 가까이
팔았다. 애플이 태블릿PC에 뛰어든 것은 아마존 킨들(Kindle)의 사례에
서 성공을 확신했기 때문이었다. 그러자 이번에는 휴대전화 제조기업뿐
만 아니라 구글 같은 포털업체와 컴퓨터 제조업체의 강자인 델, HP, 에
이서 등까지 태블릿PC 논쟁과 경쟁에 뛰어들면서 세계는 그야말로 한
치 앞을 내다보기 어려운 상황에 놓여 있다.

스마트폰과 태블릿PC에서 불붙은 경쟁은 전자책 등 콘텐츠 앱스토
어, 운영체계, 터치스크린, 통신 네트워크, 메모리, 디스플레이 등 콘텐

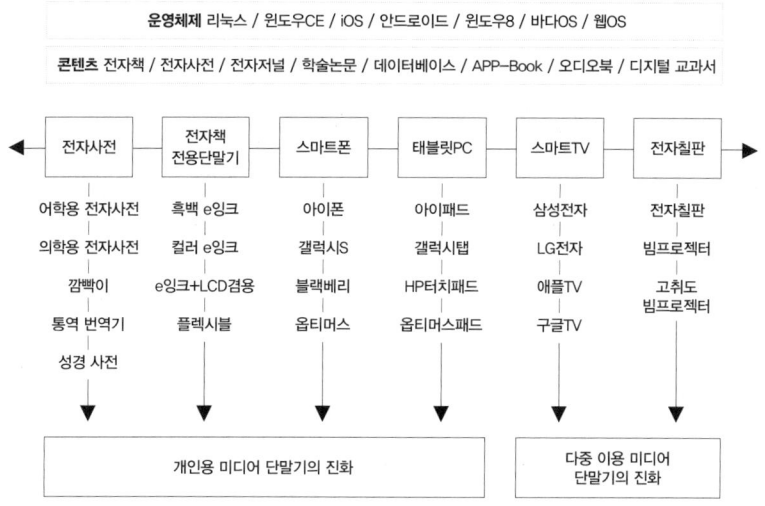

츠, 기술, 가격 경쟁으로 세분화되고 있다. 그래서 매 시기마다 새로운 버전의 기술력과 가격 경쟁력으로 어떻게 선점할 것인가를 놓고 끊임없는 신경전과 정보전이 벌어지고 있다. 이런 상황에서 단말기 경쟁과 진화의 끝을 예측한다는 것은 사실상 불가능하다. 이런 변화들이 불과 2~3년 내에 일어났기 때문에 미래를 예측한다는 것은 더욱 어려운 일일 뿐만 아니라 1~2년 후도 내다보기 어렵다.

하지만 1장에서 살펴본 것처럼 미디어는 끊임없이 개인화된 미디어로 진화하고 발전하고 있다. 전자사전이나 전자책 전용 단말기가 먼저 나왔지만 스마트폰과 태블릿PC로 통합되고 있고, 스마트폰과 태블릿 PC는 디스플레이 기술 진화에 따라 당분간 각각 발전하다가 또 다시 통합될 수 있다. 또 통합된 개인 미디어 단말기는 스마트TV나 전자칠판과 같은 대중이 이용하는 미디어와의 교신을 더욱 강화시켜 나갈 것이 분명하다.

다만 기술과 가격 조건이 만족되기 전까지는 전자사전, 전자책 전용 단말기, 스마트폰, 태블릿PC 같은 단말기들은 각각의 고유 역할을 담당

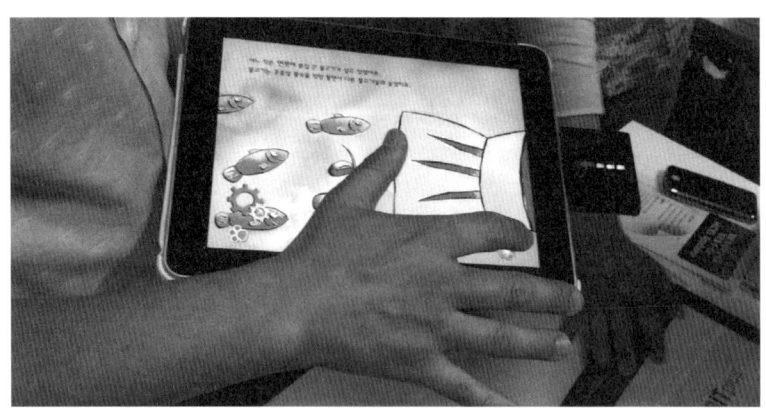

하면서 자신의 영역을 넓혀나갈 것이다. 그런 점에서 각 단말기의 장점과 현황을 통해 미래를 예측해보는 것도 의미가 있다.

e잉크 전자책 전용 단말기

e잉크 단말기는 세계적으로 50여 개 업체에서 60여 종이 생산되고 있으며 e잉크 기술은 e-ink사가 독점 특허를 가지고 있다. 2010년 e잉크 단말기는 세계적으로 총 1,280만 대가 출하되었다. 이중에서 아마존 '킨들'이 가장 많이 판매되었고 그 다음으로 팬 디지털의 '노벨', 반스앤노블의 '누크' 순이다. 현재까지 아마존의 킨들은 누적 판매 1천만 대가 넘었다. 아마존과 소니 등은 e잉크 단말기를 중심으로 전자책 산업에 진입하고 있다. 미국 시티그룹 발표에 따르면 아마존은 80만여 종에 달하는 전자책을 기반으로 2010년에는 약 25억 달러(순수 전자책 콘텐츠 판매액은 9억 달러)가량 벌어들인 데 이어, 올해는 약 61억 달러(순수 전자책 콘텐츠 판매액 16억 달러)의 매출을 기록할 것으로 전망하고 있다.

국내에서는 삼성전자(모델명 SNE-60K), 아이리버(모델명 Story HD), 네오럭스(모델명 NUUT3), 북큐브(모델명 BOOKCUBE B-612, 제조사 서전미디어텍), 인터파크(모델명 Biscuit, 제조사 LG이노텍), 넥스트파피루스(모델명 Page-One) 등 6개 업체가 제품을 출시했지만 누적 판매 5만 대 내외로 저조한 편이다.

국내의 저조한 판매와는 달리 북미 지역과 유럽에서는 e잉크 단말기가 꾸준하게 인기를 얻고 있다. 이유는 e잉크 단말기의 장점 때문이다. 종이책과 마찬가지로 가독성이 좋아 눈의 피로감 없이 장시간 독서가

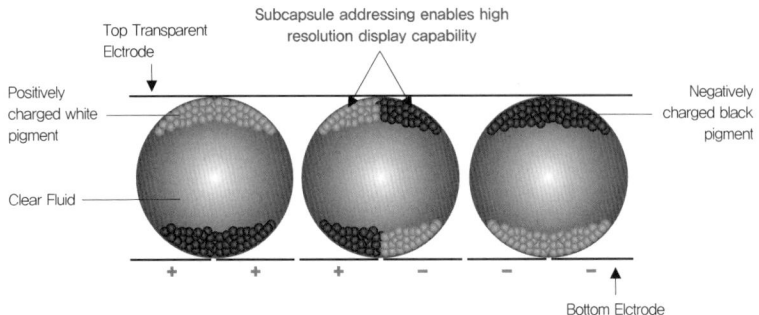

가능하고, e잉크 기술의 특성으로 인해 배터리 시간이 LCD 디스플레이에 비해 10~20배 이상 오래가고 단말기 가격도 상대적으로 저렴하다.

e잉크 단말기는 머리카락 두께의 직경과 비슷한 입자에 전기 자극을 줘서 움직이는 원리다. 그래서 전자책 페이지를 넘길 때만 전력을 소비하고, LCD처럼 백라이트를 쓰지 않기 때문에 배터리가 오래 지속된다. 이런 환경 때문에 해상도 150DPI에도 눈에 피로를 주지 않고 장시간 독서가 가능하다. 그런 점에서 e잉크 단말기는 종이책에 최대한 근접했다는 평가를 받고 있다. 이러한 장점으로 전자책 시장을 창출하고 있다는 점에서 의미가 있다. 하지만 e잉크 단말기는 상용화가 가능한 단말기가 아직 흑백이고 전자책 전용으로만 쓸 수 있다는 점 때문에 태블릿PC에 고전하고 있다.

스마트폰

스마트폰은 리서치이모션사의 블랙베리를 중심으로 소수의 CEO들이 주로 오피스용으로 사용했다가 애플의 아이폰이 등장하면서 급격하게 관심이 고조되고 있다. 특히 애플은 아이폰을 중심으로 콘텐츠 거래 장터인 앱스토어를 오픈하여 1년 만에 콘텐츠 15만 개 구축, 거래 총액 20억 달러를 달성, 휴대전화 시장 진입 2년 만에 노키아, 삼성전자, LG전 자보다 3~4배 높은 영업이익을 창출해 전 세계에 스마트폰과 앱스토어 열풍을 불러일으켰다. 아이폰은 지금까지 1억만 대 이상 판매되었고 앱 스토어에 등록된 콘텐츠 수는 50만 개에 육박하고 있다.

애플이 아이폰을 통해 보여준 경이적인 기록은 세계 주요 이동통신사 와 단말기업체의 변화를 이끌어 내고 있다. 국내에서도 대략 3백만 대 이상 판매되었을 정도로 아이폰 열풍은 쉽게 가라앉지 않을 전망이다.

스마트폰을 사용하다 보면 리모컨 같기도 하고, 비서 같기도 하고, 때 로는 잔소리 많은 부인 같기도 하다. 일산에서 파주출판도시까지 대중 교통을 이용하려면 200번을 타고 한 번에 가거나 교하 신도시까지 가는 버스를 타고 중간에 내려 마을버스로 갈아 타고 가야 한다. 어떤 것이나 배차시간이 길기 때문에 한여름이나 한겨울, 비가 많이 오거나 눈이 많 이 올 때 버스 정류소에서 기다리는 것은 매우 고통스러운 일이다. 그러 나 아이폰을 이용하면서부터 이런 문제가 거의 없어졌다. 버스알람이 어플리케이션이 자동으로 버스 도착시간을 알려주기 때문에 집에서 느 긋하게 기다리다가 도착시간 5분 전에 나가면 된다. 이 외에도 일정 알 림, 은행업무, KTX 예약, 위치정보 수발신, 이메일, 인터넷 검색 등 못하 는 것이 거의 없다.

스마트폰의 가장 큰 장점은 늘 내 손을 떠나지 않는다는 점이다. 휴대성과 부피 때문에 시공간적 제약을 거의 받지 않는 단말기다. 이런 장점 때문에 앞으로 상당 기간 스마트폰을 중심으로 가장 큰 시장을 형성하고, 스마트폰을 중심으로 다양한 사회문화적 현상이 넓고 깊게 형성되어 갈 것이다. 마셜 맥루한의 말처럼 지금 스마트폰은 인간의 뇌를 확장해주는 가장 큰 도구가 될 것이다.

태블릿PC

예전에도 태블릿PC는 존재했다. 하지만 당시엔 유무선 통신기술의 한계, 터치 기술, 디스플레이 기술 등 기술적 난제와 비싼 가격 때문에 일반인들이 쓰기엔 한계가 많았다. 하지만 기술적 문제는 물론이고 가격까지 넷북 수준으로 떨어지고 있기 때문에 태블릿PC는 새롭게 주목받고 있다.

특히 애플은 아이폰에 이어 아이패드라는 9.7인치의 태블릿PC를 발표하면서 세계적인 주목을 받았을 뿐만 아니라 2011년에는 아이패드2를 출시했다. 태블릿PC의 가장 큰 장점은 책, 신문, 잡지, 만화, 교과서 같은 올드 미디어를 대체하는 가장 강력한 수단이라는 점이다. 종이책에서 가장 많이 사용하는 판형은 신국판이나 국판인데, 아이패드 9.7인치는 기존의 종이책 판형과 거의 유사한 크기다. 이러한 특성 때문에 그 안에 책이나 잡지, 만화 같은 콘텐츠가 자리 잡기에 가장 적합하다.

삼성전자는 처음 아이패드 제품을 설계할 때 7인치를 선택했다. 그리고 안드로이드 진영의 하드웨어 업체들도 아이패드와 다른 크기를 선택

하려고 했다. 하지만 그러한 선택은 1년이 채 지나지 않아 철회될 운명에 처했다. 현재 대부분의 태블릿PC들이 10인치 내외의 크기로 출시되고 있기 때문이다. LG전자가 8.9인치, 소니가 5.5인치 듀얼스크린을 출시했고, 일부 태블릿PC 제조업체들이 7인치를 고수하는 현상도 있긴 하지만 소수에 불과하다. 그만큼 종이책 판형과 비슷한 태블릿PC의 크기가 매우 중요하다는 것을 의미한다.

물론 태블릿PC가 극복해야 할 점도 있다. 그 하나는 무게다. 540그램은 무겁게 느껴진다. 400그램 정도의 무게 혁신이 필요하다. 또 다른 하나는 해상도다. 나는 아이패드2가 아이폰4 수준의 해상도로 무장하고 출시될 것으로 기대했는데, 기대가 너무 컸다. 물론 애플의 입장에서는 수많은 경쟁자를 따돌리기 위해 성능 대비 가격 경쟁력을 선택할 수밖에 없었겠지만 2011년에 아이폰4 수준의 해상도를 가진 태블릿PC가 등장했다면 콘텐츠 측면에서 더 큰 변화를 몰고 왔을 것이다.

태블릿PC가 아직 종이책 선명도에 비해 떨어지긴 하지만 조만간 레티나 디스플레이 기술이나 2048x1536 정도의 해상도가 구현되는 디스플레이로 교체되면 종이책만큼의 선명도를 가질 것으로 보인다. 현재 아이폰4 정도의 해상도라면 이러한 문제는 일거에 해결될 것이다. 올해 하반기에 출시될 것으로 예상되는 아이패드3 또는 아이패드HD 버전은 해상도 문제가 어느 정도 해결될 것이다.

나는 집에서 아이패드2로 여러 가지 실험을 하는 중이다. 거실 테이블에 놓고 2개월이 흘렀는데 거실에만 고정되어 있지 않고 식탁 테이블에 놓여 있기도 하고, 화장실 앞에 있기도 하고, 아침에는 침대 머리맡에서 발견되기도 한다. 집 안을 이리저리 옮겨 다니며 움직이고 있다. 식구들이 시간이나 장소에 관계없이 자유롭게 사용하기 때문이다.

중학교에 다니는 아이는 아이패드2가 생긴 뒤부터 컴퓨터를 이용하는 시간이 줄어들었다. 아이폰3G를 꽤 오래전부터 사용했기 때문에 아이패드 사용이 뜸할 줄 알았다. 하지만 집에서는 아이폰보다 아이패드를 사용하는 횟수와 시간이 많았고, 컴퓨터보다 아이패드 사용이 많아졌다. 컴퓨터라곤 온라인 고스톱 게임밖에 할 줄 몰랐던 아내 역시 아이패드를 쓰는 시간이 많아졌다. 인터넷 검색은 기본이고 성경 같은 어플리케이션을 자주 이용한다. 성경읽기 모임이 있는 날이면 아이패드를 들고 성당에 가는 경우도 늘어났다. 이유를 물어보았더니 "종이책 성경보다 아이패드로 읽는 게 더 편하다"는 것이다. 1~2년 전부터 노안이 오고 있기 때문에 더욱 그럴 것이다.

이런 경험은 태블릿PC를 쓰는 집에서 흔히 발견되는 현상들이다. 아직은 단언하기 어렵지만 기술이 보완된다면 10인치 내외의 태블릿PC가 가정과 학교에서 책과 교과서를 대체하는 수단이 될 것이라는 예감을 떨쳐버릴 수 없을 것이다.

콘텐츠

Contents

Contents

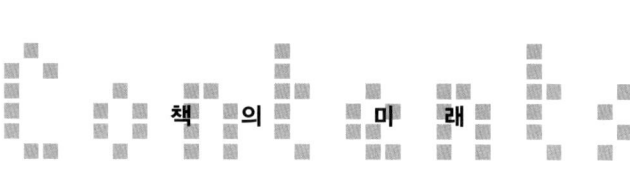

책의 미래

1

전자책 콘텐츠,
이제 시작에
불과하다!

세계 곳곳에서 전자책 쓰나미가 몰려오고 있다. 미국 반스앤노블의 임원이 "2년 내에 전자책이 종이책 판매를 넘어설 것"이라고 전망하자마자 미국출판인협회(AAP)는 2011년 1월 전자책 판매가 약 7천만 달러, 2월에는 약 9천만 달러를 달성하여 전년도 같은 기간 대비 169%가 증가했고, 반면 종이책은 지난 2월 약 8천만 달러로 전년도 같은 기간 대비 24.8%가 감소했다고 밝혔다.

유럽의 경우 아직 전자책 열풍이 미국보다 덜하지만 영국 피어슨의 경우 지난해 연매출 5억 8천만 달러 가운데 절반이 넘는 매출이 디지털 부문에서 발생했다. 일본의 경우 2010년 전자책 시장 규모는 650억 엔에 달했다. 한국의 경우에도 교보문고가 2011년부터 전자책 매출이 하루 2천만 원을 넘기 시작했다. 이렇게 세계적으로 2010년 하반기부터 전자책 시장이 폭발적으로 증가한 이유는 스마트폰이나 스마트패드 같은 단말기 보급이 확산되고 있기 때문이다. 아이폰의 경우 세계적으로 1억만 대 이상이 판매되었고, 태블릿PC는 2010년 1,800만 대에서 2011년 5천만 대 수준으로 급격하게 늘어날 것으로 전망되고 있다. 국내의 경우 스마트폰은 현재 누적판매 1천만 대가 넘어섰고, 2011년 말엔 2,500백만 대 수준으로 늘어날 것으로 보인다. 태블릿PC는 현재 120만 대에서 200만 대 수준으로 늘어날 것으로 예상된다. 전자책 콘텐츠 역시 단말기 보급 확대에 따라 빠르게 발전하고 있다.

태블릿PC 시장 (2010년 전체 PC시장의 89% 차지)

		전체 출하량	아이패드(애플)	갤럭시탭(삼성전자)	기타
2010년	세계	1,800백만 대	1,490만 대 판매 (시장점유율 83%)	200만 대 출시 (시장점유율 약 17%)	
	국내	80만 대	40만~50만 대 판매	50만 대 출하 (실질적으로 20만~25만 대 판매)	아이덴티티 (엔스퍼터) 출시
2011년	세계	5천만 대	약 4,000만 대 (아이패드2 출시로 전년도 대비 점유율 높아질 것으로 전망)	약 2백만~3백만 대	HP, 에이서, 도시바, 소니 등 태블릿PC 신제품 출시 러시
	국내	120만 대	약 60만~70만대	약 30만~40만 대 (8.9인치, 10.1인치 모델 출시)	LG전자, 삼보컴퓨터 등에서 신제품 출시

e잉크 전자책 단말기 (매년 출하량 325% 성장)

		전체 출하량	내용
2010년	세계	1,280만 대	1위 - 아마존 '킨들' (40~48% 점유율)2위 - 팬 디지털 '노벨'3위 - 반스앤노블 '누크'
	국내	5만 대	아이리버, 북큐브, 인터파크, 넥스트파피루스, 네오럭스 등에서 출시하고 있지만 2010년 총 누적 판매 수는 5만 대 수준

그런데 2011년 2월 국제출판협회(IPA) 발표에 따르면 전체 출판시장에서 전자책이 차지하는 비율은 미국 8%, 스페인 1.6%, 남아프리카공화국 1.5%, 일본 1.1% 등 미국과 일부 국가를 제외하고 대부분 1% 미만이

라는 결과를 내놓았다. 그리고 2015년에 미국은 50%로 성장할 것으로 예측하는 반면 나머지 국가는 5~15% 정도 성장할 것으로 내다보았다. 이렇게 전자책 시장 현황과 전망이 다른 이유는 무엇일까? 그 이유는 전자책을 보는 관점이 다르기 때문이다. 국제출판협회가 발표한 자료는 전자책을 '종이책 단행본'이 전자책으로 디지털 전환되어 넘어간 수치를 기준으로 한 것이다. 하지만 국제출판협회의 이러한 관점과 기준은 빠르게 발전하고 있는 전자책 산업에 대해 제대로 인식하지 못하게 할 가능성이 크다.

한국전자출판협회에 따르면 2004년 7월부터 2010년 12월까지 부가가치세 면세를 받기 위해 인증을 받은 전자출판물은 총 279만 4,097건에 달했다.

한국전자출판협회 한국전자출판물인증센터 연도별 인증건수 (2004년 7월~2010년 12월)

연도	2004년	2005년	2006년	2007년	2008년	2009년	2010년	합계
건수	31,194	3,281	45,029	6,987	311,805	2,034,961	360,840	2,794,097

이 중 종이책 단행본이 디지털로 전환된 것은 약 10만 건 내외로 5% 미만이다. 이것은 무엇을 의미하는 것일까? 흔히 전자책 콘텐츠를 생각하면 보통 종이책이 디지털화되어 전자책으로 서비스되는 것으로 알고 있다. 하지만 국내 상황은 그런 사실과 다르다. 진실은 오직 두 가지다. 하나는 해외 번역도서 비중이 높기 때문에 전자책으로 이동해 올 단행본이 별로 없다는 것, 다른 하나는 출판사들이 종이책 판매 감소를 우려한 나머지 전자책으로 신간을 내지 않고 있다는 것이다. 종이책 시장보다

작은 전자책 시장에 굳이 신간을 내놓을 이유가 없다고 생각하는 것이 대체적인 시각이다.

종이책이 전자책으로 느리게 이동하고 있는 반면 95%의 전자책은 주로 전자사전, 디지털 학술논문, 저널, 데이터베이스 출판물, 교육용 인터랙티브 전자출판물(과거에는 교육용 CD롬 타이틀로 존재했다가 최근에는 어플리케이션 등으로 재구성되고 있음) 등 유형이 매우 다양하게 발전하고 있다. 이는 종이책의 운명과 관계없이 단말기 유형이나 소프트웨어 기술에 따라 콘텐츠 유형이 다양한 형태로 진화 발전해 가고 있음을 보여주는 현상들이다.

지난 20여 년간 인터넷 보급 및 발전에 따라 전자책 포맷은 XML, PDF, HTML, 플래시, Djvu(Djvu는 미국 AT&T연구소에서 개발한 차세대 문서 포맷으로 문서와 이미지를 변형 없이 작은 용량으로 압축하여 보여 준다) 등 다양한 형태로 존재해 왔다가, 최근에는 EPUB 및 PDF 전자책과 어플리케이션 전자책으로 좁혀가고 있다. 물론 아마존 킨들의 경우 AZW라는 독자 포맷을 쓰고 있지만, 대부분의 국가에서 EPUB 포맷을 채택하고 있어 EPUB이 국제표준으로 자리 잡고 있고, 스마트폰과 태블릿PC 보급에 따라 어플리케이션 전자책 역시 빠르게 성장하고 있다.

애플 앱스토어는 2008년 출시 이후 2011년 1월에 누적 100억 건 다운로드, 누적 매출 30억 달러를 기록했다. 148앱스닷비즈 집계 자료에 따르면 2011년 4월 기준으로 전체 어플리케이션은 37만 8천612건이며, 이 중 게임은 총 5만 8천395건으로 14.95%에 달했고, 전자책은 총 5만 4천267건으로 13.89%로 게임을 바짝 쫓고 있다.

Count of Active Applications By Month			
Month	Apps	Games	Total
Unknown	2,074	547	2,621
2008-07	2,851	808	3,659
2008-08	3,592	1,050	4,642
2008-09	4,608	1,382	5,990
2008-10	6,029	1,797	7,826
2008-11	7,609	2,257	9,866
2008-12	9,542	2,777	12,319
2009-01	11,945	3,333	15,278
2009-02	15,179	4,027	19,206
2009-03	18,715	4,809	23,524
2009-04	22,484	5,699	28,183
2009-05	26,235	6,584	32,819
2009-06	31,390	7,559	38,949
2009-07	36,887	8,567	45,454
2009-08	43,294	9,771	53,065
2009-09	50,045	11,189	61,234
2009-10	56,470	12,553	69,023
2009-11	64,266	14,004	78,270
2009-12	79,403	16,354	95,757
2010-01	91,168	17,928	109,096
2010-02	103,232	19,766	122,998
2010-03	116,681	21,587	138,268
2010-04	130,389	24,188	154,577
2010-05	143,188	26,016	169,204
2010-06	157,575	28,234	185,809
2010-07	172,640	30,379	203,019
2010-08	188,641	32,871	221,512
2010-09	202,528	34,931	237,459
2010-10	219,154	37,520	256,674
2010-11	234,609	39,914	274,523
2010-12	255,279	43,932	299,211
2011-01	271,075	46,659	317,734
2011-02	286,216	49,719	335,935
2011-03	303,752	53,221	356,973
2011-04	321,970	56,642	378,612

Current Active Application Count By Category	
Games	58,395 (14.95%)
Books	54,267 (13.89%)
Entertainment	42,213 (10.80%)
Education	34,003 (8.70%)
Lifestyle	29,427 (7.53%)
Utilities	23,584 (6.04%)
Travel	22,444 (5.74%)
Music	15,972 (4.09%)
Reference	14,795 (3.79%)
Business	14,212 (3.64%)
Sports	13,016 (3.33%)
News	10,933 (2.80%)
Productivity	10,011 (2.56%)
Healthcare &Fitness	9,366 (2.40%)
Navigation	7,822 (2.00%)
Photography	7,775 (1.99%)
Finance	7,270 (1.86%)
Social Networking	6,813 (1.74%)
Medical	6,812 (1.74%)
Weather	1,602 (0.41%)
Total	390,732 (100.00%)

국내에서도 월간 〈APP〉 2011년 4월호 통계에 따르면 앱스토어 누적 등록 건수는 애플 앱스토어 한국 계정 26만 7천340건, T스토어 3만 3천171

건, 올레마켓 2만 3천880건, 오즈스토어 1만 393건으로 빠르게 늘어나고 있는 중이다.

2011년 4월 마켓별 누적 앱 등록 통계

		미국 애플 앱스토어	한국 애플 앱스토어	안드로이드마켓	T스토어	올레마켓	오즈스토어
등록수	1월	261,708	236,240	196,593	25,370	21,314	6,957
	2월	269,859	244,000	213,148	31,246	21,989	7,217
	3월	276,480	258,400	226,561	31,299	21,693	9,041
	4월	285,878	267,340	243,296	33,171	23,880	10,393

2011년 4월 스마트패드 마켓 누적 앱 등록 통계

한국 애플 앱스토어 아이패드용 앱 카테고리 비율 (총 62,560건)		T스토어 안드로이드탭용 앱 카테고리 비율 (총 33,570건)	
Books	16,440	e-Book	20,596
Education	7,260	어학/교육	5,056
Entertainment	5,360	뮤직	1,531
Lifestyle	4,700	생활/위치	1,584
Reference	3,360	Fun	1,556
Travel	3,440	코믹	2,480
utillities	3,160	게임	767
Business	2,900		
Productivity	2,400		
기타	13,540		
계	62,560	계	33,570

특히 아이패드용 어플리케이션에서 Books가 1만 6,440건으로 1위를 차지했고, 안드로이드탭용 어플리케이션에서 e-Book이 2만 596건으로 늘어나고 있음을 볼 때, 전자책이 스마트폰에서는 게임에 이어 2위를 차지하고 있지만 태블릿PC에서는 e-Book이 부동의 1위가 될 가능성이 높다는 것을 알 수 있다. 더욱이 아이패드, 갤럭시탭, 옵티머스패드 등 태블릿PC가 광범위하게 보급될 것으로 볼 때 전자책은 우리가 예상하는 것 이상으로 더 빠르고 더 넓고 더 깊게 확산될 것으로 보인다.

앞에서도 언급했지만 전자책 산업의 특징은 종이책 산업이 디지털웨어를 입고 그대로 이동전환되는 것이 아니라 콘텐츠, 단말기, 소프트웨어기술, 통신 네트워크 분야가 어우러지는 새로운 융합산업이자 새로운 미디어다. 단말기 업체나 통신 네트워크 업체가 유통 플랫폼 사업에 진입하기도 하고, 콘텐츠 업체가 유통 플랫폼과 단말기 영역을 포괄하기도 한다. 기업의 고유 영역이 파괴되기도 하고, 합종연횡을 통해 새로운 혁신적 모델이나 새로운 시장을 만들어 내기도 한다. 그래서 전자책 어느 분야나 기업 간 경쟁과 긴장이 팽팽하게 유지되고 있다.

아마존과 애플의 성공 사례가 알려지면서 전자책은 콘텐츠, 유통 플랫폼, 단말기 분야의 다양한 기업들을 블랙홀처럼 빨아들이고 있는 중이다. 국내에서도 온오프라인 서점은 물론 단말기 업체, 이동통신사, 언론사, 대형 출판사 등 업종을 가리지 않고 뛰어들고 있으며, 그동안 전자책에 대해 보수적이었던 종이책 출판사들도 빠르게 전자책 사업에 동참하고 있다. 다른 한편에서는 그늘이 드리워지고 있다. 미국 최대 서점 보더스사가 파산 신청을 했고, 호주 시드니대학 도서관에서는 장서 50만 권을 처분하기로 했다. 이러한 현상은 시작에 불과하다. 10인치 내외의 태블릿PC가 스마트폰처럼 보급이 보편화되면 종이책에 정체성을 두고 발전해 왔던 출판 콘텐츠 역시 과거 패러다임의 급격한 해체와 동시에 재구성되는 과정을 거칠 수밖에 없을 것이다.

2

콘텐츠 원소스
멀티유스 전략

■

■

■

■

■

콘텐츠는 특정 미디어에 얽매이지 않고 재구성되고 확장된다
는 측면에서 자유로운 무정형의 그 무엇이다. 형식과 가격은 물론 비즈
니스 모델을 만들어 내는 측면에서도 그 어떤 것에 얽매이지 않고 끊임
없이 재구성되고 새로운 것을 만들어 내는 혁신성을 가지고 있다. 그런
특징 때문에 전자책 콘텐츠의 경우 기획 단계에서부터 원소스 멀티유스
(One Source Multi-Use)에 입각한 전략을 짤 수 있다.

그런데 원소스 멀티유스 하면 우리는 하나의 소재로 여러 가지 상품
을 만들어 내는 데까지는 추상적으로 알고는 있지만 막상 기획 단계에
서 세부적인 판단을 하려면 '무엇을 어떻게?' 할 것인가가 잘 잡히지 않
는 경우가 많다. 이유는 기획 단계에서 그 소재에 대한 상품화와 유통과

정 등에 대해 잘 알지 못하기 때문이다.

　종이책에서 독자들에게 많은 사랑을 받았던 《마법 천자문》의 경우 기획에서 상품화, 유통까지 치밀하게 계산되고 조직된 출판물 중 하나다. 그래서 애니메이션, 캐릭터, 공연 등의 다양한 상품으로 확산될 수 있었다. 물론 이러한 성공에는 전제조건이 있다. 바로 1차 상품단계의 종이책에서 성공을 거두었기 때문에 가능했다는 점이다. 종이책이 성공을 거두지 못했다면 그 다음 단계 상품화의 성공 여부는 판단하기 어려웠을 것이다. 전자책도 크게 다르지 않다. 우선 전자책 콘텐츠의 원소스 멀티유스 전략을 구체화하기 위해서는 전자책 유통의 단계별 특성을 과정을 정확하게 인지할 필요가 있다.

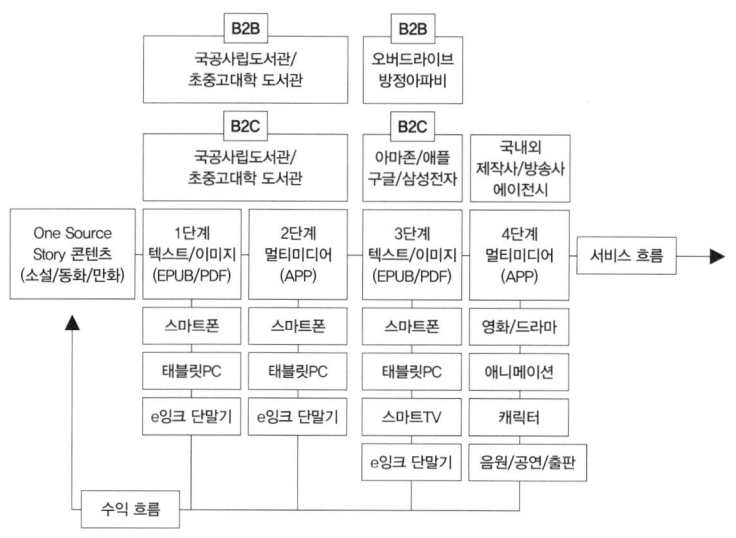

보통 종이책 상품의 경우 1단계 상품화를 거쳐 유통된 다음 곧바로 4단계로 직행하는 경우가 대부분이다. 가장 먼저 고려해야 할 단계가 종이책 판매이기 때문에 《마법 천자문》 등 극히 일부의 콘텐츠만이 원소스 멀티유스가 가능하다. 종이책 판매가 미진하면 그 다음 단계로 진출하기 어렵다. 반면 전자책의 경우 4단계로 넘어가기 전까지 다양하게 상품화하고 유통할 수 있는 단계들이 존재한다. 또 콘텐츠 성격에 따라 1단계를 생략하고 2단계부터 시작할지 3단계부터 시작할지 결정하기 수월하다. 1단계, 2단계, 3단계를 동시에 시작할 수도 있다. 왜냐하면 각 단계별로 유통채널이 존재하고 규모는 각각이겠지만 수익이 혈액순환처럼 돌 수 있기 때문이다. 물론 단계별 전략을 동시에 진행하기 위해서는 그에 따른 제작비가 소요되는 것은 어쩔 수 없다. 그래서 나는 1인 출판사나 중소 출판사의 경우 1단계부터 차분하게 진행하면서 자본을 축적하고, 그 다음 단계로 나아가는 것이 상품화 전략을 현실화시킬 수 있는 방안이라고 생각한다. 아니면 개발업체와 수익분배 방식으로 협동화하면 초기의 자본 투입 없이 시작할 수 있다.

단계별 과정을 좀 더 구체적으로 살펴보면 다음과 같다. 1단계의 경우 텍스트와 이미지 기반의 전자책 콘텐츠를 소비하는 단말기는 스마트폰, 태블릿PC, 전자책 전용 단말기 등이 있고, 유통 단계로는 국내 전자책 유통사와 이동통신사, 단말기 업체들이 운영하는 유통 플랫폼이 있다. 2단계의 경우 인터랙티브 기반의 멀티미디어 전자책 콘텐츠를 소비하는 단말기는 스마트폰, 태블릿PC, 스마트TV 등이 있고, 유통 단계로는 1단계와 동일하다. 시장을 세분화한다면 B2C의 경우 20여 개 채널이 존재하고, B2B의 경우 직접 또는 위탁할 수 있는 방법이 있다. 현재 교보문고, 인터파크, 누리미디어, 북큐브, OPMS 같은 업체들이 B2C(Business to Consumer, 개인판매)와 B2B(Business to Business, 기업판매)를 겸하고 있다. 또 B2B의 경우 EPUB이나 PDF 또는 인터랙티브 기반의 멀티미디어 전자책 형태로 유통하는 경우도 있지만, XML 기반의 데이터베이스 출판물 형태로 유통하는 형태도 있다.

1, 2, 3단계에서 항상 염두에 두어야 할 것이 있다. EPUB3.0의 뷰어와 제작툴 기술이 완숙해질 경우 앱이나 HTML, 플래시 등의 파일 포맷이 대체될 수 있음을 항상 예의주시할 필요가 있다. 전 세계의 흐름이 EPUB으로 표준화되고 있고, EPUB3.0으로 인터랙티브 전자책 제작이 가능해진다면 대부분의 전자책 제작이 EPUB으로 제작될 가능성이 높기 때문이다.

3단계는 본격적으로 글로벌 진출을 하는 단계다. 특히 가장 가능성 높은 콘텐츠는 소설, 동화, 만화 같이 스토리가 있는 콘텐츠다. 이와는 다른 각도로 볼 수 있는 것은 교육 콘텐츠와 한국적 또는 아시아적 가치를 담고 있는 특화된 콘텐츠다. 소설, 동화, 만화의 경우 세계인들이 함께 공감할 수 있는 요소가 많다. 특히 동화와 만화의 경우 전자책으로도 가장 비주얼한 장르이기 때문에 글로벌 시장에서 어필할 가능성이 많다. 2010년 11월에 중국이 개최한 '디지털 퍼블리싱 아시아 · 태평양 퍼시픽(Digital Publishing Asia Pacific)'이라는 행사에서 모바일 만화를 업으로 하는 한 일본 업체 대표가 한국의 〈이끼〉 만화를 극찬하는 것을 들은 적이 있다. 수준 높은 콘텐츠는 세계에서도 통할 수 있다는 생각이 들었다. 동화의 경우 이탈리아 볼로냐아동도서전을 가 보면 한국의 창작동화에 많은 관심을 보이는 외국 출판사들을 자주 보곤 한다. 소설의 경우에도 최근 신경숙 작가의 《엄마를 부탁해》 같은 작품이 아마존에서 관심을 받는 것을 보고 가능성이 있겠다 싶었다. 그리고 아직 국내에서는 알려지지 않은 작가들이지만 현재 자신의 소설을 영문으로 번역하여 아마존 킨들(Kindle)과 애플 아이북스(iBooks)에 판매하는 사람들이 늘고 있다.

교육 콘텐츠의 경우 글로벌 시장에서 고부가가치 상품이 될 가능성이 높다. 현재 출판사들이 앱으로 개발하여 출시하고 있고 세계에서 좋은 반응이 나오고 있다. 글로벌 e러닝 분야에서 선두를 달리고 있는 영국의 피어슨은 자사의 교육 콘텐츠를 앱으로 만들어 단순히 앱스토어에 등록하여 판매하는 수준에서 벗어나, 글로벌 B2C, B2B 전체 시장을 겨냥한 전략을 짜고 있는 중이다. 피어슨이 롱맨 어학 콘텐츠를 전 세계에 팔고 있음을 볼 때, 그들의 광대한 글로벌 전략을 가늠해 볼 수 있을 것이다.

한국적 또는 아시아적 가치를 담고 있는 특화된 콘텐츠의 경우 유럽과 북미권 등 영어와 스페인어권 시장과 아시아, 중동, 아프리카 등의 제3세계 시장을 구분하여 전략을 수립할 수 있다. 예를 들면 한국의 경제 발전과 경제 시스템, 한국의 관광과 문화유적, 한국의 교통카드 시스템, 고대 동서교역로 실크로드 등 보편적이진 않지만 각 지역별 특성과 고유의 문화가 담겨 있거나 한국과 아시아의 과거와 현재, 미래를 담은 가치 있는 콘텐츠가 있을 것이다.

콘텐츠 원소스 멀티유스 전략에 대해 거시적 관점으로만 설명하는 것

같아 1인 출판사나 중소 출판사의 경우 기획에서 제작, 유통 단계에 이르기까지 어렵게 느껴질 수도 있다. 하지만 상품화 과정과 유통 과정을 잘 이해하고 준비한다면 1인 출판사와 중소 출판사도 1단계부터 4단계까지 조직적이고 전략적으로 접근할 수 있는 방법은 충분히 존재한다. 지금 당장은 미약하지만 멀리 내다보면서 차곡차곡 준비를 해나간다면 가능한 일이다. 이에 대해서는 뒤에서 실제 사례를 중심으로 보여줄 것이다.

3

멀티미디어
전자책이
상품 가치를 높인다!

EPUB3.0 등장으로 전자책은 본격적인 멀티미디어 단계로 나아갈 가능성이 크다. 현재 앱북 형태의 태블릿PC용 전자책들이 쏟아지고 있지만 개발비용 대비 수익성 때문에 실험적 차원에서 제품이 개발되는 경우가 더 많다. 하지만 EPUB3.0 기반의 뷰어와 제작툴이 기술적으로 완숙해지면 양상은 달라질 것으로 보인다.

최근 나는 한 개발업체에서 EPUB3.0을 기반으로 만든 전자책을 본 적이 있다. 예상은 했지만 실물을 보고 더 놀랐다. 그동안 여러 가지 제작툴로 만든 전자 매거진을 보기는 했지만 EPUB3.0으로 그 이상의 효과를 가진 멀티미디어 전자책을 만들 수 있음을 확인한 셈이다.

EPUB이 세계 전자책 산업표준으로 빠르게 자리 잡은 이유는 효율성 때문이다. 다른 포맷의 경우 단말기 크기에 따라 각각 다르게 제작해야 하기 때문에 제작할 때마다 비용이 추가된다. 하지만 EPUB 포맷은 한 번 제작하면 단말기 크기에 관계없이 자동으로 적용되기 때문에 시간과 비용을 획기적으로 줄일 수 있다. 이런 장점 때문에 전자책의 핵심 포맷은 EPUB가 대세가 될 수밖에 없다. 그런데 이런 장점에 인터랙티브 기능을 추가할 수 있게 되었기 때문에 EPUB은 앞으로 더 주목받을 것이다.

EPUB3.0과 함께 태블릿PC와 스마트TV 등장은 동화, 교육, 의료, 문화, 예술, 자기계발 등의 분야에서 멀티미디어 전자책 수요를 더욱 부채질할 것이다. 그리고 그곳에 부가가치가 집중될 것이다. 따라서 앞으로 원하든 원하지 않든 멀티미디어 전자책은 거스를 수 없는 시대적 흐름이 될 것이 분명하다.

아이패드가 출시된 후 소개된 《이상한 나라의 앨리스》나 《토이스토리북》은 고전이 된 지 오래다. 웅진씽크빅에서 개발한 《Everything Falls Down》은 유아들에게 '중력'이라는 개념을 가장 간결하고 명쾌하게 이해시킬 수 있는 훌륭한 책이다.

　동화나 교육 콘텐츠뿐만 아니라 잡지도 멀티미디어 형태로 빠르게 진화하고 있다. 예를 들면 아이패드용 KT 매거진이나 내셔널지오그래픽 앱(APP)을 보면 광고 동영상이나 사운드뿐만 아니라 대체 에너지에 관한 그림화면에서 해당 에너지 아이콘을 클릭하면 아프리카 오지에 살고 있는 주민들의 에너지 생활에 대한 페이지로 이동하여 잡지의 읽는 맛을 극대화 하는 등 멀티미디어 요소가 본격적으로 구현되어 가고 있음을 알 수 있다.

하지만 앞에서 소개한 몇 가지 멀티미디어 전자책은 한두 가지 특징적 요소만을 담고 있다. 다양한 콘텐츠에 맞는 멀티미디어 기법들이 개발될 필요가 있다. 그런 점에서 앞으로 멀티미디어 전자책 기법을 다양하게 살펴보고 응용할 수 있는 콘텐츠를 많이 보고 느끼는 사람이 멀티미디어 전자책 기획에서 뛰어난 역량을 발휘할 수 있을 것이다.

한국전자출판협회가 운영하는 '전자출판공동제작센터' 4층 우수 전자책 전시관에서는 10여 종의 'e-Book Award'수상작품을 만날 수 있다. 지금은 태블릿PC용 멀티미디어 앱북들이 다양하게 존재하지만, 2009년 당시에는 주로 PC용 멀티미디어 전자책들이 주를 이루었다. e-Book Award는 한국전자출판협회와 문화체육관광부가 유비쿼터스 환경에 적합하고 해외 도서전 출품 및 수출을 주도할 수 있는 고품질 전자책 제작을 유도하고자 10년 전부터 시행해 온 전자책 제작지원 사업이다. 제작지원비는 대상 1,500만 원, 최우수상 1천만 원, 우수상에는 500만 원이 지원되었다. 한국콘텐츠진흥원 등 여러 기관에서 앱 개발 지원비가 종당 4천만 원에서 7천만 원 정도 지원되는 것을 볼 때, e-Book Award 제작지원비는 상대적으로 매우 적어 보이지만 내용만큼은 뒤지지 않는다. 콘텐츠 구성, 멀티미디어 구현 콘셉트나 기술 등 다양한 측면에서 수상작의 면면들을 보면 다음과 같다. 대상을 받은《한국의 가면극》은 열화당 출판사에서 출간한 종이책을 기반으로 만든 전자책이다. 이 작품은 한글과 영어 2개 언어로 구성되어 있다.

한국의 가면극 콘텐츠는 가면의 세계, 가면극의 지역적 분포와 특징, 가면극의 기원, 가면극의 계통, 가면극의 놀이꾼, 가면극과 나레, 가면극과 우희, 가면극과 북방문화, 가면극과 무속, 가면극 대사의 표현언어 등 총 10장으로 구성되어 있다.

이 작품은 매우 입체적으로 구성되어 있다. 텍스트와 이미지를 기반으로 만든 전자책을 기본으로 보여줄 뿐만 아니라 사진, 음악, 동영상, 3D 입체영상을 테마별로 볼 수 있도록 하여 독자들로 하여금 입체적으로 가면극을 이해할 수 있도록 했다.

텍스트와 이미지로 서울, 경기도의 산대놀이, 황해도의 탈춤, 경상도 등 각 지역의 가면극을 살펴볼 수 있고, 동영상편 '수영들놀음'에서는 앞놀이, 양반과장, 영노마당, 할미 · 영감마당, 사자 · 담보마당 등을 볼 수 있으며, '3D 탈춤보기편'에서는 말뚝이, 문둥이, 비비, 노장, 목중, 미얄, 상좌, 원숭이, 취발이, 수양반, 영감, 할미 등 12개 캐릭터 중 하나를 선택하면 춤 순서를 입체영상으로 살펴볼 수 있다. 또한 '가면극 음악감상편'에서는 기본장단, 봉산탈춤 장단, 수영들놀음 장단, 고성오광대 음악 등 4개의 장으로 구성되어 있으며, 각 장에는 굿거리, 엇모리, 자진모리, 중

모리, 중중모리, 휘모리 등의 세부 음악을 감상할
수 있도록 했다. 마지막으로 '3D 가면편'에서는
각 탈춤에 등장하는 캐릭터들이 쓴 가면들을 3D
입체영상으로 살펴 볼 수 있다.

최우수상을 받은 《숯장수와 소금장수》는 두산
동아에서 출간한 국내 동화책을 기
반으로 만든 전자책이다. 이 작품
은 한글, 영어, 일본어 3개 언어로
구성되어 있다.

《숯장수와 소금장수》는 우리 옛
이야기에 많이 등장하는 호랑이를
캐릭터로 삼은 전래동화다. 호랑이
는 가난한 사람을 괴롭히는 권력자
로 묘사되고, 숯장수와 소금장수는 가난한 서민으로 묘사되어 있다. 호
랑이가 숯장수와 소금장수를 꿀꺽 삼켜버리자 호랑이 배 속에 갇힌 숯
장수와 소금장수가 힘을 합하여 호랑이를 물리친다는 줄거리다. 이 작
품은 2009년과 2010년에 볼로냐아동도서전과 프랑크푸르트도서전에서
외국인에게도 반응이 좋았던 작품이다. 이 작품의 특징은 자녀와 부모
가 함께 읽고 녹음할 수 있는 레코딩북 기능이 있다는 점이다. 기본적으
로 한글, 영어, 일본어 텍스트를 TTS(Text To Speech, 문자를 음성으로 자동 변환
해주는 기술) 음성으로 읽어주기도 하지만, 자녀가 직접 읽거나 부모가 읽
어주면 레코딩되어 재생해서 들을 수도 있다. 이 작품은 2010년에 삼성

전자에서 실시한 TV용 어플리케이션 콘테스트(Samsung Apps Contest 2010 for 인터넷 TV)에서 우승한 바 있듯이, 자녀와 부모가 함께 읽고 즐길 수 있는 전자책이라는 점이 높이 평가되었다.

우수상을 받은 작품 중에서 주목할 만한 것으로는 길벗어린이 출판사가 제작한 《세밀화로 보는 곤충의 생활》과 능률교육이 제작한 《High School English Teachers' Guide》, 이북코리아가 제작한 《Fusion Korean Classical Music Album-Morning》 등의 작품이다.

《세밀화로 보는 곤충의 생활》은 계절별, 생활터전별, 곤충 종류별, 재

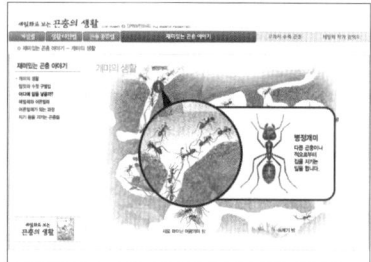

미있는 곤충 이야기, 교과서 수록 곤충 등으로 구성되어 있다. '계절별편'에서는 여름의 경우 부처나비, 고려나무쑤시기, 검정풍이, 왕바구니 등 29가지 곤충을 살펴볼 수 있고, '교과서 수록 곤충편'에서는 5학년 2학기 과학의 경우 물방개, 태극나방, 모기, 실베짱이 등 31가지 곤충을 살펴볼 수 있다.

'재미있는 곤충 이야기편'에서는 개미의 경우 개미의 생활, 암컷과 수컷 구별법, 어디에 알을 낳을까?, 애벌레와 어른벌레, 어른벌레가 되는 과정, 자기 몸을 지키는 곤충들 등으로 살펴볼 수 있다. 이 작품의 가장 큰 특징은 곤충을 수려한 세밀화

로 그렸다는 점이고, 전자책 구현 기술로 는 플래시 등의 멀티미디어 기능을 바탕으 로 학습 동물도감의 새로운 전형을 제시해 주었다는 점에서 참조할 만한 작품이다. 능률교육이 제작한《High School English Teachers' Guide》는 디지털 교과서의 모 델을 제시했다는 점에서 주목할 만하다.

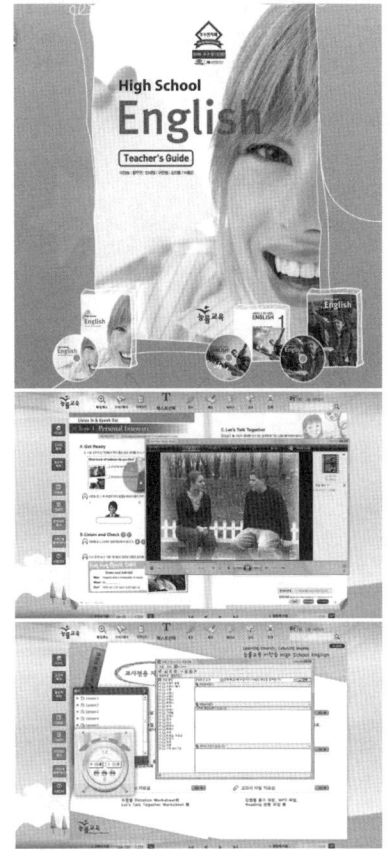

이 작품은 교사와 학생 간 커뮤니티형 디지털 교과서의 모든 형태와 기능을 갖추 고 있다. 예를 들어 교사가 수업 내용에 대 한 문제를 출제하면 학생들은 주어진 시 간 안에 문제를 풀고 교사는 학생들이 푼 문제를 실시간으로 취합하여 평가할 수 있 다. 학생이 문제를 잘못 풀었을 경우 즉석 에서 지도할 수 있다. 그리고 판서, 동영상 등 수업과 관련된 자료를 실시간으로 보여주면서 학습 효과를 극대화할 수 있도록 했다.

이북코리아가 제작한《Fusion Korean Classical Music Album-Morning》은 음반 해설 전자책, 음원, 악보가 하나로 융합된 전자앨범의 전형을 잘 보여준 작품이다.

이 작품은 한국 클래식 음악과 악보, 그리고 음악가에 대한 정보를 효 과적으로 잘 전달하고 있다. 재즈와 국악을 접목하고자 하는 아티스트

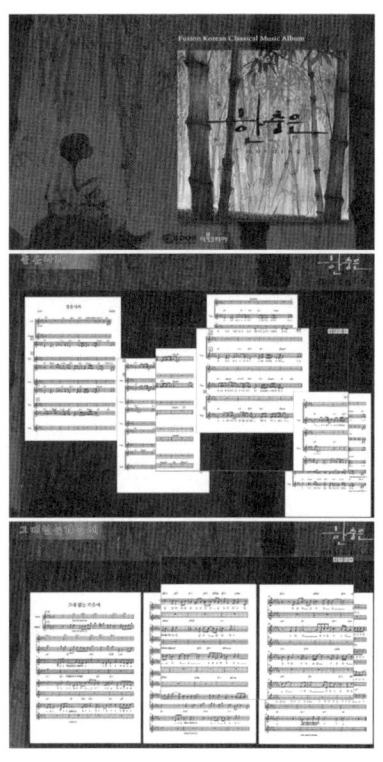

한충은의 한국 클래식에 대한 다양한 시도와 노력을 전자책 형태로 감상할 수 있으며, 악보와 음악을 동시에 보고 감상하거나 한충은의 동영상을 볼 수 있는 등 전자 앨범의 다양한 측면을 볼 수 있다.

이 외에도 주택문화사의 《한옥 전통에서 현대로》, 도서출판 창해와 누리미디어가 제작한 《이윤기의 그리스 로마 신화》, 대교출판과 YBM시사닷컴이 제작한 《키드키드 한영동화》, 지니큐브가 제작한 중국어판 《토끼와 자라》, 샘터사와 에피루스가 제작한 《너 나 우리》, 천둥거인과 북센이 제작한 《그림자는 내 친구》, 사파리 출판사와 바로북이 제작한 《국시꼬랭이 동네 시리즈》 등도 멀티미디어 기법과 방법론을 배울 수 있는 점이 많다.

이 작품들은 2009년 당시 국공립·사립도서관과 초중고 학교도서관, 대학도서관 등에서 구매율이 높은 멀티미디어 전자책이면서, 당시 멀티미디어 전자책의 콘텐츠 기획, 멀티미디어 구현 방법과 기술 등을 잘 함축하고 있고 종이책 출판사와 개발업체와의 다양한 협업 모델을 정리해 가고 있다는 점에서 e-Book Award 전자책 제작지원사업의 의미를 가지고 있다. 하지만 e-Book Award 제작지원사업은 한 공무원의 전자책 산업에 대한 몰이해와 무지로 인해 2010년부터 사업이 종료되고 말았

다. 그리고 2년이라는 공백 기간이 생겼고 소중한 경험과 노하우를 지속적으로 축적해 나갈 기회를 잃어 버리게 되었다. 대신 2011년 현재 태블릿PC 기반의 멀티미디어 전자책이 쏟아지고 있지만 기업들은 고품질 전자책 제작비와 수익성 사이에서 방향을 잡지 못한 채 두려운 실험을 진행하고 있다.

4

독자이며 동시에
작가가 될 수 있는
프로슈머 세상

"이 필사본이 얼마나 귀중한 것인지 알고는 있니?"

"네, 알아요."

"오, 알고 있다고?"

"페르시아 글이에요. 그렇죠? 종이가 분홍색, 푸른색, 금빛으로 채색된 걸로 볼 때 아마도 12세기 말 정도에 만들어진 것 같네요."

"음, 조금 아는 것 같구나."

"아름다워요."

"그래, 난 페르시아 작품은 모두 존경해."

"그럼 페르시아에 가보셨겠네요?"

"물론… 100번쯤… 성인 피터스버그와 함께 파리와 샹그릴라(전설 속에 존재

2009년 1월에 개봉된 영화 〈잉크하트〉(Inkheart, 2008)에서 엘리너 로르 단과 메기가 나눈 대화다. 메기의 이모 엘리너 로르단은 대화 끝에 "책 은 모험으로 가득 차 있지."라고 말한다.

서기 105년 후한(後漢)의 채륜(蔡倫)이 종이를 발명한 뒤 페이퍼로드를 통해 전 세계에 전파되면서 책은 수많은 이야기를 담아왔다. 어릴 적 잠 자리에서 할머니가 들려주는 설화나 전설은 전래동화가 되었고, 우리 주변에서 발생하는 충격적인 사건과 인물들은 소설이 되었다. 그런데 지금 이런 이야기들이 필사본이나 종이책 대신 스마트폰이나 컴퓨터에 담겨 전파되고 있다. 요즘엔 지하철이나 버스에서 아이폰을 들고 독서 하는 사람을 흔하게 볼 수 있다. 무협지나 판타지 소설을 좋아하는 사람 이라면 열댓 권 정도 싸들고 다니고 싶어 한다. 출퇴근하는 동안에도 읽 고 싶고, 출장이나 여행을 가기라도 하면 짐가방에 책으로 가득 채우고 싶은 욕구가 용수철처럼 튀어오른다. 그런 사람들에게 전자책은 종이책 의 무게와 부피로부터 해방시켜 준다. 단말기 하나에 수천 권의 책을 담 을 수 있기 때문이다.

2010년 교보문고 발표에 의하면 전자책 구매자를 분석한 결과 장르 소설이 18.8%, 소설·희곡이 12.9%로 문학 분야가 31.7%로 차지할 정 도로 문학은 '디지털 독서'를 주도하고 있다. 특이한 점은 종이책의 경우 신경숙의《어디선가 나를 찾는 전화벨이 울리고》, 오쿠다 히데오의《공 중그네》, 베르나르 베르베르의《파라다이스》, 권비영의《덕혜옹주》, 노희경의 《세상에서 가장 아름다운 이별》, 무라카미 하루키의 《IQ84》 같은 일반소설이 주도하고 있지만, 전자책의 경우 《덕혜옹주》, 《세상에서 가장 아름다운 이별》 등 일부 작품을 제외하고 아서 코난 도일의 《셜록 홈즈 단편선》, 김진명의 《천년의 금서》, 이새인의 《개인의 취향》, 박수아의 《상속된 계약》, 서강은의 《악마의 속삭임》같이 판타지, 추리, 팩션 등이 주도하고 있다. 그 이유는 첫째로 출간된 종이책 중에서 베스트셀러나 스테디셀러에 속하는 작품들이 대부분 해외 번역소설인데 국내 출판사는 대부분 전자책 판매권한을 가지고 있지 못하기 때문이고, 둘째로 종이책과 달리 전자책은 작가와 독자의 패턴이 다르기 때문이다.

전자책 소설은 처음엔 낯설기도 하지만 한 번 진입하면 종이책에서 맛볼 수 없는 새로운 세상이 펼쳐진다. 그만큼 이야기도 다양하고 장르도 다양하다. 우리가 들어보지 못한 낯선 작가, 낯선 작품들도 많다. 교보문고, 인터파크, 모비북, 예스24, 유페이퍼, 바로북, 아이폰 북스 등 주요 전자책 서점에서 일반소설, 장르소설 중 누적 판매량이 많은 작품은 다음과 같다.

교보문고	인터파크	모비북	예스24	유페이퍼	바로북	아이폰 Books 카테고리
덕혜옹주	메밀꽃 필 무렵	버드나무는 하룻밤에도 푸르러진다	셜록 홈즈 단편선	악마의 제안	비밀의 연인	Top Free
천년의 금서	세상에서 가장 아름다운 이별	미고, 내 거울 속의 지옥	죽은 왕녀를 위한 파반느	소심랑	가슴 가득 사랑을	한국근대문학 (단편소설집)
어른들을 위한 안데르센 동화	1026	행복	고등어	군천랑	마지막 유혹	북앤딕 세계명작
은교	게이트	하늘의 도	밤의 클라라	바다의 요정	어린 사랑	윤동주 시집산문집
그대와 영원히	묵향	안개의 사나이	소현세자	나의 越南記	미치도록 사랑스러워	길 잃은 도로시

저스트3 미니츠	바벨의 도시	나가사키 파파	아주 오래된 농담	Dog Market	그녀의 정신세계 - 치토스와 게토 레이	리디북스
천재 아가씨의 핑크빛 사랑 이야기	기상천외 약혼일지	안의 성	불멸: 소설 안중근	노처녀의 청혼서	애인	어는 점 섭씨0도
동화관 야담	사랑했지만	아버지는 누구일까	이반 일리치의 죽음	일상의 공격	막을 수 없는 사랑	메디컬센터
어설픈 그녀	하루	사랑의 진혼곡	무소의 뿔처럼 혼자서 가라	남자들의 상상	사랑 예감	덕혜옹주
사랑	설국의 아침 ('매화우' 외전)	잃어버린 백제	가시고기	얼굴이 밥 먹여주나	내일은 꽃다발	어느 전투조종사의 사랑

　종이책과 달리 문학작품의 스펙트럼이 매우 다양하다는 것을 발견할 수 있다. 그 이유는 기성 작가와 아마추어 작가가 동등하게 활동할 수 있기 때문이다. 또한 종이책의 경우 비용 때문에 출간을 주저하는 작품들도 과감하게 전자책으로 출간할 수 있기 때문이다. 종이책의 경우 편집자의 엄격한 평가를 거쳐 출간되는 시스템이다. 그래서 국내 출판사에 투고되는 원고의 95%가량이 세상에 빛을 보지 못하고 쓰레기통으로 직행한다. 반면 해외에서 베스트셀러가 된 작품을 수입하는 비중이 전체 소설의 절반을 넘는다. 종이책에선 국내 작가가 설자리가 그만큼 좁다는 뜻이다. 반면 전자책은 출간을 먼저 하고 독자가 직접 평가하는 시스템이다. 그래서 다양한 국내 작가와 작품이 왕성하게 생산될 수 있다. 전자책에선 작가와 독자가 자연 생태계처럼 어울리면서 함께 성장해가는 세상이다.

　종이책과 또 다른 전자책의 특징은 다양한 무료 작품을 열람할 수 있다는 점이다. 애플 앱스토어는 물론 인터파크나 유페이퍼 등에서는 무료로 볼 수 있는 작품이 꽤 있다. 미국 아마존에서도 킨들을 통해 열람하는 전자책의 상당수는 무료 전자책이라고 한다. 무료 작품으로 디지털 독서를 체험한 독자들은 유료 작품에도 관심을 가지게 된다.

10년 전 초고속 통신망이 전국적으로 깔려 있는 한국을 무척 부러워 하던 나라가 있었다. 바로 일본이다. 하지만 그들은 NTT도코모를 중심으로 결단을 내렸다. 무선망을 콘텐츠 사업자들에게 과감하게 개방한 것이다. 그 결과 10년 후 일본에는 무선 인터넷을 기반으로 콘텐츠 콘텐츠 사업자(Contents Provider)가 10만여 개에 달하며, 소설 베스트셀러 10종 중 5~6종이 아마추어 작가들의 모바일 소설이다. 모바일 소설 1위 작가인 '가코스 타츠' 개인이 한 해 벌어들이는 수입은 500억 원에 달할 정도였다. 반면 인터넷 선진국이었던 한국은 이동통신 3사의 과독점 폐쇄정책으로 모바일 후진국이 돼버리고 말았다. 아이폰이 도입되면서 이러한 폐쇄정책이 서서히 변화되고 있는 것은 그나마 다행이다.

국내에서도 아마추어 작가들이 전자책을 출간할 수 있는 활동 영역이 넓어지고 있다. 전자책 패러다임에서는 생산과 소비가 동시에 이루어지고 독자, 작가, 출판사의 경계가 허물어지고 있다. 앨빈 토플러가 그의 저서 《제3물결》에서 예견했던 일이 전자책 영역에서 일어나고 있는 것이다. 한국에서는 이제 시작이지만 미국이나 일본에서는 이미 보편화된 현상들이다. 이제 우리는 그동안 세상을 향해 하고 싶었던 이야기, 목줄기를 타고 목구멍까지 치고 올라오는 이야기, 잠들기 전 몸을 뒤척이며 자기만의 상상을 펼쳤던 이야기, 자신이 사는 지역에서만 존재하는 희한하고 기괴한 사건과 인물들, 그 무엇이든 전자책에 담아 마음껏 출간할 수 있는 세상이 오고 있다.

5

멀티미디어 콘텐츠의 정신적 지주는 텍스트

전자책 콘텐츠에서 멀티미디어도 중요하지만 더 중요한 것은 텍스트다. 스토리가 있는 텍스트는 멀티미디어 전자책뿐만 아니라 영화, 드라마, 게임 등 모든 멀티미디어 매체들이 탄생할 수 있는 정신적 지주 역할을 한다. 그리고 텍스트와 이미지로 구성된 전자책은 다수 전자책을 차지하고 있고 앞으로도 그럴 것이다. 그런데 앞에서도 말했지만 현재 종이책이 전자책으로 이동한 것은 10만 건 내외로 전체 전자출판물 중 5% 미만에 불과하다. 더욱이 베스트셀러나 스테디셀러로 자리 잡은 우수 콘텐츠들은 대부분 전송권을 확보하고 있지 못한 상태다. 이런 상황에서 멀티미디어 콘텐츠의 정신적 지주라 할 수 있으며 전자책 산업을 가장 크고 넓게 뒷받침하고 있는 텍스트 기반의 전자책 콘텐츠는 매우 빈곤하다. 이러한 이유 때문에 앞으로 프로슈머의 원리를 가지고 아마추어 작가나 일반인들의 전자책 출간 붐이 일반화될 것이고, 디지털 셀프 퍼블리싱(Digital Self Publishing)이 대세가 될 것이다.

디지털 셀프 퍼블리싱이 대세가 될 수밖에 없는 이유는 간단하다. 저자, 작가가 종이책을 출간할 경우 7~10%의 선인세를 받고, 전자책은 10~35%의 인세를 받는다. 유통사가 가져가는 30~40%의 수수료를 제외하면 대략 60~70%의 수익이 발생하는데 보통 출판사와 작가가 5대 5 비율로 나눠 갖는 게 일반적이다. 그런데 시대의 흐름을 읽지 못한 일부 출판사에서는 종이책이나 전자책이나 동일하게 10% 인세를 고집하기도 한다.

종이책의 경우 주도권을 출판사가 가지고 있지만 전자책의 경우 출판사를 통하지 않고 유통사로 직접 출간할 경우 저자가 취할 수 있는 이득은 전자책 값의 60~70%에 이른다. 직접 출간하면 '수익이 배 이상으로 불어난다'는 동기야말로 디지털 셀프 퍼블리싱이 대세가 될 수밖에 없는 가장 큰 원동력이다. 더욱이 종이책 출판사들이 인세 지급을 미루거나 심지어 떼어먹는 경우도 있고, 발간 부수를 속이기도 하는 상황에서 작가들이 디지털 셀프 퍼블리싱을 주저할 이유는 없다. 그런데 디지털 셀프 퍼블리싱을 폄하하는 사람들을 어렵지 않게 볼 수 있다. 그들의 디지털 셀프 퍼블리싱에 대한 편견은 거의 아집에 가까울 정도다. 그들은 편집자들의 전문적 식견과 편집과정을 거치지 않은 책은 수준이 낮을 수밖에 없고, 그런 책들은 주류가 될 수 없다고 확신에 찬 발언을 쏟아낸다. 과연 디지털 셀프 퍼블리싱이 그들의 바람대로 여전히 비주류가 될까? 물론 초기에는 디지털 셀프 퍼블리싱을 통해 출간되는 전자책이 다소 투박하고 거칠게 나올 수도 있다. 하지만 중요한 것은 콘텐츠 그 자체이기 때문에 이들이 일정한 과정을 거치면서 표지 디자인, 삽화, 교정·교열 등의 외주 시스템을 적절하게 이용하여 세련된 콘텐츠로 만들어 가는 데 숙련자가 될 것이 분명하다.

해외의 경우 디지털 셀프 퍼블리싱을 하는 작가들이 월급이나 그 이상의 금액을 벌어들이는 경우가 많아지고 있다. 아메리칸 온라인(AOL)이 3억 1,500만 달러에 인수한 '허핑턴포스트'에는 지난 7월 5일 브라이언 영(Bryan Young)이라는 작가가 쓴 '셀프 출판의 편견과 싸워라(combating the stigma of self-publishing)'라는 글이 게재되었다. 그는 이 글에서 "글재주가 있는 전문 직종군의 화이트칼라들이 거대 공장의 부품 같은 샐러리맨에서 떠나 셀프 출판 작가로 부상하고 있다."고 적고 있다.

국내에서도 이런 흐름이 일반화되고 있다. 2006년부터 한국전자출판협회에서 운영하는 '유비쿼터스출판아카데미' 과정에서 해마다 200명 이상의 사람들이 전자책 교육을 받다가 2010년부터 1천 명이 넘게 몰리기 시작했다. 교육에 참여하는 사람들은 교사, 교수, 디자이너, 역사가, 샐러리맨, 출판사 재직자, 화가, IT엔지니어, 작가, 프리랜서, 언론인 등 매우 다양하다. 그런데 이들에게서 매우 흥미로운 공통점이 발견되었다. 대부분 전문적인 글을 쓸 수 있는 사람들이라는 점이다. 그리고 그들 대부분은 전자책 출판사 창업을 목적으로 하고 있다. 이러한 흐름은 출판 시스템이 이제 더 이상 종이책 출판사의 전유물이 아니라는 것을 예감하게 해준다.

아마추어 작가들의 전자책 출간에 대한 일부 사회적 편견을 극복하기 위해 한국전자출판협회와 문화체육관광부는 2006년부터 대한민국 디지털작가상을 제정하여 전자책 기반의 신인 작가와 작품을 발굴해 왔다. 대한민국 디지털작가상은 그동안 1회(2006년)에는 146편이 응모되어 총 6편이 선정되었고, 2회(2007년)에는 68편이 응모되어 총 6편, 3회(2008년)에는 110편이 응모되어 총 4편, 4회(2009년)에는 541편이 응모되어 총 14편, 5회(2010년)에는 368편이 응모되어 총 8편이 선정되었다.

물론 공모전 초기에는 '디지털작가상'이라는 낮은 인지도, 작가들의 종이책 선호, 출판사들의 신인작가 발굴에 대한 인색함 때문에 그다지 주목받지 못했다. 하지만 공모전이 꾸준하게 홍보되면서 500매 이상의 장편소설임에도 4회부터는 작품 수가 급격하게 늘어나기 시작했고 작품 수준도 높아지고 있다. 특히 5회부터 매일경제가 공동주최로 참여하고 교보문고, 인터파크, KT올레북카페, 유페이퍼, 바로북 등 전자책 유통업체가 후원으로 참여하면서 공모전의 권위를 높이는 데 일조했다. 그 결과 지난 5년간 총

1,300여 편의 작품이 응모해 참여했으며, 그중
총 37편의 작품과 작가를 배출했다. 대한민국
디지털작가상을 통해 배출된 권오단, 배상열, 전
아리, 양지현, 박형근 등 30여 명의 신인 작가들
은 왕성한 창작 활동을 하고 있다.

대한민국 디지털작가상의 작품 중 완성도 높
은 전자책 20여 권은 현재 10여 개 전자책 유통
채널에서 판매되고 있다. 수상 작가들과 작품의
인지도가 높아지면 디지털 셀프 퍼블리싱의 붐
은 더욱 빠르게 사회적 현상으로 자리 잡게 될 것
이다. 대한민국 디지털작가상은 2006년에 제정
되었지만 2001년도부터 그 시도는 있었다. 2000

년 11월 9일에 창립된 한국e-Book산업협의회
의 디지털 작가분과위원회와 온라인 PC통신 및
인터넷에서 활동하던 유머작가 및 콘텐츠 작가
100여 명이 모여 2001년 12월 13일 이화삼성관
에서 한국디지털콘텐츠작가협회 창립총회가 열

렸다. 이날 창립총회에는 이어령 선생이 격려사
를, 당시 신문명정책연구원 원장을 맡고 있던 장
기표 선생과 한국e-Book산업협의회 회장을 맡
고 있던 최태경 두산동아 대표, 성균관대 신문방
송학과 이효성 교수가 축사를 낭독했다. 이날 창

립총회에서 디지털콘텐츠작가협회가 필요한 이유를 "온라인작가, 프리랜서, 문인, 방송작가, 드라마 작가, 시나리오 작가, 스토리 작가의 공통점은 '스토리' 또는 '시나리오'등의 '텍스트'에 있으며 텍스트 원소스는 온라인 디지털 컨텐츠산업에서 가장 중요한 핵심 요소다. 전자책, 게임, 영화, 애니메이션, 만화, 드라마 등의 관련 산업 발전을 위한 다양한 원소스의 저작권 보호 시스템 등의 도입이 필요하다. 디지털 환경의 발전에도 불구하고 궁극적으로 관련 산업의 핵심인 콘텐츠가 부족하기 때문에 이를 위해 개개인의 창의력과 상상력의 에너지를 지원할 수 있는 제반 환경 조성이 필요하기 때문"이라고 밝혔다.

한국디지털콘텐츠작가협회는 주요 사업으로 저작권자의 창작 보호를 위한 정책 대안 수립 및 대 정부 건의, 디지털 콘텐츠산업 활성화를 위한 다양한 시범사업 전개, 디지털 작가상 제정을 통한 디지털 콘텐츠 작가의 지속적인 발굴, 디지털 콘텐츠 전문작가 확보 및 전문작가 양성, 디지털 콘텐츠 관련 각종 연구 · 조사 · 자문 및 기초사업 전개 등 다양한 활동을 전개하기로 했다. 한국디지털콘텐츠작가협회는 디지털 작가상 제정 등 향후 전자책 산업에 다양한 모티프를 남겼지만, 당시 산업적으로나 사회적으로나 디지털콘텐츠작가협회가 탄생하기엔 너무 이른 시점이었기 때문에 단기간 실험에 그치고 말았다.

어쨌든 2006년부터 시작된 대한민국 디지털작가상은 2011년 6회째를 맞으면서 한국콘텐츠진흥원의 '대한민국 스토리 공모대전', 삼성전자와 조선일보가 공동주최하는 '갤럭시탭 텍스토어 디지털 콘텐츠 공모전', 한국인터넷기자협회와 북씨가 공동주최하는 '디지털 신인작가상'등 다양한 디지털 작가 배출 시스템이 탄생하는 데 적지 않은 영향을 주었다.

6

만화 콘텐츠의
혁신적 재구성

국내 만화산업은 두 가지 측면에서 위기에 직면해 있다. 주요 기반이던 출판매체의 침체에 따른 불황이고 또 다른 하나는 뉴미디어 환경에 따른 위기이다. 특히 출판매체의 침체에 따른 불황은 대안을 마련하기가 쉽지 않다는 점에서 더욱 심각하다. 이와 관련하여 2008년 11월에 문화체육관광부가 발표한 '만화산업진흥 중장기 계획'에서는 한국만화산업을 다음과 같이 진단하고 있다.

○ 만화 출판시장 침체에 따른 대안 및 해결책 모색 필요

출판만화를 포함한 출판시장의 총체적 침체에 따라 기존 만화산업의 근간이던 잡지 코믹스 시스템이 몰락하고 있으나 뚜렷한 대안이 제시되지 못하고

있음. 미디어의 확대 등을 통한 만화산업계의 생존 노력이 계속되고 있으나 만화산업의 특성상 만화 출판시장의 쇠퇴는 만화산업 근간을 흔들어놓을 수 있음. 이에 보다 다각적인 검토 및 모색을 통한 만화 출판시장의 활성화 및 기존 만화잡지 코믹스 시스템 붕괴에 따른 새로운 시스템 수립이 필요함.

○ 미디어 환경 변화에 맞춰 만화산업 구조를 개선해야 함

출판시장의 침체에도 디지털 만화시장은 빠르게 성장하고 있으며 최근의 인기 작품 중 상당수는 온라인 특히 인터넷 만화를 기반으로 하고 있음. 업계의 뉴미디어 환경에 대한 적극적인 대처가 필요한 시기. 아직까지 국내 만화산업 구조는 뉴미디어 환경에 맞춰 혁신되지 못한 상태로 신기술, 표준 수익 배분 판권계약 등에서 새로운 미디어 환경에 맞는 가이드라인이 빈약하므로 이를 위한 정책이 필요함.

물론 만화를 원작으로 하는 드라마, 영화, 애니메이션, 게임, 공연이 과거에 비해 대폭 늘어나 만화 콘텐츠의 원소스 멀티유스의 가능성을 높여주고 있어 그나마 다행이지만, 만화산업이 혁신적으로 발전하기 위해서는 원소스 멀티유스 활성화 이전에 원작 콘텐츠 생산 시스템이 활발하게 작동되어야 한다는 점에서 근본적인 처방이 마련될 필요가 있다. 그런데 가장 주력으로 삼았던 종이책은 극심한 불황으로 붕괴되었고, 디지털 기반의 뉴미디어 매체는 당장 만화산업을 책임지지 못하는 데 문제가 있다. 그렇기 때문에 만화산업 종사자나 정책수립 당사자 모두 곤혹스러운 것이 아닌가 한다.

국내 만화산업의 현주소

한국콘텐츠진흥원에서 발간한 〈2008문화산업백서〉에 따르면 만화산업은 2007년 기준 7,616억 원으로 연평균 성장률이 0.08%이며, 문화 콘텐츠산업에서 차지하는 비중은 1.3%에 불과하다. 그나마 매출의 대부분은 출판매체에 기반하고 있기 때문에 출판 산업의 시장 상황에 따라 직간접적으로 많은 영향을 받을 수밖에 없다.

국내 콘텐츠산업 매출액(단위: 억 원, %)

산업	2003	2004	2005	2006	2007	비중	'03~'07 연평균성장률
출판	155,211	189,210	193,922	198,793	215,955	36.8	8.61
만화	7,591	5,059	4,362	7,301	7,616	1.3	0.08
애니메이션	2,700	2,650	2,338	2,886	3,111	0.5	3.61
음악	17,935	21,331	17,899	24,013	23,577	4.0	7.08
게임	39,387	43,156	86,798	74,489	51,436	8.8	6.90
영화	23,444	30,224	32,948	36,836	32,045	5.5	8.13
방송	71,366	77,728	86,352	97,198	105,343	18.0	10.22
광고	70,639	80,260	84,178	91,180	94,346	16.1	7.50
캐릭터	48,085	42,193	20,759	45,509	51,156	8.7	1.56
에듀테인먼트	13,188	8,790	9,925	1,180	1,558	0.3	-41.37
합계	441,955	500,601	539,481	579,385	586,147	100	7.31

좀 더 구체적으로 살펴보면 국내 만화산업은 출판업이 42.6%로 가장 비중이 높고, 그 다음으로 도소매업이 4.1%, 임대업이 9.4%, 온라인 만화 제작·유통업이 6.9%로 가장 낮다. 일반 출판사의 만화 부문은 학습만화 때문에 일부 성장하고 있으나 임대나 대여를 맡고 있는 만화 임대업의 전반적 감소로 만화임대 또는 대여 시장을 겨냥한 만화출판이 빠르게 감소되고 있다.

만화산업 업종별 매출액 현황(단위: 백만 원, %)

중분류	소분류	매출액(백만 원)			비중(%)	증감률(%)
		2005년	2006년	2007년		
만화 출판업	만화 출판사 (만화잡지, 일일만화, 코믹스 등)	211,736	98,067	106,599	14.0	8.7
	일반 출판사 (만화 부문)	211,736	197,966	218,116	28.6	10.2
	소계	211,736	296,033	324,715	42.6	9.7
온라인 만화 제작·유통업	인터넷 만화 콘텐츠 서비스	31,903	21,955	24,588	3.2	12.0
	모바일 만화 콘텐츠 서비스	31,903	10,751	12,004	1.6	11.7
	인터넷 및 모바일 만화 콘텐츠 제작 및 제공	31,903	14,636	16,342	2.1	11.7
	소계	31,903	47,342	52,934	6.9	11.8
만화책 임대업	만화임대	109,606	25,376	22,918	3.0	△9.7
	서적임대 대여(만화 부문)	109,606	78,031	48,419	6.4	△37.9
	소계	109,606	103,407	71,337	9.4	△31.0
만화 도소매업	만화서적 및 잡지류 도매	82,990	80,135	85,440	11.2	6.6
	만화서적 및 잡지류 소매	82,990	174,910	193,711	25.4	10.8
	인터넷 서점 (만화 부문)	82,990	28,245	33,489	4.4	18.6
	소계	82,990	283,290	312,700	41.1	10.4
만화산업 총합계		436,235	730,072	761,686	100.0	4.3

　　만화산업 가치사슬에 따른 매출액도 기획제작 분야와 유통 분야에서 살펴보면 기획제작 분야에서 만화잡지, 일일만화, 코믹스, 만화 단행본 등이 42.6%로 비중이 매우 높지만 온라인 부문은 2.2%에 불과할 정도로 미래에 대한 준비가 취약하다는 것을 보여준다. 반면 유통 분야에서는 오프라인 부문이 46.0%이고, 온라인 부문은 9.2%로 상대적으로 온라인 부문에 대해 좀 더 적극적이라고 할 수 있다.

만화산업 가치사슬에 따른 매출액 (단위: 백만 원, %)

가치사슬		소분류	매출액(백만 원)		비중(%)	증감률(%)
			2006년	2007년		
기획/ 제작	오프라인 기획/제작	만화 출판사 (만화잡지, 일일만화, 코믹스 등)	98,067	106,599	14.0	8.7
		일반 출판사 (만화 부문)	197,966	218,116	28.6	10.2
		소계	296,033	324,715	42.6	9.7

	온라인 기획/제작	인터넷 및 모바일 만화 콘텐츠 제작 및 제공	14,636	16,342	2.2	11.7
		소계	14,636	16,342	2.2	11.7
		기획/제작 합계	310,669	341,057	44.8	9.8
유통	온라인 유통 및 서비스	인터넷 만화 콘텐츠 서비스	21,955	24,588	3.2	12.0
		모바일 만화 콘텐츠 서비스	10,751	12,004	1.6	11.7
		인터넷 서점 (만화 부문)	28,245	33,489	4.4	18.6
		소 계	60,951	70,081	9.2	15.0
	오프라인 유통 및 서비스	만화 임대	25,376	22,918	3.0	△9.7
		서적 임대(대여)(만화 부문)	78,031	48,419	6.4	△37.9
		만화서적 및 잡지류 도매	80,135	85,440	11.2	6.6
		만화서적 및 잡지류 소매	174,910	193,771	25.4	10.8
		소 계	358,452	350,548	46.0	2.2
		유통합계	419,403	420,629	55.2	0.3
		만화산업 총합계	730,072	761,686	100.0	4.3

수출입 내용을 보면 2005년부터 2007년까지 매년 400만 달러 이하로 꾸준하게 수출이 이루어지고 있다. 하지만 수입의 경우 2005년 90만 달러 내외였다가 2007년에는 590만 달러로 늘어나 수출보다 수입이 빠르게 증가했다. 특히 수출이 북미 21.5%, 유럽 38.3%, 지역이 높은 반면 수입은 북미 4.2%, 유럽 1.7%에 불과했다. 하지만 일본 수출은 16.0%인데 반해 수입은 92.2%로 매우 불균형한 형태를 이루고 있다. 이는 만화 출판 시장이 2006년을 기점으로 한계에 직면하자 일본 만화 수입을 통해 위기를 극복하려고 한 것으로 보인다.

만화산업 연간 수출입액 / 2007년 지역별 수출입 현황 (단위: 천 달러)

	수출			수입		
	2005	2006	2007	2005	2006	2007
만화산업	3,268	3,917	3,986	900	3,965	5,901
합계	3,268	3,917	3,986	900	3,965	5,901

수출입 현황	중국	일본	동남아	북미	유럽	기타	총계
수출	392	638	498	856	1,526	76	3,986
비중	9.8%	16.0%	12.5%	21.5%	38.3%	1.9%	100.0%
수입	121	5,429	-	250	101	-	5,901
비중	2.1%	92.0%	-	4.2%	1.7%	-	100.0%

출판매체를 기반으로 한 만화 시장이 침체에 거듭되는 상황에서도 만화 원작의 원소스 멀티유즈(One Source Multi-Use)는 1980년대부터 꾸준히 확산되고 있다. 먼저 드라마 현황을 보면, 허영만의 《퇴역전선》《아스팔트 사나이》《미스터Q》《사랑해》《식객》《타짜》, 이현세의 《폴리스》《공포의 외인구단》, 김수정의 《일곱 개의 숟가락》, 황미나의 《우리는 길 잃은 작은 새를 보았다》, 방학기의 《조선 여형사 다모》, 강철수의 《발바리의 추억》, 원수연의 《풀하우스》, 박소희의 《궁》, 박인권의 《쩐의 전쟁》, 김진의 《바람의 나라》, 고우영의 《일지매》, 김혜린의 《비천무》 등 20여 편이 제작되었다.

영화의 경우 김수정의 《오달자의 봄》, 이현세의 《공포의 외인구단》, 박봉성의 《신의 아들》, 배금택의 《영심이》, 김혜린의 《비천무》, B급달궁의 《다세포 소녀》, 허영만의 《타짜》《식객》 등 30여 편이 제작되었다. 애니메이션의 경우 이현세의 《떠돌이 까치》, 김수정의 《아기공룡 둘리》, 이진주의 《달려라 하니》, 이상무의 《비둘기 합창》, 허영만의 《날아라 슈퍼보드》, 이두호의 《머털도사》, 김동화의 《요정핑크》, 고행석의 《마법사의 아들 코리》, 허영무의 《헝그리베스트5》, 양영순의 《누들누드》, 박수동의 《고인돌》, 이우영의 《검정고무신》, 허영만의 《망치》, 홍영은의 《그리스 로마 신화》 등 30여 편이 제작되었다.

공연으로는 이두호의 《머털도사》, 김수정의 《아기공룡 둘리》, 강풀의 《순정만화》, 김혜린의 《불의 검》, 김진의 《바람의 나라》, 이진주의 《달려라 하니》 등 20여 편이 무대에 올려졌다. 그 외 PC게임, 온라인 게임, 모바일 게임에서도 김진의 《바람의 나라》, 황미나의 《레드문》, 신일숙의

《리니지》등 50여 편이 사용되었다.

만화 원작의 드라마, 영화, 게임, 공연 등의 사용으로 특히 일부 드라마나 온라인 게임은 큰 흥행을 거두었다. 그 효과 때문인지 매년 만화 원작을 바탕으로 한 드라마와 온라인 게임이 늘고 있는 추세다. 하지만 이들 만화 원작은 출판시장이 활성화되어 있을 당시의 작품들이 대부분이며, 작가들은 현재 한국 만화를 이끌고 있는 중견작가들이다. 이현세, 허영만, 김혜린, 고우영, 방학기, 김수정, 이두호 등 중견작가들의 작품은 매우 개성적인 캐릭터와 스토리를 가지고 있었다. 그런데 지금 만화 원작의 원소스 멀티유스를 이끌어 갈 수 있는 신인 작가나 작품은 그리 많지 않다. 기성 작가들의 경우 출판시장 활황기라는 기반 위에서 탄생되었지만, 현재 학습만화 일변도의 출판시장에서 개성적인 캐릭터나 창조적인 스토리를 갖춘 작품과 신인 작가들이 탄생되기는 쉽지 않다.

종이책 기반의 만화시장 붕괴

대한출판문화협회에서 발간한 〈2010 한국출판연감〉에 따르면 2000년에 전체 출판도서 3만 4,961종 중 만화가 9,329종으로 무려 26.6%까지 비중이 늘어났고, 전체 출판도서 1억 1,294만 5,032부 중 만화가 4,453만 7,041부로 39.4%까지 늘어난 적이 있었다. 하지만 2009년에는 전체 출판도서 4만 2,191종 중 만화가 차지하는 비중이 5,735종(13.6%)으로 감소하였고, 전체 출판도서 1억 621만 4,701부 중 만화가 차지하는 비중이 1,326만 3,458부로 12.5%로 줄어들었다.

도서 및 만화도서 발행 종수 및 부수 추이(1980~2009) (단위: 종, 부, %)

구분	발행종수			발행부수		
	도서	만화	비율	도서	만화	비율
1980	23,521	2,536	10.7	68,787,772	4,177,800	6.1
1981	26,712	2,729	10.2	77,655,064	4,527,430	5.8
1982	33,116	3,926	11.8	94,863,373	6,536,384	6.8
1983	36,992	3,671	9.9	110,911,321	6,497,210	5.8
1984	36,755	3,599	9.7	117,150,395	6,701,625	5.7
1985	37,822	4,079	10.7	121,530,404	6,559,717	5.4
1986	42,012	4,601	10.9	152,380,225	7,280,087	4.7
1987	43,575	5,274	12.1	164,089,724	8,288,641	5.0
1988	43,288	4,834	11.1	177,565,115	10,306,914	5.8
1989	43,298	4,461	10.3	204,374,239	7,145,926	3.5
1990	45,842	4,130	9.0	248,673,018	6,833,681	2.7
1991	26,919	4,149	15.4	140,436,655	5,820,160	4.1
1992	29,477	4,694	15.9	142,165,393	5,413,195	3.8
1993	30,948	4,644	15.0	146,428,221	7,206,497	4.9
1994	34,494	4,930	14.2	163,153,613	10,827,510	6.6
1995	32,106	4,699	14.6	157,542,947	13,359,340	8.4
1996	32,256	5,592	17.3	176,158,448	18,021,725	10.2
1997	33,610	6,297	18.7	212,313,339	23,605,460	11.1
1998	36,960	8,122	22.0	190,535,987	33,025,623	17.3
1999	35,044	9,134	26.0	112,506,184	36,665,233	32.5
2000	34,961	9,329	26.6	112,945,032	44,537,041	39.4
2001	34,279	9,117	26.5	117,172,347	42,151,591	35.9
2002	36,185	9,060	25.0	117,498,447	35,944,520	30.5
2003	35,371	9,081	25.6	111,450,224	33,359,330	29.9
2004	35,394	7,867	22.2	108,958,550	26,862,030	24.6
2005	43,585	7,593	17.4	119,656,681	23,267,029	19.4
2006	45,521	7,486	16.4	113,139,627	20,731,575	18.3
2007	41,094	7,290	17.7	132,503,119	18,096,187	13.7
2008	43,099	6,541	15.2	106,515,675	16,911,143	15.9
2009	42,191	5,735	13.6	106,214,701	13,263,458	12.5

　해외 번역도서 부문을 보면 2001년에는 해외 번역도서 출간이 일반도서 9,680종에 만화가 4,267종이었으나, 2008년에는 일반도서 1만 3,391종에 만화가 2,472종으로 대폭 줄어들었다. 그리고 2009년에는 일

반도서 1만 1,681종에 만화가 2,398종으로 더욱 줄어들었다. 국내 저작물이든 해외 저작물이든 만화도서의 국내 출판시장은 매우 보수적으로 변하고 있으며, 해마다 그 규모를 축소하고 있는 것으로 파악되고 있다.

현재 종이책에 기반한 만화시장은 일부 학습만화를 제외하곤 이미 없어졌다고 해도 과언이 아니다. 그런데 만화는 그림과 텍스트로 구성되어 있다는 점에서 당장 출판매체라는 틀을 깨고 영상매체로 옮겨갈 수도 없다. 이에 대해 〈만화산업진흥 중장기 계획〉 보고서에서는 다음과 같이 지적하고 있다.

"만화는 그림과 글이 어울린다는 점에서 글로만 이루어진 문학과 다르며 독자가 읽기의 호흡을 스스로 조절해야 한다는 점에서 영화를 비롯한 다른 영상물과 다르고 인터랙티브(Interactive) 요소 없이 철저하게 내러티브(Narrative) 중심이라는 점에서 게임과 다르다. 이러한 매체적 속성은 창작, 제작 향유 모든 차원에 반영되는데, 이것이 제도적 측면에서 만화가 여타 출판 및 영상 장르 어느 쪽에도 완전히 포섭되지 않는 고유의 위치를 점하는 개별 매체로 분류되어야 마땅한 이유이기도 하다. 산업적인 면에서 만화의 중요한 특징 중 하나는 타 문화산업에 대해 원작 산업(One Source Contents Pool)으로 기능한다는 점이다. 이는 만화가 기본적으로 특정 작가 개인(혹은 소규모 창작집단)의 창작물이면서 그 자체로 이야기 요소, 이미지 요소, 캐릭터까지 고루 갖추어 2차적 활용 여지가 크다는 점에 기인한다. 개인의 창조적 상상력에 의존하는 창작물이라는 것은 곧 콘텐츠의 순제작 비용이 상대적으로 적다는 뜻이며 이는 만화 콘텐츠의 제작 편수가 타 장르에 비해 압도적으로 많은 결과로 나타난

다. (연간 신작만화 출간 종수는 연간 영화제작 편수 또는 게임이나 드라마 제작 편수의 열 배 이상)

이렇듯 방대한 콘텐츠 풀(Contents Pool) 속에서 독자와 문화소비자 혹은 2차 판권자들은 다양한 기준으로 만화 콘텐츠를 향유하고 취사선택한다. 나아가 출판과 온라인 등 여러 매체 플랫폼에서 영역을 활성화할 경우 영화 등 제작비용이 높은 장르보다 상대적으로 쉽게 번성할 가능성이 높다."

만화의 이런 특성에 비추어 볼 때 타 문화산업에 대한 원작산업의 역할을 제대로 수행할 수 있도록 지속 가능한 창작 기반을 제공하는 것이 중요하다. 최근 웹툰이나 전자책이라는 새로운 시장은 만화 콘텐츠가 부흥할 수 있는 출구가 되고 있는 만큼 이에 대한 대응방안을 마련하는 것이 중요하다.

만화산업은 국내외를 막론하고 전통적인 출판산업의 중요한 분야로, 출판매체에서 보통 20% 이상의 비중을 차지하고 있다. 하지만 앞에서 살펴보았듯이 지금 세계는 디지털 매체 등장으로 인해 다양한 변화를 거듭하고 있다. 인터넷, TV, 영화를 기반으로 한 디지털, 뉴미디어 바람이 점점 더 거세지고 있다. 그런데 국내에서는 여전히 출판매체 기반의 만화산업 가치사슬에서 한 차원도 더 발전하지 못하고 있다. 국내 만화는 과거 만화 단행본 시기를 거쳐 만화잡지-코믹스, 대여 만화, 학습만화 시장으로 수익성을 따라 집중화 과정을 거쳤지만, 매번 시장의 침체를 거듭하고 있으며 최근에는 장기불황으로 이어지고 있는 추세다.

물론 국내에서도 학습만화를 제외한 만화 콘텐츠는 종이출판에서 온라인으로 자리를 옮겨가고 있다. 하지만 일본과 마찬가지로 온라인 만화는 매년 꾸준한 성장을 기록하고 있지만 시장규모는 전체 만화시장을 추동하고 이끌기엔 아직 역부족이다. 따라서 만화·애니메이션 산업은 디지털을 기반으로 하는 다양한 뉴미디어에 대응하는 복합적인 정책과 전략을 수립하지 않으면 안 될 상황에 놓여 있다.

디지털 출판시장 약진과 만화산업의 새로운 전망

국내외적으로 온라인 만화산업은 종이책 기반의 출판산업에서 온라인으로 점차 이동하고 있다. 국내 온라인 만화 제작·유통업은 만화산업 전체에서 6.9%에 불과하지만 매년 조금씩 증가하고 있는 것만은 분명하다.

중분류	소분류	매출액(백만 원)			비중(%)	증감률(%)
		2005년	2006년	2007년		
온라인 만화 제작·유통업	인터넷 만화 콘텐츠 서비스		21,955	24,588	3.2	12.0
	모바일 만화 콘텐츠 서비스	31,903	10,751	12,004	1.6	11.7
	인터넷 및 모바일 만화 콘텐츠 제작 및 제공		14,636	16,342	2.1	11.7
	소계	31,903	47,342	52,934	6.9	11.8
만화산업 총합계		436,235	730,072	761,686	100.0	4.3

한국전자출판협회 '전자출판물인증센터'발표에 따르면 부가세 면세를 위해 전자출판물 인증을 신청하여 인증마크와 ECN 넘버를 받은 만화 전자책은 2010년 12월 기준으로 32개 업체 10만 6,552건으로 집계되었다. 국내에서 전자책으로 서비스되는 콘텐츠가 디지털학술논문이라 간행물을 제외한 단행본은 약 20만 권으로 추정되는데, 이 중 만화가 10

만 건 이상이라는 것은 각 기관의 통계치보다 온라인 만화의 실제 규모가 그만큼 빠르게 커지고 있다는 것이다.

NO.	업체명	인증건수	NO.	업체명	인증건수	NO.	업체명	인증건수
1	(주)위즈시스템	2	12	씨네21	461	23	(주)현대개발지능사	3,324
2	(주)케나즈	58	13	씨엔씨레볼루션	1,540	24	컨텐츠플러그	1,072
3	굳앤조이	4,000	14	아이엠닷컴	3,147	25	콕코스	5,685
4	다빈치	1	15	아이온스타	193	26	티플렉스	20
5	대원씨아이	3,260	16	아크로코믹	314	27	학산문화사	2,869
6	도서산업사	1	17	열번째행성	2	28	한국데이타하우스	105
7	락킨코리아	1,025	18	와이드포스	125	29	한아름닷컴	425
8	미토	1	19	와이비미디어	780	30	코리아컨텐츠네트워크	26,225
9	봉성닷컴	8,705	20	와이쥬크리에이티브	3	31	코믹플러스	16,131
10	사이엔티	15,775	21	이코믹스	1,452	32	SWEM	9,460
11	스페이스인터네셔널	325	22	(주)테르텐	66		총 인증 건수	106,552

온라인 만화는 포털사이트가 운영하는 웹툰과 기존 만화출판도서를 스캔하여 서비스하는 만화 온라인 서비스가 주요 형태로 자리 잡고 있다. 온라인 만화가 종이책 단행본이나 만화잡지-코믹스 등을 대체하고 있다는 것과 아마추어 작가들이 세상에 등장할 수 있는 시스템이 되고 있다는 점에서 긍정적이다. 또한 온라인을 기반으로 창작집단이나 매니지먼트 역할을 하는 기획사가 생기는 것도 나름 의미 있는 현상이다. 그런데 포털을 중심으로 커지고 있는 웹툰 만화는 만화가들에게 발표의 지면을 제공한다는 점에서 의미는 있지만 창작자들이 생존할 수 있고, 지속적으로 창작 활동을 할 수 있는 물적 기반을 제공해 줄지는 아직 미지수다.

네이버북스나 다음 웹툰 등이 구매, 대여, 월정액 등으로 유료화를 시도하고 있고, 그로부터 발생되는 매출의 상당 부분을 창작자들에게 분배하겠다고 밝히고 있다. 하지만 만화 콘텐츠로 인해 발생하는 트래픽 증가에 따른 광고 수익에 대한 배분 내용은 잘 보이지 않는다.

다만 최근 혁신적인 글로벌 마켓 때문인지 과거와는 다른 모습으로 만화 콘텐츠를 대하는 관점이 달라지고 있다. 대표적인 경우가 네이버와 SK텔레콤이다.

2011년 6월 24일 국회도서관 대강당에서 한국만화영상진흥원과 국회문화관광산업포럼, 국회입법조사처가 공동으로 주최한 '한국형 디지털 만화의 글로벌 유통전략 세미나'에서 NHN 만화서비스 김준구 팀장은 '포털사이트 네이버의 만화 서비스 현황과 활성화 전략'이라는 주제발표를 통해 네이버만화의 만화와 광고를 결합한 비즈니스 모델 가치사슬을 다음과 같이 제시한 바 있다.

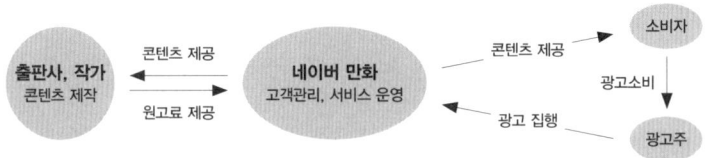

네이버가 이 비즈니스 모델을 통해 제시한 것은 과연 무엇일까? 네이버만화 서비스를 통해 획득한 광고비의 일부를 출판사 및 작가에게 원고료 명목으로 배분하겠다는 것인데, 그 배분 비율이 궁금하기만 하다. 애플처럼 7대 3이라는 획기적인 수익배분을 한다면 국내 만화 콘텐츠 시장은 비약적으로 발전할 수 있을 것이다. 하지만 그동안 네이버가 해왔던 여러 가지 정책을 보았을 때 그런 혁신은 기대하기 힘들 것으로 보인다. 또 시장 환경이 PC 기반의 유선 인터넷에서 휴대용 단말기 기반의 무선 모바일로 이동하고 있기 때문에 과거만큼 네이버의 영향력이 유지될지 알 수 없는 일이다.

같은 날 SK텔레콤 신기철 매니저는 'SKT의 N-Screen 유통 전략과 작가의 저작권 관리'라는 주제 발표를 통해 CLB(Comic License Bank) 모델을 제시했다. CLB는 작가나 저작권자가 제공하는 만화 콘텐츠를 데이터베

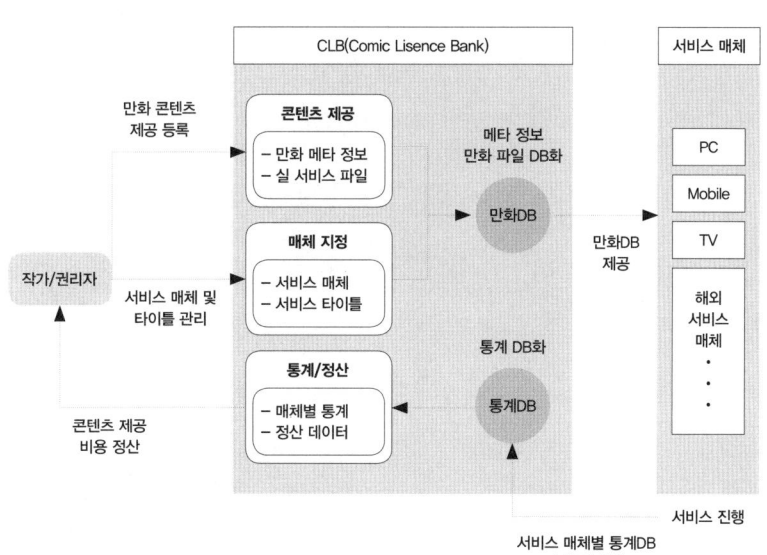

이스로 구축하여 각 서비스 매체에 알맞게 배급하는 역할을 담당하는 일종의 만화 콘텐츠 은행 같은 것이다. CLB 모델은 작가나 저작권자가 일일이 서비스 매체에 맞게 가공해야 하는 번거로움을 원스톱으로 처리해주기 때문에 효율성이 증대되고, SK텔레콤이 가진 배급망을 바탕으로 매출을 극대화할 수 있다는 점에서 무척 흥미롭다. 특히 만화 콘텐츠 작가나 관련 업체가 대부분 영세하기 때문에 해외 마켓을 공략하는 데 매우 유용할 것으로 보인다.

NHN의 네이버만화나 SK텔레콤의 CLB 같은 모델은 만화 콘텐츠의 외연을 넓히면서 시장을 다변화할 수 있다는 점에서 긍정적이다. 하지만 이들 기업이 과연 얼마만큼 콘텐츠 생산자를 중심에 세우고, 얼마만큼 혁신적인 수익배분을 실현해 나갈지는 두고 볼 일이다.

나는 2010년 경성대학교 이종문 교수와 함께 작업했던 〈만화원고 보존관리 및 이용 활성화〉 보고서에서 "과거 종이책 시장에서 만화 창작자들이 당했던 불합리한 관행들에서 벗어나기 위해서는 창작자들이 창작에 전념하고 매진할 수 있는 공공 기반의 만화 전자책 유통 플랫폼이

필요하다"고 밝힌 바 있다. 포털이나 이동통신사들의 혁신을 기대하며 그들에게 모든 운명을 맡기는 것은 늘 위험하다고 생각했기 때문이었다. 오히려 만화 창작자들이 집단적인 힘을 형성하여 포털이나 이동통신사들의 변화를 이끌어 내는 것이 더 바람직하다. 그 보고서에서 대안으로 제시했던 것은 공공기반의 만화 전자책 오픈마켓, 공공기반의 만화전자책 모바일 통합 제작시스템, 글로벌 유통 전략 등이었다.

만화전자책 오픈마켓은 만화창작자나 기획사 등 누구나 자유롭게 전자책 상점을 개설하여 서비스할 수 있는 마켓이다. 공공기반의 만화전자책 오픈마켓은 기본적으로 웹(Web) 서비스, 풀 브라우징이 가능한 '모바일 오픈마켓'및 '스마트TV 오픈마켓'과 동시 연동하여 미래 유통체계를 구축하게 될 중요한 전략기지인 셈이다.

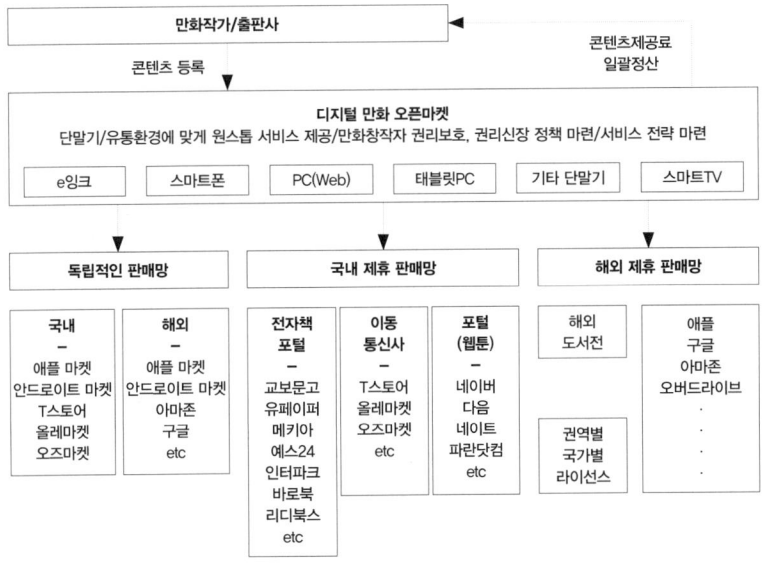

독립적인 공공기반 오픈마켓은 몇 가지 측면에서 매우 중요한 일이다.

첫째, 만화창작자에 대한 수익배분을 극대화할 수 있다. 전자책 수익 분배는 과거에는 유통사 50%, 콘텐츠 제공자 50%인 경우가 많았다. 하지만 애플이 '앱스토어'를 통해 유통사 30%, 콘텐츠 제공자 70%라는 수익분배의 글로벌 스탠더드 기준을 제시함으로써 국내 유통사들도 애플의 기준에 맞추려고 노력하고 있다. 하지만 공공기반의 오픈마켓을 독자적으로 개설할 경우 90%까지 확대할 수 있다. 이러한 기준은 독립적인 판매망 구축이 성공할 경우 '연계 유통망'에서도 긍정적인 효과를 일으킬 수 있다. 이러한 정책은 만화창작자와 중소출판사의 입지를 강화하고 보호함으로써 만화창작 기반을 더욱 넓힐 수 있다.

둘째, 우수 만화 콘텐츠 발굴 및 원소스 멀티유스에 대한 적극적인 정책을 펼 수 있다. 연계 유통망에 만화전자책 판매를 전적으로 의존할 때 우수 콘텐츠를 적극적으로 발굴하거나 원소스 멀티유스 정책을 전략적으로 펼치기 어렵다. 연계 유통망의 여러 유통사들은 만화는 하나의 카테고리일 뿐이나 그 카테고리에 들어간 만화전자책은 여러 전자책 중의 하나일 뿐이다. 따라서 유통사들이 우수 콘텐츠 발굴이나 원소스 멀티유스 같은 정책을 공들여 하기란 쉽지 않을 것이다. 물론 독자적인 오픈마켓은 반드시 필요한 일이지만 동시에 전자책 포털사이트, 인터넷서점, 이동통신3사와 유통 연계도 활발하게 전개할 필요가 있다. 관련 기술의 흐름을 도입하는 일부터 다양한 유통채널을 활용하여 만화전자책 자체의 판매를 촉진하는 일까지 연계 유통망과 관련 기업과의 적극적인 연대도 매우 중요한 일이다.

셋째, 만화전자책 오픈마켓은 글로벌 유통에 적극 대응할 수 있는 기반을 제공할 수 있다. 아이폰, 아이패드, 갤럭시탭 기반의 앱스토어가 개설되는 순간 디지털 콘텐츠는 영역을 가리지 않고 글로벌 유통 환경으로 결속되고 있다. 그 결과 애플 앱스토어는 서비스 론칭 1년 만에 14만 건의 콘텐츠가 등록되었고, 20억 달러의 매출을 일으켰다. 또한 애플에서 운영하는 앱스토어에서 전자책이 차지하는 비중은 게임과 비슷하다. 이 점이 바로 만화산업이 전자책 중심으로 준비되어야 하는 이유이기도 하며, 글로벌 유통 환경과 지원체계를 즉시 구축해야 하는 이유이기도 하다.

오픈마켓과 함께 또 하나 필요한 것은 공공기반 만화전자책 모바일 통합 제작 시스템이다. 현재 모바일 운영체제와 플랫폼은 구글(안드로이드), 삼성전자(Bada), 애플(iOS), MS(윈도우8), 노키아(심비안), 노키아+인텔(MeeGo), RIM(블랙베리) 등 매우 다양하다. 문제는 스마트폰과 태블릿PC의 운영체제와 플랫폼은 물론 액정 크기도 서로 달라 만화전자책을 모바일로 서비스하기 위해서는 디지털 만화 원본을 다양한 형태로 가공하고 보정작업을 거쳐야 하는 등 비용부담이 늘어날 수밖에 없는 상황이다. 특히 국내 대부분의 만화가와 만화 콘텐츠 업체들이 영세하기 때문에 이러한 비용부담은 현실적인 어려움이 가중되고 있다.

따라서 이러한 문제를 해결하기 위해서는 공공기반의 '만화전자책 모바일 통합 어플리케이션 제작시스템'이 필요할 것으로 판단된다.

만화가 또는 만화 콘텐츠 업체들이 만화전자책에 대한 상세정보(메타데이터, 이미지파일, 배너, 아이콘 등)를 등록하면 '만화전자책 모바일 통합 어플

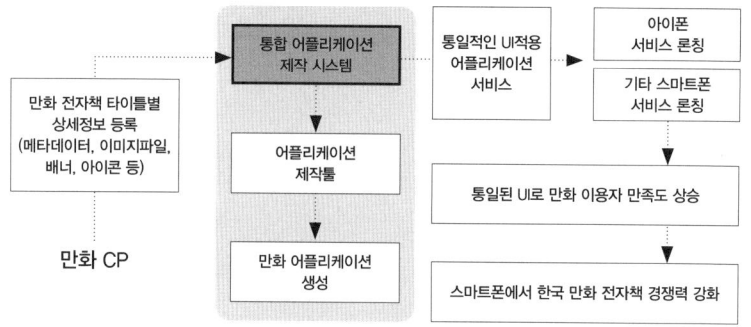

만화전자책 모바일 통합 제작 시스템 개요

리케이션 제작 시스템'에서는 이 정보를 바탕으로 스마트폰과 태블릿PC에 맞게 어플리케이션을 생성해주는 방식이다.

이러한 과정이 자동으로 지원되는 시스템이 안착될 경우 서비스 개발 기간이 단축되고 비용을 절감할 수 있으며, 모바일 만화의 통일적인 UI로 국내는 물론 글로벌 유통에서도 소비자 만족도를 높임으로써 국내 만화 콘텐츠의 경쟁력을 획기적으로 높일 수 있다.

한국만화영상진흥원에서 2011년 사업으로 '외국어 기반 디지털 유료 만화 서비스 사이트 구축사업'과 '디지털 만화 스마트 퍼블리싱 시스템 구축사업' 등을 진행하게 되어 다행스러운 일이다. 이 사업들이 진행되면 한국의 만화 콘텐츠는 공공 기반의 유통 플랫폼이라는 틀에서 성장할 수 있는 계기가 될 것이다.

7

내수시장을 넘어
세계로!

2009년 해외 번역도서는 총 1만 1,681종으로 전체 발행 종수 중 28%를 차지한다. 한국이 세계 7대 출판 강국이라고 하지만 그 내실을 보면 매우 허약하다. 그 이유는 수출입 무역 불균형이 매우 심하다는 것 때문이다. 반면 종이책 기반의 출판 저작권 수출은 1990년대까지만 해도 한해 100건 이하에 머물렀다가 2002년을 기점으로 한류 붐과 국가 이미지 향상 등에 힘입어 늘기 시작해 2008년에는 처음으로 1천 권을 넘어섰고, 2009년에는 1,427건, 2010년에는 1,477건을 수출했다. 수출을 1로 잡으면 수입은 10이라는 얘기다. 매출로 따지면 국내 종이책 시장에서 해외 번역도서가 차지하는 비중은 거의 70% 이상이다. 전자책에선 이런 구조가 되어서는 안 된다. 가뜩이나 내수시장이 작기 때문에 전자책 분야에서 오히려 수출 비중을 높이는 전략이야말로 6만여 개에 달하는 출판사와 저자들이 콘텐츠 생산으로 먹고살 수 있는 근본적 프레임이다.

　최근 신경숙 작가의 소설 《엄마를 부탁해》가 미국에서 돌풍을 일으켰다. 2011년 4월 6일에 출간된 《엄마를 부탁해》(Please Look After Mom) 영문판은 미국 최대 인터넷 서점인 아마존에서 베스트셀러 종합순위 40위 안에 드는 기염을 토했다. 출간 하루 만에 100위권에 진입한 후 가파른 상승세를 보였다고 한다. 이 같은 성과는 한국 문학책이 영어권 시장에서 이룬 첫 이정표로서 신경숙 작가는 "미국에 내리는 첫눈"이라는 표현을 했다. 그동안 언어적 한계를 벗어나지 못했던 한국 문학계를 고무시켰고, 우리 출판물도 해외에서 통할 수 있다는 자신감을 갖게 한 성과였다. 한편 다산북스의 《Who?》 시리즈도 눈여겨볼 만한 사례다. 이 책은 30명의 위인을 다룬 오프라인 학습만화 시리즈로 미국에서 부교재로 채택되었다. 이 소식을 접한 국내 유수의 앱 개발사는 곧바로 다산북스를 찾아가 태블릿PC용 개발을 위한 협업을 시작했고, 두 업체는 한국, 미국, 일본에서 《Who?》 시리즈를 전개하고 있다. 영어 버전은 시리즈 중 '스티브 잡스'편을 무료화하고 그 후 다른 위인 시리즈는 가격을 책정해 유료화한다. 또 일본어 버전의 경우 '손정의'편을 무료로 제공하고 나머지 시리즈에는 가격을 책정하는 식으로 진행하고 있다. 《Who?》 시리즈는 미국과 일본에 그치지 않고 중국과 중동 등 전 세계 시장에 맞춰 계속 나올 수 있는 구조다. 이 외에도 손대균 작가나 조윤정 블루문파크 대표는 영문 소설을 아마존 킨들(Kindle)과 애플 아이북스(iBooks)에 등록하여 판매하는 등 글로벌 진출을 시도하는 작가와 전자책 출판사들이 늘고 있다. 이런 흐름이 지금은 작지만 점차 커지면 전자책 콘텐츠의 해외 수출은 우리가 생각하는 것 이상의 시장 규모를 창출할 수 있을 것이다.

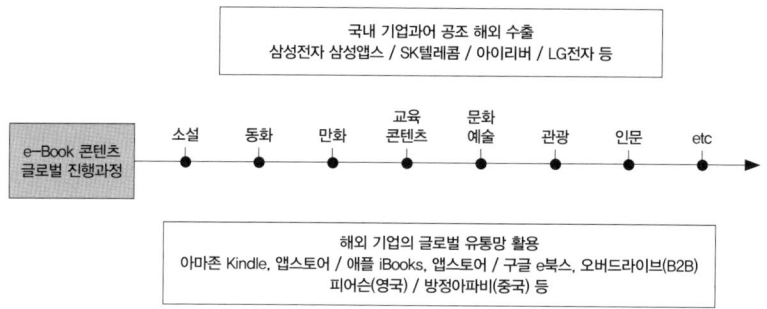

최근 교보문고 발표에 따르면 교보문고의 전자책 매출 57.2%가 픽션에서 발생하고, 매출 상위 100위 콘텐츠 49%가 픽션이라고 한다. 아마존의 경우 전자책 매출 84%가 픽션에서 발생하고 있다. 그래서 글로벌 전략에 중심이 되는 전자책 콘텐츠는 스토리를 기반으로 하는 소설, 동화, 만화가 중심이 될 것으로 보인다.

CHAPTER 5

라이브러리

만인을 위한 도서관의 탄생과 발전

과거와 현재와 미래의 도서관

디지털 도서관의 등장과 발전

왜 디지털 도서관인가?

디지털 도서관을 둘러싼 협력과 경쟁의 함수관계

공공도서관은 전자책 생태계의 한 축이다!

공공도서관은 모바일 디바이드(Mobile Divide)를 해소할 유일한 주체다!

Library

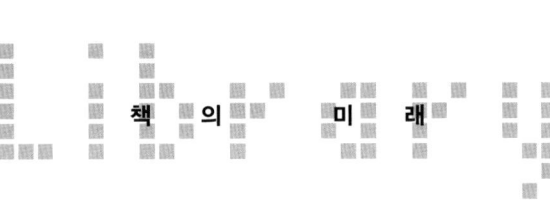

Library 책의 미래

만인을 위한 도서관의 탄생과 발전

최근 디지털 도서관이 도서관의 현재와 미래를 이어주는 새로운 패러다임으로 급격하게 부각되고 있다. 수백 년 동안 변화가 없을 것만 같았던 정적인 도서관에 동적인 변화를 이끌고 있는것은 과연 무엇일까? 그 정체와 본질을 정확하게 파악하기 위해서는 지식정보의 저장, 보관, 축적이라는 도서관의 본질적 패러다임과 축적된 지식정보의 활용과 재생산이라는 새로운 패러다임의 관계를 정확하게 살펴보는 것이 중요하다.

도서관은 수요자가 있기 때문에 존재하는 것이고, 수요자를 위해 존재한다. 이런 관점은 최근 도서관 안팎에서 거세게 불고 있는 디지털 도서관에 대한 발전 방향과 미래상을 살펴보는 데 결정적인 기준을 제시

해줄 것이다. 도서관은 문자의 발생과 함께 탄생되었다. 하지만 인류가 자신의 생각과 정보를 축적하고 전달하기 위해 문자가 없을 때도 동굴이나 바위에 그림을 그렸던 암각문화가 있었다. 이것이 인류에게 도서관이라는 단초를 제공했을 것이다. 문자 탄생 이후 최초의 도서관은 수메르인들이 구축한 점토판 도서관이 아닐까 싶다. 문자가 발생된 후 인류는 다양한 형태에 정보를 기록하고 남기기 시작했다. 중국에서는 죽간(竹簡)과 목독(木牘)에, 메소포타미아에서는 점토판에, 인도에서는 패다라엽(다라수의 잎)에 그리고 이집트에서는 인류 최초의 종이라 부르는 파피루스에 정보를 기록하고 남기기 시작했다.

대량으로 그리고 지속적으로 기록할 수 있는 종이 매체의 등장은 그것을 일정한 장소에 보관하고 관리할 필요성을 낳았다. 알렉산더 대왕이 이집트를 정복하고 세운 프톨레마이오스 왕조에 의해 세워진 알렉산드리아 도서관이 대표적인 예라 할 수 있다. 알렉산드리아 도서관에서는 그리스어 사본을 파피루스에 담아 기록하기 시작했고, 히브리어를 그리스어로 번역하는 일, 기록물을 교정 교열하는 일을 했다고 한다. 당시 알렉산드리아 도서관이 소장하고 있던 장서가 대략 50만~70만 권에 달했다고 한다. 그렇다면 왜 프톨레마이오스 왕조는 그 방대한 자료를 바탕으로 도서관을 세웠을까? 결코 적지 않은 인력, 공간, 자원이 들어가는 일에 몰두한 이유는 이집트를 통치하기 위해 왕조의 권위를 과시한 측면도 있지만 프톨레마이오스 왕조를 구성하고 이끄는 지식인과 관리집단의 지식정보 재충전을 위한 실용적 측면도 간과할 수 없다. 당시 알렉산드리아에 대항하기 위해 아탈로스 왕조에서는 알렉산드리아 도서관을 모방하여 왕궁 내에 페르가몬의 도서관을 세웠는데, 일반 학자나 시민들도 이용했다는 것을 보면 고대 도서관이 실용성에 무게를 두었다는 점을 짐작할 수 있다.

동서양을 막론하고 고대의 도서관은 정치권력과 집권자의 강력한 의지에 힘입어 세워졌고, 그것을 이용하는 사람들은 소수에 국한되었다. 하지만 중세에 들어와서 도서관 설립·운영의 주체는 초기에 수도원, 교회에서 영주를 중심으로 한 귀족사회로 이동되었다. 문자를 기록하고 저장하는 매체도 파피루스, 양피지에서 종이로 발전돼 갔다. 그리고 기록 문서를 대량으로 인쇄할 수 있는 목판활자가 발명되면서 종이책 사본이 시장에서 거래되기 시작했다. 이런 과정을 거치면서 인류의 지식정보는 좀 더 많은 사람들이 공유하는 공공자산의 성격을 강하게 띠어 갔다.

인류가 지식정보를 본격적으로 공유하게 된 계기는 종이의 발전과 인쇄술이 본격적으로 발전하면서부터라고 할 수 있다. 16~17세기경 종이책 사본이 대량으로 배포되면서 유럽에서는 대학을 중심으로 도서관이 속속 설립되기 시작했고, 독일과 프랑스에서 국가 중심의 중앙도서관이 구축되기 시작했다.

근현대에 들어와서 도서관은 의무납본제와 개인장서의 기증, 유증(遺贈) 등의 방법으로 책을 수집하기 시작했다. 많은 책이 수집되자 M. 듀이의 '십진법 분류'와 C.A. 커터의 '사서체목록규칙' 같은 도서관 장서의 체계적 관리와 분류체계를 갖추기 시작했다. 그리고 마침내 일부 귀족이나 학자의 전유물처럼 여겨지던 도서관이 일반 시민을 대상으로 전면 개방되기에 이르렀다.

현재 국내 도서관은 대부분 서구의 도서관 모델에 근거하고 있다. 하지만 서구 유럽의 발전 경로와는 다른 형태의 도서관이 존재했다고 한다. 한반도 최초의 도서관은 기원전까지 확대해서 볼 필요가 있다. 기원전 108년경 전한의 무제가 위만조선을 멸망시킨 다음, 고조선 땅에 낙랑군(樂浪郡), 임둔군(臨屯郡), 진번군(眞番郡) 등 4개의 행정구역인 한사군을 설치했다. 훗날 네 개의 지역 중 낙랑군이 위치한 토성리 대동강 유역에서 봉니(封泥), 인장, 와전 등의 유물 200여 개가 발견된 바 있다. 그 유물 중 봉니를 주목할 필요가 있다. 봉니란 고대 중국에서 중요한 문서를 봉함할 때 쓴 점토판이다. 이 점토판에는 주로 관직명이나 지명이 새겨 있다. 그런데 이 지역에서 발견된 봉니는 주로 낙랑군의 여러 관직명이 새겨져 있어 학자들 사이에서도 의견이 분분하다. 봉니는 발신자가 도장을 찍어 수신자에게 보내는 것이기 때문이다. 그래서 봉니가 위조되었거나 현지 토착세력이 중국과 싸워 노획했던 것을 매장한 것으로 보는 견해가 있다. 어쨌든 봉니의 진위 여부를 가릴 수는 없겠지만, 한사군이 설치되었을 당시 낙랑군에 초기 형태의 도서관이 존재했을 가능성은 남

아 있다.

또 삼국시대에도 도서관 역할을 했던 흔적을 곳곳에서 살펴볼 수 있다. 고구려의 경우 국립 교육기관인 태학(太學)이나 사립 교육기관이었던 경당에서 서적을 수집해 여러 사람이 이용할 수 있도록 하는 등 일종의 도서관 역할을 한 것으로 추측된다.

두 번째로 고려 때 설치되어 조선 초기까지 궁중에 설치된 학문 연구 기관이었던 집현전(集賢殿)을 손꼽을 수 있다. 집현전은 조선 세종 때 규모가 확대되어 학자들의 연구를 지원하기 위해 많은 전적(典籍)을 구입하거나 인쇄하여 서적의 규모를 늘려나갔다. 이러한 기반은 이후 학자들의 연구에 많은 도움을 주었다. 집현전은 연구기관의 형태였으나 동시에 도서관 성격을 가지고 있었다.

세 번째로 1776년에 설립된 규장각(奎章閣)을 손꼽을 수 있다. 규장각은 조선시대의 관아로 정치, 경제, 사회 등 현실 문제의 학문적 해결을 위해 설립된 우리나라 최초의 국립도서관이다. 규장각은 정조가 즉위한 후 궐내에 설치되었는데, 역대 국왕의 시문, 친필(親筆)의 서화(書畵)·고명(顧命)·유교(遺敎)·선보(璿譜·王世譜)·보감(寶鑑) 등을 보관 관리했다. 두산세계대백과에서는 규장각의 장서 규모와 활동에 대해 "규장각의 도서는 1781년(정조 5년)경에 장서 정리되면서 총 3만여 장서의 도서목록이 서호수(徐浩修)에 의해 작성되어 이를 《규장총목》(奎章總目)이라 하였다. 규장각은 도서를 수집하고 보존하는 데만 그치지 않고 그와 함께 도서를 편찬하는 데도 힘을 기울여 많은 책을 편찬하였다."고 밝히고 있다.

네 번째로 우리나라가 근대화되면서 일본이 세운 도서관구락부, 평양 지역 유지들이 세운 대동서관, 종로도서관, 광주도서관, 대전도서관, 철도도서관 등의 공공 성격의 도서관이 설립되기 시작했다. 1923년에는 조선총독부도서관이 세워졌는데 이는 현재의 국립중앙도서관의 모태가 되었다. 해방 이후에는 국립중앙도서관을 중심으로 국공립 도서관, 대학도서관, 국회도서관, 전문·특수 도서관 등 다양한 유형의 도서관이 전문화되고, 시민들이 언제든지 이용할 수 있는 지식정보 공유와 문화 공간 역할을 수행하고 있다.

동서양을 막론하고 형태와 발전 과정은 달랐지만 탄생 배경이나 목적 등 시대에 따라 도서관의 정체성은 비슷한 발전 과정을 거쳤다는 것을 알 수 있다. 특히 현대에 들어와 더욱 강해지고 있는 공공도서관이 세금으로 운영되면서 만인을 위한 도서관으로 거듭나고 있는 것은 세계적으로 진행되고 있는 보편적 현상이다.

2

**과거와
현재와
미래의 도서관**

공공도서관은 과거와 지식정보를 축적하고 그 내용을 만인에게 평등하게 공유케 한다는 점에서 현재에도 그렇고 미래의 후손들에게도 물려줘야 할 중요한 문화 유산이다. 그런데 그런 공공도서관의 고유 가치가 디지털 시대를 맞이하면서 격랑 속으로 빨려 들어가고 있다.

도서관의 미래는 과연 어떻게 변화될까? 또 미래를 어떻게 준비하고 만들어가야 할 것인가? 길고도 복잡한 그 미래상을 그려보기 전에 몇 가지 키워드를 중심으로 도서관의 과거와 현재와 미래를 가늠해볼 필요가 있다.

IDENTITY

도서관이 탄생된 동기나 목적이 과거에는 정치 권력자나 소수 귀족, 학자, 성직자의 필요성에 의해서였다. 그래서 도서관은 소수의 권력자와 귀족, 학자의 전유물이었다고 볼 수 있다. 하지만 근현대에 들어와서 소수의 전유물이었던 도서관은 만인의 공유물이 되었다. 소수의 전유물이었던 도서관이 공공 성격으로 획기적으로 강화되었다는 것 자체가 도서관의 본질적 진화라고 할 수 있다. 공공도서관이 지식정보의 양극화를 해결할 수 있는 유일한 기관이라는 점이 미래에도 지속되어야 할 핵심적 가치다.

SPACE

아날로그 도서관은 일정한 공간을 중심으로 장서를 구축하고 이를 열람하는 방식이다. 그래서 장서의 권수에 따라 공간이 확대되는 특징을 가지고 있다. 따라서 도서관에서 시공간 개념은 전형적인 특징이라 할 수 있다. 그런데 도서관의 이러한 전형적인 특징이 흔들리고 있다. 책이 누적되고 양이 많아지면서 수장고를 지속적으로 늘려야만 되는 상황에 놓이게 되었다. 최근 시드니대학도서관에서 장서 50만 권을 폐기처분한다는 뉴스를 접한 사람들은 어쩔 수 없는 현실이라는 것을 알면서도 충격적으로 받아들이는 것도 도서관의 전통적 개념인 '물리적 공간'의 유의미성이 흔들리고 있기 때문이다.

특히 한국의 공공도서관은 독서를 하고 자료를 찾는 도서관 고유의 성격보다 학생들이나 취업 준비생들이 공부하는 열람실 성격이 강하다. 도서관에서 다양한 독서 행사와 문화 행사를 펼쳐 도서관 고유의 성격을 강화시키기 위해 많은 노력을 기울이고 있는 것도 도서관의 물리적 공간의 유의미성을 지키기 위해서다. 이러는 와중에 디지털 도서관은 도서관 고유 특징인 물리적 공간 개념을 근본적으로 뒤바꿔 놓고 있다.

죽간(竹簡), 목독(木牘), 점토판, 패다라엽, 파피루스, 목판, 종이 등으로 진화 발전한 저장 매체는 이제 본격적인 디지털 시대를 맞아 근본적인 변화를 예고하고 있다. 이미 종이책을 대신하는 저장 매체는 하드디스크, CD롬, DVD, 플래시디스크, 블루레이 등으로 날로 발전하면서 도서관의 방대한 정보를 빨아들이고 있다. 종이책과 영사기 등으로만 볼 수 있었던 정보가 이제 PC 모니터, 노트북, PDA, 스마트폰, 태블릿PC, 스마트TV에서 더 나아가 종이책과 비슷한 해상도를 가지는 디스플레이, e-페이퍼 등으로 진화 발전하고 있다. 저장매체와 디스플레이, 단말기 기술의 발전은 도서관의 무한대 공간 확장의 필요성을 종식시키며 공간의 효율성을 획기적으로 높일 뿐만 아니라 도서관 장서의 영구 보존의 길을 열고 있다.

장서 보관 및 축적이라는 측면에서 디지털 도서관은 매우 매력적일 수밖에 없다. 그런데 디지털 도서관의 온라인 서비스를 강화하면서 동시에 기존의 물리적 공간이라는 의미를 상실하게 될 갈림길에 놓여 있기도 하다. 온라인 서비스가 강화될수록 이용자들이 도서관이라는 물리적 공간을 방문하는 횟수는 그만큼 더 줄어들 수 있다. 또 스마트폰이나 태블릿PC 같은 손 안의 단말기 보급이 확대되고, 기업들이 구축 중인

'내 손 안의 도서관'이 현실화되면서 공공도서관은 전자책의 온라인 서비스와 물리적 공간의 유의미성을 어떻게 양립시켜 나갈 것인가가 매우 중요한 과제로 대두되고 있다.

SEARCH & NETWORK

인터넷이라는 광활한 바다에 엄청난 양의 정보들이 쏟아지면서 검색을 기반으로 한 포털 사이트가 인터넷의 맹주가 되었다. 이처럼 정보가 많아지고 장서가 쌓일수록 이를 효과적으로 찾아 볼 수 있는 검색은 그만큼 중요하다. 과거와 현재에서는 도서 리스트, 서지정보를 체계화하는 수준이었지만, 이제는 도서 식별체계, 구조화, 분절화된 본문 검색 및 열람 등의 디지털 서비스가 도서관의 이용 형태를 결정하는 중요 요소로 떠오르고 있다.

과거의 도서관은 정치권력이나 교회, 절 등에서 권세를 내세우는 상징이었으므로 철저하게 고립주의를 지향했다. 근현대에 와서는 도서관협회 등이 창설되면서 국가별, 지역별로 고립되어 있던 도서관이 하나의 네트워크로 모이기 시작했다. 현대 도서관의 특징 중 하나가 네트워크화인데, 인터넷의 등장으로 전 세계 도서관의 서지정보를 공유할 수 있는 기반이 형성되었다. 또한 유선에 한정되어 있던 네트워크가 무선으로 확대되어 본격적인 유비쿼터스 시대를 맞고 있다. 유무선 네트워크 환경은 RFID(Radio Frequency Identification)를 비롯하여 USN(Ubiquitous Sensor Network), UFB(Ubiquitous Flexible Broadband), PAN(Personal Area Network)

등으로 확장 발전할 가능성이 높다. 이러한 네트워크의 발전은 도서관의 미래가 어떻게 될지 가늠해 볼 수 있는 단서가 될 것이다.

PARADIGM

과거 도서관은 아날로그의 모든 속성을 함축한 패러다임이다. 소수자를 위한 장서 축적과 활용, 공간 개념, 지역적으로 고립되고 분절화된 것으로 압축할 수 있다. 현재의 도서관은 아날로그에서 디지털로 이동되는 패러다임이다. 서지정보와 도서의 본문이 디지털화되고, 도서관 간의 네트워크가 실현되고 있지만 여전히 시공간 개념에서는 자유롭지 못하다. 그래서 공간 중심으로 대형화가 불가피했다. 또한 관리자와 제공자 중심의 서비스를 탈피하고 있지 못하다. 반면 미래의 도서관은 유비쿼터스 개념을 함축하고 있다. 유비쿼터스란 언제 어디서나 무엇으로든지 도서관의 모든 정보를 공유할 수 있다는 것을 의미한다. 즉 시공간을 탈피하여 누구나 정보를 무제한 활용할 수 있다. 따라서 디지털 도서관은 본격적인 수요자 중심의 도서관이라 할 수 있다.

패러다임의 진화	근대 이전	근현대	디지털 도서관 탄생 후
IDENTITY	소수를 위한 지식정보 제공	다수를 위한 지식정보 제공	만인을 위한 지식정보 제공
SPACE, TIME	시공간 개념 중시	시공간 개념 중시	시공간 개념 탈피
MEDIA	죽간(竹簡), 목독(木牘), 점토판, 패다라엽, 파피루스, 목판, 종이	종이, PC, 노트북	e-Book, e-Paper
SEARCH	초보적인 서지정보	체계화된 서지정보	-맞춤형 본문 검색-PC를 통한 디지털 검색 -인터넷을 통한 다중 검색
NETWORK	고립, 단절	인터넷 기반의 서지정보 공유	온오프라인 통합 네트워크
PARADIGM	아날로그 -장서 축적과 소수자 활용 -설립자 중심의 서비스	온오프라인 융합 -공간 중심의 대형화 -서지정보, 본문의 디지털화 -관리자 · 제공자 중심의 서비스	유비쿼터스 -시공간을 탈피한 무제한 정보 활용 -수요자 중심의 서비스

국내의 경우 해마다 서점 수는 큰 폭으로 줄어들고 있지만 오히려 공공

도서관 수는 증가하고 있다. 〈2010한국도서관연감〉에 따르면 공공도서

관 수는 2003년 471개에서 2009년 704개로 증가하고 있고, 작은 도서관

3,324개, 초중고 학교도서관 1만 937개, 대학도서관과 전문 도서관 등 1

천여 개를 합하면 국내 도서관 수는 선진국에 견줘도 손색이 없다.

국립 도서관	공공 도서관 (어린이 포함)	작은 도서관 (문고)	장애인 도서관	병영 도서관	교도소 도서관	대학 도서관	학교 도서관	전문 도서관	합계
3	703	3,324	37	1,502	46	651	10,937	584	17,787
0.02%	3.95%	18.69%	0.21%	8.44%	0.26%	3.66%	61.49%	3.28%	100%

그런데 이러한 공공도서관의 외형적 확대에도 인터넷과 전자책이라는

디지털 시대를 만나면서 새로운 전환 국면에 접어들고 있다. 그동안 물

리적인 종이책과 공간을 배경으로 발전해 왔던 공공도서관이 비물리적

인 전자책과 온라인이라는 새로운 환경을 맞고 있는 것이다.

3

디지털 도서관의
등장과 발전

디지털 도서관의 역사는 그리 오래되지 않았다. 미국의 경우 1994년 NII(National Information Infrastructure)를 구상하면서 대표적인 디지털 도서관 연구 및 적용 프로젝트라고 할 수 있는 DLI(Digital Library Initiative) 프로젝트가 6개 대학을 중심으로 수행되면서 본격적인 연구와 적용이 이루어지기 시작했고, 국내의 경우 1996년 최초의 디지털 도서관이라고 할 수 있는 LG상남도서관이 구축되면서 시작되었다. 이때까지만 해도 디지털 도서관은 학문적인 연구 차원이나 아날로그 도서관을 보조하는 수단에서 접근되었다.

하지만 나는 광의의 개념에서 디지털 도서관 탄생의 기원을 이보다 3~4년 앞선 1991년으로 보는 것이 타당하다고 본다. 당시 스위스의 입

europeana
mysli kultúrne

자물리연구소(CERN)에서는 우주의 근원을 밝히기 위해 전 세계 과학자 수천 명이 참여했고, 이들 간에 방대한 정보를 주고받기 위해 창안된 것이 바로 월드와이드웹(World Wide Web)이었다. 인터넷의 창안자 팀 버너스 리(TIM Berners-Lee)는 한 방송사 인터뷰에서 "인터넷은 국가 간 지역 간의 물리적 한계를 극복하고 방대한 정보를 주고받을 수 있는 거대한 도서관"이었다고 밝혔다.

인터넷 등장 이후 디지털 도서관이 쟁점으로 떠오른 것은 2004년 12월 구글 디지털 도서관 프로젝트(Google Digital Library Project)가 발표되면서부터다. 구글은 이 프로젝트를 통해 세상의 모든 책을 디지털화하여 온라인으로 공급하겠다고 밝혔다. 물론 구글의 이러한 야심찬 계획이 순조롭게 진행된 것은 아니었다. 미국은 물론 각국의 출판사들이 저작권 문제를 제기하며 강하게 저항한 것이다. 구글의 디지털 도서관 프로젝트가 발표되자 인류 지식문화가 미국 중심으로 재편될 것을 우려한 유럽연합은 자크 시라크(Jacques Chirac) 프랑스 전 대통령을 중심으로 유로피아나(Europeana) 프로젝트를 실현할 것을 천명했다. 현재 유로피아나는 유럽연합(EU) 소속 주요 박물관과 도서관 등 1천여 개 기관이 보유한 기록물, 도서, 신문, 음원, 사진, 동영상 등 700만 건 이상의 디지털 정보를 제공하고 있다. 또 유네스코는 1억만 건 이상의 소장 자료를 보유한 미국 의회도서관과 공동으로 세계디지털도서관(World Digital Library)을 구축하고 있다.

유네스코와 유럽연합, 그리고 구글의 디지털 도서관 프로젝트는 인류의 지식문화를 디지털화하여 다시 만인에게 공유케 한다는 점에선 동일하다. 하지만 구글은 기업적 관점에서 과거의 책뿐만 아니라 향후 출간될 책까지 영역을 넓히고 있는 반면, 유로피아나는 유럽연합 정부 주도, 유네스코와 미국 의회도서관 국제기구 주도로 과거의 지식문화 자원에 중점을 두고 있다. 구글이 디지털 도서관을 구성하는 책을 상품으로 보고 영리적 목적으로 접근하고 있는 데 반해 유로피아나와 세계디지털도서관은 문화유산이라는 공공적 가치에 더 주목하고 있다. 과연 구글과 유로피아나, 세계디지털도서관의 반대적 가치는 공존하거나 융합할 수 없는 것일까?

미국과 유럽연합의 디지털 도서관 프로젝트 경쟁과는 방향을 조금 달리해서 한국은 정부와 국립중앙도서관 주도로 국립디지털도서관을 개관했다. 국립디지털도서관은 연면적 38,000㎡, 지상 3층, 지하 5층 규모를 자랑하며, 온오프라인에서 동시 이용할 수 있는 최적의 환경을 갖추었다는 평가를 받고 있다.

국립디지털도서관을 구성하는 핵심적 가치는 건물 규모나 시설보다 국민 누구나 자유롭게 이용할 수 있는 1억만 건 이상의 콘텐츠다. '디브러리(www.dibrary.net)'에는 1,142만 7,704건의 '학술정보(원문정보, 학위논문, 웹DB, 목록정보, 네이버책정보)', 5,032만 5,499건의 '전문정보(국가지식자원, 오아시스, 문화콘텐츠, 과학기술정보, 국가기록물, 네이버전문정보, 특허 표준)', 5,430만 9,739건의 '해외정보(해외공개 학술정보, 해외학술회의, 해외학술논문-영미권, 해외학술논문-중일권)'를 검색하여 이용할 수 있다.

시공간을 뛰어넘어 언제, 어디서나 양질의 지식콘텐츠를 이용할 수 있다는 것은 과거의 아날로그 도서관에 없었던 새로운 가치들이다. 그런 점에서 국립디지털도서관은 디지털 도서관의 본령을 잘 보여주는 한편 한국 도서관 역사에 새로운 이정표를 제시하고 있다 해도 과언이 아니다. 뿐만 아니라 정보와 인간이 소통하는 새로운 개념의 디지털 복합 문화공간을 지향하기 위해 세 가지 핵심 정책을 추진하고 있다.

첫째, 이용자 입장에서 다양한 접근 경로로 정보활용을 극대화하는 '디지털 컬렉션'은 제한된 공간과 서지정보만으로 정보를 이용하던 아날로그 도서관과 근본적인 차이를 가진 정책이다. 이러한 정책은 아날로그 도서관과 디지털 도서관을 연계한 하이브리드형 도서관을 구현함과 동시에 주제별, 시대별, 지역별, 장르별 등 다양한 접근 경로를 통해 전자책, 음원, 동영상 등의 디지털 정보를 이용할 수 있는 환경을 전면화시킬 것으로 보인다.

둘째, 스마트폰 같은 휴대용 단말기 등의 '손 안의 도서관'은 유비쿼터스 도서관의 새로운 가능성을 타진해볼 수 있다는 점에서 의미 있는 정책이다. 아날로그 도서관이 시간과 공간이라는 한계가 있는 반면 '유비쿼터스 도서관'은 시공간의 한계를 뛰어넘어 언제, 어디서나 도서관 정보와 지식자원을 손 안에서 볼 수 있다.

셋째, '디지털 디바이드 해소'에 대한 정책은 디지털 도서관의 장점을 살려 국가의 정보와 지식자원을 소외계층이 손쉽게 이용할 수 있는 환경을 구축하려는 것이다. 장애인을 위해 점자, 큰 활자, 오디오북 등을 제공하는 '소리책 나눔터'나 500여 개의 '농어촌 작은도서관'에 대한 지

원 등은 국립디지털도서관의 디지털
디바이스 해소에 대한 철학을 엿볼 수
있는 대목이다.

국립디지털도서관의 이러한 정책은
디지털 도서관이 가야 할 방향과 역할
을 명쾌하게 제시해주고 있으며, 미국
이나 유럽의 디지털 도서관에 비해 더
구체적인 내용을 담고 있다. 이런 장점
은 앞으로 국내 도서관에서 적극적으
로 모델링의 지표가 될 것이다.

또 다른 측면에서 디지털 도서관과 같은 역할을 수행하는 곳도 있다.
예를 들면 정보통신정책연구원(KISDI)이 방송, 통신, IT정책 관련 전문자
료 1만 건을 모바일로 제공하고 있는 'KISDI 모바일 서비스(m.kisdi.re.kr)'
는 그 자체로 디지털 도서관이라 할 수 있다. 그리고 네이버와 다음커뮤
니케이션즈의 도서 본문 검색이나 누리미디어의 DBpia(dbpia.co.kr), 한국
교육학술정보의 RISS(riss.kr) 등도 디지털 도서관의 일종이라 볼 수 있다.

현재 디지털 도서관은 공공도서관에 90% 이상 구축되어 있고, 대학
도서관은 거의 모든 곳에 구축되어 있다. 초중고 학교도서관의 경우 2천
여 학교가 구축되어 있고, 지자체, 아파트 건설사 등도 디지털 도서관 구
축을 확대하고 있다. 이처럼 디지털 도서관은 짧은 역사에도 불구하고
매우 빠르고 넓고 깊게 확산되고 있다.

4

왜 디지털
도서관인가?

인터넷이 등장하고 발전하면서 우리는 정보의 홍수 속에 살고
있다. 정보가 넘쳐나면서 생겨나는 새로운 고민들이 있다. 하나는 '그 많
은 정보 중에서 내가 원하는 것을 어떻게 찾을 것인가?'와 또 하나는 '컴
퓨터와 인터넷을 제대로 활용하지 못하거나 접근 환경을 갖지 못한 디
지털 디바이드(Digital Divide) 문제를 어떻게 해결할 것인가?'다.

인류의 정신적, 문화적 자산을 축적한 도서관은 디지털 기술과 결합
되면서 무한한 발전을 거듭하고 있다. 하지만 인터넷이 가지고 있는 두
가지 문제를 도서관 역시 그대로 가지고 있다. 또한 시공간 개념이 여전
히 중시되고 있기 때문에 도서의 열람과 대출의 한계, 열람실 규모의 한
계, 체계적 관리의 한계 같은 물리적 한계를 고스란히 내포하고 있다. 인

터넷 기반으로 전 세계의 도서를 찾기는 했지만 그 책이 품절되었거나 절판된 것이라면, 해당 도서관에 문의해서 빌려 보지 않는 한 그 정보에 대한 접근은 더 이상 불가능하다. 만인을 위한 만인의 도서관, 본격적인 수요자 중심으로 도서관이 미래 도서관의 핵심을 관통하는 패러다임이라면 디지털 도서관은 그 문제를 해결할 유일한 해결사가 되는 셈이다.

현재 국공립도서관, 사립도서관 및 학교도서관 등에서 구축되고 있는 디지털 도서관은 도서관의 전통적인 업무인 책의 검색, 예약, 대출, 대출 연장 등의 기본 프로세스를 바탕으로 하되, 그 대상이 종이책 대신 전자책 또는 디지털 콘텐츠로 대체된 것을 의미한다. 디지털 도서관이 도입되기 전부터 도서관에서는 '도서관 전산화 시스템(LAS, Library Automatic System)'이 도입되어 수서, 대출, 편목, 정기간행물관리, 정보검색, 정보서비스, 색인 및 서지작성 등 주요 업무가 자동화되고 있다. 그리고 이 LAS에 전자책 등 디지털 콘텐츠를 대출하고 열람할 수 있는 디지털 도서관 개념이 결합되고 있다.

디지털 도서관의 기본 기능은 대출 반납 프로세스, 본문 검색, 블로그 기능(RSS, 스크랩, 감상문 작성) 등이 있고, 기본적으로 제공되는 콘텐츠는 EPUB나 PDF로 제작된 전자책, MP3나 WMA 파일로 된 오디오북, 플래시나 어플리케이션으로 제작된 멀티미디어북, 전자잡지 및 전자저널, 학술논문 등이 있다. 그리고 디지털도서관 시스템에는 자료의 디지털화 및 DRM 적용, 멀티미디어 정보의 가공 · 검색 및 저장 · 관리, 자료 보안을 위한 관리 시스템, 사용자 인터페이스(User Interface) 및 상호작용, 분산 정보검색을 위한 통신 프로토콜 등의 다양한 기반 기술이 적용된다.

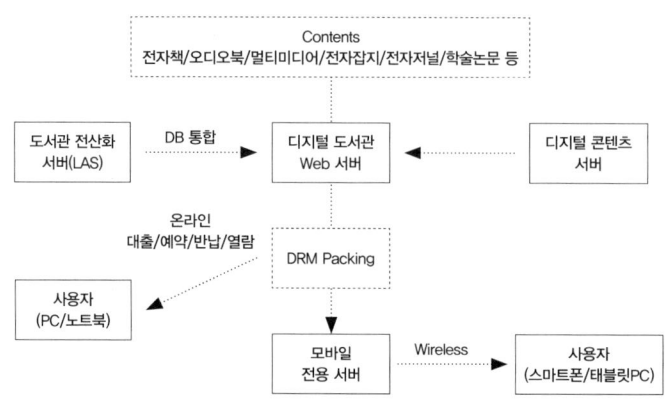

현재 도서관은 디지털 기술과 인터넷 기술을 만나면서 다양한 진화를
거듭하고 있다. 그 진화의 특징을 몇 가지로 요약하면 다음과 같다.

첫째, 멀티미디어 도서관으로의 진화. 도서 중심의 도서관이 전자책,
DVD, 오디오, CATV 등의 다양한 매체가 도입되면서 지식정보의 멀티
미디어가 실현되고 있다. 둘째, 전자테크(RFID)카드 도입으로 학생증, 열
람실 좌석제, 대출, 반납, 도난방지, 장서점검 등 관리자 · 공급자 중심의
과학적 체계화가 한층 강화되고 있다. 전자태그는 향후 도서관 전체 장
서의 출납, 배치를 실시간 파악할 수 있는 Smart Shelves(기록을 보관하기 위
한 서가) 구현을 곧 실현화시킬 수 있는 근거이기도 하다. 셋째, PC, 노트
북, 스마트폰, 태블릿PC, 스마트TV 등 이용 단말기의 멀티화로 이용자
의 편의성을 극대화하고 있다. 넷째, 서지정보의 네트워크가 실현됨으
로서 전 세계 도서관의 자료를 실시간으로 검색할 수 있다.

현재 도서관은 지역별, 개별적으로 진화 발전하고 있다. 과거의 서지

정보 등이 체계화되어 지방 도서관에 보급되었던 것과는 달리 멀티미디어화와 디지털화는 개별적으로 도입되고 있다. 따라서 각 지역별, 개별적 도서관이 유비쿼터스 환경에서 통합되어가는 과정에서 표준화 문제가 심각하게 대두될 수도 있다. 이는 역으로 표준화 과정을 거칠 수밖에 없다는 것을 의미하기도 한다. 분명한 것은 지역별, 개별적으로 움직이던 도서관이 유비쿼터스 환경에서 통합과 융합이 광범위하고 격렬하게 진행될 것이라는 점이다.

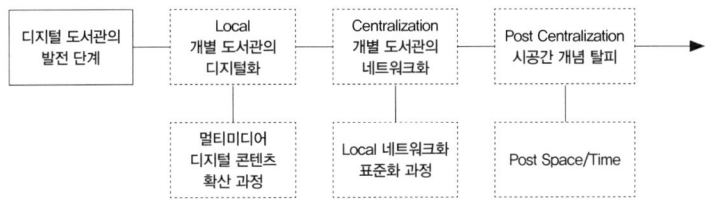

하지만 그 형태와 내용이 어떨지는 유감스럽게도 나 역시 예측하기 어렵다. 관련 기술의 진보와 발전 속도가 빠르고, 어떤 기술이 각광받았다 하더라도 하룻밤 자고 나면 또 다른 패러다임으로 무장한 신기술이 나올 수 있기 때문이다. 그리고 디지털 도서관을 둘러싼 다양한 쟁점이 도서관의 앞날이 결코 순탄치 않을 것임을 예고하고 있기 때문이다.

도서관 사서들 사이에서는 도서관이 역사적 유물로 전락할 수 있다는 위기감이 퍼지고, 디지털 도서관을 둘러싸고 공공도서관과 기업의 주도권 경쟁이 격화되고, 복잡한 디지털 저작권 문제가 증폭되고, 콘텐츠 업체의 요구와 오픈 액세스에 대한 요구의 마찰과 갈등이 심화되고, 디지털 도서관의 온라인 서비스를 확대하려는 욕구와 도서관의 물리적 공간 유지의 욕구가 충돌하는 등 만만치 않은 현안과 과제들은 도서관이 풀어야 할 숙제다.

5

디지털 도서관을 둘러싼 협력과 경쟁의 함수관계

근현대에 들어와서 도서관은 공공 개념이 끊임없이 강화되어 왔다. 일부 기업들의 사회적 기여 차원에서 만든 사설 도서관이 있기는 하지만 영리 목적의 도서관은 거의 없다고 해도 과언이 아니다. 그런데 전자책을 기반으로 하는 디지털 도서관은 기업들이 주요 성장 동력으로 주목하고 있는 분야다. 그래서 디지털 도서관을 둘러싸고 공공 도서관과 기업의 경쟁은 불가피하다. 예를 들면 2004년 구글이 디지털 도서관 계획을 발표하자 기업에 주도권을 빼앗기지 않기 위해 유럽연합과 유네스코 및 미국 의회도서관이 디지털 도서관 프로젝트에 나섰고, 국립중앙도서관은 10년 전부터 도서관 내 소장 자료의 디지털화를 추진해왔다. 최근에는 각국의 국립도서관들이 기존 신문과 출판물의 디지털화를 서두르고 있다. 그런데 공공도서관의 이러한 노력에도 기업들보다 여러 측면에서 불리한 위치에 놓여 있다. 물론 공공도서관과 기업은 디지털 도서관에 관한 한 같은 콘텐츠, 같은 기반 기술을 공유하고 협력하는 동반자 관계다. 종이책의 디지털화 작업에서부터 전자책 납품, 디지털 도서관 플랫폼 등 디지털 도서관의 모든 것들이 기업을 통해 제공된다. 그래서 끊임없이 협력하고 함께 가야 하는 동반자일 수밖에 없다. 그런데 문제는 이용자들을 대상으로 하는 온라인 서비스의 경우 철저하게 경쟁할 수밖에 없다는 데 있다. 공공도서관이 소장한 신문과 종이책의 경우 디지털화하더라도 사람들에게 공개적인 서비스를 하려면 언론사나 출판사, 저자에게 일일이 허락을 받아야 가능하다.

신문의 경우 공공도서관이 뒤늦게 디지털화에 나서고 있지만, 네이버 같은 포털 업체는 1920년부터 1999년까지의 거의 모든 신문을 디지털 라이징한 '뉴스 라이브러리' 서비스를 하고 있고 저작권 문제까지 해결한 상태다. 공공도서관이 과거와 현재의 신문 자료를 디지털라이징해서 온라인으로 서비스할 경우 포털과 공공도서관은 이용률을 둘러싸고 경쟁을 할 수밖에 없다. 포털은 트래픽 증가로 인한 광고 수익을 목적으로 하기 때문에 온라인 방문자 수를 늘려야 하고, 공공도서관은 온라인 방문자 수를 늘려야 관련 예산의 정당성을 확보할 수 있기 때문이다. 더욱이 12개 중앙일간지 연합이 모바일 기반의 '온뉴스(On-News) 유료 서비스를 오픈하면서 신문 콘텐츠의 온라인 서비스를 둘러싸고 포털, 공공도서관, 언론사의 경쟁이 더욱 격화될 것으로 보인다.

종이책의 경우 공공도서관이 디지털라이징 작업은 물론 저작권 문제까지 해결해야 할 과제가 되고 있지만, 교보문고나 인터파크, 예스24 같은 전자책 업체는 서비스의 방향과 목적이 기본적으로 영리 추구에 있기 때문에 대부분의 문제가 해결된 상태에서 서비스가 진행되고 있다. 그래서 공공도서관이 소장 출판물을 디지털화하는 것은 물론 전자책 신간을 도입하는 데 드는 시간과 비용 때문에 매우 느리게 진행되는 반면, 기업들의 디지털 도서관 사업은 신속하고 빠르게 진행되고 있다. 또 최근에는 스트리밍과 클라우드 기술이 등장함에 따라 전자책 대여, 임대 같은 서비스가 확대되고 있어 '같은 손님'을 유치하기 위해 전자책 유통사와 공공도서관의 경쟁은 불가피하다.

디지털 학술논문의 경우 공공기관과 기업의 경쟁이 매우 치열하게 진행되고 있다. 국내 시장 규모는 약 1,100억 원에 달하는데 엘스비어, 스프링거, 엡스코코리아, 한국학술정보, 누리미디어, 교보문고, 학술교육원, 학지사 등의 기업에서 제공하는 유료 온라인 서비스와 한국교육학술정보원, 한국과학기술정보연구원 등의 공공기관에서 제공하는 무료 온라인 서비스가 '같은 손님'을 두고 경쟁하고 있다. 예를 들어 누리미디어가 제공한 자료에 의하면 "2010년 유료로 서비스되는 DBPIA에서 다운로드된 논문은 1,300만 건, 무료로 서비스되는 학회마을에서 다운로드된 논문은 300만 건이고, 논문 1편당 평균 이용횟수는 DBPIA가 연간 12.4회, 학회마을은 연간 3회"에 달한다.

사이트	서비스 유형	자료량	다운로드 수	논문별 평균 이용 횟수
dbpia	유료	1,050,000 건	연간 13,000,000건	연간 12.4회
학회마을	open access	997,000 건	연간 3,000,000건	연간 3회

상식적으로 생각하면 공공기관에서 제공하는 무료 온라인 서비스가 기업에서 제공하는 서비스보다 더 유리할 것 같지만 현실은 그렇지 않다. 오히려 일찌감치 디지털 학술논문 서비스의 가치를 발견한 기업들의 노력으로 10년 전에는 국내 도서관의 국내 학술지 구독종수는 평균 70종에 불과했던 것을 10년 만에 2,500여 학회의 학술지 3,500종(254만 편)으로 확대된 것이다. 한국학술정보, 누리미디어, 교보문고, 학술교육원, 학지사 등 5개 기업의 온라인 서비스는 연간 2,500만 건 다운로드와 3억 페이지 뷰에 달할 정도로 공공기관의 온라인 서비스보다 압도적이다. 오히려 공공기관은 뒤늦게 참여하여 오픈액세스(Open Access)를 내세우며 주도권을 잡으려 하고 있지만 쉽지 않은 상황이다.

디지털 학술논문 시장규모

업체명		홈페이지 주소	발행 기관 수	수록 논문 수	비중	시장 규모
해외 기업	엘스비어	asia.elsevierhealth.com		대략 국내저작물의 10배 이상 규모		2010년 1천억 원
	스프링거					
	엡스코코리아	ebscokorea.co.kr				
국내 기업	한국학술정보	kiss.kstudy.com	1,221	1,200,000	국내학술지 발행기관 간행물의 70%	2010년 100억 원 (2009년 85억 원)
	누리미디어	dbpia.co.kr	597	1,050,000		
	교보문고	scholar.dkyobobook.co.kr	266	120,000		
	학술교육원	earticle.net	390	140,000		
	학지사	newnonmun.com	100	30,000		
공공 부문	한국교육학술정보원	riss.kr	164	320,000	국내학술지 발행기관 간행물의 21% 공공기관 서비스	무료
	과학기술학회마을 (한국과학기술정보연구원)	society.kisti.re.kr	647	997,205		

　이렇게 기업 주도의 상업적 디지털 도서관과 공공도서관 주도의 공공적 디지털 도서관은 같은 패러다임을 공유하면서도 서로 다른 목적을 향해 진화하고 있다. 형태 또한 상호 교차하면서 발전해 가고 있다. 구글의

디지털 도서관 프로젝트와 유럽연합의 유로피아나가 그렇다.

　기업 주도의 디지털 도서관은 다양한 서비스 환경과 기술을 빠르게 이끌어 갈 것이고, 공공도서관 주도의 디지털 도서관은 공공기반을 강화시켜 갈 것이다. 하지만 이들 양대 진영은 협력과 경쟁이라는 양면성을 가지고 진행될 것이다. 그것은 마치 태풍의 눈처럼 고요하나 그 외곽에 격랑으로 가득 차 있는 것과 같다.

6

공공도서관은
전자책 생태계의
한 축이다!

현재 공공도서관의 디지털 도서관 정책은 여러 가지 측면에서 많은 혼란을 내재하고 있다. 이는 아직 공공도서관 스스로 디지털 도서관에 대해 제대로 정립되어 있지 않기 때문이다. 공공도서관이 디지털 도서관 정체성을 올바르게 만들어 가기 위해 고찰해보아야 할 쟁점은 다음과 같다.

전자책은 도서인가, 비도서인가?

대부분의 도서관에서는 전자책을 '비도서'로 규정하고 있다. 도서는 철저히 종이책에 한정시켜 왔고, 전자책은 동영상 등 비도서의 하나로 간주해왔다. 이는 수백 년 동안 도서관의 패러다임을 주도한 것이 종이 책이니 당연한 결과라 할 수 있다. 하지만 '출판문화산업진흥법'제2조 4항에서 "전자출판물이란 이 법에 따라 신고한 출판사가 저작물 등의 내용을 전자 매체에 실어 이용자가 컴퓨터 등 정보처리장치를 이용하여 그 내용을 읽거나 보거나 들을 수 있게 발행한 전자책 등의 간행물을 말한다."고 도서에 해당됨을 분명히 명시하고 있다.

또 부가가치세법 시행령 제32조에서는 '도서·신문·잡지 등의 범위'에 대해 동법 시행령 제5항에서는 "법 제12조 제2항 제2호에 규정하는 도서·신문과 잡지는 〈관세법〉 별표 관세율표 제49류의 인쇄한 서적·신문·잡지 기타 정기간행물·수제문서 및 타이프 문서와 제6항에서 규정하는 전자출판물로 한다."고 명시되어 있고, 동법 시행령 제6항에서는 "제12조 제1항 제7호 및 동조 제2항에서 규정하는 도서에는 기획재정부령이 정하는 전자출판물을 포함한다."고 명시되어 있다. 그리고 부가가치세법 시행규칙 제11조에서는 전자출판물의 범위에 대해 "영 제32조 제6항에서 기획재정부령이 정하는 전자출판물이라 함은 도서 또는 영 제32조 제2항의 규정에 의한 간행물의 형태로 출간된 내용 또는 출간될 수 있는 내용이 음향이나 영상과 함께 전자적 매체에 수록되어 컴퓨터 등 전자장치를 이용하여 그 내용을 보고 듣고 읽을 수 있는 것으로써 문화체육관광부장관이 정하는 기준에 적합한 전자출판물을 말한다. 다만, 음악산업진흥에 관한 법률, 영화 및 비디오물의 진흥에 관한 법률 및 게임산업진흥에 관한 법률의 적용을 받는 것을 제외한다."고 명시하고 있다.

법적으로나 산업적으로나 전자책이 명확한 도서임에도 도서관에서 아직도 전자책을 비도서로 규정하는 것은 현실과 동떨어진 엉뚱한 정책이다. 앞으로 디지털 도서관이 도서관의 정체성을 좌우하게 될 패러다임이 명백한 이상 시급히 개선되어야 할 정책이다.

온라인 전자책은 자산인가, 비자산인가?

국내 모든 도서관은 도서, 비도서할 것 없이 유형물만 '자산 취득'에 포함하고 있다. 이러한 인식과 규정 때문에 온라인 스트리밍이나 클라우드 기반의 전자책 서비스, 웹DB 서비스는 도서관 내부 서버에 물리적으로 설치가 되지 않는 한 자산 취득에 의한 구매는 불가능하다. 이러한 관행 때문에 온라인 스트리밍 기반의 서비스와 연간 단위 라이선스 방식의 서비스 대신 다운로드 방식이나 자관 설치 방식의 서비스만 도입하는 편식증을 키우고 있다. 이는 종이책과 달리 콘텐츠가 끊임없이 실시간으로 업그레이드되는 디지털 도서관의 핵심적 가치를 스스로 부정하는 결과를 초래하고 있다. 디지털 도서관의 콘텐츠는 실시간 업그레이드를 중심으로 연간 단위 라이선스 도입이 디지털 도서관의 진화 · 발전에 가장 적합한 방식이다.

영구 보존을 위한 전자책 콘텐츠의 수집 문제

현재 종이책의 경우 국립중앙도서관 등에서 납본 대상이지만 전자책은 그렇지 않다. 2008년까지 문화체육관광부에서 청소년 유해물 심사를 위해 소설, 만화, 사진집, 화보집만을 대상으로 전자책 납본을 받았지만 폐지되었다. 대신 국립중앙도서관에서 전자책을 포함한 디지털 자료의 경우 수집과 서비스를 목적으로 선택적으로 구매하고 있다. 국립중앙도서관은 2010년 이용 및 보존가치가 높은 2만 5천여 종의 전자책을 구매한 바 있다. 종이책의 경우 의무 납본을 하고 있어 국내에서 발행된 모든 종이책을 자동으로 수집할 수 있지만 전자책은 매우 한정적으로 수집되고 있는 상황이다. 물론 수집해야 할 대상이 전자책뿐만 아니라 다양한 디지털 출판물로 확대되면 소요되는 납본 보상 관련 예산을 감당하기 어렵고, 디지털 출판물의 경우 출간 형태가 워낙 다양하고 복잡하기 때문에 의무 납본 대신 선택적 수집을 택하는 것은 현실적으로 불가피할 수도 있다. 그러나 앞으로 국립중앙도서관이나 의회도서관이 선택적으로 전자책을 수집할 경우 영구 보존을 위한 출판물 수집이라는 도서관 고유의 역할을 스스로 축소시키는 결과를 초래할 것이 분명하다. 가까운 미래에 종이책 발간 종수가 급격하게 줄어들고 대신 전자책을 포함한 디지털 출판물이 급증할 것이다. 그렇게 되면 출판물 영구 보존을 위한 국립도서관의 강력한 수집 활동이 소극적인 선택적 수집 활동으로 줄어들게 될 것이다. 따라서 현재 국립도서관에서 취하고 있는 디지털 출판물에 대한 선택적 수집은 반드시 전체 디지털 출판물의 의무 납본제도로 전환되는 것이 바람직하다.

디지털 출판물의 의무 납본제도 방향은 다음과 같은 방향에서 진행될 필요가 있다.

첫째로 디지털 출판물 납본 정책과 서비스 이용 정책은 철저하게 분리되어야 한다. 그럴 때만이 국가의 디지털 출판물에 대한 영구 보존을 위한 수집 목적에 충실하면서도 동시에 기업들의 활동에 영향을 주지 않기 때문이다. 물론 보상금을 받고 납본한 디지털 출판물이 도서관 내에서만 서비스될 경우 1회 카피당 동시 열람 수를 한 명으로 제한하는 조건, 다운로드 방식이 아니라 스트리밍이나 클라우드 기반으로 서비스한다는 조건 하에서는 가능하다. 이것을 온라인 서비스로 확대할 경우 기업들의 콘텐츠 재생산 활동에 심대한 타격을 주고, 결과적으로는 전자책 산업 자체를 붕괴시킬 위험이 뒤따른다. 납본된 디지털 출판물이 관내 서비스에서 인기가 높을 경우 전자책 유통사나 콘텐츠 저작권자와 이용에 관한 협약을 별도로 하면 무리가 없을 것이다. 서비스 이용을 위한 콘텐츠에 대해서는 국립도서관이 콘텐츠 품질, 이용률 등을 감안하여 선택적으로 구매할 수 있다.

둘째로 납본되는 디지털 출판물에 대해 특정 포맷에 한정짓지 말아야 한다. 전자책은 EPUB, PDF, XML 등의 포맷만 있는 것이 아니라 서비스 형태나 기능에 따라 HTML, EXE, APP, 플래시 등 다양한 포맷이 상존한다. 또한 기술 발전에 따라 또 다른 진화된 포맷이 나올 수도 있다. 따라서 납본되는 디지털 출판물의 포맷도 다양할 수밖에 없다. 다만 서비스 이용에 대해서는 도서관이 포맷이나 서비스 형태를 지정할 수 있다.

셋째로 납본 보상금 가격은 B2C에서 판매되는 해당 제품의 정가에 따르는 것이 가장 합리적이다.

넷째로 디지털 출판물을 제작하고 발행하는 업체가 납본의 주체가 되어야 한다. 현재 한국전자출판협회의 전자출판물인증센터에서는 '출판사 등록을 하고 전자출판물을 제작, 발행하는 업체'가 인증의 주체로 되어 있다. 납본 역시 이와 동일한 기준으로 하는 것이 바람직하다.

오픈 액세스에 대한 잘못된 이해

디지털 도서관, 전자책, 디지털 출판 개념에서 사람들이 가장 많이 오해하는 것은 오픈액세스(Open Access)다. 종이책 등 상품화된 유형물에 대해서는 저작권에 대한 대가를 지불하지만, 상품화된 온라인 콘텐츠에 대해서는 유독 오픈 액세스 잣대를 마음대로 들이대는 경우가 많다. 하지만 엄밀하게 말하면 오픈액세스라는 개념은 '다양한 분야의 학술연구자들이 학문적 연구 성과물을 자유롭게 이용하고 공유하기 위한 학술 커뮤니케이션의 새로운 패러다임'에서 도출된 것이다.

2009년 서울특별시교육청은 산하 각 학교에 "학교별 전자책 구매를 자제하고 교육청에서 구축한 디지털도서관시스템(DLS) 센터에 있는 전자책을 무료로 이용"하라는 공문을 보냈다. 서울 강남구청은 자체 비용으로 구축한 디지털 도서관을 선심 쓰듯 전국의 지자체들에게 무료로 공유하려고 했다. 이러한 잘못된 인식은 각 시도 교육청과 지자체와 공공도서관에서도 널리 퍼져 있는 게 현실이다. 공공기관 스스로 저작권법을 위배함과 동시에 국내 콘텐츠 생산기반을 무너뜨리는 데 앞장서고 있는 것이다. 또 강남구청의 경우 자신들이 구축한 디지털 도서관을 강남구민에게만 한정하지 않고 전국 123개 자치구의 학생들에게도 개방함으로써 현재 150만 명에 이르는 온라인 회원들이 이 서비스를 무료로 이용하고 있다. 경기도에서 구축한 '경기사이버도서관'도 경기도 주민뿐만 아니라 누구나 간단하게 가입할 수 있으며 언제든지 전자책을 이용할 수 있게 했다. 물론 동시 열람 수를 제한하는 등의 기술적 조치를 취하고 있지만 이용자가 인내를 가지고 기다리면 전자책 콘텐츠를 별도 구매하지 않고 얼마든지 무료로 볼 수 있는 환경이다.

공공기관 입장에서 보면 이러한 개방 정책이 정보 양극화 해소에 기여하는 것만은 분명하다. 그런데 콘텐츠 생산자 입장에서 보면 이런 오픈 정책은 치명적이다. 일부 공공도서관이 전자책을 구매한 다음 그것을 전국으로 온라인 서비스할 경우 상업용 전자책 콘텐츠 생산기반이 무너질 가능성이 높다. 따라서 콘텐츠 확보와 온라인 서비스 방식 등에 대해 기업이나 공공도서관 모두 인식 전환이 필요하다.

공공도서관이 전자책 콘텐츠 생태계 구축에 앞장서야 한다!

공공도서관이 상업용 전자책을 구매해서 온라인으로 서비스할 경우 정보 양극화 해소라는 긍정적인 측면도 있지만, 반대로 전자책 콘텐츠 생산기반을 취약하게 만드는 부정적인 측면도 동시에 존재한다. 예를 들면 사전 콘텐츠가 종이책 시장을 상실한 다음, 포털 사전 서비스 시장과 전자사전 단말기와 결합하여 한때 2,600억 원이라는 시장을 만들어 기사회생하는 듯했다. 하지만 스마트폰과 태블릿PC가 등장하면서 다시 새로운 진로를 모색해야만 하는 상황에 놓여 있다. 만일 스마트폰이나 태블릿PC에서 지속 가능한 시장이 만들어진다면 다행이지만 그렇지 못할 경우 그 누구도 막대한 비용과 시간이 투자되는 사전 콘텐츠를 생산하려 하지 않을 것이다. 최악의 경우 사전 콘텐츠는 위키백과만 남고 모두 멸종될 수도 있다. 따라서 공공도서관의 디지털 도서관 구축은 지식 정보 양극화 해소 등 공공을 위한 기능을 강화시키면서 동시에 질 좋은 콘텐츠들의 지속적인 생산을 위한 콘텐츠 생태계 구축에 많은 노력을 기울이는 것이 절대적으로 필요하다.

방법론을 말하자면 세 가지 측면에서 인식 전환과 실천이 필요하다. 첫째로 공공도서관은 공유 저작물이나 오픈 액세스 가능한 콘텐츠를 대량으로 발굴하는 데 시간과 비용을 투자하는 것이다. 예를 들면 저작권이 만료된 국내외 콘텐츠와 공공기관에서 발행된 각종 저작물을 발굴하여 일반 이용자를 대상으로 온오프라인 서비스를 대폭 확대하고, 또 다른 한편 공유 저작물과 오픈 액세스 가능한 콘텐츠를 민간 콘텐츠 업체들에 제공하여 그들이 창조적으로 가공하고 재창조할 수 있도록 지원하는 것이 바람직하다.

둘째로 디지털 도서관의 관내 서비스와 온라인 서비스를 콘텐츠 생태계를 활성화하는 관점에서 운영할 필요가 있다. 온라인 서비스의 경우 일반 기업과 차별 없이 진행되면 전자책 유통사와 콘텐츠 생산자들의 기반을 위축시키고, 결과적으로 콘텐츠 생태계를 약화시킬 수 있다. 따라서 온라인 서비스는 공유 저작물과 오픈 액세스 가능한 콘텐츠를 중심으로 하고, 상업용 콘텐츠의 경우 본문 일부 또는 메타데이터만를 제공하여 판매 페이지로 연결하여 판매 촉진에 기여하는 것이 바람직하다.

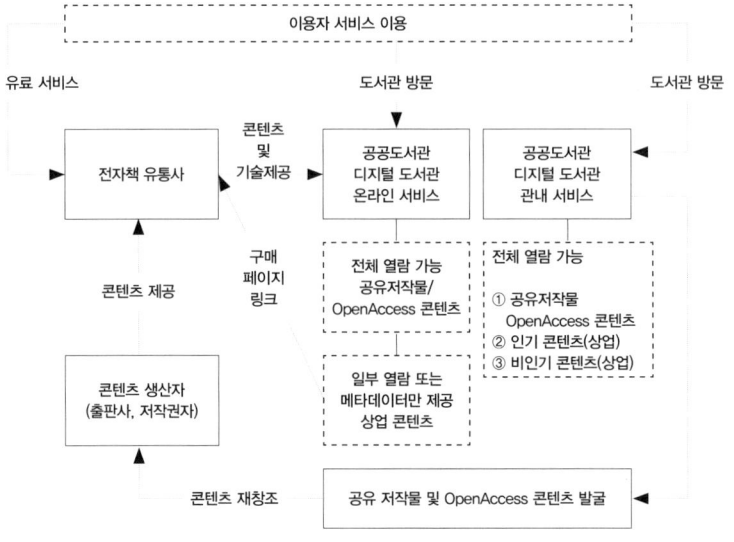

관내 서비스의 경우 도서관의 물리적 공간을 기반으로 하기 때문에 공유 저작물, 오픈 액세스 가능한 콘텐츠는 물론 상업용 콘텐츠를 자유롭게 서비스할 수 있다. 다만 유료 전자책을 구매할 경우 다음과 같은 사항이 고려되었으면 한다.

기업 주도의 디지털 도서관은 많이 판매되는 전자책, 조금 판매되는 전자책, 가치 있지만 적게 판매되는 전자책 등으로 양극화와 콘텐츠 편식증이라는 치명적인 단점을 안게 될 가능성이 높다. 반면 공공도서관 주도의 디지털 도서관은 가치가 있지만 판매량이 적은 인문, 사회과학 분야 등의 전자책을 지원함으로써 콘텐츠 다양성을 확보하여 콘텐츠 생태계를 건강하게 만들어 갈 수 있다. 이런 점이야말로 공공도서관이 놓치지 말아야 할 중요한 가치이자 역할이다.

도서관의 물리적 공간을 포기할 것인가?

앞에서 디지털 도서관의 핵심적 특징을 '시공간을 초월한 만인의 이용 환경'이라는 점을 강조했다. 따라서 온라인을 활용한 이용 환경에 주목하는 것은 당연한 일이다. 하지만 이런 의문이 든다. 도서관의 모든 지식자원이 온라인으로 서비스된다면 인터넷 포털이나 전자책 서점과 무엇이 다른가? 도서관의 역할을 인터넷포털이 대신할 수 있는 것은 아닐까? 그렇다면 종국에는 도서관이 소멸될 수도 있지 않을까? 물론 그런 일은 일어나지 않을 것이다. 이 같은 의문은 도서관이 온라인 서비스 만능주의로 치달을 때나 가능한 일일 것이다. 오히려 최근 도서관은 지역공동체 역할을 수행하는 사랑방이자 문화공간으로 적극 변화하고 있다. 다문화가정 자녀를 위한 프로그램에서부터 각종 문화체험까지 그 역할을 넓혀가고 있다. 아무리 디지털 도서관이 발전하더라도 문화공간으로서의 물리적 공간의 역할과 의미는 결코 사라지지 않는다. 오히려 더욱 강화되어야 할 역할이다.

따라서 공공도서관의 정체성이 물리적 공간에 있는 만큼 본래의 가치와 역할에 충실하면서도 동시에 디지털 독서문화를 주도할 수 있는 환경을 만드는 것이 온라인 서비스보다 더 중요하다. 다양한 첨단 단말기에 콘텐츠를 탑재한 체험 위주의 디지털 도서관 환경이 바로 그것이다. 미국의 디지털 도서관 전문 회사 오버드라이브는 소니의 e잉크 단말기에 전자책 콘텐츠를 탑재한 패키지 제품을 미국 내 5천여 개 도서관에 공급하고, 국내에서도 이러한 패키지 환경을 도입하려는 도서관이 대학도서관을 중심으로 늘어나고 있다. 이러한 흐름은 디지털 환경에서 공

공도서관이 반드시 강화시켜야 할 방향과 내용을 담고 있다는 점에서

주목할 필요가 있다.

7

공공도서관은
모바일 디바이드(Mobile Divide)를
해소할 유일한 주체다!

한국의 386세대는 마지막과 새로운 시작이라는 경계에 놓여 있는 것 같다. 하루 벌어 하루 먹고살았던 부모 세대와는 달리 고도 성장과 민주주의 사이에서 고뇌에 찬 20대를 보낸 것이나 아날로그와 디지털 사이에서 또 고민할 수밖에 없는 것도 그렇다. 이 세대에게 책은 필연적인 매체이며 서점과 도서관은 유일한 문화공간이라는 아날로그적 속성이 뿌리 깊게 배어 있다. 그래서 어릴 적부터 한 권 두 권 책을 사서 모아 두는 습성이 있다. 어떤 책이든 우리 손을 거친 책에는 밑줄이나 메모 같은 게 따라다녔고, 깊이 있게 본 책에는 깨알 같은 주석이 붙곤 했다. 그렇게 모은 장서가 거실이나 방 벽을 가득 채우면 무척 행복했다. 그런 기억과 습성 때문일까? 어쩌면 우리는 필연적으로 아이들에게 책을 강권하고 있는지도 모른다. 이미 인터넷과 디지털 문화를 빠르게 받아들이고 있는 아이들과는 달리 아날로그적 습성을 그대로 따르기를 바란다. 그런데 아이들은 이미 디지털 세계 저 멀리 가고 있다. 요즘 아이들을 보면 공통적인 특징을 쉽게 발견하곤 한다. 어떤 디지털 기기든 복잡한 매뉴얼도 보지 않고 1~2분이면 손쉽게 터득한다는 점이고, 또 종이책을 소장하려고 하지 않는다는 점이다. 아이들은 대신 인터넷을 통해 정보를 빠르게 찾아낼 뿐만 아니라 웹서핑 분량도 성인들이 혀를 내두를 정도다. 이런 상황에서 아이들에게 "손에 쥐었을 때 느껴지는 뿌듯함, 책장을 넘기면서 다가오는 까끌까끌하거나 부드러운 감촉, 글 자체가 눈에 주는 다양한 자극" 같은 아날로그 책의 장점을 백 번 천 번 되뇌어 본들 과연 먹혀들지 의문이다.

사실 종이책이라는 테크놀로지는 책의 역사에서 짧은 한 부분에 불과하다. 채륜이 종이를 발명하기 전까지는 점토판, 대나무, 파피루스, 양피지 같은 기록매체에 정보를 담았고, 오늘날에는 컴퓨터를 비롯하여 스마트폰, 태블릿PC 같은 매체에 정보를 담고 있다. 책이란 시대에 맞는 기술 진보에 따라 담는 장치가 달라짐을 알 수 있다.

문화체육관광부가 최근 발표한 〈2010년 국민 독서실태 조사〉에 따르면 "전자책 이용률은 성인 11.2%, 초중고 학생 43.5%로 나타나 학생층을 중심으로 대폭 상승했고 전년도에 비해 성인은 두 배, 학생은 세 배 정도씩 증가했다. 휴대전화에서의 전자책 이용률이 성인 14.3%, 학생 25.5% 등으로 나타나는 등 휴대용 기기를 이용한 전자책 이용이 젊은 세대에서 빠르게 확산되고 있어 종이책 위주의 독서 방식에도 변화가 일어나고 있다."고 밝혔다. 디지털 기기에 대한 기본 정서와 책과 정보의 습득 과정에 대한 요즘 세대의 정서가 우리 세대와 근본적으로 달라지고 있음을 알 수 있는 대목이다.

상황이 이런데도 아날로그적 독서를 강권하는 것은 설득력이 없다. 분명 우리 아이들에겐 디지털이 대세가 되고 있다. 2011년 말까지 스마트폰이 2,500 대, 태블릿PC가 200만 대 이상 보급될 것으로 보인다. 아이들은 이런 환경에서 자신들에게 맞는 독서 활동을 해나갈 것이 분명하다.

종이책에 비해 전자책의 장점은 설명이 필요 없을 정도로 많다. 국내 종이책에 소비되는 연간 2백만 톤의 종이를 생각하면 당연히 전자책으로 한 걸음 나아가는 것이 옳다. 또한 손 안에 수천 권의 책을 넣어 가지고 다닐 수 있어 개개인의 지식정보 축적과 활용에 혁명적인 변화가 온다는 것도 빼 놓을 수 없는 장점이다. 그런데 과연 이러한 환경이 장점만 가지고 있는 것일까? 그렇지 않다. 크게는 두 가지 문제가 대두될 것이 분명하다. 하나는 첨단 디지털 단말기가 무조건 디지털 독서를 강제하지 않는다는 점이다. 첨단 단말기에는 게임, DMB TV 등 흥미 위주의 오락성이 넘쳐나는 콘텐츠로 가득 차 있다. 온라인 게임이 청소년들에게 긍정적인 영향보다 부정적인 영향이 더 크다는 것을 우리는 이미 많이 봐 왔다. 따라서 첨단 단말기를 이용한 디지털 독서를 이끌어 낼 수 있는 다양한 방법론이 개발될 필요가 있다. 예를 들어 문화체육관광부, 교육과학기술부, 방송통신위원회와 국립중앙도서관, 국립어린이청소년도서관이 협력하여 모바일을 이용한 아침 독서, 모바일 기반의 독후감 및 백

일장 대회, 모바일을 이용한 청소년 권장도서 읽기 등을 제도화하는 것도 좋은 방법이다. 또 다른 하나는 첨단 단말기의 경우 아직 고가인 경우가 많다. 그래서 다문화 가정의 자녀들이나 소외계층 아이들에게 'PC와 인터넷 기반의 정보격차(Digital Divide)'보다 더 심각한 '모바일 시대의 정보격차(Mobile Divide)'가 일어날 가능성이 높다. 그래서 공공도서관을 중심으로 다문화가정과 소외계층을 위한 '첨단 단말기 열람실'을 구비하고, 다양한 콘텐츠를 제공하여 이들이 언제 어디서나 첨단 단말기와 콘텐츠를 열람할 수 있는 기회를 제공할 필요가 있다.

아날로그와 디지털 경계에서 과거와 현재와 미래를 매끄럽게 이어주고, 과거의 올바른 가치가 미래의 새로운 가치의 자양분이 되게 하는 것! 공공도서관이 책임지고 이끌어 나갈 시대적 책무이자 과제다.

북스토어

Bookstore

Bookstore

책의 미래

1

보더스그룹 몰락은
서점 붕괴의
전주곡

■

■

■

■

■

2011년 7월 미국내 규모 2위의 서점인 보더스그룹이 파산하자
전 세계 사람들은 충격과 안타까움에 사로잡혔다. 40년 역사를 간직한
보더스그룹의 파산으로 400개에 이르는 서점이 사라지고, 1만 7천여 명
의 직원들은 회사를 떠나야만 했다. 정리되는 것은 그것만이 아니다.
400개에 이르는 책 매장이 사라지면서 종이책을 기반으로 움직이던 생
태계가 함께 몰락할 위기에 처했다. 작가, 편집자, 편집 디자이너, 삽화
작가, 출판사, 운송 회사, 제지업체, 인쇄소 등 그물망처럼 연결되어 있
던 모든 직종과 사람들이 타격을 받을 수밖에 없다. 그뿐만 아니라 40년
간 보더스 서점을 찾았던 숱한 고객들의 문화적 체험까지 이제 과거의
향수로 남을 수밖에 없다.

이미 전자책이 종이책 판매를 압도해 나가고 있는 미국에서 보더스그룹의 파산은 전 세계 종이책 서점의 몰락을 경고하는 예고편에 불과하다. 〈2010년 한국출판연감〉에 따르면 국내의 경우에도 10년 전 3천여 개에 이르던 서점이 지금은 반토막이 나버렸다.

연도	2000	2001	2002	2003	2004	2005	2006	2007	2008	2009
서점 수	3,459	2,646	2,328	3,589	2,205	2,103	2,065	2,042	1,916	1,825

인터넷 서점이 종이책 시장의 30% 이상을 점유하고, 대형 서점이 전국으로 확산되면서 동네 서점이 빠르게 없어지고 있다. 지금은 동네 서점이 소멸되는 단계지만, 미국처럼 전자책이 종이책을 대체해 나가게 되면 미국 보더스그룹의 파산처럼 인터넷 서점이나 대형 서점의 급속한 퇴조를 막을 길이 없을 것이다.

이에 대해 의외로 많은 사람들은 "종이책이 그렇게 쉽사리 없어지겠어?" 하면서 가까운 미래를 부정하고 싶어 한다. 나 역시 그런 의견을 존중한다. 하지만 보더스그룹의 파산은 둘째치더라도 국내 서점의 현황을 자세히 살펴보면 종이책 기반의 서점 몰락이 의외로 빠르게 오고 있다는 것을 알 수 있다.

먼저 지역 서점부터 살펴보자. 나름대로 독서율이 높다는 신도시 중 고양시, 광명시, 과천시 서점 현황을 살펴보면 고양시에 42개, 광명시에 10개, 과천시에 4개의 지역 서점이 존재한다. 이중 100평 이상 되는 서점은 고양시 12개, 광명시 2개, 과천시 1개에 불과하다. 그중 서점이 가장 많은 고양시를 세밀하게 확대해 보자. 백석동에서 대화역까지 일산

중앙로를 끼고 양쪽에는 한양문고, 정글북, 태영문고, 지산문고, 백마문고, 일산문고, 기네스북 등 100평 이상의 서점이 있다. 그런데 이들 대부분의 서점 매출이 유아용 그림책이나 초중고 학생들의 참고서에 기반하고 있다. 그나마도 최근 일산문고는 팬시문구점으로 대체되는 등 일정 규모의 서점조차 하나둘씩 사라지거나 외곽으로 밀려나고 있다.

그런데 앞으로 지역 서점이 급격하게 몰락할 가능성을 보여주는 조짐이 곳곳에서 감지되고 있다. 우선 디지털 교과서가 보급될 경우 자연스럽게 참고서도 뒤따라 갈 것이다. 이미 아이패드 등장 이후 유아용 앱북이 빠르게 확산되고 있고, 전자사전 앱(APP)이 널리 퍼지자 e러닝 교재나 참고서도 태블릿PC로 빠르게 이동하고 있다. 더욱이 지금의 10대들은 종이책보다 스마트폰이나 태블릿PC 같은 단말기에 더 친숙하다.

다음으로 종이책 시장의 30%를 장악하고 있는 인터넷 서점과 각 지역별 대형 서점은 보더스 서점의 몰락과 궤를 같이하고 있다. 물론 종이책과 서점의 몰락을 아쉬워하는 세대는 종이책과 서점에 대한 문화적 향수와 기억을 가지고 있는 40대 이후의 사람들이다. 그런데 이들 역시 지역 서점이 아니라 대부분 인터넷 서점에서 책을 사 본다. 그런데 이들 역시 전자책 대중화가 진행될 경우 전자책 구매로 돌아설 가능성이 높은 사람들이다. 30~40대 학부모들은 자녀의 문화적 스타일과 구매 패턴을 따라갈 수밖에 없기 때문이다.

이런 상황에서 종이책을 기반으로 하는 서점의 미래가 밝아 보일 리 없다. 모든 조짐에서 이미 종이책 기반의 서점의 미래는 굳이 예측하지 않더라도 암울하다. 물론 지역 서점이 완전히 사라지는 것은 나 역시 반대한다. 도서관과 마찬가지로 지역 서점이 동네 사람들에게 제공하는 물리적 공간에서 나오는 문화적 체험을 중요하게 생각하기 때문이다. 어떻게든 지역 서점의 물리적 공간의 유의미성은 간직되었으면 하는 바람이 있다. 하지만 보더스그룹의 파산을 보면서 그 바람은 종이책을 사랑하고 문화적 향수를 간직한 사람들의 희망일 뿐이라는 생각이 든다.

2

지금 우리에게
어떤 일이 일어나고
있는 것일까?

■

■

■

■

■

지구상에서 공룡이 멸종하게 된 것은 큰 몸집에 비해 두뇌가 너무 작아 현실에 안주하고 환경 변화에 적응하지 못했기 때문이라는 학설이 있다. 공룡처럼 환경 변화에 적응하지 못해 몰락한 사례들은 현대 사회에도 많다.

인터넷이 국내에 도입되기 전 1994년부터 시작된 천리안, 하이텔, 유니텔, 나우누리 같은 PC통신 서비스가 있었다. 이들 4대 통신망은 과독점 체제 내에서 짧은 시간에 연간 1천억 원대 이상의 매출을 올렸다. 그러나 인터넷이라는 새로운 환경에 맞는 혁신적인 서비스 도입 대신 현실에 안주함으로써 다음이나 네이버 같은 새로운 포털 사업들에게 패권을 넘겨주고 말았다.

한때 천문학적인 돈을 벌어들이며 음반계를 쥐락펴락 했던 업체들이 있었다. 음반제작사와 유통사들이었다. 하지만 이들은 디지털과 인터넷이라는 시대의 흐름에 적극적으로 대처하고 준비하기보다는 네티즌을 집단 고소하고 정부를 압박하는 방식으로 현실에 안주한 결과 이동통신사와 기획사에 시장을 내주고 말았다.

지난 10년 동안 국내 시장을 석권하고 있었던 이동통신사와 단말기 업체들이 최근 조바심을 낼 정도로 바빠지고 있다. 예전엔 일본조차 부러워하던 IT강국 한국이 10년 만에 모바일 후진국으로 전락했기 때문이다. 이동통신 3사는 정보통신부의 지원 아래 음성통신 요금은 물론 데이터 요금으로 막대한 이익을 챙겨왔다. 자신의 이익을 항구적으로 지키기 위해 '위피 플랫폼'으로 글로벌 시장과 단절을 꾀했고, 아이폰 같은 스마트폰 도입을 적극적으로 막아왔다. 하지만 결국 아이폰이 국내에 들어오면서 이동통신 3사의 폐쇄정책은 무너질 수밖에 없었다.

2010년 7월 8일 파주출판도시에서 열린 '전자책 세미나'에서 김성룡 교보문고 대표는 '시대와 소통하는 출판인의 길, 전자책 시장 대응을 위한 제언'이라는 발표에서 "신간 발행부수 증가율이 2008년에 19.6% 감소했다"고 말했다. 종이책 신간 발행부수가 이렇게 급격하게 감소하는 이유는 월평균 가계수지 중 서적 구입액(최근 5년 사이 8.4% 감소)이나 성인 1인당 연간 평균 종이책 독서 시간(10.8% 감소) 지표를 보면 최근 종이책 시장의 불황이 얼마나 깊어지고 있는가를 단적으로 알 수 있다.

서점이나 출판사들이 느끼는 체감도 체감이지만 대형 유통사가 직접 나서서 종이책의 감소를 직접 언급한 것은 매우 이례적인 일이다. 그럼에도 교보문고는 출판사와 서점의 현황을 사실적이고 구체적으로 보여주기 위해 과감하게 이를 발표한 것으로 보인다.

지금 우리에게 어떤 일이 일어나고 있는 것일까?

한때 종이책은 인류의 지식문화를 이끌어 왔던 대표적인 매체였다. 하지만 지난 100년 동안 라디오, 영화, 텔레비전, 인터넷이 종이책을 밀어내고 그 자리를 대체하고 있는 중이다. 최근 10년 동안의 변화를 보면 그 변화는 더욱 가파르다.

지난 10년 동안 종이책 시장은 4조 원에서 2조 원으로 급격한 감소를 보인 반면 영화, 텔레비전, 인터넷 기반의 시장은 해마다 크게 성장하고 있다. 더욱이 대부분의 매체가 디지털로 전환되면서 매체 간 융합이 가속화되고 디지털 매체들은 새로운 고도성장을 준비하고 있다.

주변을 둘러보자. 무선 전화가 유선 전화를 순식간에 밀어냈다. 휴대전화를 사용하지 않는 사람이 없다. 그런데 이제는 휴대전화가 아이폰 등 스마트폰에 밀려나고 있다. 40인치 이상의 대형 디지털TV가 안방을 차지하고 있다. 이러한 디지털 기기들이 인터넷과 결합하면서 스마트폰, 태블릿PC, 스마트TV 같은 새로운 매체를 탄생시키고 있다. 이러한 디지털 매체는 책을 비롯하여 영상, 음악, 신문, 잡지 등 현존하는 모든 콘텐츠를 블랙홀처럼 빨아들이고 있다. 이러한 상황에서 보더스그룹이 그랬던 것처럼 변화에 둔감하고 진화를 위한 혁신적 노력이 없는 집단은 '디지털 시대의 갈라파고스 섬'에 갇힐 가능성이 높다.

2010년 5월 12일 서울 코엑스 3층에서 미국, 영국, 독일, 일본의 서적 유통 전문가들이 가진 간담회에서 영국의 마틴 다니엘 밸류 체인 인터내셔널 대표는 "서점도 디지털 유통체계의 일부임을 증명해서 디지털 유통에서 소외되지 않도록 해야 한다. 그만큼 서점은 디지털 상품과 통합하는 능력이 필요하다."고 말했고, 미국의 마이클 케언스 퍼블리싱 앤 미디어 스트리지 컨설팅 대표는 "독립 서점이 공동으로 온라인 서점을 운영하는 방법을 실패한 전략이라고 부르는 것은 아직은 옳지 않다. 미국의 어떤 서점은 커뮤니티를 발전시켜 성공했다."고 말했다.

두 사람 모두 서점이 디지털 환경에서 어떻게 대응해야 하는지 나름 올바른 방향을 제시했다고 본다. 하지만 차이가 있다. 전자의 경우엔 서점의 물리적 공간에서의 디지털 유통을 강조한 반면, 후자의 경우엔 온라인에서의 디지털 유통을 강조했다.

만일 10년 전에 출판계 혹은 서점계가 공동으로 온라인 유통채널을 출범시켰다면 지금의 인터넷 서점 판도는 많이 달라졌을 것이다. 또한 서점 역시 전자책 사업을 주도하는 사업자가 될 수도 있었다. 하지만 지금은 이미 늦었다. 인터넷 서점이든 전자책 사업이든 지금은 새로운 강자들이 수없이 탄생되고 있다. 이런 상황에서 서점 업계가 연합하더라도 그 틈에서 승리할 가능성은 희박하다. 10년 전에 시작했다면 혁신을 주도하는 흐름이 되었겠지만 지금은 후발업체 중 하나에 불과하기 때문이다.

그렇기 때문에 나는 온라인보다 서점의 정체성에 주목할 필요가 있다고 생각한다. 서점의 정체성에 기반한 현실적인 첫걸음이 성공 가능성을 더 높일 수 있기 때문이다. 아무리 인터넷이 발전하고 디지털이 고도로 발전한다 하더라도 사람이란 오프라인 공간에서 호흡하고 살아가는 존재다. 밥을 먹어야 하고, 걸어 다녀야 하고, 사람을 만나 대화도 해야 한다.

디지털 제품 역시 만지고, 보고, 듣는 물리적 접촉을 통해야 그 실체가 확인될 수 있다. 전자책도 마찬가지다. 책이라는 콘텐츠가 종이책에 담겨 세상에 전파되듯이, 전자책 역시 스마트폰이나 태블릿PC 같은 단말기를 통해 전파될 수밖에 없다. 따라서 서점의 유일무이한 정체성은 오프라인 공간이라는 점이다. 그곳에서 사람과 사람이 만나고, 사람과 단말기가 물리적으로 만난다. 이것이 바로 서점업계가 놓치지 말아야 할 핵심 가치다. 모든 사업이 온라인으로 고도화되고 있지만, 그것은 오프라인과 연계될 때 더욱 강력해지는 법이다. 따라서 서점이 온라인에서 주도하지 못한다고 해서 조급해 할 필요는 없다. 서점이 가진 물리적 공간, 문화적 공간을 기반으로 한 디지털 혁신을 단행할 필요가 있다. 그래서 나는 "서점은 디지털 상품과 통합하는 능력이 필요"하다고 말한 영국의 마틴 다니엘 밸류 체인 인터내셔널 대표의 말에 동의한다.

디지털이
만들어 내는
폭발적인 시장

앞으로 세상의 모든 디지털 콘텐츠는 e잉크 전자책 단말기, 스마트폰, 태블릿PC, 스마트TV와 같은 단말기를 통해 보게 될 것이다. 책, 신문, 잡지, 교과서, 참고서, 영화, 드라마, 교육강좌 등의 콘텐츠가 각종 단말기와 융합되고 있다. 그 융합이 만들어 내는 시장규모는 종이책에선 상상할 수 없이 크고 넓다. 서점이 '디지털 상품과 통합하는 능력'을 보유하기 위한 첫걸음으로 첨단 단말기를 주목해야 할 이유이기도 하다.

휴대전화가 보급되면서 휴대전화 대리점이 생기고, 디지털TV가 보급되면서 하이마트 같은 대형 매장이 전문화되고 있듯이, 책, 사전, 신문, 잡지, 교재, 교과서, 참고서 같은 디지털 콘텐츠가 각종 단말기와 융합되면서 새로운 형태의 다양한 유통 방식이 탄생할 가능성이 높아지고 있다.

　사전 콘텐츠의 경우 전자사전 단말기와 결합되면서 연간 2,600억 원의 시장을 만들어 내기도 했고, 영어 콘텐츠가 PMP 단말기와 결합되면서 제품 한 종이 순식간에 1,300억 원의 시장을 만들어 내기도 했다. 하지만 이러한 사례는 빙산의 일각에 불과하다. 앞으로 어떤 콘텐츠가 어떤 단말기와 결합되어 어떤 폭발적인 시장규모를 만들어 낼 지 예측하기 쉽지 않기 때문이다. 그래서 서점이 주목해야 할 지점은 전자책 등의 디지털 콘텐츠와 각종 단말기가 융합되면서 만들어 내는 디지털 제품의 폭발력이다. 그래서 그 폭발력을 미리 예측하여 서점이라는 오프라인 매장에서 판매하는 '디지털 상품 통합 능력'이 필요하다. 그 시작은 첨단 단말기를 이해하고 그 단말기가 콘텐츠와 어떻게 융합해 나가는지 그리고 소비자들이 그 흐름에 어떻게 동참하고 있는지 그 현상과 흐름을 이해하려고 노력하는 것에서 출발한다.

　2010년에 중학교에 다니는 아이에게 전자사전을 사주려다가 고심 끝에 아이폰을 사주었다. 전자사전 대신 아이폰으로 결정한 이유는 두 가지였다.

　하나는 전자사전의 경우 한 번 사면 나중에 업그레이드된 제품을 다시 사야 하거나 다른 제품을 선택해야 하는 경우가 발생할 가능성이 높다. 반면 아이폰을 구입하면 《프라임 영한사전》 등 필요에 따라 원하는 사전을 마음껏 추가로 구매할 수 있기 때문이었다. 사전 콘텐츠는 종류에 따라 1달러에서부터 20달러에 이르기까지 가격도 다양하다. 또 다른 하나는 어차피 모바일 시장 환경이 글로벌화되고 있기 때문에 일찌감치 모바일 글로벌 환경을 경험하는 것도 나쁘지 않다고 판단했기 때문이다.

불과 2~3년 전만 해도 종이사전이 500억 원 이하로 매출이 감소하자 많은 출판사들이 종이사전 출간을 속속 포기했다. 반면 전자사전은 입학, 졸업 시즌 판매를 중심으로 순식간에 2,600억 원의 시장을 형성했다. 그런데 다시 스마트폰이 등장하자, 사전 콘텐츠는 전자사전 단말기라는 틀에 얽매이지 않고 스마트폰이나 태블릿PC 같은 모바일 단말기에 자리를 잡고 있다.

이처럼 디지털 콘텐츠는 전자사전 단말기든, 스마트폰이든 가리지 않고 새로운 수요가 발생하는 곳을 찾아 끊임없이 시장을 확장하는 힘을 가지고 있다. 과거에는 PC나 노트북에 의존했지만 지금은 e잉크 단말기, PMP, 전자사전, 스마트폰, 태블릿PC 등 다양한 모바일 단말기와 융합하여 새로운 시장을 만들어 내고 있다.

사전 콘텐츠가 다양한 단말기와 융합되면서 새로운 시장을 창출하고 있는 상황을 본질적으로 이해하려면 책이라는 미디어의 특성을 이해할 필요가 있다. 책은 인류 역사상 가장 먼저 등장한 미디어다. 그리고 가장 오랫동안 영향력을 행사한 미디어다. 그리고 앞으로도 영원히 소멸되지 않을 미디어다. 하지만 21세기에 책은 종이라는 물리적 형태에서 벗어나 다양하고 새로운 미디어와 결합함으로써 끊임없이 새로운 가치를 만들어 내는 융합산업의 중심에 서고 있는 미디어가 되고 있다.

디지털 영역에서 책은 새롭게 융합되고 진화하고 있다. 종이책이 그림과 텍스트만으로 구성된 데 반해, 전자책은 특성상 그림과 텍스트는 물론 사운드와 동영상 등 디지털 콘텐츠의 모든 요소를 융합하는 특성

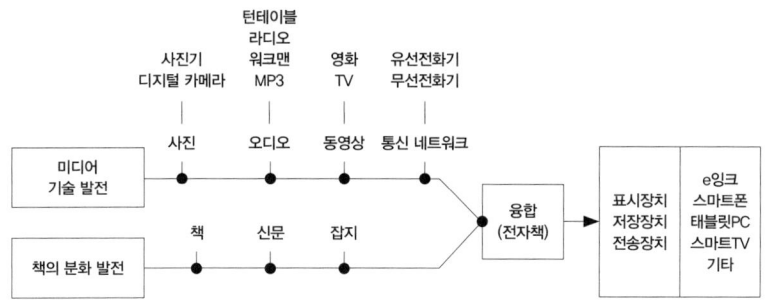

을 가질 수밖에 없다. 뿐만 아니라 유무선 통신 네트워크, 단말기, 소프
트웨어 등 IT기술이 접목되면서 그 융합의 폭은 훨씬 넓고 깊어지고 있
다. 예를 들어 네이버가 포털 1위가 된 이야기에는 디지털 융합이 만들
어 낸 파괴력이 숨어 있다.

지금으로부터 10년 전 국내에서는 검색을 둘러싼 포털들의 트래픽 전
쟁이 한창이었다. 당시 두산동아에서는 디지털 시대를 대비하기 위해
《두산세계대백과사전》을 CD롬으로 출시했다. 그런데 막대한 투자비용
을 들인 제품이 일주일 만에 불법 복제되는 바람에 큰 어려움에 직면했
다. 두산동아는 고심 끝에 《두산세계대백과사전》을 네이버에 5년간 독
점 공급하기로 결정했다. 그 결과 두산동아는 네이버로부터 투자비용을
회수 할 수 있었고, 네이버는 그 사전을 검색엔진에 탑재함으로써 트래
픽 전쟁에서 월등한 위치를 점하게 되었다. 네이버 검색엔진에 《두산세
계대백과사전》이 탑재되자 숙제를 하기 위해 전국의 초등학생들이 몰
려들었기 때문이다. 초등학생이 움직이자 교사, 학부모도 같이 움직였
다. 시간이 지날수록 메일 서비스에 기반하여 우월한 위치에 있던 다음

을 제치고 네이버가 포털 1위 업체로 급부상할 수 있었다.

뉴스, 쇼핑, 블로그, 카페, 지식인 등 다양한 콘텐츠 서비스로 확장하는 등 포털업체 경쟁이 지금도 계속되고 있지만 《두산세계대백과사전》을 검색엔진에 탑재한 일은 현재 네이버의 위상을 결정짓는 중요한 융합 비즈니스였다.

융합의 또 다른 사례로 영어 콘텐츠 하나로 1천억 원의 시장을 만든 '깜박이'가 있다. 영어단어, 숙어, 토익토플, 영어회화 등의 콘텐츠를 빠르게 암기할 수 있는 단말기인데, 현재까지 30만 대 이상 판매된 제품이다. 이 제품의 원리는 아주 간단하다. 영화 자막처럼 일정 간격으로 흘러가는 단어를 강제로 외우게 하는 방식이다. 수능에 자주 나오는 단어 4천여 개를 단말기 시스템에 내장하여 단계별로 학습하는 것이다. 이 제품이 1천억 원 이상의 시장을 만들어 냈고, 지금은 이와 유사하거나 새롭게 혁신된 제품이 대거 쏟아져 나오고 있다. 이미지 방식으로 학습을 하는 제품도 있고, 4개국어를 양방향으로 통역해주는 단말기까지 나오고 있다.

더욱이 이러한 제품은 아이폰도 아니고 태블릿PC도 아니다. 지금은 시장에서 퇴조되고 있는 PMP 단말기다. 이렇게 콘텐츠 하나가 퇴조되고 있는 단말기와 결합되어 새로운 시장을 만들어 냈다는 것에 주목할 필요가 있다.

4

서점의
물리적 공간과
디지털의 만남

앞에서 디지털 콘텐츠가 검색엔진 또는 단말기와 융합되면서 만들어 냈던 대표적인 시장 폭발력을 살펴보았다. 이러한 사례들은 기존에는 전혀 없었던 새로운 유형의 비즈니스다. 남들이 생각하지 못한 혁신적 사례이기도 하다. 그런데 더 중요한 것은 앞으로 모바일 기기와 책이라는 콘텐츠가 융합되면서 위와 같은 혁신 사례는 무궁무진하게 탄생된다는 것이다.

이러한 이야기들이 과연 동네 서점과 어떤 관계가 있을까? 또 홈쇼핑이나 온라인 마켓이나 유통망이 고도로 발전된 상황에서 이러한 이야기들은 과연 어떤 의미를 가지고 있는 것일까?

나는 앞에서 책의 테크놀로지 혁신과 융합에 관한 이야기를 했는데,

책이 가지고 있는 문화적 요소에 대해서는 언급하지 못했다. 또한 물리적 공간이라는 서점의 특성과 결부된 이야기를 하지 못했다. 다만 내가 고심하면서 중학생 자녀에게 아이폰을 사준 곳은 인터넷도 아니고 길거리도 아니고 휴대전화 매장이었다는 사실이다. 전자사전을 사줘야겠다고 마음을 먹었는데, 우연찮게 휴대전화 매장에 갔다가 전자사전 대신 아이폰을 사주었다. 이것이 물리적 공간이 가진 특징이며 현장성이 가진 장점이 아닐까?

고양시 일산 주엽동에는 4개의 서점이 있다. 정글북, 한양문고, 태영문고, 기네스북 등이 있는데 모두 1백 평이 넘는다. 신도시나 아파트 밀집 지역의 경우 지역 서점은 매장이 큰 경우가 많다. 물론 서울에 있는 대형 매장과는 규모가 다르지만 지역에서는 큰 편이라 할 수 있다.

일산에서 오래 살다 보니 4개의 매장을 자주 찾는 편이다. 그래서 10년 넘게 다니면서 그 매장들의 변화를 꾸준하게 관찰할 수 있었다. 주엽동의 서점들은 주로 문구화방, 슈퍼마켓, 음식점, 꽃가게 등과 함께 어우러져 있다. 오늘날 서점은 원하든 원하지 않든 복합매장의 성격으로 변모해 가고 있다. 그러다 보니 자연스럽게 사람들의 왕래가 잦은 편이다.

일산 지역의 서점을 찾는 주 독자들은 학부모와 학생들이다. 기존 태영문고 자리에 입성한 한양문고는 매장 곳곳에 원탁 테이블을 설치해 고객들이 편히 앉아 책을 읽을 수 있도록 했다. 오다가다 살펴보지만 항상 많은 사람들이 원탁 테이블에 앉아 책을 읽고 있다. 또한 서점 한쪽에 마련된 쉼터가 학부모들의 커뮤니티 공간으로 활용되고 있는 모습도 눈에 띈다.

이렇게 지역 서점은 학부모와 학생들을 기반으로 복합매장과 커뮤니티 및 문화공간으로 자리매김하고 있는 것으로 보인다. 오프라인 서점의 장점을 살려 발전시켜 나갈 수 있는 요소라고 판단된다. 그런데 이러한 매장에서 디지털 관련 제품은 눈을 씻고 봐도 찾을 수가 없다. 교보문고 광화문점에 최근 오픈한 e-Book과 POD 서비스가 거의 유일한 듯싶다. 대부분의 지역 서점에서는 이러한 변화를 읽을 수가 없다. 앞으로 태블릿PC나 스마트TV 같은 첨단기기가 광범위하게 보급되고, 학교에서 전자교과서가 보급되어 활용될 경우 그에 따른 참고서나 교양도서 역시 전자책으로 이동할 것이다. 그럴 경우 학부모와 학생을 기반으로 하던 지역 서점은 또 한 차례 타격을 받을 가능성이 높아진다.

실제로 2010년 미국에서는 지역 서점의 미래를 예측할 수 있는 사건이 발생했다. 비디오 대여 전문업체로 한때 막강한 매출을 올렸던 블록버스터가 미 재무부에 파산신청을 했다. 이 기업이 파산신청을 하게 된 원인은 넷프릭스(Netflix) 등 실시간 스트리밍 콘텐츠를 서비스하는 업체들의 등장과 성장 때문이었다. 앞으로 구글, 애플 등 스마트폰, 태블릿PC, 스마트TV에서 실시간 스트리밍 서비스가 대형화될 경우 블록버스터와 같이 오프라인 매장 기반의 업체들은 줄도산하게 될 가능성이 더욱 높아지고 있다.

그렇다면 책은 예외일까? 최근 미국 고등학교와 대학교에선 종이책 대신 전자책으로 수업하는 경우가 발생하고 있다. 킨들이나 아이패드가 등장하면서 가능해진 일이다. 한국에서도 서울여대가 전교생과 직원들에게 아이폰을 일괄 보급하여 모바일 캠퍼스로 변화를 꾀하고 있고, 청

강문화산업대는 신입생 전원에게 아이패드를 지급하여 전자책 강의를 시작할 계획이라고 밝혔다. 현재까지는 일부 학교에 국한된 얘기지만 1~2년 내에 스마트폰과 태블릿PC가 광범위하게 보급되면 사정이 달라질 것으로 보인다. 초중고, 대학 등에서 전자책으로 수업하는 광경을 쉽게 목격할 수 있을 것이다. 이런 상황이 된다면 참고서 시장도 순식간에 첨단 단말기 중심으로 재편될 것이 분명하다. 이미 이런 단초를 발견할 수 있는 사례는 점점 늘어나고 있다.

전자사전이 종이사전을 밀어낸 것은 10년이 채 되지 않았다. 종이사전이 연간 500억 원 이하인 반면에 전자사전은 연간 2,600억 원의 시장을 형성하고 있다. 또한 최근 아이패드 기반의 교육용 어플리케이션이 쏟아져 나오고 있다. 미국에서 개발되어 판매되고 있는 《Toy Story Book》이나 《이상한 나라의 앨리스》는 종이책에서 구현할 수 없는 알찬 콘텐츠로 가득 차 있다. 《Toy Story Book》은 애니메이션 '토이스토리' 콘텐츠를 기반으로 전자책, 게임, 음악 등 멀티미디어 요소를 가미한 제품으로 멀티미디어 전자책의 전형을 잘 보여주고 있다. 《이상한 나라의 앨리스》는 동화 원작에 페이지마다 지구의 중력에 대한 과학 원리를 자연스럽게 배울 수 있는 기법으로 제작된 교육용 어플리케이션이다. 《이상한 나라의 앨리스》와 함께 국내에서도 중력의 원리를 배울 수 있는 어플리케이션이 등장했다. 웅진씽크빅에서 제작한 《Everything Falls Down》은 과학동화를 기반으로 만든 교육용 어플리케이션이다. 원작 동화를 바탕으로 매우 잘 만든 멀티미디어 전자책이라고 판단된다.

이러한 아이패드용 어플리케이션 사례는 빙산의 일각에 불과할 것이다. 과학, 미술, 음악은 물론 영어, 수학, 국어 등 거의 모든 영역의 교과서와 참고서가 다양한 멀티미디어 전자책으로 제작되고 보급되고 판매될 날이 머지않았다. 이러한 현상이 일반화될 때 학부모와 학생 기반으로 유지되던 지역 서점은 미국 블록버스터나 보더스그룹과 같은 심각한 상황에 처할 수밖에 없을 것이다.

따라서 지역 서점이 문화공간으로서의 의미성도 강화하면서도 동시에 매출에 대한 비전을 마련하기 위해선 반드시 매장 일부를 디지털로 재구성하는 준비가 필요하다. 미국 반스앤노블의 경우 매장 일부를 디지털 매장으로 적극적으로 변화시키고 있고, 교보문고의 경우 디지털 매장을 강화하고 있어 지역 서점에서도 이에 대한 주의 깊은 관찰을 통해 벤치마킹하는 것이 필요하다. 특히 디지털 매장의 핵심은 단말기와 콘텐츠 전반을 아우르는 전략이 되어야 할 것이다.

5

지역 서점을
새로운 디지털
유통 거점으로

2010년 부산에 있는 문우당서점이 폐업했다. 인터넷 서점과 지역
으로까지 진출하고 있는 초대형 서점과의 힘겨운 경쟁에서 더 이상 버
틸 수 없어 내린 결론이라고 한다. 50년 역사를 자랑하던 부산 지역의
대표적인 서점도 시장경쟁에서 밀려날 수밖에 없는 상황이 안타깝기만
했다. 50년 동안 문우당서점을 기점으로 다양한 문화적 기억을 간직하
고 있는 부산 시민들은 그 안타까움이 더 클 것이다. 하지만 무한 경쟁을
기본으로 하는 자본주의 사회에서 대형 할인점에 밀려난 재래시장이 그
렇고, 동네마다 들어서고 있는 기업형 슈퍼마켓(SSM)이 동네 소매시장에
타격을 주고 있는 상황에서 서점도 예외일 수는 없다. 재래시장이나 지
역 서점은 후대에 물려주어야 할 문화적 특성과 가치를 지니고 있지만,

자본 앞에선 그 모든 것이 무력화되는 시대에 살고 있기 때문이다.

출판, 방송, 컴퓨터 등의 '미디어 컨버전스(Media Convergence)'를 주창하고, '디지털 디바이드(Digital Divide)' 해소를 목적으로 제3세계 어린이에게 100달러짜리 노트북을 보급하기 위해 노력해 온 미국의 MIT 공과대학의 니그로폰테 교수는 최근 "5년 내 종이책은 소멸할 것"이라고 예고했다. 니그로폰테 교수의 주장이 알려지자 전 세계 언론은 물론 미디어업계에서도 이를 심각하게 받아들이고 있다.

물론 나무가 없어지지 않는 한 종이책 역시 소멸하지 않을 것은 분명하다. 수천 년 동안 인류의 지식문명을 기록하고 압축해 온 종이책이 그렇게 한순간에 없어질 것으로 생각하는 사람은 많지 않을 것이다. 하지만 니그로폰테 교수는 미래학에 관한 한 세계적인 석학이다. 특히 디지털 테크놀로지의 미래에 대해선 세간의 통념을 뛰어넘는 통찰력을 가진 사람이다. 그렇기 때문에 어느 누구도 그의 주장을 간단하게 폄하하거나 일축하지 못하고 있다.

종이책의 소멸이 5년이든 10년이든 숫자가 중요한 것은 아니다. 언젠가는 종이책이 전자책으로 대체될 것이라는 점은 분명하다. 디지털 테크놀로지의 발전 속도로 보면 니그로폰테 교수의 예언이 현실화되는 것은 시간문제인 듯하다. 그런 점에서 인터넷 서점이나 초대형 서점에 밀려난 지역 서점의 고난은 이제 시작에 불과하다. 대부분의 지역 서점은 초중고 학생 참고서와 교양도서 매출이 절반을 넘는 경우가 많다. 중간고사나 기말고사 전에 몰려드는 학생들, 장보러 나온 학부모가 자녀의 손을 이끌고 들르는 장면은 지역 서점에서 흔하게 볼 수 있는 광경이다.

그런데 이런 광경이 앞으로도 지속될지는 의문이다. 초중고 학생의 참고서 시장에도 변화가 불가피할 것으로 예상되기 때문이다.

삼성경제연구소가 발간한 〈태블릿PC의 충격과 미디어의 변화〉 보고서에서는 세계 태블릿PC 시장 규모가 2010년 1,500만 대, 2012년 1억만 대(국내의 경우 2011년 120만 대, 2012년 3백만 대)로 커질 것으로 예상하고 있다. 7인치에서 10인치 이내의 태블릿PC가 조만간 교육 현장에서 교과서 대신 쓰일 대표적인 단말기로 떠오르고 있다. 이미 교육과학기술부는 몇년 전부터 종이책 교과서를 대체할 수단으로 디지털 교과서 프로젝트를 진행하고 있다. 2013년부터는 종이책 교과서와 함께 디지털 교과서를 보급할 계획이다. 그동안 단말기 가격 때문에 디지털 교과서 보급이 원활하지 못했지만, 아이패드 같은 태블릿PC가 나오면서 디지털 교과서 보급은 속도를 낼 것으로 보인다. 앞으로 종이책 없는 책가방, 종이책 없는 교실이 현실화될 것이다. 실제로 웅진씽크빅, 에림당, 대교, 능률교육 등 교육 관련 출판사와 e러닝 업체들이 태블릿PC 기반의 참고서와 교재 개발을 서두르는 이유도 시장 변화에 미리 대비하기 위해서다.

지역 서점은 부산의 문우당서점이 겪었던 인터넷 서점, 초대형 서점과의 힘겨운 경쟁, 지속적인 종이책 소비 감소라는 열악한 환경에 이어 조만간 디지털 교과서 등장으로 인한 참고서 시장의 축소라는 3중고에 직면할 것이 분명하다. 〈2010한국서점편람〉에 따르면 2009년 말 기준으로 국내 서점 수는 1,825개인데, 50평 미만 소형 서점이 대부분이다. 매년 수백 개씩 지역 서점이 사라지고 있는데 앞으로가 더 큰 문제다.

지역 서점의 생존 방안에 대해 나는 다양한 생각을 해보았다. 하지만 종합적인 방안을 도출하기는 쉽지 않았다. 다만 몇 가지 핵심 키워드를 중심으로 지역 서점의 3중고 돌파를 위한 시발점을 마련하는 데 주안점을 두고자 했다. 그 시발점을 이루는 첫 번째 키워드는 바로 '연합'이다. 예를 들어 50평 미만의 서점은 동화, 만화, 법률, 문학, 전집, 중고 서점 등 특화된 분야를 바탕으로 다수의 점포가 집합해 있는 서점 거리를 만들어 공동 이벤트나 문화 행사를 지속적으로 개최하는 등 독자들의 방문 횟수를 공격적으로 늘리는 연합을 꾀할 수 있다. 다양한 장르의 도서가 구비된 서점 거리가 집중화될수록 지역에선 명물거리가 될 수도 있다. 또한 지역 내 아파트 단지에서 쏟아져 나오는 중고책을 수거하여 필요한 지역 주민들에게 서비스하는 '중고책 리사이클 서비스(Book Recycle Service)를 공동으로 수행할 수도 있다. 작지만 특화된 도서를 구비한 서점 거리, 공동 이벤트와 문화행사, 중고책 리사이클 서비스 같은 다양한 서비스가 가능한 공동체가 형성된다면 적어도 초대형 서점이나 인터넷 서점에 밀려 폐업하는 사태는 막을 수 있을 것이다.

3중고 돌파를 위한 두 번째 키워드는 '1,825개'라는 지역 거점의 오프라인 유통망이다. 50평 미만의 소형 서점 1,825개를 40개 단위로 '서점 거리 연합체'로 나누면 400여 개의 연합체가 탄생할 수 있고, 50평 이상의 서점까지 합하면 1천여 개의 연합체가 탄생할 수도 있다. 쉽게 말해서 이미 지역 서점은 연합을 전제로 한다면 1천여 개의 오프라인 매장을 갖추고 있는 셈이다. 1천여 개의 오프라인 매장을 바탕으로 새로운 시장을 창출할 수 있는 일은 무궁무진하다.

첫째로 오프라인 지역 서점을 첨단 단말기 유통망으로 활용할 수 있다. 현재 스마트폰 시장은 1,500만 대이고, 2012년이면 3천만 대 이상으로 성장할 것으로 예상된다. 태블릿PC는 2011년 120만 대, 2012년 3백만 대가 예상된다. 전자사전은 100만 대, 깜박이 같은 단어학습기는 30만 대의 시장을 형성하고 있다. 또한 다양한 사전이나 학습콘텐츠와 단말기 결합된 특화된 학습단말기는 적게는 10만 대에서 많게는 100만 대까지 새로운 시장이 창출될 수 있다. 이와 같은 단말기 시장은 앞으로 더 큰 시장이 형성된다는 특징을 가지고 있다. 또한 매우 다양한 단말기 종류가 쏟아져 나올 것이다. 태블릿PC만 하더라도 애플의 아이패드, 삼성전자의 갤럭시탭, 엔스퍼트의 아이덴티티, 아이스테이션의 Z3D · 버디 · 듀드, HP의 터치패드, LG전자의 옵티머스패드, 삼보컴퓨터의 태빗, 팬택의 베가 넘버 파이브, 그 외에도 아이리버, 코원, 유경테크놀러지스 등 수십 개의 제조업체에서 태블릿PC가 양산될 예정이다. 전자사전의 경우 샤프전자, 한누리, 아이리버 등에서 수십 개의 단말기가 출시되고 있고, e잉크단말기의 경우 인터파크, 삼성전자, 네오럭스, 아이리버 등 6종 이상이 출시되었다. 또한 학습 단말기의 경우 깜박이 외에도 다양한 신제품들이 계속 쏟아져 나오고 있다.

산술적으로 1천 개 매장에서 하루에 한 대씩만 팔아도 한 달이면 3만 대를 팔 수 있고, 10종의 단말기를 팔면 한 달이면 30만 대의 단말기를 팔 수 있는 셈이다. 이러한 흐름이 형성되면 서점은 휴대용 단말기 전시장이자 유통망으로 자리매김할 수 있는 강력한 유통 거점이 될 수 있을 것이다.

둘째로 서점을 디지털 콘텐츠 B2B시장의 유통 거점으로 만들 수 있다. 현재 도서관, 초중고 학교, 대학, 기업 등을 상대로 하는 전자책 시장은 700억~800억 원이고, 저널논문 등 데이터베이스 출판물은 1천억 원 시장 규모를 형성하고 있는데, 향후 지속적인 성장이 예상된다. 이중에서 가장 중요한 축을 형성하고 있는 곳이 공공도서관이다. 최근 통계청 발표에 따르면 한국 공공도서관 1관당 인구 수는 약 7만 801명으로 독일 9,618명, 미국 3만 2,560명보다 매우 많다. 그래서 정부에서는 공공도서관 수를 현재 703개에서 2013년까지 900개 이상으로 확대할 계획이며, 선진국 수준에 맞추기 위해선 향후 지속적인 확대가 불가피하다.

디지털 콘텐츠의 B2B시장은 그동안 업체별로 영업망을 구축하거나 총판을 통해 형성되어 왔는데, 투명하지 못하거나 주먹구구식 유통체계인 경우가 많았다. 그래서 과당경쟁이나 로비 등의 시대에 뒤떨어진 행태가 잦은 곳이기도 하다. 서점의 디지털 유통연합이 현실화될 경우 이 시장에서 혁신적이고 투명한 유통체계가 새롭게 형성될 수도 있다. 또한 지역 거점의 디지털 콘텐츠 유통망은 초중고 학교와 공공도서관뿐만 아니라 대학교, 유치원, 은행, 대형할인점 등 사람들의 왕래가 빈번한 다중 매장을 대상으로 한 유통체계가 얼마든지 확장될 수 있다는 장점이 있다. 쉽게 말해서 서점을 중심으로 지역에 거미줄 같은 유통망을 새롭게 재구성할 수 있다는 얘기다.

단말기든 디지털 콘텐츠 제품이든 또는 단말기와 콘텐츠가 결합된 패키기 제품이든 문제는 서점이 연합해야 가능한 일이다. 연합해서 디지털 제품의 유통체계로 인정되는 순간, 수많은 업체들이 서점 매장을 통해 판매하기 위해 찾아 올 것이다. 이러한 단계가 성숙되면 그 다음 단계로 홈쇼핑처럼 서점이 새로운 상품을 기획하고 발굴하는 머천다이저 역할을 강화할 수도 있을 것이다.

6

디지털 매장과
디지털 상품

서점이 디지털 제품의 유통망으로 자리매김하기 위해선 매장 콘셉트와 제품이 무엇보다 중요하다. 지역을 거점으로 한 유통망의 장점은 아무래도 가까운 거리에 있기 때문에 일반 독자와 B2B 구매자들이 매장을 직접 방문하여 다양한 제품을 볼 수 있는 전시장 역할을 할 수 있다는 데 있다. 하지만 나 역시 서점의 디지털 매장이 어떠해야 한다는 정확한 답안을 가지고 있지는 못하다. 그래서 디지털 출판이 최대 화두가 된 2010년 프랑크푸르트도서전, 동경도서전 등의 다양한 전시와 매장 콘셉트를 참조할 필요가 있다.

프랑크푸르트도서전 8홀에 마련된 'Device Hot Spot'전시 코너에서는 각국의 단말기를 배치해 누구나 살펴볼 수 있도록 했다. Hot Spot 코너 중 단말기 전시가 가장 많은 인기를 끌었다는 것은 그만큼 첨단 단말기에 대한 관심이 지대하다는 증거다. 이러한 전시 콘셉트는 태블릿PC, 스마트폰, 전자사전, 학습 단말기 등으로 세분화해 전시대를 마련할 수 있을 것이다.

아래의 사진은 잡지 콘텐츠를 담은 아이패드 전시로 비주얼한 콘셉트가 돋보이는 부스다. 잡지 외에도 멀티미디어 콘텐츠를 보여줄 수 있는

콘셉트로 참조할 만하다. 60인치 대형 화면에서 스마트폰 기반의 잡지 콘텐츠를 홍보하고 있다. 매장에 들어서는 순간 60인치 고해상도 홍보물이 고객의 시선을 집중시킨다.

e잉크 전자책 단말기의 경우 국내에서는 판매가 저조하지만 세계적으로는 매년 출하량이 늘고 있고 미국에서만 1천만 대 이상 팔렸다. 태블릿PC 때문에 곧 밀려날 것이라는 예측도 있지만 눈에 피로감을 주지

않는 해상도, 장시간 사용 가능한 배터리, 종이책과 유사한 인터페이스, 독서 전용 단말기 등의 장점은 쉽게 버려지거나 잊히기 어려운 기술들이다. 최근 컬러 기술까지 등장하면서 새롭게 부각될 가능성이 있다.

특히 책 전용 단말기라는 점에서 공부와 독서에 집중하기를 바라는 학부모들에겐 매력적인 단말기다. 태블릿PC가 범용 단말기임에는 분명하지만 공부나 전자책보다는 인터넷과 게임에 몰입할 수도 있어 오직 공부와 독서만 할 수 있는 e잉크 전자책 단말기에 학부모들이 관심을 갖는 것은 자연스러운 일이다. 대교그룹에서는 이를 겨냥해 '프렌디북'이라는 자기주도 e독서 프로그램을 오픈한 바 있다.

교육용 태블릿PC나 전자칠판은 고가여서 주로 초중고 학교나 대형 학원을 중심으로 판매되는 제품이다. 하지만 앞에서도 말했듯이 지역 서점 1천여 개가 하나의 유통망으로 자리 잡을 경우 지역 내 초중고 학교나 대형 학원 등을 대상으로 영업망을 늘려나갈 가능성이 있다. 특히

전자칠판의 경우 교육과학기술부의 디지털 교과서와 연계되어 프로젝터 TV가 보급된 것처럼 순차적으로 전국 학교에 보급될 예정이다.

현재 전자칠판에는 LG전자, 삼성전자를 비롯하여 아하정보통신, 화인컴, 코텍, 현대아이티, 컴버스테크, 아남정보기술 등 20여 개 업체가 다양한 제품을 선보이며 새로운 시장을 만들어 가고 있다. 전자칠판에는 70인치 내외의 대형 스크린, 클라우드, 디지털 교과서 등 다양한 기술과 콘텐츠가 결합되어 있다. 예를 들면 지우미디어의 '미라클' 솔루션의 경우 학교 교사가 태블릿PC에 문제나 설명을 작성하면 전자칠판을 통해 실시간으로 보여준다.

전자사전의 경우 스마트폰과 태블릿PC 등장으로 인해 독자적인 시장을 많이 빼앗기고 있다. 2010년에는 거의 1천억 원 규모의 시장이 줄어들었다. 하지만 전자사전은 여전히 건재하다. 최근에는 통번역 전문사전이나 통역사전을 결합한 자동형 문장 번역기, 별도의 타이핑을 하

지 않아도 원하는 단어에 단말기를 갖다 대면 원어민 발음을 제공하는 전자사전 등 스마트폰이나 태블릿PC가 하지 못하는 영역을 전문화하거나 특화시키는 방향으로 진화 발전하고 있다. 특히 최근에 등장하는 전자사전은 100여 개가 넘는 다양한 사전 콘텐츠를 탑재하고, 흑백의 경우 10만 원대 초반으로 가격도 저렴하여 앞으로도 틈새시장을 형성할 것으로 보인다.

저장장치와 통신 네트워크의 발전, 다양한 모바일 단말기의 등장으로 과거에 비해 CD/DVD 타이틀 제품이 많이 없어졌다. 하지만 멀티미디어 전자책 등 디지털 콘텐츠를 유형물에 담아 제품화하는 방법은 아직도 유효하다. 특히 현재 도서관에서는 온라인 전자책의 경우 스트리밍

이나 클라우드 방식으로는 자산 취득이 되지 않아 CD/DVD 같은 유형물에 담아 납품하는 경우가 많다. 또 CD/DVD 방식의 제품은 전시 효과를 극대화할 수 있는 비주얼을 가지고 있어 오프라인 매장에서의 전시 효과도 좋다.

유럽이나 미주권에서는 전체 출판시장의 10~15%를 차지할 만큼 오디오북에 대한 수요가 높다. 유럽은 음반앨범처럼 오디오북을 CD나 DVD에 담아 파는 형태가 일반화되어 있다. 또한 오디오 키오스크에 담아 B2B용으로 판매하는 경우도 늘어나고 있다. 옆의 사진은 독일 프랑크푸르트도서전에 전시된 오디오북 코너다.

국내의 경우 한솔C&M의 '오디언' 서비스가 대표적이다. 오디언

의 오디오북 키오스크는 수백여 편의 오디오북이 들어 있고 단말기는 대당 기백만 원에 판매되고 있다. 오디오북 키오스크는 초중고 학교와 지자체, 기업, 관공서, 은행, 미용실 등 다양한 영업 대상이 존재한다.

요즘 아이들은 모바일 단말기에 매우 친숙한 세대다. 그 어떤 단말기라도 일단 손에 쥐면 매뉴얼 없이 1~2분 안에 대부분의 기능을 자연스럽게 터득하고, 화려한 웹서핑을 자랑한다.

 지역 서점의 디지털 매장의 기본 콘셉트는 아이들에게 마음껏 디지털 독서를 체험할 수 있는 장을 제공하는 것이 중요하다. 부모의 손에 억지로 이끌려 서점을 방문하는 것이 아니라, 아이들 스스로 찾아가는 서점이 되기 위해서는 첨단 단말기 신제품으로 가득한 매장으로 만들어야 한다. 지금의 10대들은 스마트폰이나 태블릿PC 같은 디지털 신제품에 매우 민감하다. 앞으로 그런 흐름은 더욱 강해질 것이 분명하다. 아이들

에게 독서의 즐거움을 주기 위해서는 그들이 선호하는 새로운 스타일의 독서문화와 환경을 그들의 눈높이에서 바라볼 필요가 있다. 하지만 아쉽게도 지역 서점의 분위기는 기성세대의 눈높이에서 한 치도 발전하지 못했다.

2011년 2월 16일 문화체육관광부는 "지역 서점이 자생력을 높여 출판유통이 균형적으로 발전할 수 있도록 하고 지역사회의 다목적 문화 공간 역할을 할 수 있도록 '저자 초청 강연회', '지역 문화인과 독자의 만남', '지역문화 안내행사'등을 개최하도록 하여 서점의 경쟁력을 향상시키고 지역 문화 발전에도 기여할 수 있도록 할 예정이다. 이를 위해 2011년까지 50여 개 지역 서점을 선정해 한 개 서점당 500만 원에서 3천만 원까지 지원하며, 다양한 문화활동을 할 수 있도록 출판단체, 문화단체, 지역 공공도서관 등과 연계하는 방안 등을 마련하겠다"고 발표한 바 있다.

지역 서점에서 유명 저자나 작가를 초청해 대담 프로그램이나 강연을

독일 프랑크푸르트도서전의 홀 곳곳에서 특정 논제나 주제를 놓고
4~5명의 토론자가 자유롭게 토론하는 방식의 자유스러운 오픈 포럼이
진행되고 있었는데 매우 신선했다.

개최하기란 쉽지 않다. 그런 점에서 문화체육관광부의 이러한 정책은 지

역 서점을 활성화하는 데 일정한 기여를 할 것으로 보인다. 하지만 우리

나라의 경우 매체와 문화의 전국화, 중앙 집중화가 강하기 때문에 지역 서점이 지역별 쟁점과 이슈만을 가지고 사람들을 모으기에는 동력이 약하다. 따라서 전국서점연합 차원에서 공동 기획하고 시기에 따라 다양한 이슈와 책을 선정해 실시간 네트워크 생방송으로 각 서점에서 방영하는 방법으로 차별화된 콘텐츠를 확보하는 것이 바람직하다. 적어도 이런 방송이나 프로그램은 TV나 인터넷에선 볼 수 없는 콘텐츠가 될 수 있다면 그 힘은 적지 않을 것이다. 그리고 그러한 콘텐츠 힘으로 인해 독자들이 자신이 거주하는 지역의 서점을 자주 방문할 수 있도록 할 것이다.

물론 앞에서 말한 사례들은 일부에 불과하다. 매장의 특성에 따라 콘텐츠와 단말기의 전시 콘셉트는 다양하게 연구할 필요가 있다. 일반 독자를 위한 전시와 B2B 구매자를 위한 전시 콘셉트는 배치, 관점, 각도, 디자인, 색상 등 다양한 요소가 고려되어야 할 것이다.

7

미래를 위한
선택

종이책에서 전자책으로, 교과서가 디지털 교과서로 대체되는 것은 가설이 아니라 조만간 눈앞에 펼쳐질 현실이다. 이러한 시대의 흐름에 맞춰 서점 역시 혁신되고 재구성되지 않으면 안 될 상황에 놓여 있다. 하지만 분명한 것은 지역에 있는 서점은 도서관과 마찬가지로 없어져서는 안 될 소중한 지식 공간이자 문화 공간이다. 그렇기 때문에 나 역시 전자책 산업에 몸담고 있으면서도 하나 둘 사라져 가는 지역 서점의 소멸을 안타까워하고 있다.

이런 마음에서 처음에는 지역 서점을 살릴 수 있는 대안으로 POD(Publish on Demand)를 생각해보았으나 궁극적인 대안이 아니라는 결론을 내렸다. POD 역시 종이책과 전자책의 중간 지점에 있는 절충안일 뿐이다. 스마트폰이나 태블릿PC 같은 단말기와 개인용 프린터가 날로 발전하는 상황에서 굳이 전자책을 종이책으로 소량 출력하는 것이 과연 얼마나 지속될 수 있을까 하는 의문이 들었다. 특히 고해상도 스마트폰과 태블릿PC가 나오고 있는 상황에서 종이 출력은 의미가 없다. 오히려 독자들은 이미 구매했던 종이책을 스캐너로 디지털화하여 스마트폰이나 태블릿PC에 담아 다니고 있다. 최근 엡손에서 아이패드 전자책 제작용 북스캐너 'GT-S80'출시는 이러한 경향을 반영하는 현상이라 할 수 있다. 독자들은 장식용 책보다 손 안에 담아 늘 활용하는 책을 원하기 때문이다.

그러므로 나는 지역 서점이 살아남을 수 있는 길은 종이책이나 POD에서 찾을 것이 아니라 디지털 제품에서 찾아야 한다는 결론을 내렸다. 휴대용 단말기와 디지털 콘텐츠 시장이 급팽창하고 있기 때문이다. 1,825개의 서점'이 연합하여 디지털 시장에서 새로운 유통망으로 재구성하는 것이 그 해답이다.

2010년 한국전자출판협회에서는 중소출판사와 중소 전자책유통업체, 기술업체가 연합하여 생존을 위한 연합체를 만들고 지원하고자 하였다. 그러나 참여업체 하나하나가 개성이 강해 모래알 같아서 중소업체 간 연합이 쉽지 않다는 것을 절감했다. 강력한 접착성 물질이 있어야 연합이 현실화될 것 같았다. 서점 연합도 비슷할 것으로 판단되지만, 결국 그 판단과 실행 여부는 서점계 내부에서 혜안을 가지고 결정할 일이다. 나의 제언은 아주 작은 단상에 불과하다. 다만 기본 방향을 제시하면 다음과 같다.

서점의 디지털유통연합 전제 조건은 '연합을 통한 새로운 시장규모 확대 창출'이라는 점과 '개별 서점의 이익 극대화'가 함께 맞물려야 한다는 것이다. 새로운 시장을 만들고 시장규모를 확대하는 틀 속에서 개별 서점의 생존과 번영이 뒷받침되어야만 함께하는 의미가 있다.

서점의 디지털유통연합이 새로운 시장 창출을 위해서는 협동조합이나 공동법인 성격의 연합체가 필요하다. 연합체는 1천여 개의 매장 콘셉트와 디지털 제품에 대한 머천다이저, B2B시장 전략 등을 아우르기 위해서는 중앙 차원의 조합이나 공동법인이 필요하고, 지역별로는 서점 거리, 공동 이벤트, 문화행사, 중고책 리사이클 서비스 등을 공동으로 수행할 수 있는 지역 차원의 조합이나 공동법인이 필요하다.

대부분의 지역 서점이 영세하기 때문에 신규 사업은 그만큼 어려운 일이다. 그래서 새로운 시장 창출과 시장규모를 크게 확대하는 공동 전략이 더욱 필요하다. 3중고의 현실적 고난이 갈수록 넓어지고 깊어질 것이 분명하기 때문에 지역 서점의 미래를 위한 연합은 불가피할 일이 될지도 모른다. 물론 연합의 시작은 매우 작은 움직임이 될 수도 있다. 하지만 1천여 개 서점이 십시일반하면 시작은 작지만 시간이 지날수록 큰 힘을 발휘할 수 있다. 새로운 시장을 창출하고 확대하여 공동 번영의 길을 찾을 수만 있다면 비록 지금은 작은 움직임이라도 미래의 희망이 될 수 있다.

비즈니스

Business 책의 미래

1

끊임없는
권력의 재편과
이동

개인용 컴퓨터와 인터넷 등장 후 모든 문화와 산업에 디지털 혁명이 진행되면서 우리는 많은 변화를 겪어 왔고, 지금도 새로운 변화의 과정에 있다. 특히 디지털 시대에서 콘텐츠와 단말기의 생산, 유통, 소비라는 세 가지 영역에서 일어나고 있는 패러다임 변화와 그 변화 속에서 패권을 잡거나 그렇지 못한 기업들의 이야기는 변화무쌍한 역사 그 자체다. 산을 넘으면 또 넘어야 할 새로운 산이 있고, 길이 끝나는 곳에 또 새로운 길이 펼쳐지고, 시작이 있는 곳에 끝이 있고 끝이 있는 곳에 시작이 있는 것처럼 지난 30년간 디지털 영역에서 벌어지는 변증법적 진화 과정은 당사자나 지켜보는 사람이나 모두 매우 흥미진진한 게임과 같다.

최근 IBM과 마이크로소프트는 포스트 PC와 관련한 논쟁을 격렬하게 진행하고 있다. 컴퓨터가 탄생한 지 30년이 되면서 과연 PC는 운명의 종착역에 왔는가 여부에 대해 많은 사람들이 궁금해 하고 있다. 1981년 처음으로 IBM PC가 등장했다. 소수의 사람들이 쓰던 컴퓨터는 인터넷이 등장하면서 기하급수적으로 보급되기 시작했다. 그리고 30년이 지난 지금 컴퓨터는 이제 우리 실생활과 떼려야 뗄 수 없는 기기가 되었다. 그러나 전 세계적으로 스마트폰과 태블릿PC가 광범위하게 보급되면서 포스트 PC는 현실이 되고 있다. 책상 앞에서 쓰던 컴퓨터가 스마트TV와 결합하면서 거실로 이동하고, 휴대용 모바일 기기와 결합하면서 대중교통이나 길거리 혹은 침실에서 누워서 보는 형태가 되고 있기 때문이다.

물론 IBM과 마이크로소프트의 포스트 PC 논쟁은 그들 기업의 진로와 밀접한 관련이 있다. 30년 전에 개인용 PC를 출시한 이후 IBM은 컴퓨터 왕국으로 등극했고, 그 IBM에 DOS 운영체제를 제공했던 작은 기업 마이크로소프트는 세계 최대의 소프트웨어 기업이 되었다. 하지만 6년 전 IBM은 PC사업부를 중국의 레노버에 매각하면서 손을 뗐고, 마이크로소프트는 여전이 윈도우 운영체제의 신화를 이어가려는 관성이 작용하고 있다. 마이크로소프의 입장에는 데스크톱 PC와 현재 운명을 같이하는 인텔과 AMD도 궤를 같이 하고 있다. 그렇기 때문에 이들 기업의 포스트 PC 논쟁은 어떤 측면에서 숙명적이다.

분명한 것은 포스트 PC가 되든 그렇지 않든 관계없이 지난 30년간 IBM과 마이크로소프트가 구축해왔던 아성이 무너지고 있다는 것이다. 마이크로소프트의 시가 총액은 2010년에 이미 애플에 추월당했고, 애플의 시가 총액이 올해 전 세계 1위로 올라섰다는 것만으로도 마이크로소프트의 운명이 쇠락의 길로 접어들고 있다고 해도 무방하다. 그런데 아이러니컬하게도 애플 역시 한때는 IBM과 마이크로소프트에 밀려 역사의 뒤안길로 사라질 뻔했던 적이 있었다. 모든 PC에 개방형 운영체제를 지향한 마이크로소프트가 성장가도를 달린 반면, 폐쇄형 운영체제를 지향하던 애플은 몰락의 길을 걸었다. 하지만 애플은 새로운 반전의 기회를 위해 내적으로 치밀한 준비를 했다. 그 결과 지금은 오히려 마이크로소프트가 침체되어 있고 애플은 승승장구하고 있다. 그리고 지난 30년 간의 IBM, 마이크로소프트, 애플 3자 구도가 지금은 애플, 구글, 마이크로소프트 3자 구도로 바뀌었다. 여기에 덧붙여 노키아, 삼성전자, LG전자, HTC, 리서치인모션(RIM) 등과 같은 단말기 기업들까지 얽히고설켜 있다.

IBM과 마이크로소프트가 PC 시장을 장악하고 있는 동안 애플을 포함하여 노키아, 리서치인모션, 구글을 중심으로 새로운 운영체제 패러다임을 만들어왔다. 그 결과 스마트폰 영역에서 포스트 윈도우 운영체제가 차지하는 비중은 2011년 2분기에 안드로이드 43.3%, 심비안 22.1%, iOS 18.2%, 블랙베리 11.7%, 삼성전자 바다 1.9% 등 무려 98.4%에 이르게 되었다. 반면 마이크로소프트 운영체제는 1.6%에 불과했다.

연도	심비안	안드로이드	블랙베리	iOS	마이크로소프트	기타 운영 체제
2011 Q2	22.1% ↓	43.4% ↑	11.7% ↓	18.2% ↑	1.6% ↓	3.0% (삼성 바다OS 1.9% 포함)
2011 Q1	27.4%	36.0%	12.9%	16.8%	3.6%	3.3%
2010	37.6%	22.7%	16.0%	15.7%	4.2%	3.8%
2009	46.9%	3.9%	19.9%	14.4%	8.7%	6.1%
2008	52.4%	0.5%	16.6%	8.2%	11.8%	10.5%
2007	63.5%	N/A	9.6%	2.7%	12.0%	12.1%

포스트 윈도우 운영체제 중에서도 안드로이드와 iOS는 시장점유율이 높아지고 있지만 심비안, 블랙베리 등은 지속적으로 감소되고 있다. 포스트 윈도우 진영 내에서도 시장 점유율을 둘러싸고 치열한 전쟁이 진행되고 있는 것이다. 특히 2008년 불과 0.5%에 불과했던 안드로이드가 3년 만에 절반에 육박할 만큼 파죽지세로 성장하고, 구글은 이를 바탕으로 최근 모토로라까지 인수해 관련 업계를 긴장시키고 있다.

하지만 이러한 시장 점유율도 영원히 고착되는 것은 아니다. 노키아가 심비안을 인수해서 피처폰에서 우월적 지위를 확보한 것이나, 구글이 안드로이드를 인수해서 지금에 이른 것처럼 과거엔 단순했던 동맹 관계가 지금은 상황과 때에 따라서 합종연횡을 거듭하면서 언제든 판도 변화가 일어날 수 있기 때문이다. 애플이 마이크로소프트에 밀려 부침을 거듭하다가 역전에 성공한 것처럼, 마이크로소프트가 노키아와 동맹 관계를 강화하여 윈도우8을 기반으로 재역전하지 말라는 법은 없다.

다만 과거에는 단말기와 운영체제에 따르른 단순한 전선이 형성되었다면 지금은 단말기, 운영체제와 더불어 앱스토어 같은 콘텐츠 장터, 클라우드 같은 새로운 서비스 기술이 더해지고 있다는 점에서 매우 복잡한 전선으로 바뀌어가고 있다. 따라서 우리가 보다 정밀하게 살펴보아야 할 지점은 노키아가 심비안을 인수하고 구글이 안드로이드나 모토로라를 인수해서 일어난 세력 재편 현상이 아니다. 그것은 혁신이라기보다 선택과 자본 싸움 이상은 아니다. 오히려 심비안과 안드로이드를 만든 중소기업들의 혁신성에 더 주목할 필요가 있다.

	iOS	안드로이드	웹 OS	윈도 모바일	윈도폰	블랙베리 OS	심비안	미고	바다
기업	애플	구글 (Open Handset Alliance)	HP/팜	마이크로소프트		RIM	노키아 (심비안 재단)	리눅스 재단	삼성
운영 체제 계열	Mac OS X (유닉스 BSD 계열)	리눅스	리눅스	윈도 CE 5.2	윈도 CE 7	모바일 OS	모바일 OS	리눅스	리눅스

표에서 볼 수 있듯이 마이크로소프트가 DOS에서 시작하여 애플의 매킨토시 인터페이스를 모방하여 윈도우 운영체제를 완성시켜 나가는 동안, 그 반대 진영에서는 오픈소스로 있던 유닉스 BSD 계열이나 리눅스를 기반으로 혁신적인 운영체제를 만들어 냈다. 그 혁신을 단행한 기업은 애플도, 구글도, 노키아도 아니었다. 혁신적인 운영체제가 탄생한 것은 이름 없는 작은 기업들이 도전한 결과였다. 애플이나 구글이나 노키아는 거금을 주고 그걸 인수했을 뿐이다. 물론 신생 중소기업인 안드로이드의 CEO 앤디 루빈이 2004년 삼성전자를 찾아갔으나 삼성전자는 제휴를 거절했고(이에 대해 삼성전자는 앤디 루빈이 제안한 것은 안드로이드 OS가 아니라 '사이드 킥'이라는 스마트폰 기술이었다고 항변하고 있다. 하지만 루빈이 삼성전자를 방문한 후 몇 개월 뒤에 구글 공동 창업자를 만난 것도 사이트 킥 기술 때문이었다. 결과적으로 보면 사이드 킥 기술이든 안드로이드 OS든 루빈이라는 인물 뒤에 있는 혁신적인 측면을 구글은 발견했고 삼성전자는 발견하지 못한 것은 분명하다.), 몇 개월 후 안드로이드의 인수 제안을 받아들인 차이 같은 구글의 선견지명이나, 마이크로소프트처럼 구글 역시 오픈 정책을 취했던 혁신성은 분명 있을 것이다.

지난 30년간 IBM과 마이크로소프트 동맹은 번성을 누려왔다. 그동안 PC와 윈도우 운영체제는 끊임없이 버전업되면서 PC, 반도체, 관련 부품, 윈도우 운영체제 등의 시장을 이끌어 왔다. 반면 스마트폰이나 태블릿PC 같은 포스트 PC가 대중적으로 보급된 것은 이제 불과 3년밖에 되지 않았다. 그럼에도 3년간의 변화는 지난 30년간의 변화 이상으로 빠르게 변화하고 있다. 최근 구글이 모토로라를 인수하자 국내 언론들은 삼성전자, LG전자, 팬택의 미래를 걱정하며 대서특필하고 있다. 언론 기사만 보면 큰일이 날 것 같은 생각이 든다. 갤럭시S나 갤럭시탭을 보면 애플이 이룩한 것을 빠른 시간 내에 뒤쫓아 갔다는 일종의 자부심 같은 것이 들 때가 있다. 특히 외국에 나가면 더욱 그렇다. 그런데 1~2년 만에 그런 막연한 애국심이 일종의 허영심에 불과하다는 것이 드러나고 말았다. 이런 허영심은 마치 노키아의 몰락을 핀란드의 몰락과 동일하게 여기는 것과 같은 유치하고 극단적인 생각을 강제할 수도 있다.

구글의 모토로라 인수는 냉철하게 따져보면 그리 놀랄 일도 아니고 걱정할 일도 아니다. 구글이 애플처럼 하드웨어와 운영체제를 융합하여 독자적인 생태계를 구축한다 하더라도 이 파장은 한국만 겪는 게 아니라 전 세계 IT 기업들이 동일하게 겪는 문제다. 오히려 구글의 이러한 선택은 삼성전자, LG전자 같은 기업들에게 혁신을 강제할 가능성이 크다. 고환율 정책과 같은 국가의 전폭적인 지원과 독과점 환경에서 성장한 하드웨어 중심의 대기업이 내부 혁신을 통해 스스로 변화하긴 어렵다.

그동안 국내 대기업들이 중소기업의 혁신적인 소프트웨어 기술이나 아이디어를 정당한 가격을 주고 샀던 적이 있었던가? 혁신적인 중소기업을 대상으로 제대로 된 M&A를 해본 적이 있었던가? 아니다. 대기업들은 혁신적 소프트웨어 기술이나 아이디어를 재빨리 응용해서 빼앗는 방식을 택하거나 하청업체로 전락시키는 등의 폭력적이고 기만적인 방식을 택해 왔다. 애플 같은 글로벌 기업들이 소프트웨어 개발자나 업체들이 자기 품안으로 몰려오도록 생태계 환경을 조성하는 혁신을 단행한 반면, 국내 대기업은 혁신적인 중소기업의 아이디어를 빼앗고 죽이는 데 열중했다. 그 결과 10년 만에 국내 소프트웨어 분야에는 더 이상 인재가 몰리지 않는 구조가 되어 버렸다.

외부 환경 변화를 통해 강제적인 혁신을 당한다는 것은 당사자에겐 불쾌한 일이 될 수도 있겠지만, 아이폰 도입으로 인한 파장이 국내 단말기 업체와 이동통신사들의 긍정적인 변화를 이끌어 냈듯이 마찬가지로 어떤 형태로든 대기업들의 혁신을 이끌어 낼 것이 분명하다. 중소기업의 혁신적인 소프트웨어 기술이나 콘텐츠 생태계에 관심이 없었던 그들이 변화하는 계기가 될 것이다.

물론 우리에게도 강점은 있다. 아날로그 영역도 마찬가지지만 디지털 영역에서 윈도우 운영체제 외에는 내수시장을 잘 내주지 않는 국가로 유명하다. 하지만 모바일 영역에서는 운영체제의 영향력이 그만큼 크기 때문에 구글의 안드로이드 정책에 따라 국내 모바일 산업이 크게 흔들릴 가능성은 매우 높다. 따라서 당장 1~2년 내에 삼성전자의 바다OS 점유율이 적어도 애플의 iOS 만큼 성장해서 제3의 세력이 되지 않는 한 구글이나 애플과의 전면전은 현실성이 낮아 보인다. 일부 언론과 삼성전자의 주장대로 바다OS를 LG전자와 팬택뿐만 아니라 전 세계 오픈 운영체제로 퍼뜨린다 해도 시장 점유율을 획기적으로 끌어올리는 것은 불가능해 보인다. 그만큼 아직 바다OS는 기술적으로 완성도가 높지 않다는 평가를 받고 있다.

구글의 모토로라 인수로 파장이 커지자 국내 일부 전문가들은 독자적인 스마트폰 운영체제 개발을 서둘러야 한다고 목소리를 높이고 있다. 나 역시 장기적으로는 독자적인 운영체제가 반드시 필요하다고 생각한다. 하지만 현실은 냉혹하다. 한때 63.5%에 달할 정도로 글로벌 시장을 장악했던 심비안은 4년 만에 몰락의 길을 걷고 있다. 더욱이 노키아조차도 손을 놓은 운영체제가 되어버렸다. 대표적인 스마트폰 운영체제로 각광을 받던 블랙베리 역시 iOS와 안드로이드에 밀려 역사의 뒤안길로 사라질 위기에 처해 있다. 이런 상황에서 독자적인 운영체제를 개발한다 하더라도 과연 글로벌 시장에서 의미 있는 점유율은 고사하고 살아남을 수 있을지도 불투명하다. 결국 현재 상황에서는 구글과 마이크로소프트의 운영체제를 적절하게 활용하는 멀티 OS 전략이 현실적인 대안이다.

삼성전자나 LG전자나 팬택은 애플이 마이크로소프트에 패배한 후 20년간 준비해 왔다는 사실을 상기해볼 필요가 있다. 그리고 IBM과 마이크로소프트 동맹이 번성을 누려왔던 기간처럼 애플이나 구글의 전성시대가 수십 년 지속되기는 어렵다는 사실 또한 기억할 필요가 있다. 그만큼 권력의 재편과 이동 주기가 짧아졌다. 오히려 국내 단말기 기업들은 이번 기회를 역전의 발판으로 삼는 중장기 전략이 필요하다. 그것이 독자적 OS 개발 전략이든 멀티 OS 전략이든 최소 4~5년 뒤를 생각하며 글로벌 판을 짜는 그림이 필요하다.

2

소프트 파워
다음은
콘텐츠 파워다!

지금 글로벌 시장에서 진행되고 있는 플랫폼 전쟁의 특징은 하드웨어와 소프트웨어의 융합이다. 글로벌 IT시장 헤게모니는 IBM이나 HP, 삼성전자, LG전자 같은 하드웨어 기업들에서 구글, 애플, 아마존 같은 소프트 파워를 가진 기업들에게 넘어가고 있는 중이다. 구글 쇼크로 인해 스마트폰, 태블릿 등 글로벌 IT 시장은 애플 '생태계 동맹', 구글과 모토로라 동맹, 마이크로소프트와 노키아 동맹으로 3분되어 가고 있다.

이러한 플랫폼 전쟁이 지금은 단말기와 운영체제의 융합에 초점이 맞춰져 있지만 이 전쟁이 일단락되기도 전에 곧 바로 벌어질 게임은 콘텐츠 전쟁이다. 구글이 모토로라를 인수한 배경에는 특허 전쟁에 대비하기 위한 것도 있지만, 보다 궁극적인 이유는 단말기와 콘텐츠가 결합된 애플 생태계 같은 시스템을 갖추기 위해서다. 애플의 성공을 본 구글로서는 당연한 선택일 수밖에 없다.

현재 모바일 시장은 검색, 광고, 지도, SNS(Social Networking Service), 인터넷 전화, 모바일 오피스 같은 기반 기술 서비스 외에도 게임, 전자책, 음악, 교육, 어학·사전(지금은 단순한 사전 서비스지만 앞으로 지능화된 자동 통역 서비스로 진화될 것으로 보인다.) 등 광대한 콘텐츠 서비스 시장이 빠르게 확대되는 중이다. 이런 콘텐츠 서비스가 클라우드 기반으로 전환되는 순간 하드웨어와 운영체제에 관계 없이 글로벌 IT산업에서 가장 큰 비중을 차지하는 시장이 될 것은 자명하다.

클라우드 서비스는 두 가지 속성을 다 포함하는 개념이다. 하나는 이용자가 이용하는 전화번호, 일정관리, 문서 같은 개인용 콘텐츠와 게임, 전자책, MP3, 사전 같은 상용 콘텐츠를 PC, 스마트폰, 태블릿PC, 스마트TV 등에서 똑같이 이용할 수 있는 단말기 동기화가 있고, 상용 콘텐츠를 단말기에 저장하지 않고 서버 공간에 저장해 필요할 때 꺼내 볼 수 있는 콘텐츠 저장 개념이 있다. 쉽게 말해서 소비자가 전자책이나 음원을 구매했지만 단말기 저장 방식의 환경에서는 단말기가 교체되거나, 운영체제가 달라지면 구매했던 콘텐츠를 이동시키기 어렵다. 또 구매했던 콘텐츠가 환경 변화에 따라 10년이나 20년 뒤에 자기 소유로 그대로 남아 있을지 의구심을 갖는 소비자가 많다. 따라서 모바일 콘텐츠 시장이 소비자의 요구에 맞게 발전하려면 클라우드 서비스로 가는 것은 필연적이다.

현재 콘텐츠 파워에서 가장 앞서가는 기업은 애플과 아마존이다. 애플은 현재 아이팟터치, 아이폰, 아이패드 등 iOS 기반의 단말기는 2억 대가량 보급되어 있고, 전 세계 3만~4만 명에 이르는 개발자 '생태계 동맹'을 바탕으로 현재 50만여 개 어플리케이션을 확보하고 있다. 그동안 애플 앱스토어에서 내려받은 어플리케이션은 150억 회가 넘었다. 미국 IT 전문뉴스 엔가젯과 조사회사인 아이서플리(iSuppli) 발표를 종합해 보면 2011년 전 세계 모바일 어플리케이션 시장은 38억 달러에 이를 것으로 전망되는데, 이 중 애플이 약 29억 달러를 차지할 것으로 보인다. 글로벌 전체 시장에서 애플이 차지하는 비중이 4분의 3에 이른다. 애플 학습 효과로 인해 3년째 블랙베리 앱월드, 노키아 오비스토어, 안드로이드마켓 등의 맹추격이 이루어지고 있지만 반(反)애플 진영이 애플을 넘어서기에는 아직 역부족이다. 심지어 모바일 운영체제에서 43.4%를 차지하고 있는 안드로이드마켓에 비해 애플 앱스토어 매출은 10배가 넘는다.

Revenue in millions of U.S. Dollars

Store	2009 Revenue	2009 Share	2010 Revenue	2010 Share	2011 Revenue	2011 Share
Apple App Store	$769	92.8%	$1,782	82.7%	$2,910	76%
BlackBerry App World	$36	4.3%	$165	7.7%	$890	24%
Nokia Ovi Store	$13	1.5%	$105	4.9%		
Google Android Market	$11	1.3%	$102	4.7%		

애플의 이러한 저력은 그들이 처음부터 콘텐츠에 천착한 일관된 전략을 추진해 온 데서 비롯되었다. 애플은 2004년에 아이팟 미니를 출시하면서 아이튠즈 뮤직스토어에 손을 댔다. 당시 미국은 MP3 기술이 보급

되면서 냅스터와 같은 음악 불법 다운로드 서비스가 기승을 부릴 때였다. 애플은 아이팟과 아이튠즈 뮤직스토어를 통해 한 곡당 99센트라는 파격적인 가격으로 디지털 음원 시장을 순식간에 장악해 버렸다. 소비자들은 아이팟이라는 매력적인 단말기에 아주 싼 음악 콘텐츠를 마음껏 내려받아 이용할 수 있었기 때문에 냅스터 대신 아이튠즈 뮤직스토어로 모여들었다. 당시 세계 1위 제품이었던 한국의 MP3 단말기 '아이리버'는 아이팟에 밀려 일순간 나락에 떨어지고 말았다.

애플은 그 뒤로 아이팟의 진화를 위한 추가 개발에 나섰다. 2005년 1월에는 플래시 메모리 기반의 아이팟 셔플을 출시했고, 같은 해 9월에는 플래시 메모리 용량을 증가한 2GB, 4GB 아이팟 나노를, 같은 해 10월에는 비디오 재생 기능이 추가된 5세대 아이팟을 출시했다. 2006년 9월에는 좀 더 진화된 아이팟 나노와 아이팟 셔플을 출시했다. 2007년에는 터치 기반의 아이팟 터치와 아이팟 터치에 휴대전화 기능을 내장한 스마트폰 아이폰을 출시했다. 당시 아이팟 터치가 출시되었을 때 미국 소비자들은 흥분에 들떴지만 국내에서는 '어른을 위한 장난감'정도로밖에 보지 않았다. 하지만 아이팟과 아이튠즈 뮤직스토어를 통해 콘텐츠 파워를 직감한 애플은 아이팟 터치와 아이폰 단말기 기반에 기존의 뮤직스토어를 게임 등 전체 콘텐츠 영역으로 확대하는 앱스토어 콘텐츠 마켓을 오픈했다.

2007년 아이팟 터치와 아이폰이 출시된 후 2008년 6월에 아이폰 3G와 2009년에 아이폰 3GS를 연달아 출시했고, 2010년에는 기존 아이폰 해상도를 4배 이상 끌어올린 아이폰4를 출시하기에 이르렀다. 그리고 아마존 킨들(Kindle)의 성공에서 영감을 얻은 애플은 2010년 4월에 전자책 서비스인 아이북스와 게임센터 기반의 9.7인치 크기의 태블릿PC인 아이패드1를 출시했고, 2011년에는 하드웨어 성능과 속도가 향상된 아이패드2를 아이패드1과 동일한 가격에 출시했다.

구글은 주로 모바일 운영체제와 단말기가 융합된 전략에 머무르고 있지만 애플은 2004년부터 콘텐츠에 기반한 단말기와 운영체제 융합 전략에 무게를 두어왔다. 이 말은 구글이 현재 1세대 모바일 플랫폼 융합 전략(모바일 단말기와 운영체제 융합)에 기초하고 있는 반면, 애플은 2세대 모바일 플랫폼 융합 전략(모바일 단말기, 운영체제, 콘텐츠 융합)을 이미 실천해오고 있다는 것을 의미한다. 뒤에서 애플이 독자적인 운영체제를 개발하기 위해 얼마나 많은 시간과 노력을 기울였는지 자세히 소개할 것이다.

아마존의 경우 현재 미국 전자책 시장의 대부분을 장악하고 있다. 아마존이 전자책 시장에 눈을 돌린 계기는 애플의 뮤직스토어 성공에서 비롯되었다. 음악 콘텐츠가 디지털 시장에서 자리 잡는 것을 보고 e잉크 단말기 킨들(Kindle)과 함께 작동하는 전자책 마켓을 2007년 오픈했다. 그리고 종이책 하드커버나 페이퍼백(Paper Back, 대중적으로 보급하기 위해 하드커버 가격의 30~40% 수준에 판매하는 단행본으로 유럽과 북미권에서 대중화된 출간 방식이다.) 보다 훨씬 저렴한 가격으로 소비자 요구에 부응하였고, 다른 한편으로는 출판사 등 콘텐츠 제공업체와의 생태계 동맹을 공고히 하기 위해 콘텐츠 제공자 우대 정책을 폈다. 그 결과 아마존의 킨들 단말기는 현재 누적 보급 1천만 대가 넘어섰고, 90만 종에 달하는 전자책 콘텐츠를 확보했으며, 미국 전자책 시장의 90%를 장악하기에 이르렀다.

하지만 아마존이 전자책으로 성공하자 애플은 아이패드와 아이북스 (iBooks)를 출시하여 전자책 시장을 빼앗기 위한 작전에 돌입했다. 아직 아마존에 비해 애플의 전자책 시장 점유율은 매우 낮다. 하지만 아이폰과 아이패드의 보급 속도에 따라 전자책 시장도 빠르게 잠식해 가고 있는 상황이다. 특히 레티나 디스플레이를 채택한 아이폰4나 향후 출시될 아이패드3은 전자책 독서에 초점을 맞춰 2048×1536의 고해상도와 빛의 반사율은 감소시키고 화면 밝기를 높인 디스플레이를 채택할 것으로 예상되고 있다. 이럴 경우 아마존은 전자책 시장을 둘러싸고 애플과 힘겨운 싸움을 치를 수밖에 없다. 그래서 아마존은 광고 삽입 모델이 결합된 144달러짜리 킨들 단말기를 출시한 데 이어, 2011년 하반기에는 애플의 아이패드3에 대응하는 안드로이드 기반의 249달러짜리 태블릿PC를 출시할 예정이다.

애플과 아마존의 전자책 시장을 둘러싼 전쟁은 더욱 격화될 것으로 보인다. 또한 아마존이 안드로이드 기반의 태블릿PC를 준비한다는 얘기는 향후 아마존과 구글의 콘텐츠 동맹이 형성될 수도 있다는 것을 암시하는 것일 수도 있다. 그럴 가능성은 매우 높다.

애플과 구글이 보여주고 있는 콘텐츠 파워는 클라우드 기반의 콘텐츠 서비스 혁신으로 확대되고 있다. 이들 기업은 이미 아이클라우드(iCloud)와 킨들 클라우드 리더(Kindle Cloud Reader)라는, 클라우드 기반의 콘텐츠 서비스를 본격화하기 위한 거의 모든 준비를 마친 상태다.

국내에서도 구글 쇼크 파장은 커져가고 있다. 그런데 솔직히 그 파장에 대한 우려는 주로 삼성전자, LG전자, 팬택 같은 단말기 업체에 국한된 일이다. 콘텐츠 업체 입장에서는 오히려 콘텐츠를 판매할 수 있는 시장이 넓어진다는 데 더 큰 관심을 가지고 있다. 콘텐츠 업체 입장에서는 애플이든 구글이든 또는 아이폰이든 갤럭시S든 안드로이드이든 iOS이든 누가 헤게모니를 장악하느냐보다는 콘텐츠를 팔 수 있는 시장의 규모가 더 중요하다. 특히 클라우드 환경이 보편화될 경우 단말기나 운영체제에 상관없이 콘텐츠 시장은 더 큰 자유를 누릴 수 있다. 그런 점에서 오히려 단기적으로는 멀티 OS에 바탕은 둔, 콘텐츠를 중심으로 한 글로벌 플랫폼 전략이 더 현실성이 있다. 글로벌 콘텐츠 전략만 본다면 애플 생태계에 더불어 구글 생태계까지 더해진다면 국내 중소 소프트웨어 업체와 콘텐츠 업체들 오히려 번성할 수 있는 글로벌 시장을 만날 수 있는 기회다. 그런 점에서 구글의 모토로라 인수로 인해 발생하는 가파른 변화는 콘텐츠 업체로서는 별로 나쁠 게 없다.

따라서 우리는 모바일 1세대 플랫폼 융합에만 머물러 있는 전략을 모바일 2세대 플랫폼 융합 전략으로까지 확대해서 볼 필요가 있다. 아무리 좋은 단말기와 운영체제를 바탕으로 한 융합 플랫폼이라 할지라도 콘텐츠 없이는 무용지물이다. 물론 한편으로는 글로벌 환경이 우리에게 유리하게 작용될 수 있도록 적절하게 조화를 이루면서 동시에 내적으로는 애플이나 구글, 아마존 이상의 치밀한 준비가 필요하다.

애플이나 아마존이 가지고 있는 지금의 콘텐츠 파워는 매우 단순한 원리에서 비롯되었다. 그들이 콘텐츠 업체를 배려하고 끌어안았기 때문이다. 콘텐츠 업체들에게 충분한 수익을 배분하는 것은 물론 누구에게나 공정하게 개방된 오픈마켓을 제공하기 때문에 그들의 플랫폼으로 몰려들었던 것이다. 하지만 그동안 국내 환경은 소프트웨어뿐만 아니라 콘텐츠에 대한 잘못된 습관이 팽배해 있다. 그동안 대기업이나 포털, 이동통신사들은 주로 폐쇄적인 MCP(Master Contents Provider) 콘텐츠 정책(모든 콘텐츠 업체들에게 거래 장터를 개방하는 오픈마켓 정책과는 달리 소수의 선택된 CP만이 콘텐츠를 제공하는 폐쇄적인 마켓 정책을 의미한다.)을 취해 왔다. 그리고 수익 역시 플랫폼 사업자 중심으로 배분해 왔다. 따라서 글로벌 IT산업에 대한 새로운 전략의 기초는 국내 기업들의 콘텐츠에 대한 철학부터 근본적으로 재정립하는 일부터 시작된다.

3

편집 권력의 해체와
디지털 셀프
퍼블리싱의 전면화

우리가 이미 경험하고 있듯이 모바일 단말기를 중심으로 운영
체제와 미디어의 변화가 일어나고 있고, 그에 따라 유통과 생산 패러다
임이 함께 변하고 있다. 전자책 역시 이러한 관점에서 볼 수 있다. 스마
트폰이나 태블릿PC 같은 단말기 확산에 따라 독자의 소비 패턴이 종이
책에서 전자책으로 이동하고 이러한 흐름에 따라 전근대적인 유통구조
가 스마트한 유통구조로 변화하고 베스트셀러 양산과 같은 소품종 대량
생산의 생산 프로세스가 다품종 소량생산이나 디지털 셀프 퍼블리싱 같
은 생산 프로세스로 넘어가고 있다.

이러한 환경 변화는 아날로그 시대의 절대 강자였던 미디어 그룹들이
디지털 시대에 들어와서 권력 재편이 있었듯이, PC와 휴대전화 시대에

번성을 누렸던 포털과 이동통신사의 권력이 모바일 시대에 급격한 해체를 맞고 있다.

대표적으로 해체되는 권력은 바로 '편집권'이다. 편집권이란 사전적 의미로 '신문 · 잡지 · 종이책 · 영화 등 미디어의 편집 방침 및 그 표현 내용을 결정하는 권리'를 말한다. 편집권의 경우 신문과 방송의 데스크에서 결정되고, 잡지나 종이책은 편집자에 의해 결정된다. 영화의 경우 감독 또는 기획사, 투자기업에 의해 결정된다. 즉 편집권이란 콘텐츠의 내용과 배열, 배치 등 매우 범위가 넓게 적용되는 권력이다.

아날로그 미디어에서는 편집권에 의해 모든 콘텐츠가 조직되어 대중에게 일방적으로 전달되는 구조다. 그런데 디지털 미디어에서도 여전히 이 편집권은 존재해 왔다. 인터넷 초기 뉴스 콘텐츠 생산자인 언론이 포털에 대가를 받고 뉴스 콘텐츠를 공급하던 때의 편집권은 언론사에 있었다. 그런데 10년쯤 지나면서 언론사의 편집권은 포털로 이동되기 시작했다. 독자들이 언론사 홈페이지를 통해 뉴스를 보기보다 포털을 통해 뉴스를 보는 빈도가 훨씬 더 많아졌기 때문이다. 그래서 포털은 이러한 편집권을 이용하여 뉴스뿐만 아니라 검색정보, 블로그 정보 등에 이르기까지 디지털 정보를 장악하게 되었다. 그런데 포털의 이러한 과독점 현상은 급기야 중소 콘텐츠 업체가 생존할 수 있는 근거를 매우 척박하게 만들고 말았다.

이동통신사 역시 국가의 전폭적인 지원 아래 형성된 과독점 체계에서 '콘텐츠 업체 줄세우기'를 통해 또 다른 편집 권력을 휘둘렀다. 이동통신사의 CP로 선택되는 것도 어려웠을 뿐만 아니라, 선택된 CP들 역시 3인

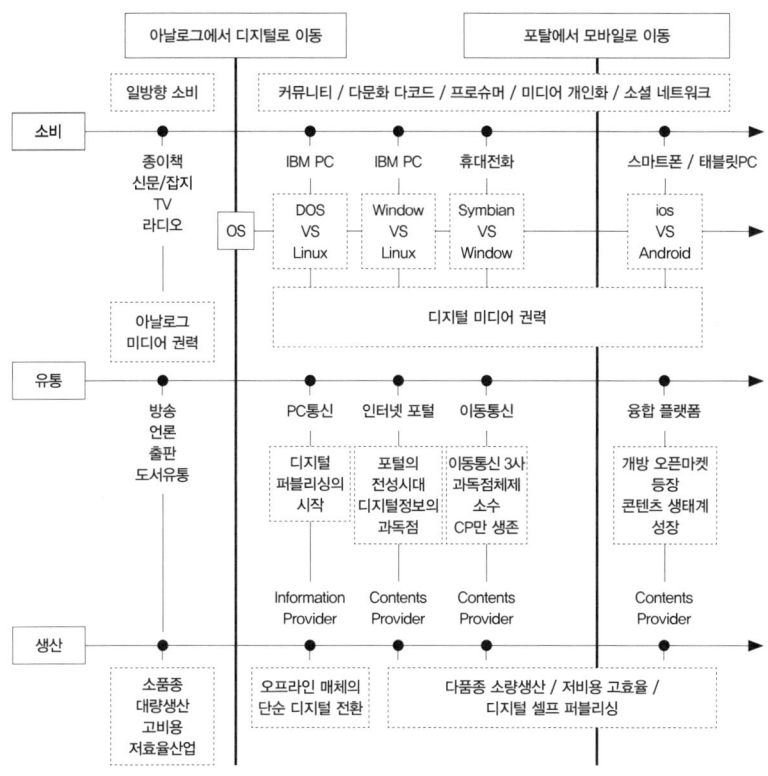

치 내외의 피처폰 화면에서 상위로 올라가야만 매출을 보장받을 수 있었기 때문에 편집 권력을 가진 이동통신사 담당자의 눈에 들기 위해 필사적인 노력을 기울였다. 이러한 환경에서 로비와 접대라는 비공식 행사가 뒤따르는 것은 당연했다. 그 결과 모바일 게임이든 디지털 음원이든 만화든 전자책이든 한국의 모바일 콘텐츠 산업은 지난 10년간 후진적으로 퇴행하고 말았다.

이렇게 디지털 영역에서의 왜곡된 편집 권력은 마침내 모바일 시대에 들어오면서 종언을 고하게 되었다. 애플은 개방된 오픈마켓을 통해 공정한 '룰'과 '시스템'에 의해 누구나 콘텐츠를 제공하게 만들었다. 유통 플랫폼은 콘텐츠에 대한 가치 판단을 하는 게 아니라 콘텐츠 생산자와 소비자를 직통으로 연결해주는 역할만 수행한다. 콘텐츠에 대한 판단은 철저하게 소비자가 결정하는 구조다. 그런 점에서 과거의 편집 권력은 이제 소수의 편집자나 전문가 손을 떠나 소비자에게로 넘어가고 있다고 볼 수 있다. 그렇다면 편집 권력 해체 뒤의 대안은 무엇일까? 전문 편집 자의 섬세한 가공과 정제의 과정을 거쳐야만 좋은 콘텐츠를 소비자에게 전달할 수 있다는 강박관념에 사로잡힌 사람들이 아직 많다. 이런 상황에서 거칠고 다듬어지지 않은 디지털 셀프 퍼블리싱은 과연 대안이 될 수 있을까?

디지털 셀프 퍼블리싱 시대 초기에는 그들 말대로 '검증되지 않고 다듬어지지 않은' 콘텐츠들이 대량으로 쏟아져 나올 가능성은 높다. 하지만 디지털 셀프 퍼블리싱이라는 대안은 네 가지 측면에서 시간이 지날 수록 뚜렷한 대안으로 보강될 것이 분명하다.

첫째, 반드시 양질의 전환 법칙이 이뤄질 것이라는 믿음이다. 굳이 세상의 모든 사물에 적용되는 보편적인 운동 원리를 굳이 떠올리지 않더라도, 대량의 콘텐츠가 쏟아져 나오게 되면 그중에서 일부는 자연스럽게 질적 전환을 거치게 된다. 예를 들어 편집자의 간택에 의해 선택된 5%의 원고 환경에서 뛰어난 작품이 나올 확률보다 선택되지 못한 95%의 원고가 세상에 쏟아져 나오는 환경에서 뛰어난 작품이 나올 확률이 더 크다. 최근 슈퍼스타K 같은 공개 오디션 프로그램이 각광을 받는 이유도 이런 이유 때문이다.

둘째, 규격화된 공산품과 달리 콘텐츠란 다양한 상상력과 지식체계를 담고 있는 매우 상대적인 것이라는 점이다. 귀여니의 소설이 전문 편집자들의 관점에선 매우 이상한 콘텐츠로 보였겠지만 당시 10대들에겐 자신들의 문화 코드를 대변하는 매우 중요한 콘텐츠였다. 10만 부, 100만 부 베스트셀러를 팔아야만 직성이 풀리는 대량 시스템과는 달리, 디지털 셀프 퍼블리싱의 주체들 중 상당수는 단 한 명의 독자만 존재하더라도 기꺼이 출간하고 서비스할 수 있는 마인드를 가진 경우가 많다.

셋째, 디지털 셀프 퍼블리싱 주체자들끼리 상호 매니저먼트 역할을 수행해 주는 협업이 활발해진다는 점이다. 디지털 셀프 퍼블리싱 주체자들은 1인 전자책 출판사인 경우가 많다. 그래서 영세하기 때문에 심지어 표지 디자인부터 교정교열, EPUB 제작까지 모든 것을 혼자 처리하는 경우도 적지 않다. 하지만 작가, 출판인, 언론인, 교사, 디자이너, 보석 가공인 등 매우 다양한 직업을 가진 경험자들이 자신의 전문성을 가지고 서로 역할 분담해서 도와가며 완성된 콘텐츠를 생산하는 법을 터득해나가고 있다. 또한 그들은 콘텐츠 생산에서부터 제작, 유통 전 과정에서 겪은 정보를 교환하는 등 매우 빠르고 역동적으로 움직이고 있다. 그만큼 상호작용과 협업이 매우 긴밀하게 이뤄진다.

넷째, 디지털 셀프 퍼블리싱이 원소스 멀티유스 전략에서 오히려 더 큰 강점을 가질 수 있다는 점이다. 디지털 셀프 퍼블리싱의 주체들은 대부분 콘텐츠 원작자들이다. 이 말은 콘텐츠 원작자의 본래 사상과 철학, 상상력이 편집 과정에서 왜곡되지 않고 독자들에게 그대로 전달될 가능성이 높아진다는 것을 의미한다. 이 의미는 원소스 멀티유스로 확대되면서 더욱 커진다. 디지털 셀프 퍼블리싱의 경우 본격적인 궤도에 오르면 콘텐츠 기획 단계에서부터 콘텐츠 성격에 따른 원소스 멀티유스 전략을 기본적으로 상정하게 될 가능성이 크다. 기획 단계의 스토리텔링이 게임, 음원, 동영상 등 기본적인 디지털 영역에서부터 공연까지 모든 매체를 상정하고 기획하는 것이 매우 자유롭다. 원작자 마음대로 그려낼 수 있기 때문이다.

이런 이유 때문에 디지털 셀프 퍼블리싱은 편집 권력 해체 뒤에 오는 강력한 대안이 될 수 있다. 물론 편집 권력이 해체되는 것은 분명하지만 편집권은 여전히 유효할 수 있다. 디지털 셀프 퍼블리싱 주체자들 역시 초기에는 자신이 기획하고 직접 생산한 콘텐츠가 주를 이루겠지만, 시간이 지나고 일정 이상의 자본을 형성하면 다른 원작자의 콘텐츠를 발굴하고 유통하는 역할을 하게 된다. 다만 과거의 편집권이 권력으로 작용했다면, 앞으로의 편집권은 권력이 아니라 원작자에 대한 매니지먼트 성격을 강하게 띨 것이다. 그렇지 않고 과거와 같은 편집권력으로 작용하게 되면 해당 작가나 저자 역시 똑같이 디지털 셀프 퍼블리싱의 대열에 합류하게 되는 것은 시간문제다.

4

전 자 책
춘 추 전 국 시 대
도 래

국내 전자책 시장은 지난 10년간 B2B(Business to Business) 시장
에 근거해서 조금씩 성장해 왔다. 전자책 시장은 2010년 기준으로
B2C(Business to Consumer), B2B 모두 포함하여 1천억 원 내외로 추정되
고, 전자사전은 단말기 전자사전과 포털 등의 전자사전 시장까지 합하
면 2007년경 2,600억 원 시장을 형성하다가 스마트폰 영향으로 2010년
40% 감소되면서 대략 1,500억 원으로 줄어들었고, 디지털 학술논문이
1,100억 원 등으로 추산되고, 이동통신 3사 피처폰에서 모바일 만화와
전자책 시장이 1천억 원 규모를 형성하였으나 위피 플랫폼 몰락으로 그
시장은 아예 소멸되고 말았다. 따라서 2010년 기준으로 전자책, 전자사
전, 디지털 학술논문 등 시장을 합하면 대략 3,600억 원 정도로 추정할

수 있다.

하지만 2010년 하반기부터 스마트폰과 태블릿PC가 대량 보급되면서 교보문고, 예스24, 인터파크, 리디북스, 바로북, 유페이퍼 등에서 B2C 매출이 급증하고 있고, 애플 앱스토어와 안드로이드 마켓에서 앱북(APP-Book) 매출이 급증하고 있기 때문에 2011년 말 시장규모는 예상보다 커질 것으로 예상된다.

일부 평론가들 사이에서는 전자책 시장규모를 두고 종이책 시장의 1~2%에 불과하다는 점을 애써 강조하는 경우가 있다. 그 근거가 어떻게 산출되었는지 의문스럽지만 분명한 것은 국내 종이책 대형 유통사 3~4곳을 합해도 종이책 매출은 1조 원밖에 되지 않는다는 것이다. 교과서와 학습 참고서 시장까지 합하면 2조~3조 원으로 훌쩍 커지겠지만 현재 종이책 시장규모는 산술적으로 연간 발행부수에 평균 도서정가를 곱한 가격으로 산출되는 것이 일반적이다. 반품 등의 변수는 전혀 고려되지 않는다. 따라서 종이책 시장 규모도 정확하지 않은 상황에서 전자책이 종이책 시장의 1~2%에 불과하다는 것은 유치할 정도로 억측에 가깝다. 또 종이책 저본 없이 곧바로 전자책으로만 출간되는 경우가 많아지고 있어 단순 산술적 비교는 사실상 의미가 없다.

중요한 것은 아직 전자책 시장이 본격적으로 성장 궤도에 오르지 않았음에도 매우 다양하고 복잡한 역학관계가 형성되고 있다는 점이다. 우선 국내 유통마켓에서는 전자책 1세대 기업으로 바로북, 유페이퍼, 교보문고, 조은커뮤니티, 누리미디어, 리틀팍스, 시공미디어, 북큐브와 OPMS(북큐브는 북토피아 멤버들이 주축이 되어 만든 기업이고, OPMS는 북토피아를 인수한 기업이기 때문에 편의상 전자책 1세대 기업으로 분류했다.) 등이 서비스를 하고 있고, 후발 전자책 업체로 리디북스, 인터파크, 예스24, 알라딘, 반디앤루니스, 리브로, 영풍문고, 대교, 위즈덤베이글 등 다양한 유통채널이 합류하였고, 모글루, 엠아이북, 유엔젤, 인크로스, 판다모코리아, 성도솔루

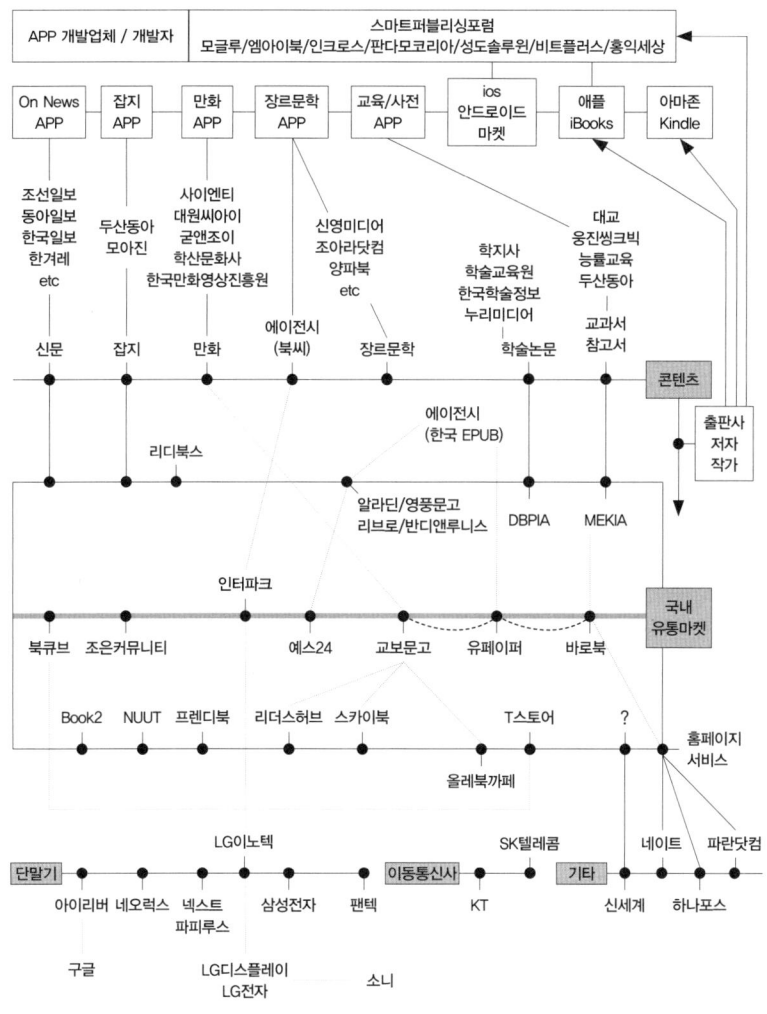

원, 비트플러스, 홍익세상, 도큐헛 등 개발업체는 현재 개발업체 겸 유통업체로 전환해 가고 있고, 이동통신사에서는 KT와 SK텔레콤이, 단말기 업체에서는 삼성전자, 팬택, 아이리버, 네오럭스, 언론사에서는 조선일보, 대기업에서는 신세계아이앤씨, 포털에서는 네이버, 다음, 네이트 등이 합류하고 있다. 그리고 애플 앱스토어와 구글 안드로이드마켓, T스토어, 올레마켓, 오즈마켓이 형성되어 있고, 글로벌 마켓으로 애플 앱스토어와 아이북스(iBooks), 아마존 킨들(Kindle) 등의 마켓이 형성되어 있다.

유통채널과 마켓이 매우 복잡하게 형성되어 있기 때문에 콘텐츠 공급자들 역시 매우 다양하다. 우선 위즈덤하우스나 문학동네 같은 종이책 출판사가 있고, 언론사, 방송사, 디지털 콘텐츠 업체, 장르문학 작가와 만화작가들, 전자책 전문 출판사 등 시간이 지날수록 콘텐츠 공급원은 폭발적으로 증가하고 있다.

구체적으로 단말기, 이동통신사 · 포털 · 대기업, 전자책 전문업체, APP-Book업체, 출판사 · 교육업체 · 언론사, 중소 출판사 · 1인 출판사 · 저자 · 작가 등으로 나누어 살펴보면 다음과 같다.

단말기	e잉크	· 삼성전자 : SNE-60K(e잉크단말기) 출시했으나 생산중단 · LG디스플레이 : e잉크 단말기+태양전지 '솔라e북' 시제품 발표 · 아이리버 : e잉크 단말기 STORY HD 출시 · 네오럭스 : e잉크 단말기 NUUT3 출시 · 북큐브 : e잉크단말기 'BOOKCUBE(B-612)' 출시 · 넥스트파피루스 : e잉크단말기 '페이지원' 출시 (대교와 제휴) · 인터파크 : e잉크단말기 '비스킷' 출시	- 아마존, 반스앤노블 등 에 비해 국내 e잉크단 말기 보급 난항 -아이리버+LG디스플레 이 합작, 구글 등 해외 시장 중심으로 공략 중 아이리버 구글e북스에 STORY HD 공급
	스마트폰	· 삼성전자 : 갤럭시S2 출시 · LG전자 : 옵티머스 출시 · 팬택 : 5인치 스마트폰+태블릿 융합형 '베가 넘버 파이브'출시 · 애플 : 아이폰4 출시. 2011년 하반기 아이폰5 출시 예정	-연내 2천5백만~3천만 대 보급 예상 -태블릿PC의 경우 2011 년 150만 대 이상 보급, 2012년 누적 3백만 대 보급 예상 -구글 모토로라 인수로 인해 안드로이드 OS 전 략에 차질 예상 독자적 인 OS 전략 급부상
	태블릿PC 스마트TV	· 삼성전자 : 갤럭시탭 10.1인치 출시 · LG전자, 삼보컴퓨터, 아이리버 등 출시 준비중 · 삼성전자, LG전자 스마트TV 출시	
이동통신사 포털 대기업		· SK텔레콤 : 전자책 오픈마켓 서비스 론칭 예정 / 모바일 어플리케이션 오픈 마켓 T스토어 오픈 · KT : 전자책 오픈마켓 올레북카페 오픈 · LG : 오즈마켓 오픈 · 네이버 : 전자책 사업 진출 선언 네이버북스 서비스 오픈 · 신세계 : 전자책 사업 진출 선언 (2012년 서비스 오픈 예정)	-KT, SKT 전자책 플랫폼 사업자 본격 진출
전자책 전문업체		· 교보문고 : 스마트폰 기반으로 일일 매출 2천만 원 돌파 · 인터파크 : 전자책 '비스킷'서비스 시작 · 예스24/알라딘/영풍문고/반디앤루니스 등 한국e퍼브 출범 · 유페이퍼 : HTML5 기반 전자책 오픈마켓 국내 최초 도입 · 바로북 : 아이작가2.0 등 장르문학 전자책으로 전문화 · 리디북스 : 아이폰, 아이패드 기반으로 전문화 · 한솔C&M/석세스TV(북리슨) : 오디오북 전문화 · 모아진 : 전자잡지(사보 포함) 전문화 · 조은커뮤니티 : 도서관, 공공기관 판매 주력 · OPMS : 웅진그룹 계열 OPMS에서 북토피아 인수 후 메키아 서비스 오픈 · 누리미디어 : 학술논문 등 대학 도서관 시장 전문화. 누리미디어 등 18개 기 업 '미국도서관 등 글로벌 디지털 도서관 유통'추진 · 한국학술정보 : POD, 학술논문 등 전문화. · 인큐브테크 : KT, 비슬 등 다수 플랫폼 구축 · 스포크시스템즈/케이디엔티 : 플래시 기반 다국어 전자책 서비스 (삼성TV앱 스 공모전에서 최우수상 수상)	-유통사의 경우 콘텐츠 확보 전쟁 -중소업계의 경우 대기 업, 대자본에 대항하는 전문화 특성화 및 연합 형태로 발전하고 있음
APP-Book 업체		· 홍익세상 : 안드로이드 기반 전자책 APP 자동개발 제작툴 HiCEL 개발 (KT벤 처 어워드 최우수상 수상) · 모글루 : APP 전자책 자동개발 툴 + 유통 플랫폼 동시 전략 / 미국 현지법인 설립 등 글로벌 전략 추진 · 엠아이북 : PDF 기반의 제작에서 유통까지 원스톱 지원체계 구축 · 유엔젤 : Social Reading 서비스 'Bookly' 유통 플랫폼 · 성도솔루션 : 종이책과 전자책, APP-Book을 동시에 제작하고 유통할 수 있 는 Mobile Publishing Service 'Harmony' · 비트플러스 : 인터랙티브 APP-Book 제작 서비스는 Story Book Contents Digital Library Biz Plan	-APP-Book 개발업체들 의 유통 전략 가시화 -2011년 한국전자출판 협회와 함께 모글루, 홍 익세상, 성도솔루션, 엠 아이북, 비트플러스, 도 큐헛, 인크로스 등 10여 개 업체 '스마트앱퍼블 리싱 포럼'을 구축하고 3차례 컨퍼런스 개최

출판사 교육업체 언론사	· ㈜출판콘텐츠 공동법인 설립 : 김영사, 더난, 문학과지성사, 시공사, 푸른숲 등 출판인회의 소속 출판사들은 전자책 콘텐츠 에이전시 법인 설립 · ㈜한e퍼브 공동법인 설립 : 예스24, 리브로, 반디앤루니스, 영풍문고, 알라딘, 중앙일보, 비룡소 등 공동출자 · 창비, 민음사, 위즈덤하우스, 북이십일 등 메이저 출판사 : 독자적인 전자책 비즈니스 모델 추구 · 두산동아, 능률교육 등 교육업체 : 애플 앱스토어 어플리케이션 등록 판매 · 대교 : 1년 약정 시 단말기 무료배포 기반의 '프렌디북' 오픈 · 조선일보 : 텍스토어 오픈	-일부 메이저 출판사와 교육업체 중심으로 독립적인 비즈니스 모델 추구
중소출판사 1인 출판사 저자·작가	· 황석영 등 유명작가 : 전자책/종이책 동시 출간 호의적 (박범신, 황석영 등 인터넷 연재소설) · 저자·작가(장르문학가, 만화가), 파워블로거 등 디지털 셀프퍼블리싱 급증 · 한국전자출판협동조합 : 중소 및 1인출판사 전자책 관련 생산자 협동조합 구축(안북, e스토리, 프리윌, 글그림, 애니아툰/산책길, 이모션북스, 푸른영토, 소천성, 아이이펍, 블루문파크, 그린북아시아, 어학문화사 등 100여개)	-저자, 작가, 출판사 재직자의 1인출판사 등록 급증으로 디지털 셀프퍼블리싱 보편화 -2011년 8월 기준 출판사 6만2천여 개 등록

과거와 달리 국내 전자책 산업에서 일어나고 있는 몇 가지 특징적인 현상이 있다.

첫 번째 특징으로 2010년 말 기준으로 국내에 등록된 출판사 수는 4만 개였는데, 2011년 8월에는 무려 6만 2천여 개로 급증했다는 점이다. 종이책 시장이 빠르게 감소되고 있는 상황에서 불과 8개월 만에 2만여 개가 늘어났다는 것은 신생 출판사 다수가 전자책 시장을 겨냥한 1인 출판사일 가능성이 높다. 올해 등록한 신생 전자책 전문 1인 출판사 구성은 대체로 현재 출판사나 디지털 콘텐츠 업체에 재직하고 있지만 조만간 전자책 출판 창업을 준비하려는 경우와 저자·작가가 직접 출판사를 등록한 경우가 대부분일 것으로 보인다.

두 번째 특징으로 앱퍼블리싱(APP Publishing)을 지향하는 개발업체와 개발자가 폭발적으로 증가하고 있다는 점이다. 정확한 통계를 산출하기는 어렵지만 현재 앱퍼블리싱 개발을 지향하는 업체는 200여 개가 넘고, 중기청에서 지원하는 앱 창작터는 전국에 20개가 넘고 이곳에서 교육을 받고 있는 앱 개발자는 4천 명이 넘고 있다. 이들 중 일부분은 게임이나 엔터테인먼트 앱(APP)을 개발하고 있지만, 상당수는 상대적으로 접근하기 쉽고 개발하기 용이한 전자책이나 앱북 등 앱퍼블리싱을 지향하고 있다.

세 번째 특징으로 중소 출판사와 1인 출판사 중 전자책을 전문으로 하는 출판사들이 세력으로 조직화되고 있다는 점이다. 2011년 7월 13일 파주출판도시 전자출판공동제작센터에서 안북, e스토리, 크리스피, 블루문파크, 아이이펍, 이모션북스, 그린북아시아, 캘리포니아미디어, 산책길, 글그림, 프리윌, 푸른영토 등 100여 개 출판사들이 모여 전자책콘텐츠생산자협동조합을 연내에 구축하기로 결의했다. 이들 출판사들은 상호 상생과 협력을 바탕으로 전자책산업 리더십 확보 및 글로벌 공동 전략 등 혁신적인 방안을 실천해 나갈 계획이며, 주요 사업으로 조합사 수익 증대, 공동 입주시설 및 지원센터 등 인프라 확보, 스마트퍼블리싱 글로벌 마켓 구축, 글로벌 유통 공동 전략 및 세부 실행방안 마련, 콘텐츠 기획, 제작, 개발 등 협동화 사업, 공동 수익 방안 창출, 청년 일자리 창출 등 사회적 기여 등의 사업을 진행하기로 했다.

마지막으로 삼성전자, KT, SK텔레콤, 신세계아이앤씨 등 대기업 진출이 눈에 띄게 늘어나고 있다는 점이다. 대기업 진출이 국내 전자책 시장이 새로운 활력을 가져줄 것으로 보이지만 현재까지는 다른 유통채널 전략과 큰 차이가 없을 정도로 정체성이 모호한 경우가 많다.

이 외에도 아직 표면에 드러나지는 않았지만 전자책 산업으로 진출하려는 디지털 콘텐츠 업체나 대기업들이 많이 잠재되어 있다는 점에서 지금 국내 전자책 산업은 춘추전국시대라고 해도 과언이 아니다. 하지만 표면적으로는 매우 풍부해 보이지만 내실을 따져보면 적지 않은 단점을 내포하고 있다. 우선 유통 플랫폼 사업자가 대거 등장하고 있지만 유통 모델이 차별성이 없고 엇비슷한 게 문제다. 그나마 교보문고, 유페이퍼, 대교 프렌디북, 모글루, 유엔젤, 성도솔루윈, 홍익세상, 리디북스, 예스24, 알라딘, 대교리브로, 영풍문고, 반디앤루니스 등 5개 서점연합인 한국이퍼브 등 10여 개 업체가 혁신적이거나 플랫폼 서비스 완결성이 높은 편이다.

교보문고의 경우 전자책 매출과 서비스 모든 측면에서 가장 앞선 플랫폼을 구축하고 있다. 교보문고는 7년 전 전자책 시장에 진입하면서 북토피아와 격렬한 경쟁을 통해 B2B 시장을 장악해 왔고, 삼성전자와 제휴를 통해 갤럭시S, 갤럭시탭에 교보문고 어플리케이션이 프리로드(Free Road, 스마트폰이나 태블릿PC 같은 단말기 출시 때 기본적으로 제공되는 방식)되는 프리미엄 잇점을 바탕으로 B2C 시장을 개화시킨 대표적인 업체다. 또한 교보문고는 일찌감치 장르문학 작가를 규합한 데 이어, 2011년에는 디지털 셀프 퍼블리싱 오픈 마켓을 전면적으로 도입하여 계약에서 콘텐츠 등록, 유통까지 온라인으로 원스톱으로 처리하는 혁신을 단행하고 있다. 또한 한국만화영상진흥원에서 발주한 '스마트 퍼블리싱 시스템 구축사업' 공동사업자로 선정되어 장르문학 작가에 이어 만화작가들의 작품을 유통할 수 있는 거점을 확보하는 등 콘텐츠 자원 확보에도 가장 빠르게 움직이고 있다. 그 결과 현재 교보문고가 확보한 전자책 콘텐츠는 10만여 종에 달하며 일일 매출 2천만 원을 돌파했다.

유페이퍼(지니소프트)는 2000년부터 모바일 기반의 전자책 사업으로 휴대전화 기반의 전자책 B2C 시장에서 연간 매출을 20억 원까지 끌어올렸던 대표적인 업체였다. 하지만 이동통신 3사의 위피 기반 모바일 콘텐츠 플랫폼이 내리막길을 걸으면서 휴대전화 기반의 서비스를 접을 수밖에 없었다. 그래서 유페이퍼는 100만 회원과 2만여 종의 콘텐츠를 가지고 있던 기존 모바일 서비스를 과감하게 버리고 대신 계약에서부터 콘텐츠 등록과 유통을 원스톱으로 지원하는 EPUB 기반의 오픈마켓으로 전환했다. 유페이퍼의 혁신성은 국내에서 가장 먼저 EPUB 표준과 오픈마켓을 도입했다는 점이다. 그 결과 1년 만에 7천여 종의 EPUB 전자책 콘텐츠를 확보했을 뿐만 아니라 유페이퍼가 구축한 EPUB 제작툴과 오픈마켓 시스템은 여러 기업에서 도입하는 표준이 되고 있다. 유페이퍼는 여기에 머물지 않고 예스24, 알라딘, 영풍문고, 대교리브로, 반디앤루니스 등 5개 서점이 연합한 한국이퍼브와 손 잡고 유페이퍼에 등록한 전자책을 5개 서점에 동시 판매하는 확산 전략을 추진하고 있다.

대교에서 2011년 5월에 오픈한 프렌디북은 자기주도적 전자책 독서 교육을 모토로 1년 혹은 2년 약정 시 e잉크 단말기나 갤럭시탭을 무료로 제공하는 서비스다. 국내에서 처음 도입된 차별화된 서비스 모델이다. 특히 대교에서 펴낸 풍부한 콘텐츠를 바탕으로 독서교육과 연계했다는 점에서 빠르게 안착될 것으로 보인다. 현재는 넥스트파피루스의 e잉크 단말기 '페이지원' 제품과 7인치 갤럭시탭에 한정되어 있지만, 아이패드 2와 갤럭시탭 10.1인치 등으로 단말기 제품을 확대할 방침이며, 그동안 대교에서 생산한 콘텐츠뿐만 아니라 콘텐츠 공급원을 확대해 가고 있다.

모글루는 앱북에서 제작비용과 글로벌 유통에서 혁신을 일으키고 있는 대표적인 기업이다. 그동안 인터랙티브 기반의 앱북을 제작하려면 수천만 원의 비용을 들여야만 만들 수 있었다. 모글루가 인터랙티브 기반의 앱북을 자동으로 만들어주는 제작툴을 공급하면서 그동안 문제가 되었던 제작비용이라는 이슈를 무력화시켜 버렸다. 모글루의 제작툴로 인터랙티브 앱북을 제작할 경우 100만~200만 원으로 다운시킬 수 있을 뿐만 아니라 애플 앱스토어와 안드로이드마켓용 전자책을 동시에 만들 수 있다. 또한 모글루는 국내 유통뿐만 아니라 글로벌 유통 플랫폼 전략을 현실화하고 있어 향후 귀추가 주목되는 기업이다.

유엔젤은 보통 유통 플랫폼이 백화점식으로 나열되어 있는 방식을 과감하게 깨뜨리고 있는 기업이다. 유엔젤의 'Bookly'라는 소셜 리딩(Social Reading) 서비스는 마치 지상파 방송 프로그램처럼 엄선한 전자책을 일주일간 보여주는 방식이다. 매주 엄선한 새로운 책이 방송에서처럼 정해진 기간 내에 서비스된다. 주로 월정액 방식으로 운영될 예정인데 엄선된 전자책을 의무적으로 읽게 하는 효과를 기대할 수 있다. 독자 선택에 의해 구매한 전자책 독서는 롱테일 방식인데 반해, 유엔젤의 'Bookly'서비스는 1개월에 10권 혹은 20권 정도 독파하는 만족감을 줄 수 있을 것으로 보인다.

성도솔루윈은 출판 소프트웨어 분야에서 미국 쿼크의 쿼크익스프레스(Quark Xpress), 어도비시스템즈의 인디자인(InDesign)과 함께 한국에서 유일하게 국산 소프트웨어 엠레이아웃(Mlayout)을 보유한 업체다. 성도솔루윈은 엠레이아웃 기반으로 아이패드용 퍼블리싱 솔루션 하모니(Harmony) 서비스를 오픈했다. 하모니는 어도비시스템즈가 최근 발표한

CS5.5와 동일한 제작 인터페이스를 가지고 있지만, CS5.5에 비해 가격 경쟁력을 가지고 있다. CS5.5의 가격 정책에 부담을 느낀 콘텐츠 업체들이 하모니 서비스를 선택할 가능성이 높아지고 있다.

홍익세상은 앱북을 누구나 쉽게 자동으로 만들 수 있는 제작툴 'HiCEL'을 개발한 업체다. 홍익세상은 이 소프트웨어로 KT벤처 어워드 최우수상을 수상한 바 있다. 홍익세상의 소프트웨어는 마치 파워포인트를 만드는 것처럼 쉽게 앱북을 제작할 수 있다는 것과 한 권당 제작비가 10만 원 내외여서 매우 저렴하게 만들 수 있다는 장점을 가지고 있다. 또한 모바일 광고 모델을 결합한 제작 서비스도 계획되어 있어 콘텐츠 업체들에겐 선택 폭을 넓혀줄 전망이다. 다만 아직 안드로이드 기반의 앱북 제작에 한정되어 있다는 게 단점이다.

리디북스는 국내에서 가장 먼저 아이폰 기반의 전자책 서비스를 시작했다. 서비스가 매우 안정적이고 콘텐츠 업체에 대한 사후 관리가 꼼꼼해서 출판사로부터 두터운 신뢰를 얻고 있다는 것이 장점이다. 그 결과 아이폰에서의 전자책 매출이 가장 높은 업체군에 속한다.

예스24, 알라딘, 대교리브로, 영풍문고, 반디앤루니스 등의 서점이 연합한 한국이퍼브는 5개 서점의 연합체라는 점에서 그 자체로 혁신적인 측면을 가지고 탄생한 업체다. 예스24와 알라딘을 중심으로 전자책 서비스를 확장해 나가고 있는 중이며 전년 대비 5~6배 이상 성장하고 있다. 특히 예스24는 한국전자출판협회, 웅진씽크빅과 함께 대한민국 디지털작가상을 공동주최하고 유페이퍼의 콘텐츠를 자동으로 5개 서점에 판매하는 제휴를 통해 1인출판에 대한 전략을 확대해 나가고 있다.

5

혁 신 전 략 이
필 요 하 다

- ▪
- ▪
- ▪
- ▪
- ▪

국내에도 전자책 춘추전국시대가 도래했지만 앞에서 살펴본
것처럼 국내 업체들의 비즈니스 모델을 보면 너무 단순하다는 것이 흠
이다. 단말기 업체들은 성능과 가격이라는 혁신적 가치를 내걸고 출시
된 아이패드2에 밀려 고전하고 있고, 유통 플랫폼 사업들은 종이책 출판
사의 한정된 콘텐츠 자원을 확보하는 데만 머물러 있다. 좁은 내수시장
에서 전자책 산업이 폭발력을 가지기 위해선 시급하게 몇 가지 혁신적
인 전략으로 재구성될 필요가 있다.

첫째 콘텐츠 자원 개발 혁신이 필요하다. 종이책의 경우 해외 번역
도서가 30%를 넘고 있는데 반해 국내 출판사에 투고되는 창작 원고는
95%가 사장되어 왔다. 이런 상황에서 종이책이 전자책으로 전환되더라

도 콘텐츠 자원의 한계는 분명하다. 유통 플랫폼 경쟁이 격화될수록 한정된 자원을 기반으로 하는 모델은 더 이상 변별력을 가지기 힘들다. 따라서 종이책 시스템에서 사장된 95%의 원고를 흡수할 수 있는 디지털 셀프 퍼블리싱으로 국내 창작물의 디지털 출판 르네상스를 열어갈 필요가 있다. 아마존의 경우 개인 저자·작가들에게 디지털 셀프 퍼블리싱을 지원해 아만다 호킹이라는 26세 인디문학 작가가 200만 달러 이상 수익을 올리기도 했다.

현재 디지털 셀프 퍼블리싱을 전면적으로 도입하고 있는 곳은 유페이퍼, 교보문고, KT 올레북카페 정도다. 각 유통 플랫폼 특성에 맞는 디지털 셀프 퍼블리싱 도입이 빠르게 확산될 필요가 있다.

둘째 다양한 비즈니스 모델 혁신이 필요하다. 이미 검증된 아마존이나 애플의 모델도 의미가 있지만 그 모델이 국내에도 그대로 맞아떨어진다는 보장은 없다. 오히려 각 기업의 장점, 자원을 살려 소비자의 요구에 맞는 특화된 비즈니스 전략이 시장에서 살아남을 가능성이 더 높다. 최근 해외도서의 라이선스 전면 도입을 선언한 인터파크의 모델이나 자기주도적 독서교육 프로그램을 바탕으로 1년 약정 시 e잉크 단말기를 무료로 제공하는 대교의 프렌디북 모델, 누구나 디지털 셀프 퍼블리싱을 할 수 있는 유페이퍼의 오픈마켓인 모델은 참조할 만한 특화 전략이다. 하지만 이러한 혁신 외에도 모바일 광고와 결합된 모델이나 전자책 콘텐츠 프로모션을 전문화하는 등의 다양한 모델 개발이 필요하다.

셋째 서비스 혁신이 필요하다. 콘텐츠 제공자 입장에서 보면 계약에서 콘텐츠 등록까지 모든 과정이 철저하게 아날로그 방식에 머물러 있다. 대부분의 콘텐츠 업체들은 "유통사 담당자들과 소통하자면 매우 답답하고 느리다."고 이구동성으로 말하고 있다. 현재 유페이퍼를 제외하고 유통사와 콘텐츠 업체가 계약을 하려면 종이 문서로 된 계약서를 우편이나 등기로 주고받고 있다. 콘텐츠를 제공하려면 e메일로 전송하거나 FTP 또는 웹하드 등에 등록해야 하는 경우가 대부분이다. 전자책 담당자들과 소통을 하기 위해서는 직접 방문하거나 일일이 전화를 걸어야 한다. e메일로 문의하면 아예 답신이 없거나 1~2주 후에나 겨우 답신을 받는 경우도 허다하다. 콘텐츠 등록도 공정한 시스템이나 프로세스에 의해 자동으로 되는 것이 아니라, 담당자의 주먹구구식 방식으로 진행된다. 어떤 출판사는 콘텐츠를 제공한지 몇 개월이 지나서도 특별한 이유 없이 등록되지 않는 경험을 하는 경우도 있다. 이 모든 것이 아날로그 방식의 시스템 때문에 발생하는 문제들이다. 애플이나 아마존처럼 계약에서 등록까지 모든 과정이 온라인 원스톱으로 처리되는 디지털 방식으로 서둘러 전환해야 한다. 만일 애플이 국내 유통사처럼 아날로그 방식으로 업무를 처리한다면 50만 건에 달하는 어플리케이션의 확보는 불가능했을 것이다.

소비자 입장에서는 '내가 구매한 전자책이 10년 혹은 20년 뒤에도 그대로 이용할 수 있는 소유 권한이 남아 있을까?'하는 의구심이 많이 든다. 전자책 가격이 1만 원이든 500원이든 값을 치른 전자책에 대한 소유권은 당연히 영원해야 한다. 따라서 국내 전자책 플랫폼은 클라우드 기반으로 서비스를 전환하고, 서비스 약관에 소비자들이 구매한 전자책에 대한 보장 기간을 명확하게 명시할 필요가 있다. 서비스 중간에 폐업이나 도산할 경우 또는 M&A 같은 환경 변화가 있을 경우 알맞은 전자책 소유권 보장 방법을 제시할 필요가 있다.

마지막으로 글로벌 전략에 대한 혁신이 필요하다. 디지털 출판이 교과서, 참고서, 단행본과 신문, 잡지, 만화 등 전 분야에 걸쳐 일반화된다 하더라도 국내 시장은 너무 좁다. 지금부터 본격적인 글로벌 진출을 준비하지 않으면 전자책 산업이 급속한 성장을 하더라도 어느 순간 한계에 직면할 것이 분명하다. 물론 여원미디어, 웅진씽크빅, 교원, 시공미디어, 누리미디어 같은 업체들은 개별적 혹은 컨소시엄 구축을 통해 글로벌 시장 진출을 시작하고 있지만 아직 규모가 작고 시작에 불과하다. 더 큰 흐름을 빠르게 만들어 낼 필요가 있다. 우선 글로벌 B2C 시장의 경우 아마존 킨들, 애플 앱스토어 · 아이북스, 구글e북스 등 이미 열려 있는 글로벌 마켓을 적극 활용할 필요가 있다. 영어권, 스페인어권, 중국어권 등 규모의 경제를 만들어 낼 수 있고, 파급력이 큰 시장을 공략하기 위해 정부 차원에서 또 기업 차원에서 집요함과 인내를 갖고 달려들 필요가 있다. 최근 신경숙 작가의 《엄마를 부탁해》 전자책이 아마존에서 종합 베스트셀러 100위권, 애플 아이북스에선 문학 분야 30위권으로 근접한 것을 볼 때 우리나라 콘텐츠도 충분한 승산이 있다고 확신한다.

글로벌 B2B 시장의 경우 콘텐츠, 단말기, 소프트웨어 기술 등을 종합적으로 판매할 수 있는 시장이 광대하게 펼쳐져 있다. 시간이 흐를수록 그 시장은 더 커지고 있다. 이미 영국의 피어슨, 미국의 오버드라이브, 중국의 방정아파비(Founder Apabi), 독일의 스프링거 같은 글로벌 기업 진출이 가속화되고 있다.

한국전자출판협회는 글로벌 진출을 촉진하기 위해 B2C 시장의 경우 소설, 동화, 만화 같은 창작 스토리와 교육 콘텐츠를 중심으로 정부 및 관련 기관과 세부 전략을 구체화하고 있다. B2B 시장의 경우 100여 개 해외 기업과의 네트워크를 바탕으로 경기도 내 지자체와 함께 '디지털 퍼블리싱 글로벌 B2B마켓'을 구축해 국내 콘텐츠, 단말기, 소프트웨어 기술 등의 전자책 관련 시장을 획기적으로 끌어올리기 위한 세부 전략을 2011년까지 마련할 계획이다.

국내 기업들이 뛰어난 단말기 기술과 소프트웨어 기술 등의 인프라를 보유하고 있음에도 애플의 단말기와 콘텐츠 유통 플랫폼 시장에서 지금은 밀리고 있다. 하지만 앞으로 적지 않은 내수시장을 내준다 하더라도 수많은 국내 기업과 콘텐츠 제공자들이 융성할 수 있는 글로벌 시장을 만들어 낸다면 충분한 가치 있고 해볼 만한 승산 있는 싸움이다.

6

애플의 인앱
정책을 둘러싼
두가지 입장

최근 일부 전자책 유통업체에서 애플의 인앱(AIP, In App Purchase, 앱 내부 결제) 정책을 강력하게 비판하고 나섰다. 한국이퍼브는 애플코리아를 공정거래위원회에 제소하기도 했다. 콘텐츠 생태계를 만들어 전 세계 개발자와 콘텐츠 업체들에게 환영을 받으며 줄기차게 달려온 애플 생태계에 도대체 무슨 일이 벌어지고 있는 것일까?

애플의 인앱 정책을 둘러싼 갈등은 이미 2010년부터 시작되었다. 지난해 음원 콘텐츠 부문에서 소리바다를 비롯해 엠넷, 벅스 등이 올린 음원 앱이 애플로부터 승인을 거절당해 퇴출당한 바 있다. 그리고 애플은 올해 초 소니가 등록한 전자책 앱 역시 승인하지 않았다. 결국 소리바다는 작년 말 애플의 인앱 정책을 받아들여 소리바다 앱을 수정한 뒤 다시 등록했다. 반면 소니는 아직 애플의 정책에 따르지 않고 있다.

애플의 인앱 정책은 올해 최종 가닥을 잡고 업체들에게 외부 결제를 기본으로 하는 앱을 수정하지 않으면 강제 퇴거하겠다고 통보했다. 그리고 현재도 그 정책 의지를 현실화시키고 있는 중이다. 애플의 의지를 볼 때 당분간 인앱 정책은 노선을 수정하지 않을 것으로 보이며 오히려 더욱 강화될 것으로 보인다. 이러한 상황에서 전자책 등 유통 앱을 등록하려는 유통사들에겐 애플의 인앱 정책을 수용할 경우 애플에 30%를 떼어주고 나머지 70%를 가지고 콘텐츠 업체와 분배해야 하는 어려움에 처하게 되었다. 하지만 일부 업체에서는 앱 내에서 결제하는 수단을 없애고 대신 뷰어 기능만 수행하는 앱을 올릴 예정이다. 독자들에게 홈페이지에서 결제해서 콘텐츠를 구입한 다음 무료 앱을 통해 볼 수 있도록 하겠다는 것이다. 그러나 애플과 일부 업체들의 갈등에도 대부분의 콘텐츠 업체와 개발자들은 대수롭지 않게 보고 있다. 이들은 한결같이 애플이 만들어 놓은 생태계에 일부 유통업체들이 '무임승차'하는 것으로 보기 때문이다. 애플의 앱스토어는 콘텐츠 업체들을 위한 생태계이지 유통사를 위한 생태계가 아니라는 것이 이들의 기본 인식이다.

반면 애플의 인앱 정책을 비판하는 업체들은 "애플이 처음에는 콘텐츠 생태계를 만들겠다고 공언해왔으나, 시장 지배력을 얻자 폭력적인 횡포를 노골화"하고 있다고 보고 있다. 아이폰, 아이패드 같은 단말기를 팔아 수익을 올리고 있고, 그 지위를 악용해 콘텐츠 생태계에서도 불공정 행위를 하고 있다는 것이 이들의 기본 인식이다.

애플의 인앱 정책에 대해 분명하게 다른 두 가지 입장은 어디에서 기인하는 것일까? 나는 결론적으로 말하면 애플에는 문제가 없다고 생각한다. 애플의 앱스토어는 구축 초기부터 콘텐츠 생산자와 개발자들을 위한 생태계를 만들겠다고 약속한 바 있고, 지금까지 그 약속을 지키고 있다.

스티브 잡스는 아이폰을 들고 나오면서 전 세계에 새로운 패러다임을 선사했다. 그 패러다임은 여러 가지가 있겠지만 대표적인 몇 가지를 소개하면 다음과 같다. 애플과 스티브 잡스의 철학을 다시 한 번 되새겨 보는 데 도움이 될 것이다.

첫째로 이동통신사와 단말기 업체와의 카르텔 같은 연결고리를 해제시켰다는 점이다. 과거 이동통신사들은 자신들이 만든 망을 기반으로 단말기를 선택적으로 취했다. 고객들에겐 다양한 단말기를 선택할 여지가 없었다. 특정 이동통신사를 선택하는 순간 이동통신사가 제시하는 한정된 단말기를 선택할 수밖에 없었다. 일례로 이동통신사들은 데이터 패킷요금을 챙기기 위해 단말기 업체에게 휴대전화에 와이파이 기능을 제거할 것을 요구했다. 그래서 동일한 제품인데도 해외 출시 제품에는 와이파이를 넣었고, 국내 제품에는 와이파이 기능을 제거한 후 출시했다. 소비자에겐 폭압적인 행위로밖에 보이지 않은 관행이 아이폰 출시로 인해 무너지게 되었다는 것을 우리는 잘 알고 있다.

둘째로 단말기에 콘텐츠라는 새로운 생명력을, 콘텐츠 업체들에겐 콘텐츠를 팔 수 있는 시장을 부여했다는 점이다. 과거에는 단말기에 한정적인 콘텐츠만 탑재해 고객들에게 서비스했다. 소비자는 이동통신사와 단말기 업체가 만든 콘텐츠만 이용할 수 있었다. 단말기 제품의 주기는 매우 짧은데도 단말기 업체들과 이동통신사들은 단말기 스펙만 강조할 뿐이었다. 단말기 스펙은 달라도 콘텐츠는 거기서 거기였다. 그리고 이동통신사와 단말기 업체의 눈에 든 특정 소수의 콘텐츠 업체들만 겨우 먹고살 수 있는 작은 시장만 있었다. 아이폰과 앱스토어가 등장하면서 이러한 관행에 혁명적 변화가 일어났다. 소비자는 앱스토어를 통해 다양한 콘텐츠를 단말기에 내려 받음으로써 끊임없이 생성되는 새로운 콘텐츠를 심을 수 있었고, 콘텐츠 수요가 늘어나면서 개발자들은 콘텐츠를 팔 수 있는 거대한 시장을 만난 것이다. 소비자와 콘텐츠 업체들의 선순환 발전구조가 만들어지고 발전하게 되었다. 현재 전 세계 3만 명의 콘텐츠 개발자들이 이 시장에 참여하고 있으니 놀랄 만한 변화다.

셋째로 분배의 정의를 이뤘다는 점이다. 애플은 시작부터 지금까지 콘텐츠 개발자들에게 70%를 매월 정확하게 분배하고 있다. 과거 국내 이동통신사들은 음원 서비스에서 자신들이 60%를 가져가고 콘텐츠 업체들에게 40%를 분배했다. 콘텐츠 업체들은 그 40%를 가지고 작곡가, 작사가, 가수 등과 분배했다. 당연히 콘텐츠 업체들이나 저작권자들은 빈곤에 시달릴 수밖에 없었고 이동통신사들은 더욱 풍요로워졌다. 그 결과 지난 10년간 국내 모바일 콘텐츠 산업에서 후진국이 되었다는 것을 상기하면, 애플의 이러한 분배 정책은 획기적으로 보일 수밖에 없다. 실제로 애플이 가져가는 30% 중 신용카드 수수료와 앱스토어 관리 비용에 대략 17% 내외가 들어간다고 한다. 애플 앱스토어나 아이북스(iBooks)에 콘텐츠를 등록해 본 사람이라면 애플이 콘텐츠 심사와 등록 과정에서 얼마나 꼼꼼한지 잘 알고 있다. 그리고 얼마나 원칙에 철저하고 공평

한지도 잘 알고 있다. 그런 점에서 애플이 실제로 이득으로 취하는 13% 는 그다지 커 보이지 않는다. 반면 애플의 등장과 성장에 놀란 반(反)애 플 연합진영의 대표적인 마켓인 안드로이드는 어떤가? 수적으로 보면 이미 애플의 앱스토어를 능가하고 앞으로 그 차이는 더욱 커질 것이 분 명하다. 문제는 안드로이드 기반의 단말기를 이용하는 소비자들 대부분 무료 앱을 이용하고 있어 유료 마켓으로 성장하지 못하고 있다는 것이 다. 이러한 상황에서 안드로이드 기반의 앱을 제공하는 콘텐츠 업체들 도 당장 안드로이드 마켓에서 수익을 기대할 수 없는 상황에 놓여 있다. 실제 유료 모델을 지향하는 앱이 애플 앱스토어에 집중되는 이유도 거 기에 있다.

물론 애플의 인앱 정책이 무조건적인 선(善)은 아니다. 아직 한국에 아 이북스 서비스가 없는 상황에서 전자책 콘텐츠 업체들에겐 EPUB 전자 책이 아니라 앱 방식으로 별도 개발해 제공해야 하는 어려움이 존재하 는 것도 사실이다. 그런 점에서 애플 앱스토어가 오픈마켓이기 때문에 중소 유통 플랫폼 성격의 앱에 대해선 보다 넓은 수용 정책을 펼칠 필요 가 있다. 하지만 그것은 애플이 판단하고 결정할 문제이지 외부에서 이 슈화시켜서 강압적으로 이뤄질 문제는 아니다.

또한 애플의 인앱 정책이 있다 하더라도 해결할 수 있는 방안도 충분 히 있다. 이미 국내 전자책 업체 중에서 유일하게 유페이퍼가 애플 앱스 토어 앱을 올리지 않고 HTML5 기반의 유통 플랫폼과 뷰어를 운영하는 등 혁신을 단행하고 있다. 이 기술은 애플 앱스토어에 앱을 등록하지 않 고 사파리 브라우저 기반으로 작동되기 때문에 애플의 인앱 정책에서 자유롭다. 애플과 인앱 정책을 가지고 갈등할 이유도 없다. 최근 페이스 북도 유페이퍼와 같은 HTML5 기반의 서비스 준비를 서두르고 있다.

애플의 아이북스 서비스나 아마존의 킨들 서비스, 구글e북스가 한국에 들어오면 원하든 원치 않든 국내 전자책 유통업체들과의 격돌은 불가피하다. 반면 콘텐츠 업체들은 누가 승자가 되든 상관없다. 더욱이 글로벌 환경에서 콘텐츠 업체들이 신명나게 콘텐츠를 생산하고 발전할 수 있는 생태계를 만들어 주는 오픈마켓을 선호할 것이 분명하다. 그런 점에서 유통업체들이 오히려 기술과 서비스 혁신을 단행하며 콘텐츠 업체들을 주체로 세우는 것이 애플의 인앱 정책을 둘러싼 갈등보다 더 중요하다는 것이 콘텐츠 업체들의 인식이다.

7

우리의
미래는 어떻게
될 것인가?

■

■

■

■

■

스마트폰이나 태블릿PC 같은 첨단 단말기의 끝없는 경쟁과 진화는 우리에게 미래에 대한 기대와 함께 적지 않은 스트레스를 주는 것도 사실이다. 너무 많은 제품이 한꺼번에 쏟아져 나오기도 하고, 단말기 제품의 주기도 짧아 이래저래 선택에 많은 고민을 한다. 단말기 관련 기업들은 글로벌 전쟁에서 뒤지지 않기 위해 노심초사 전략을 세우고 제품 콘셉트와 설계를 하는 데 날밤을 새우는 일이 많아졌다. 콘텐츠 업체들은 너무 많아진 유통채널과 단말기의 등장에 어느 쪽에 줄을 서야 미래가 보장될 것인지를 두고 고민하는 일이 많아졌다. 어플리케이션 개발업체나 개인들은 운영체체에 따라, 단말기에 따라 개발환경이 다르기 때문에 이중 삼중의 노고를 들여야 한다.

하지만 이런 고통에도 불구하고 분명한 것은 단말기의 진화 발전은 멈추지 않는다는 것이다. 그리고 전자책 시장은 단말기 보급 확산에 따라 매출 규모가 결정되고 있다는 것이다. 교보문고의 전자책 매출이 1일 2천만 원을 돌파한 것도 갤럭시S와 갤럭시탭이라는 단말기가 그만큼 많이 보급되었기 때문이다.

어쨌든 지금 우리의 공통된 생각은 "우리의 미래가 어떻게 될 것인가?"라는 점일 것이다. 또는 "1~2년 뒤 우리를 둘러싼 비즈니스 환경은 과연 어떻게 변화될 것인가?" 하는 궁금증일 것이다. 정답은 없다. 다만 아마존과 애플과 같은 혁신을 일으켰던 선구자들에게서 일정 정도 해답의 단초 정도는 찾아낼 수 있지 않을까?

2009년 10월경의 일이다. 당시에는 아직 아이패드가 출시되지 않았다. 다만 인터넷에 무수한 풍문만 가득할 때였다. 그때 대기업을 포함하여 여러 중소업체들이 e잉크 단말기 시제품을 들고 한국전자출판협회를 찾아왔다. 아마존이 킨들 단말기로 성공을 거두자 많은 기대감을 가지고 찾아온 분들이었다. 그분들이 한국전자출판협회를 찾아온 것은 혹시나 하는 두려움 때문이었다. 아마존이 성공했다 하더라도 아마존의 성공이 무조건 후발 업체들의 성공까지 담보해주지 않는다는 것을 모두 잘 알고 있었다.

나는 그분들의 희망과 기대를 저버리고 대기업에겐 "조만간 애플에서 태블릿PC를 들고 나올 것이니 e잉크 단말기는 잊어버리십시오. 대신 태블릿PC를 준비하십시오."라고 말했고, 중소기업에겐 "지금 한국에서 e잉크 단말기 사업을 하는 것은 위험하니 시장 상황을 관망하면서 좀 더

기다리는 게 현명합니다."라고 말했다. 대기업이 향후 등장할 태블릿PC의 글로벌 흐름에 뒤처질까봐, 중소기업의 경우 검증되지 않은 시장에 무턱대고 뛰어들었다간 큰 낭패를 보기 쉽기 때문에 그렇게 조언했던 것이다.

그분들이 방문한 뒤 5개월 정도가 흘렀다. 2010년 4월에 소문만 무성했던 아이패드가 출시되었다. 아이패드가 가져온 파장은 무서울 정도였다. 출시 6개월 만에 세계를 강타했다. 아이폰에 이어 전 세계가 들썩였다. 아이패드 파장을 경험한 나는 한국전자출판협회를 방문했던 중소 단말기 업체들에게 '오픈 디바이스 포럼(Open Device Forum)'이라는 모임을 제안했다. 아이패드 파장이 국내까지 확산될 경우 내비게이션, PMP, 전자사전 등을 만들어 오던 중소 단말기 업체들이 훗날 엄청난 파고를 거칠 수밖에 없다는 것을 알았기 때문이었다.

이 포럼에서 구상했던 기본 콘셉트는 아이패드라는 쓰나미가 몰려오기 전에 중소 단말기 업체와 콘텐츠 업체들이 연합전선을 구축하는 것이었다. 특히 단말기의 경우 시장에서 실패하면 큰 위험을 감수해야 하기 때문에 협업으로 공동 생산하되 리스크는 분담해서 극복한다는 것이 기본 정신이었다.

오픈 디바이스 포럼은 중소기업 공동으로 제작하여 배포하는 단말기는 첫째 콘텐츠 유통사 누구나 자기 브랜드를 붙여서 유통할 수 있는 OEM 정책, 둘째 플래시 등 풍부하고 다양한 웹 콘텐츠 그대로 이용할 수 있는 정책, 셋째 전자책뿐만 아니라 게임, 음악 등 다매체를 지향하는 확장성 정책, 넷째 아이패드에 대항하는 사양과 30만 원대의 저가 정책을 취하고자 하였다.(2010년 5월 7일자 전자신문 '중소기업 모여 한국판 아이패드 만든다' 기사 참조) 하지만 오픈 디바이스 포럼은 전자신문에 기사 한 줄 나가는 것으로 끝이 나고 말았다. 국내의 중소 단말기 업체들은 짧은 주기를 가지고 있는 PMP 단말기에 기반하여 생존하려는 노력에 집중한 결과 대만산 부품 조립의 고수가 되었지만 이미 시대의 변화에 너무 둔감해진 상태였다. 그런 상태에서 아이패드에 대항하는 연합전선이란 터무니없는 허상이거나 근접할 수 있는 그 무엇처럼 여겼던 것 같다.

아마존의 킨들이나 애플의 아이폰, 아이패드는 콜럼버스의 달걀과도 같은 것이다. 그들의 성공이 어느 날 갑자기 우연하게 이루어진 것은 아니다. 그들의 혁신은 우리도 이미 알고 있었던 것들이다. 하지만 그들은 실천했고 우리는 실천하지 않았다. 그 결과 지금 그들은 우리가 결코 쉽게 넘어설 수 없는 새로운 세상을 창조해 냈고, 우리는 그것을 부러워하고 있다.

그렇다면 그들의 혁신에는 어떤 과정과 내용들이 있는 것일까? 이미 우리도 알고 있었지만 실천하지 못했던 것들은 도대체 무엇일까? 90년대 중반 내가 다녔던 키텔(KITEL)이라는 PC통신회사가 있었다. 그때 PC통신 서비스의 운영체제로 FreeBSD를 사용했다. FreeBSD 운영체제는 유닉스 BSD 계열의 오픈소스로 리눅스에 비해 안정적이면서도 무료였기 때문에 강점이 많았다. 당시 키텔의 PC통신 서비스는 매우 안정적이라는 평가를 받았다. 같은 시기 미국 캘리포니아에서는 또 다른 혁명이 준비되고 있었다. 1996년 12월 애플은 3억 달러의 현금과 애플 주식 150만주를 주고 워크스테이션급 컴퓨터를 만들던 넥스트를 인수했다. 왜 애플은 그런 거금을 주고 넥스트를 인수했을까?

넥스트를 설립한 사람은 스티브 잡스였다. 그는 애플에서 쫓겨난 뒤 1985년에 넥스트를 설립했다. 당시 넥스트는 BSD 계열의 운영체제를 기반으로 만들어진 NeXTSTEP이라는 운영체제를 가지고 있었다. 애플은 넥스트를 인수한 다음 넥스트가 소유한 NeXTSTEP 운영체제를 기반으로 'Mac OS X'라는 운영체제를 개발해 매킨토시 컴퓨터의 운영체제로 사용해 마이크로소프트의 윈도우 운영체제에 맞섰다. 애플은 여기서 멈추지 않고 맥에 사용하던 운영체제를 기반으로 혁신적인 iOS 운영체제를 만든 것이다.

그런데 우리는 아이폰, 아이패드의 성공만을 볼 뿐, 그 성공의 이면에 있는 스티브 잡스와 애플의 20여 년에 걸친 인내와 끈기, 노력은 잘 보려 하지 않는다. 그래서 구글이 만들어 배포하는 안드로이드 운영체제를 가져다가 급조한 단말기에 이식하여 손쉽게 따라붙으려고만 한다. 하지만 20여 년에 걸쳐 마이크로소프트의 윈도우 운영체제를 극복하고 마침내 모바일 기기에서 신기원을 이룩한 그들의 내공을 단 몇 년 만에 극복

할 수 있을까? 또 앞으로 계속 진화 발전하는 그들의 비전과 철학을 과연 제대로 이해할 수 있을까?

애플과 스티브 잡스는 윈도우 운영체제를 넘어서는 혁신과 함께 아이폰, 아이패드라는 단말기에 생명력을 불어넣은 장본인들이다. 국내의 주요 기업들이 하드웨어 단말기 스펙만을 중시하며 스펙 경쟁에 몰입하는 동안 그들은 단말기에 콘텐츠라는 생명력을 불어넣었다. 국내 단말기 업체들과 이동통신사들은 단말기에 몇몇 특정 콘텐츠, 한정된 콘텐츠를 넣어 판매하는 데 그쳤다. 그런 상황에서 콘텐츠가 쌓일 리 없었고 콘텐츠 개발업체들이 돈을 벌 수 있는 구조가 될 리 만무였다. 반면 애플은 특정의 한정된 콘텐츠가 아니라 누구나 콘텐츠를 제공하고 돈을 벌수 있는 구조를 만들었다. 그 결과 아이폰과 아이패드는 단순한 기계가 아니라 끊임없이 콘텐츠가 창조되고 배포할 수 있는 생명력을 얻은 것이다.

또 애플과 아마존은 콘텐츠 업체들에게 개발에 몰두하고 창조적인 콘텐츠 생산이 가능한 시스템을 부여했다. 애플은 콘텐츠 업체들에게 70%의 수익을 보장했고, 아마존은 판매가 보다 더 높은 수익을 콘텐츠 업체들에게 제공함으로써 콘텐츠 업체와 함께 성장하는 비전을 보여주었다. 그러한 노력에 따라 애플은 앱스토어 출시 1년 만에 15만 개의 어플리케이션을 쏟아내게 만들었고, 현재는 어플리케이션이 50만 개에 달한다. 아마존 역시 킨들 출시 당시 8만여 종의 전자책을 선보였고, 2009년에는 27만여 종, 현재는 90만여 종에 달한다.

디지털 음원의 역사에서 알 수 있듯이 국내 이동통신사들은 수익의

60% 이상을 자기 호주머니 넣는 대신 콘텐츠 업체와 저작권자들에겐 쥐꼬리만 한 수익을 건네주었다. 과독점, 독식, 콘텐츠 업체 줄 세우기 등의 시스템에 익숙한 자들에게 애플과 아마존의 성공이 이상한 나라의 앨리스처럼 선뜻 이해하기 어려운 것으로만 보일 것이다. 하지만 아이폰이 국내에 들어온 뒤부터 국내 IT산업과 콘텐츠 산업이 지난 10년간 매우 뒤처지고 녹슬었다는 것을 깨닫게 되었다. 그리고 대기업과 중소기업의 상생 문제가 사회적 화두로 떠오를 만큼 더 이상 혁신을 늦췄다가는 새로운 미래를 준비할 수 없다는 것을 알게 되었다.

전자책이 만들어 내는 광대한 가치사슬과 융복합이 만들어 내는 시장은 우리 모두에게 또 한 차례 변화와 혁신을 요구하고 있다. 전자책과 그 연계 고리 선상에 놓인 모든 산업과 우리의 미래는 낡은 것과의 결별로부터 시작되는 혁신에 그 해답이 있다.

글로벌

global

1

Digital
Publishing Asia
Pacific 현장에서

■

■

■

■

■

세계적으로 전자책에 대한 관심이 그 어느 때보다 뜨겁다. 그 뜨거운 관심은 이제 업종을 가리지 않고 마치 전염되듯이 확산되고 있다. 최근 교보문고의 1일 전자책 판매가 2천만 원을 넘어섰다는 것은 전자책이 SK텔레콤의 T스토어에서 판매되는 어플리케이션보다 더 큰 파괴력을 가지고 있음을 단적으로 보여주는 사례다. 애플 앱스토어에서도 마찬가지다. 아이폰용 50만여 개 어플리케이션 중에서 수적으로 보면 게임과 전자책이 공동 1위를 달릴 정도로 비슷해졌다.

전자책은 의외로 그 범위가 넓고 깊은 산업이다. 크게는 콘텐츠와 IT기술이 결합되어 있고, 콘텐츠에는 책, 잡지, 신문, 만화, 애니메이션, 동영상, 음원 등의 거의 모든 분야가 포함되어 있고, IT기술에는 단말기,

통신네트워크, 소프트웨어, 유통 플랫폼 등 인터넷 등장 이후 발전하고 있는 핵심 IT기술이 접목되어 있다.

전자책의 이런 특징 때문에 업종을 가리지 않고 점화되는 경쟁은 한 치 앞을 내다보기 어려울 정도로 복잡하다. 따라서 우리는 해외 동향, 특히 혁신을 거듭하는 해외 기업들의 분석을 통해 콘텐츠 업체가 헤쳐 나갈 방향에 대한 단초를 찾아내는 것이 필요하다.

2010년 11월 16~17일 이틀간, 중국 베이징의 한 호텔에 전 세계 디지털 출판 관련 기업인 300여 명이 모였다. 중국에 대규모로 디지털 출판 관련 기업인들이 집결한 이유는 중국 시장의 규모 때문이다. 2010년 미국은 10억 달러를 달성하여 세계인의 부러움을 샀다. 하지만 중국의 전자책 시장은 미국보다 20배 많은 200억 달러에 달했다.

중국의 시장이 이처럼 큰 이유에 대해 절대적인 인구 수 때문이라는 단편적인 생각을 하는 경우가 많다. 하지만 그것은 하나의 조건에 지나지 않는다. 이미 중국은 정부 주도로 지난 97년부터 '전자출판물 관리 규정'을 포함하여 '인터넷출판관리 잠정규정', '출판관리조례', '외국인 투자 도서·신문·잡지 판매기업 관리 방법'등의 전자출판 관련 법제도를 정교하게 다듬어 왔고, 방정아파비(Founder Apabi) 등 유한회사를 중심으로 디지털 출판에 관한 한 기술 표준화를 꾀해 왔다.

애플, 구글, 아마존 같은 혁신적인 기술과 비즈니스 모델로 무장한 미국보다 시장이 큰 이유에 대해선 앞으로 두고 두고 회자 될 것이다.

이 포럼에는 EPUB 전자책 포맷을 국제 표준으로 끌어올린 국제디지털출판포럼(IDPF)을 비롯하여 중국의 90% 이상 출판사, 신문사 등이 사용하는 디지털 퍼블리싱 기술을 제공하는 방정아파비(Founder Apabi), 650억 엔이라는 전자책 시장을 개척하고 있는 일본전자출판협회(JEPA)와 파피레스(Papyless)와 이스트(EAST), 전 세계 7천여 개의 도서관 시장을 장악하고 있는 미국의 오버드라이브(Over Drive), 나스닥 상장사이며 직원 5천명을 둔 인도의 이노데이터 이소젠(Innodata Isogen), 작년 5억 8천만 달러매출 가운데 3분의 2를 디지털 부문에서 달성한 영국의 피어슨(Pearson, 자회사인 Penguin Group 북아시아 담당자가 참석) 등 쟁쟁한 기업들이 참여했다. 한국에서는 한국전자출판협회(KEPA)와 스포크시스템즈, 유니닥스, 북큐브 등이 참여했다.

이들이 모여 논의한 것은 글로벌 관점에서 진행되고 있거나 진행해야할 디지털 출판의 혁신적 기술, 새롭고 흥미로운 비즈니스 모델 등 광범위하면서도 세부적인 전략을 도출하는 것이었다. 첫날 주제는 '수익 및 매출 전략(Finding the Best Profit Model for Digital Publishing)'이었고, 중국 디지털 출판의 병목 제거 방법, 아이사 e퍼블리싱의 다음 버전, 글로벌 진출전략, 문학 등 콘텐츠의 다매체 다채널 전략, 고객관리 등의 세부사항이사례 중심으로 논의되었다.

두 번째 날 주제는 '혁신기술(Best Practices in Digital Publishing Technology)'이었고, DRM을 이용한 수익 증대 방법, 콘텐츠 관리의 기술적 방법, 증폭되는 중국 모바일 시장 사례 발표, 도서관과 학교시장에 기반한 글로벌 유통 방법 등이 폭넓게 논의되었다. 특히 이날 주제에서는 올해 발표될 EPUB3.0의 기본 방향(세로쓰기 등 일본, 중국 등의 요구사항 반영, HTML5와의 호환으로 멀티미디어 표현 가능)이 발표된 점과 일본, 중국, 대만, 홍콩 등의 개별

국가에서의 디지털 출판 시장의 성장과 전략에 대해 자세하게 소개된 점이 인상적이었다.

하지만 이 포럼에서 발표하고 논의되었던 주제보다 더 강력한 것은 세계 디지털출판시장에서 최고 수준의 정책 결정권자 및 임원들 간의 파워플한 네트워크가 처음으로 형성되기 시작했다는 점이다. 방대한 중국 시장을 기반으로 한 글로벌 시장이 앞으로 어떻게 전개될 것인가를 가늠케 하는 시간이었다.

2

유럽과
영국의 피어슨

■

■

■

■

■

유럽의 출판시장은 2010년 기준 1,686억 9,700백만 달러에 달하고, 신문·잡지를 제외하면 종이책 시장은 560억 1,100만 달러에 이른다. 하지만 2007년 출판시장은 1,879억 5천7백만 달러, 종이책 시장은 604억 7,400만 달러에 달할 정도로 정점을 찍었으나 2008년부터 해마다 감소되고 있다. 반면 종이책 시장에 비해 아직은 작지만 전자책 시장은 연평균 53.8%에 달할 정도로 빠르게 발전하고 있다. 그런데 유럽권의 전자책 시장은 북미권이나 중국, 일본에 비해 상대적으로 더디게 성장하는 것처럼 보인다. 하지만 이는 유럽권의 전자책 시장을 피상적으로 보는 데서 오는 착시 현상일 뿐이다.

세계 최대 도서전인 프랑크푸르트도서전에서는 전자책 단말기, 디지털 교육콘텐츠, 전자책 관련 솔루션 등 디지털 출판 제품이 40%에 육박하며 전시되고 있고, 관련 마켓이 빠르게 발전하고 있다. 그런 관점에서 유럽권의 전자책 시장이 상대적으로 더디게 발전하고 있다고 보는 견해에는 무리가 있다.

국내에서는 온라인으로 정보를 서비스하는 정보 콘텐츠 영역을 출판에 포함시키지 않기 때문이다. 디지털 출판은 크게 전자책 출판(Digital Book publishing), 웹 퍼블리싱(Web Publishing), 데이터베이스 출판(Data Base Publishing), e러닝 출판(e-Learning Publishing) 등으로 나눌 수 있다. 이들 영역은 혼재되어 있으면서 상호 영역을 넘나들기도 한다. 특히 정보 콘텐츠 영역은 출판의 관점에서 보면 데이터베이스 출판에 해당된다고 할 수 있다. 데이터베이스 출판은 경제, 금융, 증권, 법률, 뉴스 및 리서치, 헬스케어, 교육 등 그 분야가 매우 다양하고 방대하다.

유럽의 데이터베이스 출판 시장은 2010년 기준 103억 8,700 달러에 달한다. 데이터베이스 출판은 주로 글로벌 B2B 시장이 중심을 이루고 있기 때문에 고정되고 안정화된 시장으로 존재한다. 그래서 유럽권에는 데이터베이스 출판을 기반으로 하는 100년 넘은 출판 기업들이 많고, 디지털 기반의 데이터베이스 출판업 역사도 40년이 넘는다. 이러한 기반은 앞으로 유럽권 기업들이 전자책 사업에도 강점을 가질 수 있다고 판단된다. 고정되고 안정화된 유럽의 출판 관련 기업들이 최근 적극적인 변화를 모색하고 있다. 대표적인 기업이 바로 영국의 피어슨(Pearson)이다.

2010년 12월 7일 오전 10시 한국전자출판협회에서 영국의 피어슨과 한국의 시공미디어, 인큐브테크, 이지메타, 더존CNT, 스포크시스템즈,

조은커뮤니티, YBM시사닷컴, 유니닥스 등의 전자책 업계가 만나 의미 있는 시간을 가졌다.

"피어슨의 교육출판 매출 5억 8천만 달러 가운데 3분의 2가 디지털 부문에서 발생했다."

첫 번째 발표를 맡은 피어슨의 글로벌 비즈니스 개발 매니저 톰 홀 (Tom Hall) 씨는 앞으로 디지털 부문이 더욱 강화될 것이라고 힘주어 말했다.

피어슨의 디지털 부문 사업은 세 가지로 요약된다.

첫째로는 멀티플랫폼 정보와 교육 분야로 예를 들어 〈파이낸셜 타임스〉(Financial Times)의 경우 아이패드, 아이폰, 블랙베리, 아마존 킨들 등 다양한 단말기 서비스를 갖추고 있고, 롱맨(Longman) 영어학습 브랜드의 경우 종이책, 전자사전, 모바일 휴대전화 등 크로스 플랫폼으로 다양한 서비스가 가능하도록 했다. 이는 어떤 플랫폼과 단말기로든 소비자가 원하는 방향에서 가능한 한 모든 서비스를 제공함을 의미한다.

둘째로는 펭귄그룹을 중심으로 한 Books 사업 분야로 아이패드 등 태블릿PC용의 고품질 전자책, 게임과 결합된 가상세계, 어린이 멀티미디어북, 여행가이드, 멀티미디어 교육교재 등을 집중적으로 개발하고 있다.

셋째로는 교육 사업 분야로 컴퓨터, 태블릿PC와 대형 전자칠판이나 프로젝터와 연결하여 액티브한 수업이 가능한 인터랙티브 화이트보드 (Interactive Whiteboards) 기술과 물리, 천체 등 고품질 콘텐츠가 결합된 플랫폼을 개발하고 있다.

이날 비즈니스 미팅은 디지털 혁신을 주도하고 이끌어 나갈 장기적이고 전략적인 파트너를 만나기 위해 피어슨의 요청으로 이루어졌다. 향후 점증하는 아시아 시장을 적극적으로 개척하겠다는 피어슨의 적극적인 의지를 읽을 수 있는 대목이다.

그동안 해외 번역도서가 30%가 넘을 정도로 번역도서 의존성을 심화시켜온 한국의 출판계는 이제 디지털과 글로벌이라는 화두를 두고 깊은 성찰과 새로운 전략을 수립하지 않으면 안 될 상황에 놓여 있다. 전자책 사업에서는 해외도서의 라이센스 도입 주체가 다양화될 뿐만 아니라, 국가 간 경계가 약화되어 피어슨뿐만 아니라 콘텐츠를 보유한 글로벌 출판 기업들이 국가별 공략을 위해 직접 뛰어들고 있기 때문이다.

3

킨들3 vs 아이패드2
관전 포인트

■

■

■

■

■

2010년 미국의 전자책 시장 규모는 10억 달러. 중국에 비해 시
장 규모는 작지만 전자책 산업에 관한 한 지구촌의 심장 역할을 담당하
고 있다. 전자책에 관한 단말기, 솔루션, 콘텐츠, 비즈니스 롤모델 등 모
든 혁신적 가치는 미국에서 시작된다고 해도 과언이 아니다. 그래서 지
난 10여 년간 미국의 전자책 이슈에 따라 전 세계가 들썩였다. 전자책
역사도 90년 전후에 시작한 한국이나 일본보다 20년 앞섰다.

　1971년 일리노이 대학의 마이클 하트(Michael Hart)는 친구들과 함께 저
작권이 소멸된 책을 인터넷으로 공급하는 '구텐베르크 프로젝트(Project
Gutenberg)'를 시작했다. 1998년에는 누보미디어(NuvoMedia)에서 세계 최
초로 e-Book 전용 단말기인 로켓 e북(Rocket e-Book)을, 리브리우스(Librius)

에서 밀레니엄 리더(Millennium Reader)를, 에브리북(Everybook)에서 에브리북(Everybook), 소프트북 프레스(Softbook Press)에서 소프트(Softbook) 등을 선보였다.

2000년에는 스티븐 킹이 소설《Riding the Bullet》을 인터넷에 공개하자 이틀 만에 40만 부가 다운로드되면서 전 세계에 전자책 열풍을 일으켰다. 한국에서도 당시 20여 개 전자책 기업이 탄생하기도 했다. 2006년에는 구글이 구글 북 서치(Google Book Search)를 통해 전 세계 책을 온라인으로 서비스하겠다는 야심찬 프로젝트를 시작했고, 2007년에는 아마존이 e잉크 단말기인 킨들(Kindle)을 발표하고, 2010년 애플에서 아이패드를 발표하여 전자책에 대한 새로운 가치와 비전을 제시했다. 2011년에는 미네소타 주 오스틴에 사는 26세의 가난한 작가 지망생 아만다 호킹(Amanda Hocking)이 디지털 셀프 퍼블리싱(Self-Publishing)을 통해 매월 2~3억 원을 벌어들이는 소식은 전 세계 전자책 산업 관련자를 흥분시키기에 충분하다.

이러한 미국의 전자책 역사는 단말기 전쟁에서부터 PDF, XML 표준화 논쟁과 EPUB의 탄생, 가격 정책을 둘러싼 유통사와 출판사의 역관계, 보더스 등 오프라인 대형 서점의 몰락, 셀프 퍼블리싱의 부각 등 다양한 이슈를 탄생시키고 있다. 이러한 이슈는 반드시 롤모델과 연관되어 있기 때문에 그 어느 것 하나 우리에게 중요하지 않은 것은 없다. 그 중에서도 가장 먼저 살펴볼 일은 단말기다. 전자책은 종이책과 달리 반드시 '디지털 표시장치'를 통해 콘텐츠를 볼 수밖에 없기 때문이다.

누보미디어의 로켓 e북이 탄생한 후 아마존은 킨들을 발표했다. 누보미디어의 단말기가 그 자체로서 사업 모델이었던 것과는 달리 아마존은 자체적으로 보유하고 있던 대규모 유통 플랫폼을 기반으로 한 단말기를 출시했다. 단말기와 콘텐츠가 상호 연관을 갖고 발전하는 '선순환 구조'는 마치 살아 있는 자연 생태계처럼 전자책 플랫폼을 중심으로 콘텐츠, 단말기의 동시 성장을 통해 시장이 확대되는 과정을 만들어 낸다. 물론 이러한 플랫폼 패러다임은 애플의 아이튠즈에서 착안하여 전자책에 도입한 것이었지만 아마존의 예상은 적중했다.

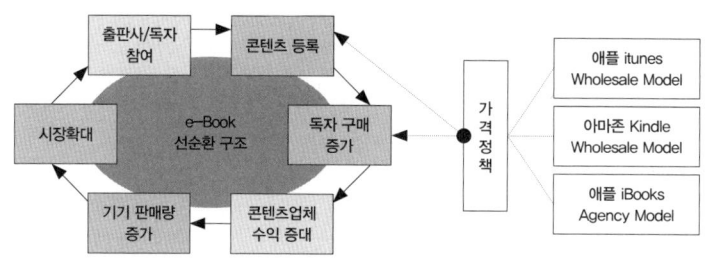

아마존은 현재까지 누적 판매 1천만 대, 90만여 종의 전자책 콘텐츠를 보유하게 되었다. 지난 1월 아마존은 전자책 판매량이 종이책을 앞질렀다고 발표했다. 정확한 매출 규모는 밝히고 있지 않지만 대략 전자책과 종이책 판매 비율이 115대 100 정도 된다고 한다.

그런데 애플에서 아이패드가 출시되면서 아마존의 고민이 깊어가고 있다. 아이튠즈의 '선순환 구조'와 '도매 계약 모델(Wholesale Model)'가격 정책을 벤치마킹하여 순식간에 전자책 시장을 선점했던 아마존이, 아이패드와 '에이전시 계약 모델(Agency Model) 계약'으로 무장한 아이북스(iBooks)에 급제동이 걸렸기 때문이다. 더욱이 최근 애플이 아이패드2를 출시하면서 아마존이 킨들 단말기를 무료 배포할 것이라는 관측이 나오고 있다.

문제는 아마존이 애플을 상대로 전력투구하고 있지만, 애플은 아마존 같은 전자책 유통 플랫폼과의 경쟁뿐만 아니라 삼성전자, LG전자, 노키아, HP, 델과 같은 글로벌 하드웨어 업체와의 경쟁도 겸하고 있다는 점이다. 매우 복잡한 함수관계를 내포하고 있는 애플의 전략에 비해 전자책에만 올인하는 아마존의 전략은 비교적 단순하게 보인다.

여기에서 애플의 전략을 구체적으로 살펴볼 필요가 있다. 아이패드1 출시 이후 글로벌 하드웨어 업체들이 '애플 타도!'를 내세우며 안드로이드 운영체제를 기반으로 반(反)애플 연합전선을 형성해 왔지만 아직 이렇다 할 성과를 내지 못하고 있다. 게다가 애플은 최근 아이패드2를 출시했다.

예전에도 태블릿PC는 존재했다. 하지만 당시엔 유무선 통신기술의 한계, 터치 기술, 디스플레이 기술 등 기술적 난제와 비싼 가격 때문에 일반인들에 보급하기엔 한계가 많았다. 하지만 지금은 기술적 문제는 물론이고 가격까지 넷북 수준으로 떨어질 가능성이 많기 때문에 태블릿PC는 새롭게 주목받고 있다.

태블릿PC에 불을 지핀 기업은 애플이다. 애플의 아이패드가 시장에서 성공을 거두자 삼성전자, HP, 델, 에이서 등 글로벌 PC기업들이 태블릿PC 전쟁에 뛰어들기 시작했다. 하지만 IDC에 따르면 2010년 세계적으로 태블릿PC가 총 1,800만 대 판매되었고, 이중 애플의 아이패드가 83%(1490만 대)의 시장 점유율을 기록했다고 밝혔다. 국내에서는 2011년

1월 기준으로 아이패드 50만 대, 갤럭시탭이 20만~30만 대 판매된 것으로 파악되고 있다.

이런 상황에서 고심하던 삼성전자, LG전자, HP 등은 2011년부터 아이패드를 앞서는 신제품을 준비하고 있었다. 그러나 아이패드2 발표 후 상황이 급변하고 있다. 아이패드2는 아이패드1에 비해 듀얼코어 탑재, 두께 9.8mm로 얇아졌고, 무게는 14%나 가벼워졌다. 그런데 가격은 아이패드1과 동일하다. 그런데 애플은 전문가들이 예상했던 몇 가지 혁신적인 핵심기술(아이폰4에 채택된 레티나 디스플레이, 근거리 통신 기술, 4G 등. 특히 레티나 디스플레이 기술은 아이폰4를 사용해 본 사람이라면 누구나 다 기대했던 기술이었다.)을 채택하는 대신 성능을 높이고, 두께와 무게를 줄여 아이패드1과 동일한 가격 정책을 취했다.

이를 두고 일부에서는 "마진을 줄이는 대신 소비자를 선택했다는 점에서 스티브 잡스의 철학이 돋보인다"는 칭송을 한다. 그런 말에 나 역시 동의는 하지만 그보다 더 스티브 잡스의 치밀한 계산과 전략에 더 무게를 두고 싶다. 애플의 전략은 아이패드1과 같은 동일한 가격 정책을 통해 시장 점유율을 확보하고 삼성전자, LG전자, HP 등 세계적인 하드웨어 업체들의 반애플 연합전선을 흔들어 놓은 다음, 혁신적인 핵심기술을 기반으로 하는 아이패드3을 준비할 것으로 판단된다. 아이패드2 출시 이후 미국 월가에서는 "당분간 애플의 독주는 불가피하다"고 할 정도다. 아이튠즈 플랫폼으로 음원 시장을 장악했던 과거의 기억을 떠오르게 하는 대목이다.

최근 애플은 '앱스토어'에 등록되는 어플리케이션에 대해 '인앱 결제

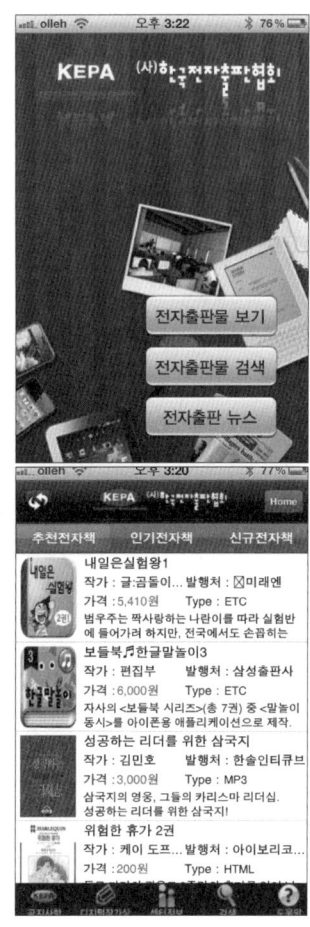

(In App Purchase)'방식을 사용하지 않았다 해서 소니의 전자책 어플리케이션을 포함하여 국내 업체의 전자책 어플리케이션 등록을 줄줄이 거부하고 있다. 심지어 한국전자출판협회에서 개발한 270만 건 전자책을 검색할 수 있는 '전자책 찾기'어플리케이션 등록도 거부했을 정도다. 이러한 정책이 아마존의 킨들 어플리케이션에도 그대로 적용 되었다. 현재 미국 연방거래위원회에서는 애플의 이러한 정책에 대해 독과점 문제를 조사하고 있는 중이다.

그럼에도 아이패드2는 게임, 전자책, 만화, 신문, 잡지, TV, 음악 등 모든 분야의 전통적인 미디어 콘텐츠를 부흥시킬 것이라는 기대를 한 몸에 받고 있다. 아이패드2가 출시된 후 첫 주에만 100만 대가 팔렸다고 한다. 매진 행진이 계속될 것으로 보인다. 애플의 독과점적 횡포에 직면해 있으면서도 많은 기업들이 앱스토어나 아이북스(iBooks)를 포기하지 못하는 이유다. 역설적이게도 이 지점에 반애플 연합전선이 회생할 수 있는 단초가 숨어 있기도 하다. 또한 국내 하드웨어 업체와 유통 플랫폼, 콘텐츠 업체가 대연합을 해야 하는 이유이기도 하다.

글로벌
B2B 시장의 강자
오버드라이브

총 직원 규모 1만 4천여 명과 함께하는 Aptara, Digital Media Intiatives, Innodata-Isogen, TexTech 등 50여 개 IT기술회사, 1천여 개 콘텐츠 업체와의 네트워크 구축을 통해 연 매출 50억 달러의 시장을 창출하고 선도하고 있으며, 글로벌 B2B 전자책 시장의 강자로 떠오르고 있는 회사.

1천여 개 출판사와 서점, 온라인 소매업체의 모든 종류의 디지털 콘텐츠(오디오북, 전자책, 음악, 비디오 등)를 미국, 호주, 브라질, 캐나다, 인도, 인도네시아, 아일랜드, 일본, 말레이시아, 멕시코, 네덜란드, 뉴질랜드, 스코틀랜드, 싱가포르, 남아프라카공화국, 대만, 터키, 영국 등의 1만 1천여 개 도서관, 학교, 대학, 전문단체, 정부기관에 공급하고 있는 회사. 그

회사는 바로 글로벌 B2B 시장에서 콘텐츠 및 기술을 유통하고 있는 미국의 오버드라이브(Over Drive)다. 오버드라이브는 1986년 미국 오하이오주 클리브랜드에서 시작했는데, 처음에는 아주 작은 기업에 불과했다. 시디롬 타이틀에 적은 종수의 디지털 콘텐츠를 담아 미국 내 도서관 등 B2B 시장에 문을 두드렸다. 그렇게 아주 평범한 시도를 했던 기업이 25년 만에 글로벌 기업이 되었다. 오버드라이브가 이렇게 성장한 이유는 무엇일까?

그 해답은 글로벌 B2B 전자책 시장에서 거대 생태계를 만들어 낸 혁신성에 있다. 애플이 아이폰, 아이패드와 결합된 앱스토어, 아이북스를 만들어 거대한 콘텐츠 생태계를 만들어 냈듯이 오버드라이브 역시 B2B 서비스 플랫폼에 세계의 콘텐츠를 자유롭게 상호 유통하는 생태계를 만들어 냈다.

스티브 포타시(Steve Potash) CEO는 오버드라이브의 특징에 대해 "우리는 전자책, 오디오북 등 모든 디지털미디어 세계 시장에서 가장 큰 Aggregators(여러 회사의 상품이나 서비스에 대한 정보를 모아 하나의 웹사이트에서 제공하는 인터넷 회사)이며, 1천여 개 출판사와 콘텐츠 제공자를 대표하고 있다"고 말했다. 이 말에는 '앞으로 누구든, 무엇이듯 우리 유통 플랫폼에서 자유롭게 판매할 수 있으며, 우리는 이를 위해 가장 탁월한 기술과 효과적인 방법으로 판매효과를 극대화해 줄 수 있다'는 포부와 함께 '우리는 전 세계 1천여 개 콘텐츠 제공자를 대표한다'는 강한 의지가 내포되어 있다.

그렇다면 2000년에 출발하여 지금은 세계 B2B시장의 디지털 창고

(Warehouse)로 불리는 콘텐츠 리서브(Content Reserve)라는 플랫폼이 구체적으로 어떻게 작동되는지 살펴볼 필요가 있다.

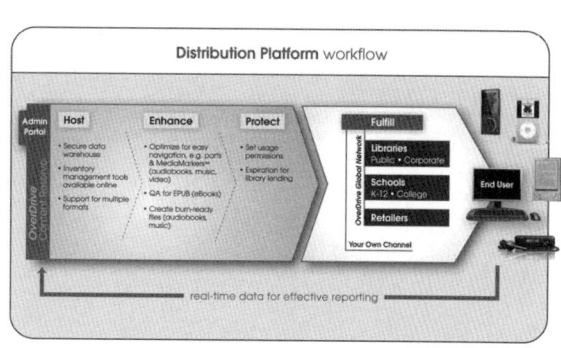

콘텐츠 리서브는 오버드라이브의 기존 유통망에 더해 글로벌 파트너 기업들이 보다 쉽게 활용할 수 있도록 확대된 개념이다. 이 플랫폼 기술에는 누구나 쉽게 사용할 수 있는 종합관리(Admin portal), 발전된 보안성, 거기에다 판매계획 수립에 대한 실질적인 도움을 줄 마켓 상황 정보제공을 실시간으로 제공한다. 즉, 이 플랫폼 유통기술을 통해 누구나 간단하게 콘텐츠를 업로드하고, 보안 정책만 설정하면 오버드라이브의 유통 네트워크를 바로 이용하여 콘텐츠 사업을 할 수 있다는 것이다. 콘텐츠는 EPUB eBook, PDF eBook, Mobipocket(PRC), Microsoft Reader(LIT), Windows Media Video and Audio(WMV WMA) 뿐만 아니라 DRM이 없는 MP3오디오북 등 포맷을 가리지 않고 유통할 수 있다. 더욱이 콘텐츠 리서브 플랫폼 기술과 유통 네트워크를 통해 콘텐츠 업체마다 특화된 서비스 모델을 쉽게 적용하여 사업을 할 수 있다.

특히 오버드라이브는 전자책을 콘텐츠 리서브를 통해 유통하기를 희망하는 출판사와 콘텐츠업체를 위해 다양한 단말기에 맞는 포맷으로 자동 전환해주는 기술을 제공하고 있다. 그래서 현재 오버드라이브는

EPUB 전자책 포맷의 가장 큰 유통사이기도 하며, 국제디지털출판포럼(IDPF, International Digital Publishing Forum)의 주요 멤버로 EPUB 표준화에 앞장서는 기업이기도 하다.

오버드라이브의 개방성은 소비자를 대하는 태도에서도 그 철학이 드러난다. 오버드라이브는 PC, 맥, 아이팟터치, 아이패드, 스마트폰, 전자책 단말기, 비디오장치 등 소비자가 원하면 모든 단말기 장치에 맞게 공급하고, 파일공유 남용을 방지하는 선에서 가능한 한 다양한 DRM 호환정책을 취하고 있다. 오버드라이브의 혁신성은 여기에서 그치지 않는다. 오버드라이브는 18륜 구동 트럭에 다양한 체험을 할 수 있는 실습실과 방송국을 운영하여 7만 5천 명 이상의 단골을 확보하여 전자책과 디지털 미디어를 저변 확대를 위해 '디지털 북모바일(Digital Bookmobile)'서비스를 진행하고 있으며, LEAP(Library eBook Accessibility Program)이라는 프로그램을 통해 장애인들에게 별도의 비용 없이 디지털 도서관을 이용할 수 있도록 배려하고 있다.

물론 우리나라에도 오버드라이브 같은 업체들이 있다. 리틀팍스의 경우 10년 전 반지하에서 직원 2명으로 시작하여 현재 정직원 60명, 전문어학원 8개를 직영으로 운영하고 있다. 핵심 콘텐츠는 멀티미디어 영어

콘텐츠다. 직영 어학원에서는 멀티미디어 영어 콘텐츠 2천여 편이 구축된 디지털 도서관을 이용하여 수업을 한다. 리틀팍스는 현재 미국과 일본에 현지법인을 설립하여 나날이 발전하고 있다. 또 누리미디어 역시 대학도서관을 기반으로 성장하고 있는 대표적인 B2B업체다. 전자저널 서비스인 'DBPIA'와 전자책 서비스인 '북레일(Bookrail)' 등을 기반으로 지난해부터 미국 도서관 시장을 공략하고 있다. 하지만 오버드라이브가 구축하고 있는 IT기술회사와 콘텐츠 업체와의 상생 네트워크, 글로벌과 개방성에 비해 아직 국내 기업의 글로벌화는 매우 더디고 폐쇄적이다.

오버드라이브는 지난해 11월부터 중국시장을 본격적으로 개척하기 시작했다. 자사의 60만 종에 이르는 콘텐츠와 최첨단 기술을 거대한 중국시장에 판매하는 것과 동시에 중국의 방대한 디지털 콘텐츠를 전 세계에 내다 팔기 위해서다.

5

전 자 책
춘 추 전 국 시 대
깊 어 가 는 일 본 의 고 민

일본 하면 떠오르는 대표적인 것들이 있다. 소니, 전자사전, 아이
모드(i-Mode), 모바일 만화 · 소설 같은 단어들이다. 이 단어들에는 지난
10여 년 간의 일본 전자출판의 고단한 역사가 그대로 함축되어 있다. 일
본은 전자출판의 보급과 관련 산업의 촉진을 위해 1986년 7월에 일본전
자출판협회(JEPA)를 창립했다. 한국전자출판협회가 1992년 창립된 것에
비해 8년이나 앞서 시작했다고 볼 수 있다. 1990년 소니에서 CD-ROM
기반의 '데이터 디스크맨' 단말기를 출시하였고, 이것을 계기로 1991년
에는 일본전자책위원회가 결성되어 사전 등의 콘텐츠를 중심으로 200
여 종의 CD-ROM 타이틀을 보급해 나갔다. 1993년에는 NEC에서 플로
피 디스크에 콘텐츠를 담아 볼 수 있는 디지털북을 출시하였다.

1998년에는 일본전자책컨소시엄(Japanese eBook Consortium)을 결성하여 1천억 엔 규모의 전자책 실증 시험을 하였다. 이 실험은 위성통신을 이용하여 서점이나 편의점에 설치되어 있는 '전자책 자동판매기'에서 내려받을 수 있는 서비스다. 하지만 당시는 유선 인터넷과 무선 인터넷이 보급되고 있던 시기였기 때문에 이 실험은 통산성의 막대한 예산을 축낸 채 2000년 3월에 막을 내리고 말았다. 전자책 실증 실험이 실패로 귀착되는 동안 NTT도코모는 아이모드(i-Mode)를 기반으로 모바일 콘텐츠 시장을 광대하게 개척하였고, 소니는 e잉크 단말기 'PRS 시리즈'를 지속적으로 개발하여 북미와 유럽 시장을 개척해 나갔다.

2010년 일본 전자책 시장규모는 650억 엔에 달했다. 지난해 노무라종합연구소는 일본의 전자책 시장이 2015년에는 2,400억 엔에 달할 것으로 전망했지만, 현재 흐름으로 본다면 그 이상의 시장규모가 될 것으로 보인다.

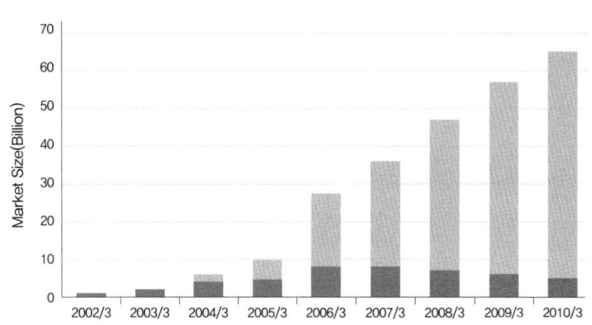

2010년 일본 전자책 시장규모
Impress R&D eBook Marketing Report 2010

일본 전자책 시장의 특징은 모바일 기반의 시장이 전체 시장의 90%
에 달하며, 해마다 그 비중은 더욱 커지고 있다. 또 다른 특징은 전체 시
장에서 만화와 소설류가 대부분 차지할 만큼 비중이 높다.

그 이유 NTT도코모가 WCDMA(Wideband Code Division Multiple Access) 기
반의 아이모드로 일찌감치 모바일 데이터 시장을 열었기 때문이었다.
이동통신사 3사 중심의 폐쇄망으로 갈라파고스 섬에 스스로 갇혀버린
한국과는 달리 NTT도코모는 무선망을 과감하게 개방하여 현재 10만여
개의 콘텐츠 업체와 솔루션 업체가 먹고 살 수 있는 생태계를 만들어왔
다. 하지만 지금은 상황이 급변하고 있다. 주로 NTT도코모와 소니를 중
심으로 전자책 시장을 만들어왔던 일본은 최근 단말기업체, 이동통신
사, 대형 출판사 등 다양한 기업들이 전자책 시장에 뛰어들면서 새로운
국면을 맞고 있다.

2010년 고단샤, 신초샤 등 20여 개 주요 대형 출판사가 참여하는 일본
전자서적출판사협회가 결성되었다. 이들이 결집하게 된 계기는 위기의
식에서 비롯되었다. 지금까지 전자책 콘텐츠 시장에서 이들이 차지하는
비중이 높았지만, 조만간 구글e북스, 애플 아이북스(iBooks), 아마존 킨들
(Kindle) 같은 글로벌 유통 플랫폼이 일본에 진출할 경우 전자책 시장에서
주도권을 빼앗길 가능성 때문이다.

글로벌 유통 플랫폼은 기본적으로 오픈마켓 성격이 강하다. 그래서
이들이 일본에 진출할 경우 출판사와의 연대보다는 작가와의 연대를 중
시할 가능성이 크다. 그렇게 될 경우 종이책 기반의 대형 출판사들은 전
자책 시장에서 급격하게 위축되고 소외될 가능성이 예측되기 때문이다.

일본 대형 출판사들의 이런 흐름은 한국 종이책 출판계에서 저작권법에 '판면권'을 넣으려는 것이나, 전자책 산업의 '속도'보다 '질서'를 우선시하는 것과 매우 닮아 있다.

한편 2010년 7월 일본전자서적출판사협회와 달리 토판프린팅, 다이니폰프린팅 등 80여개 기업과 기관이 참여하는 전자출판사업솔루션협회가 출범했다. 이 협회는 전자책 기술 표준화를 서둘러 글로벌 기업들의 일본 진출을 효과적으로 방어하겠다는 관점에서 일본전자서적출판사협회와 비슷한 수성 전략이다. 하지만 이와는 반대로 이스트, 파피레스 등 전통적인 전자책업체가 주축으로 있는 일본전자출판협회는 2010년 11월 중국 베이징에서 개최된 'Digital Publishing Asia Pacific 2010'에 참여하여 국제디지털출판포럼(IDPF)에 EPUB3.0 규약에 대한 일본의 의견을 적극 개진하였고, 2011년 3월 22일에는 회원사를 대상으로 'EPUB 일본어 확장 사양 책정 성과 보고회'를 개최하였다. 이날 보고회에서는 EPUB3.0 일본어 확장 소개, CSS janus, EPUB-conform, 튜토리얼 구현, EPUB3.0 만화, 뉴스, 잡지, 교과서, 문서, 사전, TTS 등 전 분야 콘텐츠 적용 사례 솔루션을 소개했다. 또한 5월 20일에는 회원사는 물론 비회원사를 대상으로 'EPUB 입문 세미나'를 개최하여 곧 도래할 EPUB3.0에 적극 대비하고 있다.

일본의 경우 1990년에 소니가 개발한 전자책 포맷(EBXA)과 일본전자책컨소시엄의 전자책 포맷(EBJ Text), 어도비사의 PDF, 일본전자출판협회가 XML기반으로 규격화한 전자책 포맷(JepaX)이 혼재되어 왔지만, 2010년부터 일본전자출판협회를 중심으로 EPUB 전자책 포맷이 급속하게 확산되고 있다. 일본전자서적출판사협회와 전자출판사업솔루션협회가 일본 출판시장 수성 전략에 고심하는 것과는 달리, 일본전자출판협회의 경우 글로벌 흐름에 적극 동참하여 출판시장을 전자책 기반으로 새롭게 재구성하려는 의지가 강한 것으로 보인다.

최근 한국전자출판협회에 일본의 만화, 애니메이션 업체와 솔루션 업체들이 한국의 기업들과 손잡고 아시아는 물론 글로벌 진출을 해보겠다는 의사를 타진하는 기업들이 늘어나고 있는 것을 볼 때 일본전자출판협회의 글로벌 전략은 상당한 힘을 받을 것으로 예상된다.

그 외 다양한 기업들이 고심을 거듭하면서 합종연횡이라는 비즈니스 실험을 하고 있다. 소니는 자사의 e잉크 전자책 단말기와 연계한 콘텐츠 사업을 전개하기 위해 토판프린팅, KDDI, 아사히신문과 합자회사를 설립했으나, 2011년 전략을 급히 수정하여 지난 4월에 안드로이드 3.0 운영체제인 '허니콤'을 탑재한 태블릿PC 2종을 공개했다. 소니의 태블릿PC는 9.4인치 버전(S1)과 5.5인치 듀얼스크린(S2) 버전이다. 애플의 '아이패드2'와 유통 플랫폼인 앱스토어, 아이북스에 어떻게 대항할 것인가 소니의 고민을 엿보게 하는 대목이다.

소프트뱅크는 아마존 킨들 단말기 도입을 검토하거나 마이크로소프트와 디지털 교과서 사업을 위해 제휴를 체결하기도 했다. NTT도코모는 다이니폰 프린팅과 제휴를 맺고 자체 무선통신망을 기반으로 한 단말기-유통 플랫폼 연계 전략을 저울질하다가 2011년 3월부터 LG전자의 '옵티머스 패드'를 판매하기 시작했다. 이렇게 일본은 기업 간 합종연횡, 글로벌 기업과의 연합 등 다양한 실험들이 진행되고 있지만 명쾌한 해답을 찾지 못하고 있다. 물론 일본 기업들의 고뇌는 애플, 구글, 아마존과 같은 기업들과의 경쟁에서 어떻게 살아남을 것인가 하는 것들이다.

지금 일본의 고민은 깊어가고 있다. NTT도코모의 아이모드(i-Mode) 모델은 왜 애플처럼 글로벌 시장을 개척하지 못했을까? 소니는 왜 진즉 아이패드 같은 단말기를 만들지 못했을까? 대형 출판사들은 전자책이라는 쓰나미가 몰려오는 상황에서 어떻게 하면 살아남을 수 있을 것인가? 일본의 이러한 상황은 소름끼치게 한국의 상황과 오버랩되고 있다.

6

한국과 일본
기업들이 상호 협력
해야 하는 이유

2010년 일본의 전자책 시장 규모는 650억 엔, 2015년에는 2400억 엔으로 4배 이상 성장할 것으로 노무라종합연구소는 예측했다. 이미 미국에서 전자책이 종이책 판매를 앞질렀던 것과 맥을 같이하여 일본에서도 많은 기업들이 전자책 사업에 뛰어들고 있다. 2010년 11월 말 이후 최근까지 업체들의 움직임은 숨가쁘게 진행되고 있다.

2010년 11월 25일에는 대일본인쇄 '혼토'(honto) 사이트 리뉴얼 오픈, 11월 30일에는 학연(学研) '학연 전자상점'오픈, 소학관(小学館) '소학관 eBooks'리뉴얼 오픈, 12월 3일에는 가도카와(角川) 'Book☆Walker'오픈, 12월 10일에는 샤프 'TSUTAYA GALAPAGOS'와 소니 'Reader Store' 오픈, 기노쿠니야 서점 'Book Web Plus'오픈, 12월 17일에는 소프트뱅크 '소프트뱅크 서점' 오픈, 12월 21일에는 다이아몬드사 '다이아몬드 도서' 오픈, 12월 25일에는 KDDI 'LISMO Book Store' 오픈, 올해 1월에는 DNP, 도코모 연합으로 'Dfacto' 오픈, 2월 17일에는 돗판(凸版) 인쇄, 비트웨이(Bitway), 인텔 연합으로 'Book Live!' 오픈, 3월 14일에는 가도카와, NTT 연합으로 'Fan플러스'를 오픈했다.

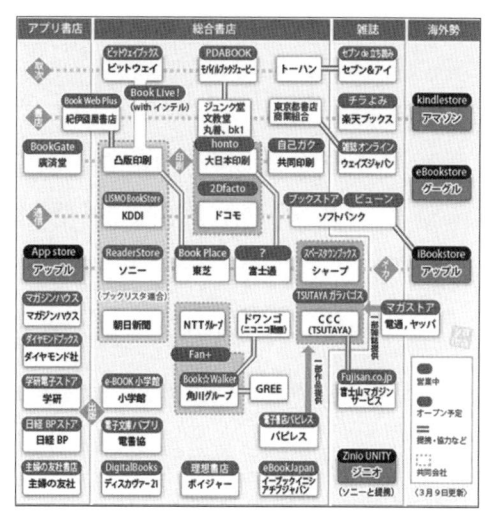

플랫폼을 둘러싼 일본 전자책 업계 지형도
(자료제공: iNEO주식회사)

　일본 기업들이 유통 플랫폼을 둘러싸고 이렇게 치열하게 움직이고 있는 이유는 당연히 앞으로 전자책 시장을 선점하려는 전략에 목숨을 걸기 때문이다. 그들은 지금까지의 전자책 시장보다 향후 전자책 시장이 가져올 파괴력을 미국에서 보았다. 하지만 전자책 시장에 모두 뛰어들고 있지만 누가 선점할지는 현재로선 예측이 불가능하다. 다만 그간의 일본 전자책 산업 지형을 살펴보면 미래를 예측해볼 수 있는 단초를 찾아내는 것이 어느 정도 가능하다.

　일본 전자책 역사에서 빼놓을 수 없는 업체가 바로 파피레스(Papyless)다. 파피레스는 일본전자출판협회(JEPA)을 이끌고 있는 기업이자 일본 전자책 최대 유통업체이기도 하다. 파피레스는 현재 연매출 37억 엔에 달하며 일본 전자책 시장에서 약 5%의 점유율을 차지하고 있다. 이 회사는 일본 증시 자스닥(Jasdaq)에 상장되어 있다. 파피레스는 후지쯔 주식회사의 벤처 시스템에 의해 1995년 설립되었고, 설립과 동시에 일본 최초로 PC 기반의 유통 플랫폼을 오픈했다. 파피레스 측은 자신들의 온라인 전자책 서점이 세계 최초라고 밝히고 있으나 PC통신 기반의 온라인 전자책 서점은 1994년 3월 한국의 (주)예인정보에서 천리안, 하이텔 등의 PC통신망에 '예인전자도서관'이라는 서비스를 시작했기 때문에 세계 최초라 보기엔 무리가 있다. 물론 한국에서 최초의 인터넷 웹 기반의 온라인 전자책 서점은 1998년 (주)바로북에서 시작했기 때문에, 월드와이드웹 기반의 온라인 전자책 서점으로만 본다면 일본이 최초이고, PC통신망까지 확장해서 본다면 한국이 최초라 할 수 있다. 온라인 전자책 서점 오픈 후 2000년부터 파피레스는 소니, 샤프와 손을 잡고 PDA 기반의 서비스로 확장했고, 2003년부터는 도코모, KDDI, 소프트뱅크 등의 이동통신사와 제휴를 통해 모바일 기반 시장으로 확장했다. 2007년부터는 임대형 전자책 유통 플랫폼인 '렌타(Renta)' 서비스를 시작했다.

파피레스의 온라인 전자책 서점 방문자는 매월 2,600만 명에 달한다. 그 이유는 현재 16만 종의 전자책 서비스를 하고 있으며 매월 600종의 신간을 쏟아내고 있기 때문이다. 특히 다른 전자책 서점이 만화 등 일부 콘텐츠에 과도하게 집중되어 있는데 반해 파피레스는 다양한 콘텐츠를 구비하고 있다. 양서(洋書)와 화서(和書) 비중이 80%에 달하고, 시집, 잡지, 영상, 오디오북, 만화, 사진집, 성인물이 20% 정도 차지하고 있다. 파피레스 관계자에 따르면 견실한 콘텐츠 구조를 확보하기 위해 지난 15년 동안 가도카와서점, 선마크출판, 신초사, 상전사, 다이아몬드사 등 400여 개 출판사, 콘텐츠 업체와의 협상에 많은 공을 들여왔다고 한다.

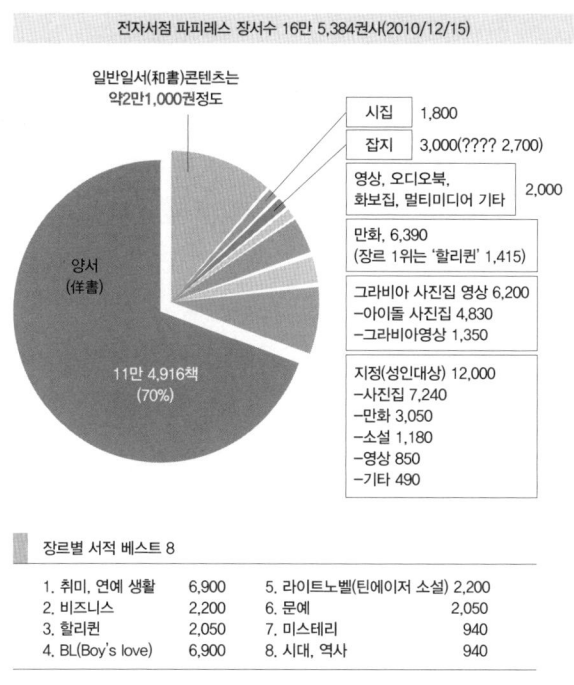

전자서점 파피레스 장서수 16만 5,384권사(2010/12/15)

일반일서(和書)콘텐츠는
약2만1,000권정도

시집	1,800
잡지	3,000(???? 2,700)
영상, 오디오북, 화보집, 멀티미디어 기타	2,000
만화, 6,390 (장르 1위는 '할리퀸' 1,415)	
그라비아 사진집 영상 6,200 −아이돌 사진집 4,830 −그라비아영상 1,350	
지정(성인대상) 12,000 −사진집 7,240 −만화 3,050 −소설 1,180 −영상 850 −기타 490	

양서
(佯書)

11만 4,916책
(70%)

장르별 서적 베스트 8

1. 취미, 연예 생활	6,900	5. 라이트노벨(틴에이저 소설) 2,200
2. 비즈니스	2,200	6. 문예	2,050
3. 할리퀸	2,050	7. 미스테리	940
4. BL(Boy's love)	6,900	8. 시대, 역사	940

파피레스 장서수(자료제공: iNEO주식회사)

이러한 과정을 보면 파피레스가 일본 전자책 시장에서 1위를 고수하고 있는 힘을 발견할 수 있다. 바로 다른 기업이 하는 모델을 따라하기보다는 선도적으로 사업을 전개하면서 새로운 패러다임을 열었다는 점이다. 무엇보다 EPUB기술을 선도적으로 도입하여 1년 만에 일본의 전자책 포맷을 EPUB 기반으로 돌리는 데 결정적 역할을 했다. 파피레스는 여기서 그치지 않고 2011년 5월 국제디지털출판포럼(IDPF)에서 발표한 EPUB3.0 기술의 적용을 위해 발빠르게 움직이고 있는 중이다. 또한 전자책 구매 비용과 과금, 다운로드 등 소비자 불편을 최소화하고 미래를 대비하기 위해 전자책 서점을 클라우드 기반으로 전면 전환하고 있다.

일본 전자책 역사에서 두 번째로 살펴보아야 할 코드는 NTT도코모를 중심으로 형성된 모바일 소설과 모바일 만화 시장이다. 도코모는 한국과 달리 90년대 후반부터 이동통신망을 콘텐츠 공급업체(CP)들에게 과감하게 개방했다. 그 결과 현재 이동통신망을 중심으로 콘텐츠 사업을 펼치고 있는 CP들은 공식, 비공식 포함하여 10만여 개에 달한다. 이런 기반 위에서 2000년대 초부터 모바일 기반의 만화와 소설 서비스 모델이 쏟아져 나오기 시작했다. 대표적으로 신초사의 '신초휴대문고'와 아스키미디어웍스(가도카와퍼블리싱그룹의 자회사로 직원 규모만 400여 명에 달함)의 '마법의 아이랜드' 서비스다. 이들 서비스를 통해 등장한 아마추어 작가들 중 가코스타츠는 연 500억 원의 수익을 올리기도 했고, 인기를 얻은 모바일 만화와 소설은 종이책, 드라마, 영화 등으로 활용되어 모바일 만화와 소설의 시장 규모는 마침내 지난해 전체 전자책 시장에서 89%에 달할 정도였다. 그런데 일본의 이러한 장점이 스마트폰, 태블릿PC로 전환되고 있는 시기에는 단점이 된다는 점에서 일본의 고민이 숨겨져 있다.

지형적으로 이웃하고 있는 한국과 일본의 전자책 도입 역사는 매우 비슷하지만 15년이 지난 지금에는 많이 달라져 있다. 일본의 경우 파피레스 등 전통적 전자책 기업 등 일부를 제외하면 모바일 기반의 만화와 소설 콘텐츠에 지나치게 몰입해 왔다. 그 결과 아마추어를 기반으로 한 디지털 셀프 퍼블리싱 패러다임에서는 강점을 가지고 있지만, 스마트폰과 태블릿PC 기반의 인터랙티브 기술과 고품질 콘텐츠 측면에서는 매우 취약하다. 반면 한국의 경우 애플을 능가하는 풍부한 단말기 기술과 인터랙티브 기술이 매우 빠르게 발전하고 있지만 원천 콘텐츠 확보 측면에서는 매우 취약하다.

한국과 일본의 장점과 단점이 상호 교차되어 융합될 수 있다면 두 국가 모두 새로운 도약과 발전이 가능할 것으로 보인다. 특히 한국 시장과 일본 시장이 단일 시장으로 가동될 수 있다면 아시아는 물론 세계 시장에서도 파워가 생길 수 있다. 그것을 서로 알고 있기나 한듯 최근 한국과 일본의 전자책 관련 교류가 활발해지고 있다.

한국전자출판협회에서는 2011년 6월 일본의 아이네오(iNEO)와 PHP 연구소 등의 초빙 세미나를 시작으로 만화, 잡지, 소설, 동화, 교육 콘텐츠와 단말기, 솔루션 등의 교류와 협력을 강화해 나가고 있다. 그리고 '아시아 스마트퍼블리싱 마켓'을 통해 한국과 일본 기업들의 다양한 협력 모델을 만들어가고 있다. 그 흐름에 한국과 일본의 전자책 관련 기업들이 움직이기 시작했다. 양국의 전자책 교역 협력에 따른 시장의 확대는 1+1=2가 아니라 3플러스 이상이 되기 때문이다.

7

뉴미디어,
멀티미디어,
탄소 발자국

2009년 독일 프랑크푸르트도서전에는 108개 국가, 7,373개
출판사가 참여하여 규모면에서 2008년과 비슷했다. 다만 세계적인 경
제불황의 여파 탓인지는 몰라도 각국의 부스 규모가 조금씩 줄어들었다
는 것은 피부로 느낄 수 있었다.

프랑크푸르트도서전이 열리는 메세 전시장 각 홀에는 출판인들이 인
산인해를 이루고 있었다. 점심시간에는 레스토랑이나 간이매점 어디나
할 것 없이 식사를 하려는 사람들이 길게 늘어서 있는 모습은 예전과 다
름없었다. 주빈국으로 참여한 중국은 최대 규모 방문단과 물량을 투입
해서 그런지 어디를 가나 중국 냄새를 피할 수는 없었다.

각 홀에서 개최되는 오픈포럼 역시 예전과 크게 달라지지 않았다. 어

떤 주제든 많은 사람들이 몰렸다. 가장 기억에 남았던 것은 티베트인들이 개최한 포럼이었다. 자세한 내용은 알아듣기 어려웠지만 중국의 억압정책 등을 비판하는 정치적인 문제였던 것 같았다. 포럼에 참관했던 세계 출판인들이 우레와 같은 박수에는 티베트를 걱정하고 지원하는 진심이 담겨 있었다. 한국관은 6.1홀에 총 156㎡ 규모로 한국전자출판협회(이하 전출협) 회원사를 포함하여 20여 개 출판사와 전자책 업체가 참여했는데, 6.1홀 외곽에 있었음에도 예전에 비해 방문자 수가 늘어 역동적인 전시가 된 것 같았다.

책갈피 제품을 가지고 나온 굿윌솔루션즈부스에는 다양하고 수려한 책갈피에 매료된 유럽인들의 발길이 끊이지 않았다. 독일의 유력 일간지 〈프랑크프루터 알게마이네 자이퉁〉(Frankfurter Allgemeine Zeitung)의 전자책 심층보도에서 아마존과 함께 종합 11점을 받은 '아이리버'부스에는 출판인뿐만 아니라 유럽의 도서유통사들이 많이 찾았다. 그 결과 후에 아이리버는 독일, 영국 등에 e잉크 단말기 공급을 하기도 했다.

Name	Buchkauf per Funk 무선도서 판매 가능 여부	Bucherangebot 도서제공	Bedienung 편리성	Display 디스플레이	Verarbeitung 완성도	Akku 배터리 성능	Gesamt 총점	Preis 가격
Bookeen Cybook Opus	nein	••	••	•••	••	•••	12	249 €
Sony PRS-600 Tuch Edition	nein	••	•••	•	•••	•••	12	299 €
Amazoz Kindle	ja	••	•	•••	•••	•••	11	190 €
iRiver Story	nein	••	•	•••	••	•••	11	279 €
Hanvon Wise Reader NT518	nein	••	••	••	••	•••	11	279 €

Txtr Reader	ja	•••	•	••	•	•••	10	319 €
BeBook	nein	••	••	•	•	•••	9	289 €
Ectaco jetBook	nein	••	•	••	•	•	7	269 €

그 외에 삼성전자 SNE-50K, 네오럭스 NUUT 등의 e잉크 단말기와 2009년 e-Book Award 수상작품 12종, 인터파크 전자책사업 플랜, 애슬로 모바일 전자책 솔루션 등에도 많은 관심을 표명했다. 인터파크와 교보문고는 세계적인 출판사인 스프링거(Springer)와 전자책 콘텐츠 3만여 권 서비스를 위한 MOU를 체결하기도 했다.

그런데 디지털 출판이 강세인 것은 한국관만이 아니었다. '디지털마켓플레이스'관이 설치된 4.2홀에는 '아이렉스'등 미국과 유럽의 다양한 e잉크 단말기 업체들은 물론 출판 콘텐츠 데이터베이스 사업을 위한 콘텐츠 매니지먼트 시스템, 전자책 솔루션, e러닝, 전자칠판, 멀티미디어 관련 업체들이 대거 포진해 있었다. 예전에는 디지털마켓 플레이스에 20~30개 업체들이 소규모로 참여했으나, 올해는 4.2홀 전체를 사용할 정도로 급성장하고 있었다. 또한 3.0홀에는 스토리, 동화, 만화 등을 기반으로 한 원소스 멀티유스를 실현하는 'Books & Bytes Collective Stand' 등이 성황을 이루었다. 그 옆에는 소니의 전자책 부스와 보다폰의 유비쿼터스 모바일 체험관이 나란히 자리 잡고 있었다. 특히 보다폰의 무료 모바일북 체험 서비스는 솔직히 부러웠다.(2005년에 한국이 세계 최초로 유비쿼터스 기반의 모바일북을 선보였으나 이동통신사의 과독점, 폐쇄정책 때문에 국내에서 꽃을 피우지 못했기 때문에 더욱 그렇다.) 보다폰 코너에서는 다양한 기종의 휴대전화를 전시단말기에 대면 블루투스나 이동망을 통해 무료 모바일북을 다운로드 받을 수 있도록 했다.

많은 사람들은 2009년 프랑크푸르트도서전의 최대 이슈를 '전자책'과 '저작권'이라고 말한다. 하지만 나의 생각은 다르다. 인터넷 등장 이후 지식인, 블로그, 카페, 세컨드 라이프, 소셜네트워크 같은 1인 미디어와 사회적 네트워크가 온라인으로 빠르게 이동하고 있듯이, 쇼핑몰, 서점, 도서관 영역 역시 디지털로 이동하는 것은 막을 수 없는 흐름이다. 구글의 디지털 도서관 프로젝트나 도서 본문 검색에 따른 저작권 문제는 '과실을 어떻게 배분할 것인가'의 문제이지 '할 것인가, 하지 말 것인가'의 문제는 아니다. 이미 우리나라는 그 문제에 대해 해법을 찾았다. 출판계와 네이버는 일정 범위 안에서 도서 본문 검색을 허용하기로 합의했으며, 네이버는 책 판매를 통해 구축되는 북리펀드 자금을 출판계와 출판문화산업을 위해 사용할 준비가 되어 있다고 밝히고 있다. 이런 상황에서 아직도 국내에서 '북서치에 따른 저작권 문제'를 거론하는 것은 미래 예측 능력이 현저히 떨어지는 견해에 불과하다. 오히려 2009년 프랑크푸르트도서전을 통해 예측하고 주목해야 할 핵심 키워드는 뉴미디어, 멀티디미어, 환경 같은 주제들이다. 전시 중에 전출협 부스에 스페인어권에 있는 교수 한 분이 찾아왔다. 그는 물었다.

"전자책과 환경에 관한 상관관계를 연구하는 국제 네트워크를 만들고 있는 중이다. 한국에는 그런 연구자나 단체가 있느냐?"

나는 이렇게 답했다.

"한국은 종이책에 드는 종이가 연간 200만 톤에 달하며, 이는 30년생 나무 3,500만 그루를 희생시키는 것으로 알고 있다. 한국간행물윤리위원회에서 재생종이 활용 캠페인을 전개하고 있지만 아쉽게도 종이책·전자책과 환경 관계를 본격적으로 연구하는 곳은 거의 없다."

내가 한국에 돌아왔을 때 그 교수는 메일 한 통을 보내왔다. 메일에는 클린테크그룹(Cleantech Group)라는 곳에서 발간한 보고서가 들어 있었다. 보고서는 과학적 근거를 바탕으로 종이책과 아마존 킨들의 탄소 배출량에 관해 비교 분석하고 있다. 이런 정보를 보내니 한국의 사례나 정보를 보내달라는 것이었다.

지금 세계는 지구온난화 규제와 온실가스 감축을 위해 화석연료를 대체할 수 있는 태양광, 풍력 같은 대체에너지를 개발하고 있으며, 화석연료 기반의 자동차를 전기자동차로 대체하려는 움직임이 가속화되고 있다. 나무의 희생 위에 기반한 출판산업 역시 지구온난화 문제를 비껴갈 수 없다. 종이책 기반의 출판산업에 대한 의제가 국제사회에서 이슈가 될 가능성은 점점 더 커지고 있다.

프랑크푸르트도서전을 통해 환경이라는 미래적인 이슈 외에 당장 현실적인 이슈가 될 것은 바로 뉴미디어와 멀티미디어다. 2008년 8월에 서비스 론칭을 시작한 애플의 '아이폰'과 '앱스토어'는 1년 만에 전 세계적인 아이콘이 되어버렸다. 애플은 노키아, 삼성전자, LG전자 같은 세계적인 단말기 업체를 제치고, 수익성 1위의 휴대전화 기업이 되었다. 그 비결은 바로 콘텐츠 오픈마켓인 앱스토어에 있었다. 아이폰 활용의 무한한 확장성을 제공하는 콘텐츠나 어플리케이션을 누구나 사고 팔 수 있는 장터에 수백 만 명의 사람들이 몰려들었고, 그들에 의해 아이폰 단말기 판매가 확장되는 선순환 구조를 확보한 결과였다.

프랑크푸르트도서전 기간 중에 애플 본사에서 전출협을 찾아왔다. 파트너십 매니저먼트를 담당하고 있는 애플 본사 직원 메리 베스는 말했다.

"아이폰 기반의 세계 텍스트 쇼를 준비 중에 있다. 첫 쇼를 아시아에서 하려고 하는데 한국, 일본, 중국이 후보다."

그래서 우리는 아이팟터치, 햅틱2 단말기에 탑재해 두었던 다양한 전자책을 보여주면서 "한국에는 아직 아이폰 출시가 되지 않았지만 모바일 기반의 전자책 레퍼런스가 다양하게 준비되어 있다."고 말했다. 메리베스는 "퍼펙트!"라고 외치며 엄지손가락을 추켜세워 보였다.

당시 아이폰조차 출시되지 않은 국가에서 '세계 텍스트 쇼'를 개최할 수 있으리라는 기대는 하지 않았다. 그러나 애플 본사에서 프랑크푸르트도서전에 주목했다는 것은 책의 영역이 e잉크 단말기, 아이폰 같은 스마트폰, 디지털TV 등 뉴미디어 영역으로 급속하게 확대될 것임을 알려주는 상징적 지표였다.

이처럼 2009년 프랑크푸르트도서전은 디지털 출판물이 40%에 이르고, 정적인 종이책 기반에서 모바일북, 멀티미디어 등 원소스 멀티유스가 무섭게 확산되고 있음을 잘 보여주고 있다. 이는 출판사가 앞으로 출판 콘텐츠의 뉴미디어 환경과 멀티미디어 환경에 대비해야 함을 잘 보여주고 있으며, 프랑크푸르트도서전 관계자 역시 향후 뉴미디어와 멀티미디어 융합을 촉진하는 도서전으로 진화해 갈 것으로 전망했다.

8

**프랑크푸르트
도서전의
HOT SPOT**

독일 프랑크푸르트도서전은 세계 최대의 도서전이다. 매년 프랑크푸르트도서전에 참가하면서 이 도서전에 전 세계 출판인들의 관심이 점점 더 집중되고 있다는 느낌이 들었다. 동경도서전이나 서울국제도서전이 갈수록 위상이 낮아지는 데 반해 프랑크푸르트도서전이나 볼로냐아동도서전은 그 위상이 더욱 커지고 있다. 그것은 아마 마켓의 힘 때문이기도 하겠지만 그 힘은 도서전을 이끌어 가는 사람들에게 시대의 이슈를 이끌어 가는 프론티어 정신이 있기 때문이 아닐까 싶다.

2010년의 경우 100여 개국의 7,314여 개 출판사 참여했으며, 전시출판물 총 40만 1,932종에 신간 12만 3,823종에 달했다. 주요 참가국으로는 독일 3,312개사, 영국 809개사, 미국 624개사, 이탈리아 320개사, 중국 274개사, 스페인 265개사, 프랑스 208개사, 스위스 178개사, 오스트리아 135개사, 네덜란드 125개사이고 한국, 일본, 대만의 경우 30여개 내외로 엇비슷했다.

2010년 프랑크푸르트도서전에서는 기존의 콘셉트와 다른 변화를 시도했다. 몇 년 전부터 디지털 부문이 계속 확장되어 왔지만 2010년에는 각 홀마다 핫 스팟(Hot Spots)을 설치하여 디지털 시대를 맞아 전면에 디지털 이슈를 내세웠다. 3.1홀에는 문학 관련 이슈를, 4.0홀에는 디지털 출판 서비스, 4.2홀에는 정보관리와 디지털 교육 관련 분야, 6.0홀에는 모바일 분야, 8.0홀에는 e잉크단말기, 태블릿PC 등의 첨단단말기를 선보였다. 이는 프랑크푸르트도서전 관계당국이 앞으로 도서전을 디지털 신기술을 중심으로 전면 배치하겠다는 전략으로 이해된다.

핫스팟 존에서 사람들의 관심을 가장 많이 끌었던 곳은 8.0홀에 마련된 디바이스 핫 스팟(Device Hot Spot) 전시 코너였다. 각국의 단말기를 일렬로 배치하여 누구나 단말기를 살펴볼 수 있도록 했는데, 여러 핫스팟 코너 중 단말기 전시가 가장 많은 인기를 끌었다는 것은 그만큼 단말기에 대한 관심이 지대하다는 것을 알 수 있었다.

디바이스 핫 스팟에는 총 15대의 단말기가 전시되었는데, 이 중에서 한국전자출판협회가 제공한 삼성전자의 SNE-K60, 아이리버의 커버스토리(CoverStory), 네오럭스의 NUUT2, 엔스퍼트의 아이덴터티(Identity), 인터파크의 비스킷(Biscuit) 등 7대의 한국산 단말기가 전시되었다.

2010년 도서전에서 가장 눈에 띄게 달라진 점은 주요 부스마다 전면에 아이패드를 배치하고 있다는 점이다. 2009년까지는 주로 디지털 관

Device Hot Spot (8Hall) 전시 모습

런 출판물은 4.2홀 디지털마켓 플레이스에 집중화시켜 보여주었는데, 이제는 전체 홀, 거의 모든 부스에 아이패드가 전면에 등장했다. 잡지 콘텐츠를 담은 아이패드 전시로 비주얼한 콘셉트가 돋보이는 부스도 있었고, 60인치 대형 화면에서 스마트폰 기반의 잡지 콘텐츠를 홍보하는 부스도 있었다. 60인치 고해상도 홍보물이 관람객의 시선을 집중시키기에 충분했다.

물론 당시 출시된 유일한 태블릿PC가 아이패드밖에 없었기 때문에 단조로울 수도 있지만 이러한 현상은 HP, 삼성전자, LG전자, 아이리버, 소니, 델, 에이서 등의 기업들에서 다양한 태블릿PC가 출시되었거나 출시 예정이기 때문에 2011년 프랑크푸르트도서전의 전자책 붐은 새로운

전기를 맞을 것이 분명하다.

또 하나 주목할 만한 흐름이 있

었다. 세상의 모든 콘텐츠가 아이

패드 같은 태블릿PC로만 집중되는

것은 아니다. 영어단어 학습기 '깜

박이'처럼 특정 콘텐츠에 맞게 고안

된 단말기가 융합된 패키지 제품이 바로 그렇다.

대만에서 만든 유아용 멀티미디어 동화를 탑재한 패키지 제품은 단

말기를 구매하면 다양한 멀티미디어 동화를 옵션으로 구매하여 추가로

볼 수 있다. 아이패드 등의 단말기가 일반화되더라도 콘텐츠 특성과 비

즈니스 모델에 따라 특화된 제품이

가능하다. 특히 학습과 교육 부문

에선 콘텐츠와 단말기가 결합된 패

키지 제품이 특화된 시장으로 존재

할 가능성이 크다.

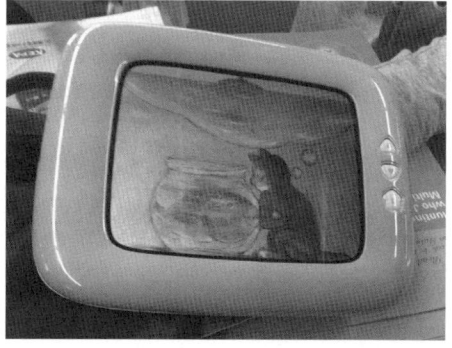

한국에서는 8홀의 단말기 핫 스

팟(Device Hot Spot) 외에도 6홀 내에 한국전자출판협회, 아이리버, 인큐브테크, KDMT 등이 공동으로 구성하여 다국어 전자책, e잉크 단말기, 태블릿PC, 스마트TV 등의 단말기를 통해 270종의 EPUB 전자책과 앱북 등의 콘텐츠를 선보였고, 8홀에는 SK텔레콤에서 3D 매직북을 선보였다.

그동안 한국관은 종이책을 기반으로 정적인 전시에만 중시해왔던 것 같다. 앞서 세계 출판산업의 변화 방향을 살펴보았듯이 종이책만을 가지고 한국관을 구성하는 것은 변방의 조그만 부스에 불과하여 앞으로 더욱 주목받기 힘들 것으로 보인다. 그래서 대한출판문화협회, 한국전자출판협회, 한국콘텐츠진흥원, 한국만화영상진흥원 등이 공동으로 대응하는 '(가칭)코리아 콘텐츠 마켓(Korea Contents Market)' 공동관 구성이 필요하다.

코리아 콘텐츠 마켓은 종이책을 기반으로 멀티미디어 · 만화 · 애니메이션 · 영상물 등 콘텐츠와 e잉크 · 스마트폰 · 멀티미디어 복합기 · 디지털TV 같은 단말기가 융합된 전시장이다. 공동전시관에는 삼성전자나 LG전자 같은 세계적인 수준의 스마트TV나 첨단 단말기가 배치되고, 그 단말기 안에는 출판 콘텐츠나 만화를 기반으로 한 멀티미디어 동화나 애니메이션 · 영상물이 탑재되고 그 옆에는 종이책이 배치될 것이다.

종이책에 담긴 콘텐츠가 멀티미디어와 뉴미디어와 융합될 때, 고품질 융합형 출판 콘텐츠가 세계 출판문화산업의 새로운 이정표를 제시할 것이다. 뿐만 아니라 해외 도서전에서 중요 이슈를 선점하고, 구체적으로 산업적 준비를 마련해 새로운 글로벌 전략을 펼 때 좁은 내수시장을 벗어날 수 있다.

9

디지털 퍼블리싱
전쟁의 서막

구글쇼크 이후 국내에서 소프트웨어 개발의 중요성에 대한 자각이 곳곳에서 일어나고 있다. 그런 점에서 순수 국산 소프트웨어 엠레이아웃(MLayout)이라는 디지털 퍼블리싱 소프트웨어를 주목할 필요가 있다.

현재 종이책을 비롯하여 각종 인쇄물을 컴퓨터로 편집하는 디지털 퍼블리싱 소프트웨어 세계 시장을 양분하고 있는 것은 미국의 쿼크익스프레스(QuarkXPress), 어도비 인디자인(Abobe InDesign)이다. 디지털 퍼블리싱 소프트웨어는 고도의 기술이 요구되기 때문에 미국을 제외하고 독자적으로 개발하거나 성공한 사례가 많지 않은 프로그램이다. 그런데 이 시장에 오래전부터 도전장을 내고 진화 발전해 가는 한국의 소프트웨어가 있는데, 바로 성도솔루원의 엠레이아웃이다.

20여 년 전 스티브 잡스는 애플에서 쫓겨난 후 넥스트를 설립해 BSD 기반의 NeXTSTEP 운영체제를 바탕으로 워크스테이션급 컴퓨터를 개발했다. 당시 스티브 잡스와 네트워크를 형성하고 있던 한국의 소프트매직이라는 중소기업은 스티브 잡스가 개발한 NeXTSTEP 운영체제 기반의 컴퓨터에 구동하기 위한 DTP 소프트웨어를 개발했다.

　그런데 넥스트를 운영하던 스티브 잡스에게 새로운 전환점이 발생했다. 애플이 넥스트를 인수하면서 스티브 잡스가 다시 애플로 복귀한 것이다. 그가 애플로 복귀해 곧바로 진행한 일은 NeXTSTEP 운영체제를 그대로 적용한 Mac OS X 운영체제를 개발하는 일이었다. 당시 애플의 매킨토시에서 많이 사용되었던 디지털 퍼블리싱 소프트웨어는 쿼크익스프레스였다. 하지만 쿼크는 Mac OS X 기반으로 쿼크익스프레스를 내놓지 않았고, 소프트매직은 Mac OS X용 DTP 프로그램인 엠레이아웃을 세상에 내놨다.

　엠레이아웃이 출시되자 스티브 잡스를 포함한 관련 전문가들은 이 소프트웨어를 주목하기 시작했다. 결과적으로 한국의 중소기업이 개발한 엠레이아웃 소프트웨어는 Mac OS X에서 구동되는 세계 최초의 DTP 프로그램이 되었다.

　2004년 소프트매직은 초기의 엠레이아웃을 혁신적으로 변화시킨 엠레이아웃2.0을 발표했다. 엠레이아웃2.0은 종이출판뿐만 아니라 전자출판 등 변화하는 글로벌 환경에 대응하기 위해 모든 국가에서 자유롭게 쓸 수 있는 유니코드를 지원하고, 나아가 종이책 출판뿐만 아니라 전자책 제작이 가능한 기술을 지원했다. 이 소프트웨어가 출시되자 영국의 〈맥월드〉 잡지 등에서 "쿼크익스프레스와 인디자인을 위협하는 전자출판 소프트웨어의 기대주로 부각되고 있다."고 평가했다. 이렇게 해서 미국의 쿼크익스프레스, 어도비 인디자인 그리고 한국의 엠레이아웃은 세계 3대 DTP 소프트웨어로 자리매김하게 되었다.

하지만 작은 중소기업에 불과한 소프트매직이 미국의 쿼크, 어도비시스템즈와 광대한 글로벌 시장을 둘러싸고 경쟁하기에는 힘이 약했다. 기술력은 미국 기업에 비해 결코 떨어지지 않았지만 글로벌 네트워크와 거대 자본을 가진 기업들과 비교가 되지 않았다. 이러한 취약점을 잘 알고 있었던 소프트매직과 성도솔루윈은 2009년 전격적으로 합병을 한 후 새로운 전략을 가다듬게 되었다.

애플의 아이패드가 세계를 강타하면서 디지털 퍼블리싱 소프트웨어도 2010년부터 새로운 전열을 가다듬고 2011년 대대적인 신제품 솔루션을 발표하고 있다. 성도솔루윈은 엠레이아웃 기반의 '하모니(Harmony)'를, 어도비시스템즈는 인디자인 기반의 '어도비 크리에이티비 스위트 5.5(CS5.5)'를, 쿼크사는 쿼크익스프레스 기반의 '쿼크익스프레스 9K'를 발표했다. 이 기업들은 자사의 솔루션이 아이패드 등 태블릿PC에 최적화된 디지털 퍼블리싱이라고 이구동성으로 말하고 있다.

엠레이아웃 기반의 '하모니'솔루션은 서비스 모델별로 솔루션을 다양하게 활용할 수 있어 기업이나 개인이 원하는 형태의 사업모델을 구축할 수 있다는 것을 장점으로 내세우고 있다. 또한 성도솔루윈이 제공한 엠북서버(MBookSever)를 통해 기업이나 개인이 제작한 앱북을 다양한 유통채널에 판매할 수 있으며 판매정산, DB관리 등을 개별적으로 운영하고 관리할 수 있도록 지원하고 있다. 앱북을 제작하는 기본 원리는 엠레이아웃과 엠북바인더(MBook Binder)을 통합한 엠북에디터(MBookEditor)라는 멀티미디어 툴을 활용하여 동영상, 오디오, 링크, 슬라이드 이미지 등 멀티미디어 요소를 자유자재로 삽입해 빠르게 태블릿PC용 앱북을 만들 수 있도록 지원한다.

인디자인 기반의 '어도비 크리에이티비 스위트5.5'는 포토샵, 일러스트레이터, 인디자인 등의 포함된 마스터콜렉션과 디자인 관련 제품군이 통합된 솔루션이다. 어도비 CS5.5 역시 성도솔루원의 하모니와 마찬가지로 멀티미디어 앱북을 손쉽게 제작할 수 있도록 지원한다. 또한 어도비시스템즈는 CS5.5 제품과 함께 앱북 배포와 발행 후 판매량 분석 등의 작업도 지원한다.

쿼크익스프레스 기반의 '쿼크익스프레스 9K'는 프로그래밍 스킬이 없는 디자이너들이 쿼크익스프레스로 작업한 출판물에 멀티미디어 요소를 간단한 추가하여 앱북을 제작할 수 있도록 지원하고 있다. 또한 이 솔루션에는 300여 종의 한글 서체를 지원하며, 한글맞춤법 검사나 한글 세로쓰기 등의 다양한 패키지를 지원하여 디자이너들이 최적의 편의성을 느낄 수 있도록 하고 있다. 특히 '쿼크익스프레스 9K'솔루션은 앱북이 판매될 때마다 추가 비용을 내야 하는 어도비시스템즈의 CS5.5와 달리 초기 비용만 내는 가격 정책을 취하고 있다.

이 기업들의 디지털 퍼블리싱 신제품은 대부분 태블릿PC에 최적화된 제작환경을 중심으로 하나의 콘텐츠로 PC, 태블릿PC, 스마트TV 같은 다양한 단말기에 적합한 퍼블리싱을 할 수 있다는 점에서 매우 유사하다. 또한 프로그래밍 스킬이 없는 사람이라도 쉽게 앱북을 제작할 수 있다는 점도 비슷하다. 다만 차이가 있다면 가격 정책이다. 그런데 가격 정책 역시 언제든 변경될 수 있는 여지가 존재한다.

1987년 매킨토시 컴퓨터용으로 처음 출시된 쿼크익스프레스는 한때 세계 최강의 디지털 퍼블리싱 솔루션이었고, 특히 국내에서는 90% 내외의 시장점유율을 자랑했다. 2002년 Mac OS X 운영체제와 윈도우 운영체제를 동시에 지원하며 탄생한 인디자인은 쿼크익스프레스의 아성을 무너뜨리며 빠르게 시장점유율을 늘려 현재 세계 최강의 솔루션이다. 그리고 스티브 잡스가 개발한 NeXTSTEP 운영체제를 기반으로 탄생한 엠레이아웃은 아직 어린아이에 불과한 솔루션이다. 그런데 이 세 개의 디지털 퍼블리싱 솔루션이 모바일 기반의 태블릿PC 환경에서 새로운 전쟁의 서막을 알리고 있다. 그것도 한국에서 가장 치열한 전쟁을 치룰 준비를 마친 상태다. 이 전쟁의 결과가 세계 디지털 퍼블리싱 솔루션의 향방을 가늠하게 될 것이다.

아직 어린아이에 불과한 엠레이아웃은 새로운 결전을 벼르고 있다. 엠레이아웃은 기술과 제작 환경에서 미국 기업에 결코 뒤지지 않으면서도 가격 정책에서 가장 유리한 고지를 점하고 있다. 쿼크익스프레스 9K나 CS5.5의 가격 정책에 따라 언제든지 가격을 획기적으로 낮춰 국내 시장점유율을 최대한 끌어올리겠다는 전략이다. 그리고 국내 시장점유율 확보 전쟁에서 승리한 다음 글로벌 시장에서 두 번째 격전을 치르겠다는 각오를 다지고 있다. 성도솔루윈의 이러한 전략이 어떻게 정착될지 매우 궁금하기도 하다. 쿼크사나 어도비시스템즈 같은 거대 기업과 맞붙어 국내에서 승리한다면 글로벌 시장에서도 통할 가능성이 매우 높다. 그만큼 세계 시장은 디지털 퍼블리싱에서 매우 빠르게 표준화되고 있다.

10

글로벌 시장에서
주도권을 선점하기 위한
네가지 전략

구글 쇼크로 인해 장기적으로 독자적인 운영체제 대안을 마련하는 것은 국내 모바일 산업에서 피할 수 없는 선택이다. 바다OS를 강화하든 HP의 웹OS를 인수하든 방향은 다양하게 열려 있다. 분명한 것은 어떤 운영체제가 되었든 구글이 안드로이드에 대해 그랬던 것처럼 무료 오픈 운영체제가 되어야 시장 점유율을 끌어올릴 수 있다는 사실이다. 그런데 팬택이 자사의 스마트폰에 바다OS를 채택하겠다고 했을 때 삼성전자는 이를 거부했다고 한다. 바다OS의 실체를 보여주기 싫었던 것인지, 아니면 삼성전자의 핵심 기술이기 그랬던 것인지는 잘 모르겠지만 이런 폐쇄적인 정책으로는 아무리 좋은 운영체제라 할지라도 안드로이드와 iOS를 넘어서는 것은 요원한 일이 될 수밖에 없다.

하지만 독자적인 운영체제 개발이 완료되고 시장 점유율이 어느 정도 궤도에 오르기 전까지는 안드로이드 운영체제를 쉽게 버릴 수 있는 상황이 아니다. 그래서 안드로이드 등 멀티OS 전략이 당분간은 현명한 선택이다. 구글이 모토로라 단말기 기술과 만나 시장에서 본격적인 영향을 줄 수 있는 시간은 대략 1~2년이 걸릴 것으로 보인다. 우리에게 주어진 시간은 그리 많지 않다. 따라서 중장기적으로는 독자적인 운영체제를 확보하는 전략에 기반을 두되, 단기적으로는 멀티OS를 바탕으로 모바일 2세대 모바일 플랫폼 융합전략(단말기, 운영체제, 콘텐츠 융합)을 차근차근 현실화하는 전략이 필요하다.

첫째로 콘텐츠와 스펙이 강한 단말기를 결합한 글로벌 전략을 펼칠 필요가 있다. 쉽게 말해서 글로벌 소비자를 겨냥한 전략을 말한다. 국산 스마트폰, 태블릿PC, 스마트TV에 세계적으로 먹힐 수 있는 콘텐츠를 기본 탑재하여 보급하자는 것이다. 삼성전자, LG전자, 팬택의 단말기 스펙 경쟁력은 세계적으로도 인정받고 있는 것이 사실이다. 그만큼 단말기 스펙 경쟁에서는 강점을 가지고 있다. 문제는 클라우드 기반의 콘텐츠다. 애플이 아이튠즈 뮤직스토어로 음악 시장을 장악한 것이나, 앱스토어 게임센터를 통해 2011년 매출 20억 달러를 달성한 것이나 아마존이 킨들 스토어를 통해 미국 전자책 시장의 90%를 장악한 것처럼 게임, 음악, 전자책이라는 세 가지 카테고리에 대한 콘텐츠 전략을 깊이 있게 조직해 들어갈 수 있을 것이다. 최근 케이팝(K-Pop)이 아시아는 물론 유럽까지 확산되고 있는 문화적 에너지나 온라인 게임의 강점을 잘 활용하면 의외의 길이 열릴 수 있다. 물론 우리가 강점을 가지고 있는 콘텐츠는 클라우드 기반의 콘텐츠 마켓을 전제로 해야겠지만, 초기에는 스펙이 강한 단말기에 제공되는 콘텐츠는 무료로 제공될 필요가 있다. 초기에 제공하는 콘텐츠는 '트로이 목마' 같은 것이다.

둘째로 애플이 전 세계 3만~4만 명의 개발자를 애플 생태계에 집중시켰던 것처럼, 콘텐츠 생산자와 개발자를 획기적으로 끌어 모을 수 있는 전략이 필요하다. 클라우드 기반의 콘텐츠 생태계를 통해 어떤 운영체제에서도 작동될 수 있는 오픈마켓을 어떻게 하면 구축할 수 있을까? 애플이 콘텐츠 생산자와 개발자들에게 차별 없이 앱스토어 수익의 70%를 제공하는 평범한 사실에 주목해야 한다. 우리는 앱스토어 수익의 80%를 그들에게 줄 필요가 있다. 또한 모바일 광고 시장을 만들어 광고 수익의 일정 부분까지 콘텐츠 생산자와 개발자들에게 제공한다면 그 파급력은 더욱 커질 수 있다. 또한 오픈마켓 현지화 전략을 각 국가별로 전개할 필요가 있다. 한국 단말기와 오픈마켓 플랫폼을 현지에서 그대로 활용할 수 있고, 현지인들이 자국에서 수익을 낼 수 있도록 지원한다면 콘텐츠 생태계 동맹을 우리 쪽으로 끌어올 수 있는 강력한 원심력으로 작용할 수 있다.

예를 들어 삼성전자가 스마트TV 생태계를 구축하기 위해 국가별로 삼성TV앱스 콘텐츠 공모전을 개최한 적이 있었다. 국내에서는 스포크시스템즈가 플래시 기반의 다국어 전자책 서비스로 최우수상을 받은 바 있다. 이 서비스 모델에서 적지 않은 시사점을 발견할 수 있다. 다국어 전자책 서비스 콘셉트는 전 세계 동화를 볼 수 있는 멀티미디어 동화 클라우드 서비스로 국가별로 생산된 동화책을 PC, 스마트TV, 스마트폰,

태블릿PC에서 손쉽게 구매해서 보게 하자는 것이 기본 취지다.

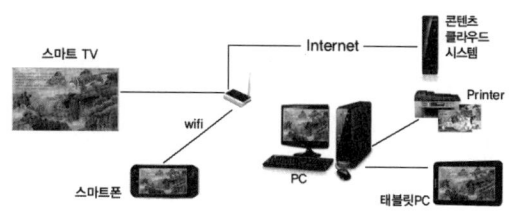

예를 들어 우리의 《콩쥐 팥쥐》 동화를 영어, 스페인어, 일본어, 중국어 등으로 번역하여 전 세계에 팔 수 있고, 유럽의《안데르센 동화》를 다국어로 번역하여 전 세계에 내다 팔 수 있는 다국어 전자책 플랫폼이다. 이 플랫폼이 제대로 작동하면 각국의 콘텐츠 생산자와 개발자들이 자국의 시장뿐만 아니라 전 세계 시장을 상대로 콘텐츠 비즈니스를 할 수 있다. 이 서비스가 강점을 가지기 위해서는 소비자가 한 번 구입한 콘텐츠는 태블릿PC와 스마트TV에서 완벽하게 동시 구현되어야 한다. 이 서비스의 또 다른 장점은 유아와 초등학생 대상으로 전 세계 안방과 교실을 장악할 수 있다는 점이다.

한국전자출판협회와 관련 업계에서 이 시장을 조사한 바 있는데, 미국, 영국, 캐나다, 호주, 중국, 프랑스, 독일, 스페인, 멕시코, 브라질, 포르투갈, 아르헨티나, 일본 등 10여 개 국가를 대상으로 할 경우 신규 시장

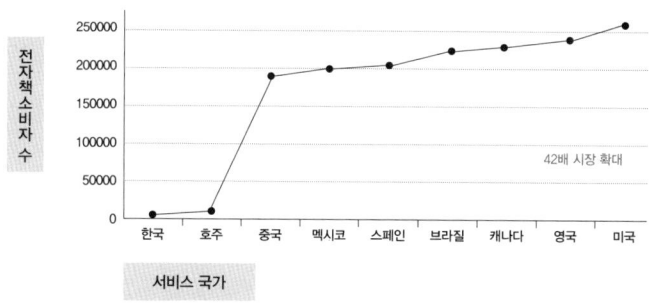

창출 규모는 내수시장을 대상으로 하는 것보다 무려 42배 이상 가능하다는 결론을 내렸다.

셋째로 모바일 융합 플랫폼 전략에서 아시아 시장의 파워를 선점하는 전략이다. 현재 세계에서 가장 큰 시장은 아시아다. 그런데 모바일 융합 플랫폼 패러다임에서 아시아는 상대적으로 소외되어 있다. 삼성전자, LG전자, 팬택, 소니, HTC 등 일부 기업을 제외하곤 대부분 미국이나 유럽권 기업들이 이 패러다임을 주도하고 있기 때문이다. 따라서 한국과 함께 중국, 일본, 대만, 홍콩, 싱가포르, 베트남, 인도 등 주요 아시가 기업들과의 네트워크를 강화할 필요가 있다. 한국에서 모바일 융합플랫폼 국제 전시나 컨퍼런스 등을 개최해 아시아 기업들과의 네트워크를 글로벌 시장으로 확산하기 위한 거점 역할을 수행할 수 있을 것이다.

아시아 네트워크를 최적으로 구축하고 실현할 곳으로 고양시 일산이 가지고 있는 인프라에 주목할 필요가 있다. 우선 일산은 인천공항에서 가깝다. 그리고 일산 킨텍스에서는 매년 한국전자전, 게임쇼와 같은 대규모 전시가 개최되고 있다. 또한 일산은 영상 콘텐츠가 집중되어 있는 곳이기도 하다. 뿐만 아니라 2011년 8월 20일 기준으로 전국 출판사 등록 현황을 보면 서울 다음으로 출판사가 가장 많이 등록된 곳이다. 서울특별시에 4만 4,920개가 등록되어 있고, 부산광역시에 1,684개가 등록된 반면, 고양시에는 1,931개가 등록되어 있다. 고양시에 영상 인프라뿐만 아니라 콘텐츠 원소스와 스토리텔링을 담당할 수 있는 인적 자원이 그만큼 많이 집중되어 있다는 것을 의미한다.

No.	지역	등록 출판사 수	No.	지역	등록 출판사 수
1	서울특별시	44,920개		경기도 전체	7,117개
2	부산광역시	1,684개	1	고양시	1,931개
3	대구광역시	1,450개	2	파주시	1,137개
4	대전광역시	1,102개	3	수원시	847개
5	광주광역시	1,038개	4	성남시	887개
6	인천광역시	996개	5	안양시	683개
7	경상남도	739개	6	부천시	542개
8	전라북도	655개	7	용인시	412개
9	강원도	577개	8	화성시	206개
10	경상북도	544개	9	군포시	199개
11	충청북도	528개	10	광주시	190개
12	충청남도	479개	11	남양주시	190개
13	전라남도	449개	12	김포시	182개
14	제주시	258개	13	시흥시	138개
15	울산광역시	203개	14	구리시	116개

따라서 아시아 네트워크를 단말기의 경우 한국전자전, 게임의 경우 G스타, 전자책의 경우 '아시아 스마트 퍼블리싱 컨퍼런스' 등으로 세분화하여 조직해 나갈 수 있는 고양시 인프라를 최대한 활용할 필요가 있다.

넷째로 앱스토어, 아이북스, 안드로이드마켓, 아마존 킨들 등 이미 열려 있는 글로벌 콘텐츠 마켓을 적극 공략할 필요가 있다. 향후 독자적인 운영체제에 단말기와 콘텐츠가 융합된 시장을 위해서는 콘텐츠의 글로벌 경쟁력을 반드시 확보해야만 한다. 예를 들어 전자책의 경우 소설, 동화, 만화 같은 스토리가 있는 콘텐츠를 우선적으로 지원할 필요가 있다. 전자책의 경우 국내는 물론 아마존이나 애플도 논픽션보다 픽션 부문 매출이 압도적으로 높다. 글로벌에서 경쟁력 있는 스토리가 많을수록 2세대 모바일 플랫폼 전략은 독자적인 운영체제 구축과 함께 큰 힘을 발휘할 수 있는 기폭제가 될 것이 분명하다.

콘텐츠 글로벌 전략을 위해 가장 시급히 해결해야 할 일은 한글 콘텐츠를 영어, 스페인어, 중국어, 일본어 등 다국어로 번역할 수 있는 번역 인재를 발굴하고, 스토리 콘텐츠 생산자와 번역가를 매칭시켜 주는 일 이다.

11

글로벌 전자책 사업은 20~30대 청년들의 비전이고 미래다

최근 MBC TV 지상파 방송에서 본 두 가지 프로그램이 매우 인상적이었다. 하나는 〈나는 9급 공무원이 되고 싶다〉는 다큐멘터리와 또 다른 하나는 〈SM TOWN Live in Paris〉라는 공연 프로그램이었다. 이두 개의 프로그램은 머릿속을 복잡하게 만들었고 마음을 저미게 했다. 결론부터 말하자면 두 개의 프로그램에서 우리는 우리가 처한 현재와 앞으로 우리가 나아가야 할 미래가 있다는 생각이 들었다.

지금의 한국 사회는 심각하게 병든 상태다. 특히 20~30대 청년들에겐 비전이 없고, 40대들에겐 내일이 불안한 사회가 돼버리고 말았다. 산업화 시절 권력과 자본의 결탁이 낳은 독과점적 구조로 대기업 구조가 만들어졌고, 외환위기 이후 휘청거리던 대기업 구조가 다시 경제적 독과점으로 이어져 GDP 대비 30대 대기업의 비중이 그 어느 때보다 더 높아지고 있다. 대기업의 수출이 늘어나면 기업의 투자가 늘어나고 그렇게 되면 일자리가 늘어난다는 논리로 시작한 정부의 고환율 정책이 대기업의 현금 보유력을 역대 최고로 올렸지만 서민 경제에는 아무런 효과가 없을 뿐만 아니라 오히려 심각한 물가불안으로 이어지고 있다.

부동산 경제에 의해 중산층 신화를 만들었지만 그 허상과 버블이 꺼져가고 있다. 전국 산간 마을까지 미친 듯이 건설해서 분양한 아파트가 세월이 흐르면서 흉물이 될 날만을 기다리고 있다. 소위 기업형 슈퍼마켓, 통큰치킨, 두부 등의 상징적 논쟁이 사회적 화두가 될 만큼 대기업들은 중소기업이나 자영업자들의 생존 터를 몰아내 거의 모든 영역에서 쌍끌이를 하며 시장지배력을 키워가고 있다. 그럼에도 비정규직 비중은 날로 커지고 있고 서민들의 소득은 과거에 비해 늘어나지 않고 있다.

대학생들이 시급 4천 원을 받아가며 밤새 편의점 알바를 해도 학비를 벌지 못할 정도로 등록금은 날로 비대해졌다. 결국 대학생들이 거리로 나와 반값 등록금 시위를 하는 상태까지 왔다. 대출을 받아 겨우 학업을 마쳤다 해도 기다리는 것은 비정규직이라는 멍에뿐이다. 또 어렵게 대기업에 들어갔다 해도 그것은 비전이 아니다. 불안정한 사회 경제적 구조에서 그것 역시 당장의 달콤함은 있겠지만 내일의 비전을 보장해주진 않는다. 예를 들어 대기업마다 계열사로 가지고 있는 삼성SDI, LC CNS 같은 SI업체들은 정부, 민간부문 할 것 없이 대형 프로젝트를 블랙홀처럼 빨아들이고, 대신 하도급 업체들이 뼈 빠지게 일하는 구조가 되어버렸다. 하도급 업체들에겐 밤새워 일을 해도 겨우 생존하는 수준의 대가

만 주어지기 때문에 형편이 나아지긴 힘들다.

《난장이가 쏘아올린 작은 공》이라는 소설로 80년대 한국 산업화 과정과 재개발사업의 폭력적 본질을 폭로했던 조세희 선생이 최근 "냉소하거나 비관하지 말고 분노하라!"고 말했다. 하지만 분노는 선거에서 냉철하게 표출하면 된다. 지금 당장 급한 것은 대기업이나 기업 조직의 틀로 들어가는 것이 아니라 스스로 미래를 개척하는 방법을 빨리 찾는 것이 창조적이며 비전을 여는 길이다.

SM타운이 파리에서 공연한 'Live in Paris' 공연은 과거 유럽과 미주지역의 팝송이나 국내 포크송을 주로 즐겨 듣던 기성 세대에겐 매우 신선한 충격이었다. 그동안 드라마와 영화를 중심으로 퍼져나가던 한류가 이제 케이팝(K-POP)이라는 음악브랜드로 유럽까지 전파되고 있다는 점에서 단순한 사건은 아니다. 영화, 드라마, 케이팝이 전 세계로 확산되면서 뒤이어 각종 문화들이 힘을 얻기 마련이다. 영상과 음악이 확산되고 있다면 그 다음은 음식과 스토리와 출판이 될 것이다.

문화체육관광부 자료에 따르면 2009년 기준 세계 콘텐츠 시장 규모는 1조 3,200억 달러라고 한다. 세계 자동차산업의 시장 규모보다 더 큰 시장이다. 이 시장에서 출판시장이 차지하는 규모가 적지 않다. 종이책의 경우 국내에서의 생존은 물론 세계시장으로 나가는 관문도 만만치 않은 비용과 노력이 들여간다. 하지만 전자책은 다르다. 자본이 없어도 누구나 꿈꿔 볼 수 있고, 구체적으로 미래를 개척할 수 있다. 아마존 킨들 플랫폼이 열려 있고, 애플 아이북스가 열려 있다. 구글e북스도 곧 열릴 것이다.

올해 아마존 킨들을 기반으로 셀프퍼블리싱으로 전자책을 출간한 아만다 호킹이라는 26세 아마추어 작가는 자신의 소설 10여 권으로 200만 달러를 벌어들였다. 또한 삼류 작가로 치부되던 인디문학 작가들이 100만 부 이상 판매한 밀리언셀러 작가로 등극하고 있다. 앞으로 이러한 흐름은 더욱 거세질 것으로 예상된다. 이러한 전자책 열풍은 국내에서도 파장을 일으키고 있다. 종이책 시장의 지속적인 감소에도 해마다 출판사 수는 오히려 증가하고 있다. 매년 1천~2천 개씩 증가하다가 작년부터 급증하더니, 2011년 7월 초에는 6만여 개로 갑자기 급증하고 있다. 2010년까지만 해도 종이책 출판사 불황으로 1인 출판사를 차리려는 사람이 늘어나고 있거나, 메이저 출판사들이 브랜드를 늘리는 것으로 이해했으나, 최근의 통계는 이런 흐름을 감안한다 하더라도 폭발적인 급증이라고밖에 볼 수 없다.

2002년	2003년	2004년	2005년	2006년	2007년	2008년	2009년	2010년	2011년7 월
19,135	20,782	22,498	24,580	27,103	29,977	31,739	35,191	4만여 개	62,093

이처럼 출판사가 급증한 것은 전 세계에 불어 닥친 전자책 산업에 대한 기대수요가 그만큼 커졌다는 증거다. 무자본으로 전자책 사업에 도전해 볼 수 있으며, 더욱이 글로벌 시장이 활짝 열려가고 있기 때문에 1인 창업 흐름에 동참하려는 사람들이 그만큼 늘어나고 있는 것으로 보인다. 한국에서도 30대 무명작가들이 직접 전자책 출판사를 내고 글로벌 시장에 속속 뛰어들고 있다.

30대 초반의 손대균 작가는 영화 연출가 출신으로 2010년부터 1인 기업을 차리고 〈흑백탄〉이라는 작품으로 세계 시장에 뛰어들고 있다.

〈흑백탄〉(영문명 : THE BIRTH OF B/W MAN)은 자신의 색을 잃어버려 '흑백인간'으로 변한 주인공이 잃어버린 색을 찾으러 떠나는 미래의 모험을 다룬 판타지 소설인데, 손 작가는 이 작품을 바탕으로 게임은 애플 앱스토어, 아이튠즈, 국내의 T스토어 등에서 판매하고 있으며, OST 싱글 곡은 아이튠즈에서 판매하고 있다.

〈흑백탄〉앱스토어 게임은 미국 앱스토어 엔터테인먼트 부분 2위, 종합순위 15위까지 오르는 등 스토리 하나만으로 게임, 음반으로 글로벌 시장을 개척할 수 있다는 사례를 잘 보여주고 있다. 손 작가의 전략은 여기에서 머물지 않고 있다. 〈흑백탄〉OST 싱글곡의 아이튠즈 발매에 이어, 이 작품을 영상화시킨 티저 영상물을 제작하여 유투브 등으로 배포할 계획을 가지고 있다. 이 작품의 상품화 전략의 중간지점은 할리우드 영화나 미국 TV방송용 드라마로 만드는 것이다.

또 한 사람이 있다. 역시 30대의 조윤정 대표가 그렇다. 그는 1인 전자책 출판사 블루문파크를 차린 다음, 2010년 하반기에 청소년을 위한 판타지 소설《블루문파크》1편을 종이책과 전자책으로 동시 출간했다. 그런 다음 2011년 상반기에 본 소설을 영문으로 번역한 《BLUEMOONPARK PART1》전자책을 아마존 킨들과 애플 아이북스에

서 발매하기 시작했다.

조윤정 대표 역시 이 작품의 끝은 여기가 아니다. 2011년 6월에 이미 중국 베이징으로 건너가 중국 시장을 두드리고 있고, 손 작가와 마찬가지로 게임, 영상 등의 전략을 가지고 있다.

두 사람이 이 모든 일을 혼자 한 것은 아니다. 번역은 번역가와 함께 손을 잡았고, 게임 개발은 개발자와, 음악은 작곡가와 함께 협업한 것이다. 이렇게 전자책 사업 영역에서 가장 중요한 것은 스토리와 기획이지만, 번역, 개발, 음악 등 여러 요소들은 관련 전문가와의 광대한 네트워크를 형성하는 것도 매우 중요하다.

손대균 작가와 조윤정 대표가 처음부터 혼자 시작한 것은 아니었다. 이들의 첫걸음은 '유비쿼터스출판아카데미'라는 교육 프로그램이었다. 한국전자출판협회 전자출판교육센터에서는 2006년부터 '유비쿼터스출판아카데미'라는 전자책 전문교육을 운영하고 있다. 이곳에서는 '전자출판 기획&디자인', '전자출판 창업지원', '전자출판 제작/실습', '전자출판 전략 비즈니스'등 4개의 전문교육 과정을 교육하는데, 2006년에는 192명, 2007년에는 237명, 2008년에는 228명, 2009년 237명으로 매년 200여 명이 교육을 받다가 2010년부터는 1천 명이 넘는 등 1인 창업을 꿈꾸는 사람들이 기하급수적으로 늘고 있다.

연도	참가자(명)	수료자(명)
2006년	192	170
2007년	237	205
2008년	228	198
2009년	237	214
2010년	1,144	834
합계	2,038	1,621

종이책은 시간이 지날수록 수익성이 악화되는 경우가 많고 출판사를 차린다 하더라도 자본 때문에 진입장벽이 매우 높은 사업이다. 종이나 인쇄비 등 원자재 값이 많이 올랐고, 해외 번역서 중심으로 선인세 경쟁을 하다 보니 결코 쉽지 않은 사업영역이 되고 말았다.

하지만 전자책은 종이책과는 전혀 다른 특성을 가지고 있다. 일단 자본에 따른 진입장벽이 거의 없다. 누구나 도전할 수 있는 사업이다. 더욱이 전자책 콘텐츠 종수가 늘어날수록 힘이 커지고 비전도 함께 커진다. 뿐만 아니라 아마존, 애플, 구글과 같은 글로벌 마켓이 활짝 열려 있다.

요즘 20~30대들은 외국어 능력도 출중하기 때문에 글로벌 전자책 사업을 벌이기가 매우 수월한 세대다. 스토리 창작과 기획에 자신 있는 청년들이라면 대기업 같은 조직에 안주하는 것보다 콘텐츠 기획자 또는 창작자로 글로벌 시장을 개척하여 스스로 우뚝 설 수 있는 1인 전자책 사업을 진심으로 권하고 싶다. 자신만의 비전을 만들기 위해, 함께 비전과 미래를 만들기 위해 도전할 만한 일이다. 1인 전자책 사업은 머지않은 미래에 인생을 바꾸게 될 중요한 선택이 될 것이다.

이제 명연설문로 널리 알려진 스티브 잡스의 2005년도 스탠포드 졸업식 축사 한 대목을 소개한다.

You've got to find what you love. And that is as true for your work as it is for your lovers. Your work is going to fill a large part of your life, and the only way to be truly satisfied is to do what you believe is great work. And the only way to do great work is to love what you do. If you haven't found it yet, keep looking. Don't settle. As with all matters of the heart, you'll know when you find it. And, like any great relationship, it just gets better and better as the years roll on. So keep looking until you find it. Don't settle.

CHAPTER 9

히스토리

한국 전자책 산업의 기원을 찾아서
첫 번째 신호탄을 쏘아올린 예인정보와 바로북
빛의 속도보다 더 빠르게 몰락한 이키온
북토피아에서 한국출판콘텐츠(KPC)까지
최초의 모바일북과 끊임없이 진화되고 있는 유페이퍼
어도비시스템즈와 마이크로소프트의 표준화 전쟁
전자책 헤게모니를 둘러싼 대리전쟁
전자책 20년의 역사를 말한다!
국내외 전자책 약사

History

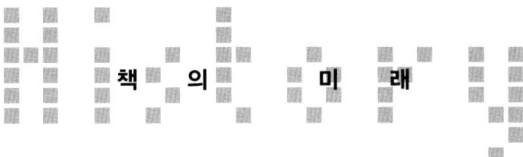

History 책의 미래

1

한국 전자책 산업의
기원을 찾아서

■

■

■

■

■

전자책의 역사가 얼마 되지 않았기 때문에 지나온 과정의 내용이 많아 보이지 않지만 사실은 그렇지 않다. 전자책은 1971년부터 시작되었다고 할 수 있다. 1971년 미국 일리노이 대학의 한 대학생이 저작권이 소멸된 책을 전자출판물로 전환하여 보급하는 '구텐베르크 프로젝트'를 시작한 것이 전자책 역사의 기원이라 할 수 있다. 또는 1981년 IBM 개인용 컴퓨터(PC)가 등장한 시점을 전자책의 기원으로 볼 수 있다. 그것도 아니면 종이책 편집과정에서 도입한 DTP(Desktop Publishing)나 CTS(Computerized Typesetting System) 등장을 전자책의 기원으로 볼 수도 있다.

하지만 나는 1991년 유럽공동원자핵연구소(CERN)의 팀 버너스 리(TIM

Berners-Lee)가 창안한 월드 와이드 웹(World Wide Web) 등장을 전자책의 진정한 출발 지점으로 보고 있다. 그 이유는 개인용 컴퓨터나 DTP, CTS 같은 것들은 전자책을 위한 목적과 수단이 아니라, 다른 용도 또는 종이책을 만들기 위해 존재했던 것들이기 때문이다. 또한 전자책의 특성상 종이책의 배송 서비스를 대체하는 통신 네트워크 환경이 없다면 전자책이 등장했다고 할 수 없기 때문이다.

미국의 경우 80년대 중반부터 CD-ROM 기반의 전자출판물을 출시하여 사업화를 하기 시작했는데 그때 등장한 업체가 바로 지금의 오버드라이브다. 그 뒤 미국은 90년대 후반부터 단말기, 콘텐츠에 대한 끊임없는 실험과 도전, 그리고 끈기와 인내를 가지고 전자책 산업을 일구어 왔다. 그 결과 미국의 전자책 산업의 모든 혁신적 가치를 만들어 내는 심장 같은 역할을 하고 있다. 단말기의 경우 1998년 누보미디어가 세계 최초의 단말기 '로켓e북'을 출시하였고, 그 뒤 아마존이 킨들(Kindle) 단말기로 전자책 패러다임을 성공적으로 안착시켰고, 애플이 아이폰과 아이패드로 새로운 시장을 열어가고 있다. 콘텐츠의 경우 2000년 스티븐 킹의 소설《Riding the Bullet》를 전자책으로 출시하여 이틀 만에 40만 부 다운로드를 기록한 후, 그 뒤 아마존에서는 아만다 호킹, 존 로크 등의 무명작가들이 전자책 밀리언셀러 작가로 등극했고, 전자책을 내지 않기로 유명했던《해리포터》시리즈의 작가 조안 K.롤링이 마침내 전자책을 출간하는 상황까지 만들어 냈다. 그리고 2000년에는 전자책 기술 표준화를 이끌어 내기 위해 OEBF(Open Electronic Book Forum)를 결성하여 전 세계에 전자책 표준화 논쟁을 불러일으켰다. 그 뒤 국제디지털출판포럼

(IDPF)을 중심으로 EPUB를 사실상 전 세계 산업표준으로 만드는 데 성공했다.

일본의 경우 1986년에 일본전자출판협회를 창립하고 1991년에 '일본 e-Book위원회(EBXA)'를 구성하면서 본격적인 전자책 산업 개화를 위한 활동을 하기 시작했다. 1998년부터 일본e-Book컨소시엄(JEC)을 구성하여 서점과 편의점에 전자책 자동판매기를 설치하고 위성통신망을 통해 다운로드 받는 1천억 엔 규모의 대규모 프로젝트를 실시했지만 뼈아픈 실패를 맛보았다. 이미 인터넷이 등장하고 발전해 가는 과정에서 자동판매기를 통해 다운로드받는 방식은 시대의 흐름을 제대로 읽지 못한 결과였다. 반면 90년대 말부터 NTT도코모에 의해 개방된 무선망을 기반으로 아이모드라는 휴대전화 기반의 콘텐츠 서비스를 시작하여 모바일 만화, 모바일 소설 붐을 일으켰다. 하지만 이 역시 세계적인 전자책 시장의 흐름과는 동떨어진 형태로 진행되어 우물 안 개구리가 되어 버리고 말았다.

미국이나 일본보다 한 발 늦은 한국은 일본전자출협회의 출범을 모티프 삼아 1992년 한국전자출판협회(KEPA)를 창립하면서부터 한국에서 전자책 산업이 시작되었음을 알리게 되었다. 한국전자출판협회 창립 2년 뒤에 예인정보가, 5년 뒤에 바로북, 6년 뒤엔 북토피아가 설립되는 등 한국 최초의 전자책 기업이 탄생되었다. 그리고 2000년 스티븐 킹의 전자책 소설이 발매 이틀 만에 40만 부 다운로드를 기록하여 전 세계에 전자책 열풍을 불러일으키면서 20~30여 개에 달하는 새로운 전자책 관련 기업들이 일순간 탄생하는 진풍경을 연출했다.

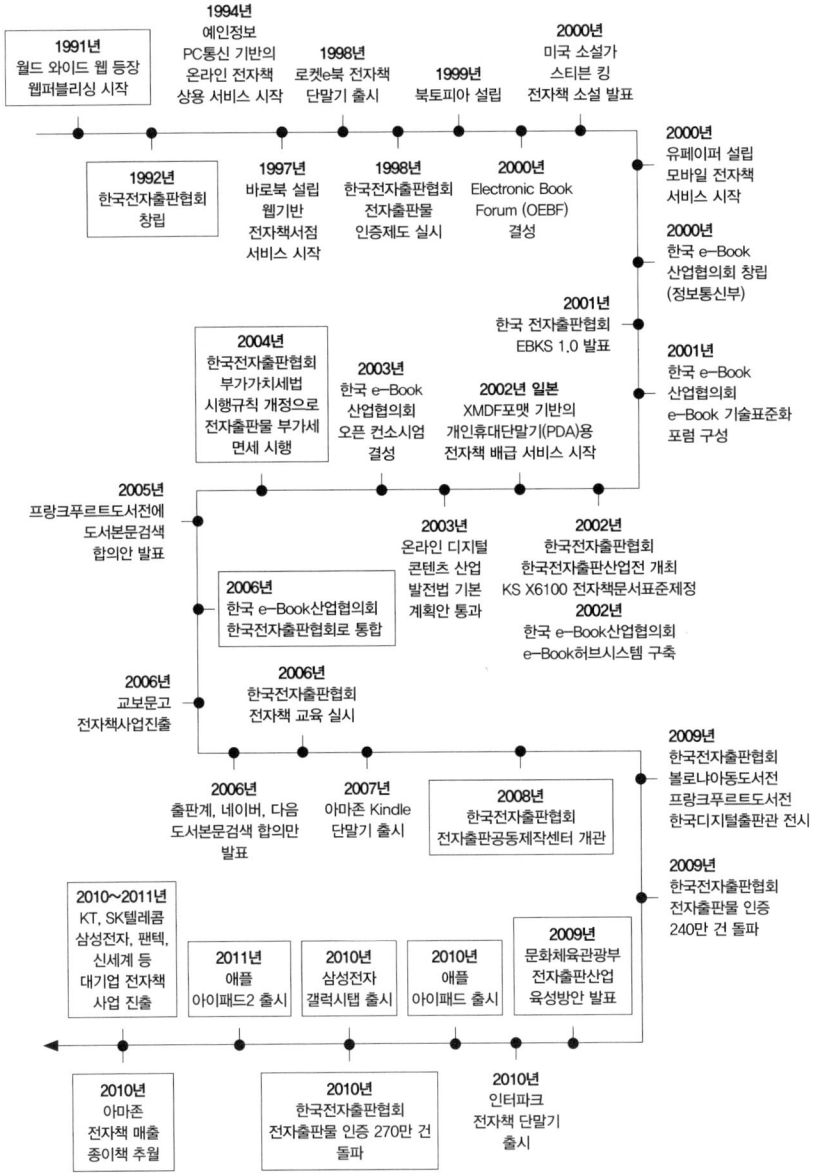

1991년
월드 와이드 웹 등장
웹퍼블리싱 시작

1994년
예인정보
PC통신 기반의
온라인 전자책
상용 서비스 시작

1998년
로켓e북 전자책
단말기 출시

1999년
북토피아 설립

2000년
미국 소설가
스티븐 킹
전자책 소설 발표

1992년
한국전자출판협회
창립

1997년
바로북 설립
웹기반
전자책서점
서비스 시작

1998년
한국전자출판협회
전자출판물
인증제도 실시

2000년
Electronic Book
Forum (OEBF)
결성

2000년
유페이퍼 설립
모바일 전자책
서비스 시작

2000년
한국 e-Book
산업협의회 창립
(정보통신부)

2001년
한국 전자출판협회
EBKS 1.0 발표

2001년
한국 e-Book
산업협의회
e-Book 기술표준화
포럼 구성

2004년
한국전자출판협회
부가가치세법
시행규칙 개정으로
전자출판물 부가세
면세 시행

2003년
한국 e-Book
산업협의회
오픈 컨소시엄
결성

2002년 일본
XMDF포맷 기반의
개인휴대단말기(PDA)용
전자책 배급 서비스 시작

2005년
프랑크푸르트도서전에
도서본문검색
합의안 발표

2003년
온라인 디지털
콘텐츠 산업
발전법 기본
계획안 통과

2002년
한국전자출판협회
한국전자출판산업전 개최
KS X6100 전자책문서표준제정

2006년
한국 e-Book산업협의회
한국전자출판협회로 통합

2002년
한국 e-Book산업협의회
e-Book허브시스템 구축

2006년
교보문고
전자책사업진출

2006년
한국전자출판협회
전자책 교육 실시

2009년
한국전자출판협회
볼로냐아동도서전
프랑크푸르트도서전
한국디지털출판관 전시

2006년
출판계, 네이버, 다음
도서본문검색 합의만
발표

2007년
아마존 Kindle
단말기 출시

2008년
한국전자출판협회
전자출판공동제작센터 개관

2009년
한국전자출판협회
전자출판물 인증
240만 건 돌파

2010~2011년
KT, SK텔레콤
삼성전자, 팬텍,
신세계 등
대기업 전자책
사업 진출

2011년
애플
아이패드2 출시

2010년
삼성전자
갤럭시탭 출시

2010년
애플
아이패드 출시

2009년
문화체육관광부
전자출판산업
육성방안 발표

2010년
아마존
전자책 매출
종이책 추월

2010년
한국전자출판협회
전자출판물 인증 270만 건
돌파

2010년
인터파크
전자책 단말기
출시

스티븐 킹이 촉발시킨 미국발 전자책 열풍으로 2000년에 유페이퍼(지니소프트), 조은커뮤니티, 이키온, 하이자바, 소프트웨이브, 엔피아시스템즈, 지식공학, 영진IPS, 부룩소, 한국문학도서관, 윤시스템, 온미래, 에듀이북스, 아르파, 트론에이지, 포스티브 등 그 이름도 열거하기 어려울 만큼 수많은 기업들이 탄생했고, 또 수많은 기업들이 전자책 산업에 뛰어들었다. 하지만 지금은 흔적조차 발견하기 어려운 기업들도 많다. 심지어 2000년 한국e-Book산업협의회 창립을 추동하고, 300억 원에 달하는 전자책 산업 육성방안을 발표했던 정보통신부조차 지금은 세상에 존재하지 않는 유령이 되고 말았다. 이렇게 된 이유는 상당수의 기업들이 전자책 산업에 대한 고찰과 사유의 과정 없이 미국발 전자책 산업을 맹목적으로 추종했기 때문이다. 또한 당시 인터넷 버블과 맞물려 염불보다 잿밥에 더 관심이 많았던 사람들이 적지 않게 존재했기 때문이다.

그러나 미국발 전자책 열풍과 관계없이 1992년 한국전자출판협회(KEPA)가 창립된 후 1994년에 예인정보에서 세계 최초로 PC통신 서비스 기반의 '예인전자도서관'이라는 전자책 상용 서비스를 시작했고, 1997년에는 바로북이 설립되면서 웹 기반의 전자책 상용 서비스를 시작했다. 1999년에는 100여 개 출판사가 공동 출자한 북토피아가 설립되었다. 2000년에 휴대전화 기반의 모바일 전자책사업을 최초로 유페이퍼(지니소프트)가 시작하였다. 적어도 이들 최초의 기업들이 한국 전자책 산업의 첫 포문을 열었다고 할 수 있다. 이 기업들은 90년대 중반부터 나름의 고찰과 사유 과정을 통해 전자책 산업에 뛰어들었다.

2000년부터 2003년까지 전자책에 대한 열기가 열병처럼 번져나갔다.

그 열병의 핵심에는 문화부와 정보통신부가 있었다. 문화부는 한국전자출판협회 내에 임의 조직인 '한국전자책컨소시엄(EBK)을 띄웠고, 정보통신부는 3년간 300억 원에 이르는 전자책 산업 육성방안을 내놓고 한국 e-Book산업협의회를 띄웠다. 그러자 수익 모델을 만들지 못했던 기업들이 물 만난 고기 떼처럼 정부 정책으로 몰려들었다. 그때부터 문화부와 정보통신부의 전자책 산업 헤게모니 쟁탈을 위해 한국전자책컨소시엄과 한국e-Book산업협의회의의 전쟁이 시작되었다. 그러나 이러한 대리전쟁은 3년이 못 가서 종식되었고, 적지 않은 기업들은 문을 닫거나 업종을 전환하는 등 썰물처럼 빠져나갔다.

그 뒤 바로북, 북토피아, 유페이퍼, 조은커뮤니티, 누리미디어, 지식공학 등 20여 개 업체만 남아 B2B 시장을 근거로 생존을 모색하는 단계에 접어들었다. 2009년 전자책이 대중화되기 전까지 생존의 문제는 아주 힘겨운 싸움이 되었다. 다만 북토피아, 누리미디어 등 일부 업체는 B2B 시장에서 과점을 하며 빠르게 성장해 갔고, 유페이퍼는 휴대전화 기반의 전자책 사업에 안착하여 안정화되는 듯했다. 그리고 구글이 '구글 북 서치'라는 도서 본문 검색 프로젝트를 진행하면서 국내에서도 네이버와 다음이 도서 본문 검색 서비스를 도입하면서 전자책 사업에 뛰어들었고, 국내 최대 오프라인 서점인 교보문고가 2006년에 전자책 사업을 선언하면서 꺼져가는 듯한 전자책 시장에 활기가 돌기 시작했다. 더욱이 2007년 아마존이 킨들 단말기를 출시하고, 뒤이어 애플이 아이폰과 아이패드를 출시하면서 국내 전자책 시장도 새로운 전기를 맞이하게 되었다.

한편 1992년 창립된 한국전자출판협회는 전자책 산업의 고저에 관계 없이 인프라 구축을 위한 꾸준한 노력을 기울였다. 1998년부터 민간에서 추진하던 전자출판물 인증제도가 문화부와 재정부의 법제도 마련에 따라 2004년 7월부터 부가가치세 면세를 위한 전자출판물 인증제도로 격상되었다. 그 결과 2010년 말까지 총 270만 건의 전자출판물이 부가세 면세를 받게 되었다. 2006년에는 한국e-Book산업협의회와 통합함으로써 그동안 여러 개로 분산되었던 전자책 산업 관련 민간기구를 사실상 통합하는 역할을 수행했다. 그 뒤 한국전자출판협회는 출판인을 위한 전자책 교육, 전자책 콘텐츠 발굴을 위한 디지털작가상 제정, 1인 전자책 출판사와 중소 출판사 지원을 위한 전자출판공동제작센터 개관, 글로벌 시장 진출을 위한 해외도서전 및 글로벌 네트워크 구축 등의 다양한 활동을 전개했다.

지난 10여 년에 걸쳐 진행되어 온 국내 전자책 산업의 약사에는 어떤 이야기가 숨어 있는 것일까? 또 그 이야기는 우리에게 어떤 교훈을 던져 주는 것일까?

2

첫 번째
신호탄을 쏘아올린
예인정보와 바로북

우리에게 전자책은 2000년 미국의 스티븐 킹의 작품을 온라인으로 서비스한 것으로 기억하고 있다. 하지만 세계 최초로 상용 온라인 전자책 서비스를 했던 곳은 다름 아닌 한국의 예인정보였다. 예인정보는 경향신문 신춘문예로 등단한 조기원 작가가 설립한 국내 최초의 전자책 기업이었다. 예인정보는 회사 설립 후 1994년 10월 28일에 PC통신 서비스 기반의 '예인전자도서관'을 열었다.

당시 영화소설 《블루》《레드》《화이트》와 《소설 최진실》 1권을 시작으로 세계 최초로 전자책 서비스를 시작한 예인정보는 1998년까지 하이텔, 천리안, 유니텔, 나우누리, 채널아이 등 5개 PC통신에서 총 1천여 권의 전자책 서비스를 했다. 1999년에는 인터넷 붐을 타고 투자 유치에 성

공하고 코스닥에 상장되었
다. 예인정보는 그 기세를
바탕으로 경품정보 사이트
'찜클럽'과 인터넷 서점 '북
샵'을 통해 사업 확장을 시
도했으며, 정보통신부와
함께 '한국e-Book산업협
의회' 창립을 주도하기도
했다. 하지만 전자책 시장
이 개화되지 않아 고전을
하다가 이키온 등과 같은
전자책 초기 업체와 마찬

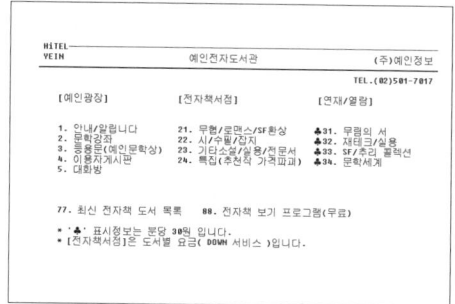

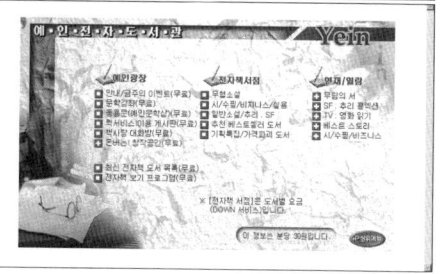

PC통신 서비스 화면 (상)
윈도우 HTML 기반 서비스 화면 (하)

가지로 시장에서 사라지고 말았다.

하지만 당시 예인정보에서 구축한 '예인정보도서관'은 몇 가지 측면
에서 의미가 있다.

첫째로 독자적인 기술 개발을 모색했다는 점에서 선구적이었다. 예인
정보에서는 2004년 10월 당시 서비스를 시작하기에 앞서 DOS 기반의
뷰어 '책마을1.0'과 윈도우 기반의 '멀티북'이라는 뷰어와 퍼블리셔를 자
체적으로 개발하였다.

둘째는 메뉴 구성에서의 선구적인 안목이다. 문학강좌와 예인문학
상을 통해 전자책 이용자 참여를 통해 지속적인 콘텐츠 확보 방안을 추
구하려고 했던 점이나 온라인의 장점인 연재 방식을 도입했던 점 등

이 그렇다. 특히 'One-line 독서삼매경' 메뉴에서는 당시 많은 관심과 이슈를 주도했던 작품들을 전면 배치하여 PC통신의 텍스트 메뉴에도 입체적인 서비스 전략을 구사했다는 점이 지금 보아도 돋보이는 점이다. 'On-line 독서삼매경'에는 무림의 서, HOT! 환상특급, TV영화 읽기, 재테크/비즈니스, 베스트 스토리 등의 하위 메뉴가 있었는데, '무림의 서' 코너에는 당시 무협소설을 주도하던 해외 작가 김용을 비롯하여 국내 작가 검궁인, 금강, 고룡, 냉하상 등의 작품을 판매했다. 그리고 'TV영화 읽기' 코너에는 이진수, 이원호 등의 작품을 배치하였고, '베스트 스토리' 코너에는 무라카미 하루키 작품과 김중태의 《해적》 등의 작품

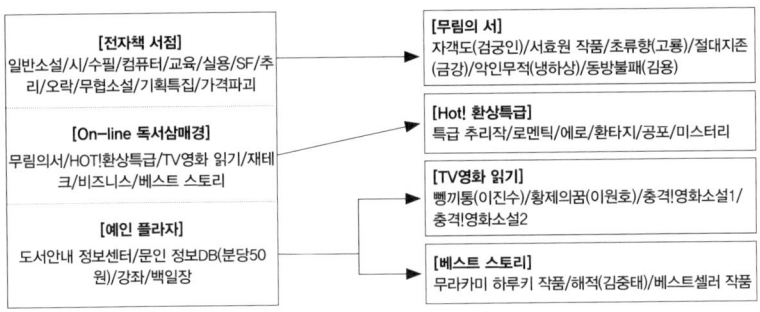

을 배치하였다.

가격 측면에서는 일반 전자책의 경우 2천 원에서 3천 원이 주를 이루었지만 《세계의 문학》 같은 계간지와 《소설 최진실》 같은 소설은 300원에서 800원 정도로 저렴하게 분절 판매하는 등 다양한 서비스를 도입했다.

예인특집/잡지

번호	Bytes	가 격	등록일	제 목
67	60271	300원	97/01/31	[세계의 문학] 서평
66	52523	300원	97/01/31	[세계의 문학] 계간비평
65	207429	800원	97/01/31	[세계의 문학] 오늘의 문학
63	39800	300원	97/01/31	[세계의 문학/박경철] 매향
			-중략-	
59	64858	800원	95/08/31	[30인선] 26. 햄버거에 대한 명상
40	200484	600원	95/01/27	서울 스코프 94년 6월호
2	41673	300원	94/11/03	하이틴 사전 1
1	81215	800원	94/11/02	소설 최진실 1권

SF / 추리 / 오락

번호	Bytes	가 격	등록일	제 목
201	346871	2500원	97/01/31	[하재봉] 비디오 천국
197	235594	2500원	96/05/23	[멀티북] 추리특급 -앨러리 퀸 엮
195	404446	1700원	96/04/06	[데이비드 s. 라이켄] 차가운 유혹
147	436598	2100원	95/10/05	[백선우] 위험한 관계
			-중략-	
30	83164	1900원	95/08/07	[영화대본] 닥터 봉
29	85661	2000원	95/08/07	[영화대본] 엄마에게 애인이 생겼어요!
28	352326	1900원	95/08/03	[드라마대본] 아스팔트 사나이
22	250314	2300원	95/04/25	예술사관학교★스타군단 (The CHANNEL 편)

이렇게 독자적인 제작툴과 뷰어의 개발, 문학상 도입을 통한 지속가능한 콘텐츠 확보 방식, 사회적 이슈와 쟁점에 따른 프로모션 방법, 분절 판매 및 연재 서비스 등 콘텐츠 구성과 서비스 운영 등 모든 측면에서 예인정보가 남긴 자산은 이후 국내 전자책 서점의 원형이 되었다는 점에서 의미가 있다.

예인정보에 이어 두 번째로 등장한 전자책 기업은 바로북이다. 예인정보가 PC통신에 기반한 전자책 기업이었다면 바로북은 웹 기반으로 전자책 서점을 오픈한 최초의 기업이다. 또한 바로북은 국내 최초의 업체 중에서 유일하게 현재까지 생존하고 있는 기업이다.

당시 국내 무협소설의 대가로 명성을 떨치던 검궁인 작가는 예인정보에 이어 초록배카툰즈라는 회사를 설립하고 PC통신에 '프로무림'이라는 서비스를 하다가 1997년 3월 전자책 회사를 설립했다. 그리고 같은 해 12월에 전자책 뷰어 Barobook1.0을 발표하고, 그 다음 해에 전자책 뷰어 Barobook2.0을 발표하면서 바로북(Barobook)이라는 인터넷 기반의 전자책 서점을 오픈했다. 1999년 출판인회의 소속 출판사들이 만든 북토피아 전자책 기업이 등장하면서 바로북은 이 기업과 함께 그동안 한국 전자책산업을 이끌어 왔던 두 개의 수레바퀴 중의 하나였다. 바로북은 국내 전자책 업체들이 가장 심한 자금난을 겪었던 2003년에서 2005년까지 소위 '전자책 산업 빙하기'에서 살아남기 위해 투자 유치 등의 문제로 2004년 2월 (주)인크리션으로 사명을 변경했다가, 같은 해 12월 (주)바로북으로 다시 사명을 변경했던 것을 제외하곤 가장 강인한 생명을 가지고 있는 기업이다.

이처럼 바로북이 강한 생명력을 가지고 현재까지 생존할 수 있었던 배경은 콘텐츠에 관한 한 국내 전자책 업체 중에서 가장 정통했기 때문이다. 현재 바로북의 주요 콘텐츠는 바로코믹(만화), 아이작가(UCC 기반의 인터넷 작가 창작), 프로무림(무협소설), 미스테리하우스(추리, 공포), 레드북(성인물), 이브네(로맨스) 등인데, 현재 전자책 매출에서 가장 상위 그룹에 해당되는 콘텐츠를 바탕으로 발전해온 것이 강력한 생명력의 원동력이 되었다.

바로북은 2000년 4월에 제1회 '디지털 문학대상' 현상공모 발표를 시작으로 2001년 8월에 스포츠서울과 공동으로 '한국인터넷문학상'을,

2006년 12월에는 조선일보와 공동으로 온라인 신춘문예를 개최하였으며, 이러한 기반이 원동력이 되어 2005년 9월부터 인터넷 연재소설 커뮤니티 아이작가(ijakga.com)를 개시하여 현재 2만여 명에 달하는 아마추어 작가들이 전자책 콘텐츠를 생산하고 발표할 수 있는 터를 만들어 왔다.

이 외에도 2000년 5월에는 한국소설가협회와 케이스토리뱅크 공동 개발 및 운영, 2001년 5월에 민족문학작가회의와 제휴, 2003년에 다음 및 네이버 소설 서비스 제휴, 2004년에 코리아닷컴, 넷마블, 네이트닷컴, SBSi 등과 소설 서비스 제휴, 2005년에 파란, 한게임 소설 서비스 제휴, 2006년에 벅스뮤직, 하나로드림과 소설 서비스 제휴, 2007년에 엠넷미디어와 소설 서비스를 제휴하는 등 바로북이 구축해 온 소설 분야 전자책을 10여 개 채널로 확대하여 유통의 한계를 적극 극복해 왔다. 물론 바로북이 처음부터 B2C에만 집중했던 것은 아니었다. 당시 전자책이 대중화 되지 않았기 때문에 개인 판매는 한계가 있었다. 그래서 대부분의 업체들이 B2B 시장에 매진할 수밖에 없었다. 오히려 바로북은 국내에서 처음으로 B2B 모델을 정립한 기업이었다.

2001년 3월 국학자료원 콘텐츠 독점공급 계약 체결을 시작으로2001년에는 국립중앙도서관에 전자책 319종 417권을 납품했고, 춘천시에는 도서관DB 구축 및 전자책 공급을 체결했다. 2002년에는 전자책도서관시스템 DLS(Digital Library System) 2.0을 개발한 뒤 한국교육학술정보와 함께 전국 13개 대학에 전자책 서비스를 시작했다. 하지만 당시 기업들은 '전자책 산업 빙하기'를 넘어서기 위해 B2B 시장을 둘러싸고 치열하게 경쟁하던 때였다. 그래서 B2B 시장은 원칙과 상도덕이 무너지고 대신 과열 경쟁, 로비, 땡처리 등이 난무하는 아수라장이 되어가고 있었다. 기업 간 뒷담화와 소모적 논쟁이 전체 산업을 멍들게 했다. 그래서 바로북은 2005년 2월에 전자책 B2B 사업부를 (주)바로북비투비로 과감하게 분사했다. 혼탁한 B2B 시장을 버리는 대신 정통한 콘텐츠 기반의 B2C 시장에 매진하기 위해서였다. 바로북의 판단은 적중했다. B2B 시장을 장악한 북토피아는 단기적으로 1백억 원대 매출을 달성했지만 스스로 붕괴되었고, B2C 시장에 매진한 바로북은 지금까지 생존하여 훗날을 도모할 수 있었다.

예인정보와 바로북은 국내 전자책산업의 기원이라 해도 무방하다. 예인정보는 소멸되었지만 국내 전자책 산업에 다양한 자양분을 남겼고, 바로북은 현재까지 생존하여 전자책 산업에 현재진행형으로 기여하고 있다. 두 기업의 공통점은 CEO가 모두 작가였다는 점이다. 예인정보 조기원 대표는 경향신문으로 등단한 작가이며, 바로북 이상운 대표는 검궁인으로 유명한 장르문학 작가였다. 전자책 산업의 기원을 이룩한 두 사람 모두 출판인이 아니라 작가였다는 점은 의미심장하다.

3

빛의 속도보다
더 빠르게 몰락한
이키온

전자책 원년 시대에 등장했지만 지금은 역사의 뒤안길로 사라진
업체도 적지 않다. 예인정보를 비롯하여 북토피아, 에버북닷컴, 한국전
자북, 드림북, 이노블타운, 리얼북, 위즈북, 영진닷컴, 이북솔루션즈, 그
외에도 이들 기업과 연관된 기업들까지 합하며 약 100여 개의 업체들이
존재했다.

　그중에서도 이키온은 가장 기억에 남는 기업이다. '이키온'은 빛의 속
도보다 빠른 속도를 가지는 가상의 입자라는 의미의 '타키온(Tachyon)'과
'e'를 결합한 의미다. 이키온은 설립 당시 동국대 임중연 교수, 김준태 교
수, 안종석 교수와 서울대의 박근수 교수, 장래혁 교수, 하순회 교수 등
서울대 컴퓨터공학과 출신 교수 30여 명이 참여하고, 서울대 컴퓨터공

학과 출신 동문과 벤처캐피탈이 수십억 원에 이르는 자금을 투자하는 등 인맥과 기술 인프라, 자금력에서 가장 이슈가 되었던 기업이었다.

당시 이키온은 6인치 전자책 전용 단말기를 개발하여 전자책 산업에서 선점하겠다는 전략이었다. 전자책 전용 단말기는 리눅스 기반으로 만든 6인치 크기로 LCD 흑백 액정과 리튬이온 배터리를 이용하여 한 번 충전으로 10시간 동안 사용할 수 있는 내용을 가졌다. 그리고 그 단말기에서 구동하는 유통 플랫폼과 뷰어 및 제작 프로그램을 완성한 상태였다. 기술적으로도 기계공학, 암호기술, 멀티미디어, 임베디드 시스템, 정보검색 및 자연어처리, 무선통신기술 등 국내 최고의 기술력을 가진 전문가들이 총동원되었다.

그러나 이키온은 거창한 시작과는 달리 설립 2년 만에 흔들리고 말았다. 책상머리에서 구상하고 시작된 사업 전략이 현실에서는 전혀 먹혀들지 않았다. 북토피아나 바로북이 B2B 시장에 눈을 뜨고 현실에 안착해 갔던 반면, 이키온은 지속적인 투자 유치를 바탕으로 너무 거창한 그림만 그려나갔기 때문이었다. 그리고 당시엔 이미 미국에서 1998년에 선보인 로켓e북이 실패했기 때문에 시장 규모가 작은 한국에서 이키온의 구상이 현실화되기란 너무 벅찬 일이었다. 결국 이키온은 설립 2년 만에 경영부실, 비즈니스 모델 안착 실패 등으로 급속하게 무너지기 시작했다. 그런 상황에서 내부 구성원간의 갈등이 커졌고, 투자자들의 실망이 무섭게 확산되어 갔다.

당시 한국e-Book산업협의회 사무처장을 맡고 있던 나는 이러한 상황을 지켜보면서 이키온이 가지고 있는 자원 하나에 유독 관심이 갔다. 그들이 만든 유통 플랫폼과 XML 기반의 뷰어, 제작툴이 당시 출시되었던 그 어떤 제품보다 완결성이 높았기 때문이었다. 어차피 이키온이 단말기로 시장에서 안착하기 어려웠다. 그래서 그들의 유통 플랫폼과 소프트웨어 기술이 시장에서 소멸되지 않기를 바라는 마음에서 이렇게 제안했다.

"유통 플랫폼과 뷰어, 제작툴 기술을 오픈소스로 시장에 과감하게 뿌립시다! 오픈소스로 뿌린 다음 시장에서 많이 이용하면 그때 가서 로열티 정책을 취해도 늦지 않습니다."

하지만 그런 제안은 먹혀들지 않았다. 몰락하는 최후의 순간까지도 이키온 자산을 기반으로 새로운 반전을 믿었던 것일까? 아무튼 당시 이키온이 그 기술을 오픈소스로 시장에 공개했다면, 비록 이키온은 몰락했어도 그들의 기술은 국내 전자책 기술을 발전시키는 데 나름대로 큰 공헌을 했을 것이다.

이키온 외에도 단말기 개발에 손을 댔다가 소멸된 업체는 한국전자북, 에이원프로테크 등이 있다. 이키온처럼 출발이 거창하진 않았지만 'Hi-eBook'을 출시하여 미국까지 일부 수출한 한국전자북과 'A-One'을 출시했던 에이원프로테크는 국내 최초로 전자책 전용 단말기를 실제 제품으로 출시했다. 하지만 전자책 시장이 대중화되지 못했던 당시 40만 원대에 이르는 고가 단말기를 구입하는 사람들은 너무나 적었다. 또 고가의 단말기를 구입했다 하더라도 그 단말기로 읽을 수 있는 전자책 콘텐츠도 많지 않았다.

이들 기업의 실험적인 시도를 두고 어리석은 시도쯤으로 폄하되는 것

은 적절치 않다. 그들의 실험적인 시도는 결국 실패했지만 지금도 여전
히 유효한 소중한 것들을 내포하고 있기 때문이다.

4

북토피아에서
한국출판콘텐츠
(KPC)까지

북토피아는 출판인회의 소속 100여 개 출판사와 작가 등이 공동 투자하여 만든 종이책 출판계 유일의 전자책 컨소시엄 실험이었다. 한때 북토피아는 전자책 1위로 100억 원 이상의 연매출을 달성하여 코스닥 상장까지 내다보았던 기업이었다. 그러던 기업이 어느 순간 공중분해되고 말았다. 도대체 이 기업에 어떤 일이 있었던 것일까?

북토피아는 1999년에 김영사, 들녘, 문학과지성사, 문학동네, 박영사, 사계절, 시사영어사, 영진닷컴, 창작과비평사 등 100여 개 출판사와 공지영, 김우창, 김원일, 김주영, 노성두, 신현림, 안정효, 유시민, 이문구, 이우혁, 이원복, 이이화, 전여옥 등의 수십 명의 작가가 주요 주주로 참여하였고, 나라원, 다섯수레, 동양문고, 두산동아, 매일경제신문사, 민

병철어학원, 민중출판사, 박우사, 백산출판사, 보리, 보림, 사회평론, 산하, 삼성경제연구소, 삼성출판사, 서광문화사, 서울창작, 시공사, 아세아문화사, 아이템플, 양문, 예림당, 웅진닷컴, 을유문화사, 을지외국어, 자유지성사, 자음과모음, 중앙일보이코노미스트, 코믹플러스, 풀빛, 한국장로교출판사, 한빛미디어, 한울림 등 1천여 개 출판사가 제휴된 출판계 거대 컨소시엄으로 출발했다.

전자책에 대한 장밋빛 전망으로 출발한 북토피아 역시 당시 시장 여건이 제대로 형성되어 있지 않아 어려움을 겪다가 2003년에 IT 기반의 전자책 업체인 와이즈북과 합병하면서 새로운 변화를 시도했다. B2C 시장은 형성되어 있지 않았기 때문에 북토피아가 눈을 돌린 곳은 도서관 등 B2B 시장이었다. 북토피아는 다산지앤지 등 전자책 총판 조직을 강화하여 전국 도서관 영업을 공격적으로 전개하였다. 그 결과 2006년경부터 연매출 100억 원을 넘어서기 시작했다. 하지만 연매출 100억 원 달성이라는 이면에는 매우 복잡한 문제들이 복선으로 작용하고 있었다.

2006년부터 전자책 시장에서는 북토피아 인수설이 모락모락 피어올랐다. 대기업과 주요 인터넷 서점이 재무상황을 검토했으나 "재무 상태가 매우 좋지 않다."는 소문이 꼬리에 꼬리를 물고 퍼졌다. 2007년 북토피아 이사들이 오재혁 대표를 배임 등의 문제로 검찰에 고소, 고발하면서 북토피아의 본질적인 문제가 표면으로 불거져 나오기 시작했다. 코스닥 상장을 목표로 발전하던 기업에서 갑자기 난리가 났다. 오재혁 대표와 주요 주주들은 임시대책위원회를 구성하고 오재혁 대표를 고발한 이사들을 직권 해임시키는 등의 조치를 단행했다. 하지만 고소, 고발건이 격화되자, 북토피아 주요 주주들은 오재혁 대표를 퇴임시키고 직권 해임한 이사들을 복권시킴으로써 사건이 일단락되는 듯했다. 하지만 경영진 내부 분쟁으로 인해 북토피아의 곪은 환부가 만천하에 그대로 드러날 수밖에 없었다. 출판사에 지불해야 할 저작권료 58억 원을 속였다는 것과 금융권 부채 100억 원 등 총 150억 원의 부채가 있는 부실기업이라는 사실이 드러나고 말았다. 당시 북토피아는 코스닥 상장을 목표로 매출 불리기에 열중했지만, 실상은 정산이 투명하지 못하고 경영부실이 극에 달한 기업이었던 것이다.

특히 저작권료 58억 원을 빼돌린 사실을 알게 된 출판계는 경악했다. 출판계는 의외로 북토피아 B2B 매출이 컸다는 점에 놀랐고, 그 돈을 철저하게 속이고 착복했다는 사실에 분노했다. 문제가 불거지자 북토피아는 2008년 11월에 북토피아에 콘텐츠를 제공하는 출판사를 대상으로 설명회를 개최했다. 그 설명회의 핵심 내용은 대기업 등에서 M&A가 진행되고 있기 때문에 기다려 달라는 것과, 지불하지 못한 저작권료 58억 원에 대한 탕감을 공식적으로 요구했다.

하지만 채권단은 북토피아 경영진의 제안을 거절했다. 대신 2008년 12월 말까지 저작권료 58억원 중 50%를 선지급해야 협상 테이블이 가능하다고 못을 박았다. 하지만 북토피아는 12월 말까지 50%를 지급할 수 있는 상황이 아니었다. 그러자 북토피아 채권단은 1천여 개 출판사로부터 계약해지 등에 대한 위임을 받아 조직적 대응을 하기로 하고, 2009년 1월에 채권단 7명과 주요 주주 출판사 7명 등 총 14명으로 구성된 대책위원회를 구성했다. 하지만 이미 150억 원의 부채를 안고 있는 북토피아는 더 이상 회생할 수 있는 어떤 물적 기반도 가지고 있지 못했다. 대책위원회의 다양한 노력에도 파국은 불가피했다. 그런 부채를 떠안으며 인수합병을 하려는 기업도, 투자하려는 기업도 나타나지 않았다. 또한 북토파이가 번성할 당시 북토피아로부터 최대의 혜택을 받았던 일부 출판사 주주들은 북토피아 사태 발생 후 수면 아래 깊숙이 잠적해 버렸다. 대책위원회의 노력은 아무런 성과를 거두지 못한 채 북토피아 홈페이지와 회원 DB만 OPMS에 헐값에 넘기는 것으로 끝나고 말았다.

북토피아가 남긴 상처는 지금도 유령처럼 끈질기게 떠돌고 있다. '전자책 유통업체의 정산이 투명하지 못하다.'는 불신이 출판계에 뿌리 깊게 퍼졌다. 그 결과 종이책 출판사들로 하여금 전자책 사업에 더욱 소극적으로 변하게 만들었다. 하지만 당시 북토피아에서 전자책 사업에 대한 노하우를 가진 직원들이 출판사, 유통사 등으로 퍼져나가면서 전자책 산업의 내적 자산으로 남아 있다는 점은 그나마 위안을 삼을 수 있는 긍정적인 측면도 존재한다.

어떤 산업이든 기업의 흥망성쇠는 늘 있는 일이다. 북토피아의 파국은 한 기업이 소멸하는 것 이상도 이하도 아니다. 전자책이 시대의 흐름과 패러다임을 주도하는 대표적인 지식산업이었지만, 그 신세계를 이끈 기업이 오히려 시대의 흐름과 패러다임에 반하는 순간 몰락은 예고된 것이나 다름없다. 북토피아가 그대로 소멸되었다면 문제는 없었을 것이다. 그런데 북토피아 주요 주주로 참여했던 출판인회의 소속 일부 출판사들이 한국출판콘텐츠(KPC)라는 공동법인을 출범시키면서 북토피아의 악령이 되살아나는 듯한 느낌을 주고 있다. 그들은 문화체육관광부 관계자들을 만난 자리에서는 "출판인회의는 북토피아를 창립하는 등 10년 전부터 전자책 사업을 전개해왔다."고 하고, 북토피아를 성토하는 자리에서는 "우리는 북토피아와 무관하다."고 하는 등 이중적 태도를 취했다. 그리고 출판계를 상대로 "전자책 유통업체의 정산이 투명하지 못하다."는 근거 없는 논리를 펼치며 기존 유통업체들을 공격하기 시작했다.

나는 그들의 모순적 태도를 접하면서 그들이 진정으로 추구하고자 하는 사업 목표가 무엇인지 매우 궁금했다. 그래서 그들이 발표한 것들을 전부 살펴보았다. 하지만 그들 사업의 본질은 유통사에서 수수료를 받고, 출판사에서도 수수료를 받는 거간꾼 이상도 이하도 아니라는 것을 알게 되었다. 표면적으로는 종이책 출판사를 대변하기 위해 출범했다고 하지만 본질은 거간꾼에 불과하다. 좀 더 세련된 말로 얘기하자면 에이전트 모델이다.

대한민국은 누구나 무엇이든 할 수 있는 민주국가이기 때문에 그들이 어떤 방향으로 가든 그들의 선택이다. 그것에 대해 뭐라고 할 수 있는 권리는 없다. 하지만 적어도 산업 초기의 여리고 약하기만 한 전자책 산업에 커다란 상처를 준 북토피아 사태에 대해, 북토피아를 만들고 이끌어왔던 그들이 일언반구의 자성도 없이 저작권 정산의 불투명한 문제를 다른 유통업체의 문제인 양 호도하는 기만적이고 모순된 태도는 반드시 퇴출되어야 할 구시대적 전유물임에는 분명하다.

5

최초의 모바일북과
끊임없이 진화하는
유페이퍼

2005년 독일 프랑크푸르트도서전에서 '유비쿼터스북(u-Book)'이라는
모델이 처음 선보였다. 당시 국제출판협회 등 관계자들은 유북(u-Book)
서비스 모델을 보면서 매우 신선한 충격을 받았다. 유북 서비스 모델이
란 PC와 모바일 단말기를 동기화시켜 어떤 단말기로든 전자책을 볼 수
있게 한 기술이다. 이 기술을 선보인 기업은 다름아닌 유페이퍼(구 지니
소프트)라는 기업이었다. 지금은 누구나 알고 있고 대부분의 유통 플랫
폼에서 구현되고 있는 서비스지만, 당시에는 매우 혁신적이고 선도적인
기술이었다. 그리고 이런 똑같은 모형은 2009년 유럽의 보다폰 통신업
체가 들고 나왔다. 유페이퍼의 혁신 모델은 4년이나 앞서 세상에 발표되
었던 것이다.

유페이퍼는 2000년에 창립한 기업이다. 당시 대부분 PC 기반의 전자책 사업을 하고 있을 때 유페이퍼는 모바일 기반의 전자책 사업을 모토로 내걸었다. 그래서 휴대전화 기반의 전자책 서비스 모델 '지니북'에 주력한 결과 4년 만에 B2C 모델로만 연매출 20억 원을 돌파했다. 하지만 유페이퍼의 급속한 성장은 오래가지 않았다. 2007년에 아이폰이 등장했지만 국내에서는 여전히 이동통신 3사의 폐쇄 왕국에 갇혀 있었다. 그들은 아이폰 같은 스마트폰의 국내 유입을 철저하게 막는 대신, 과도한 데이터요금으로 자신들만 배불리기에 급급했다. 세상은 오픈형 플랫폼과 스마트폰으로 가고 있는데, 국내 이동통신 3사는 위피라는 폐쇄적인 플랫폼으로 자신들의 왕국을 방어하는 데 급급했다. 이런 환경에서 모바일 콘텐츠 산업이 제대로 성장하기란 애초에 불가능한 일이었다.

어려운 상황에 직면한 유페이퍼는 2007년에 혁신적인 결단을 내렸다. 지니북으로 구축한 100만 회원과 2만~3만여 종에 달하는 모바일 전자책 콘텐츠를 과감하게 버리는 길을 택했다. 대신 국내 최초로 EPUB 기술을 도입하고 유페이퍼라는 전자책 오픈마켓을 새롭게 구축했다.

유페이퍼 플랫폼에서 선보인 혁신성은 대부분 국내에서 처음으로 도입한 것들이다. 콘텐츠 판매자에게 독자적인 상점을 제공하는 판매자 인터페이스나 국제디지털출판포럼(IDPF) 국제 표준에 가장 정통한 EPUB 제작툴을 무료로 제공한 점, 콘텐츠 제공자에게 70%의 수익 배분을 실천했던 점, 그리고 무엇보다 출판사, 저자, 작가, 디지털 콘텐츠 업체 규모나 성격에 관계없이 누구나 전자책을 등록하고 판매할 수 있게 한 오픈 정책 등은 시대적 흐름에 부합하는 혁신성을 담고있다.

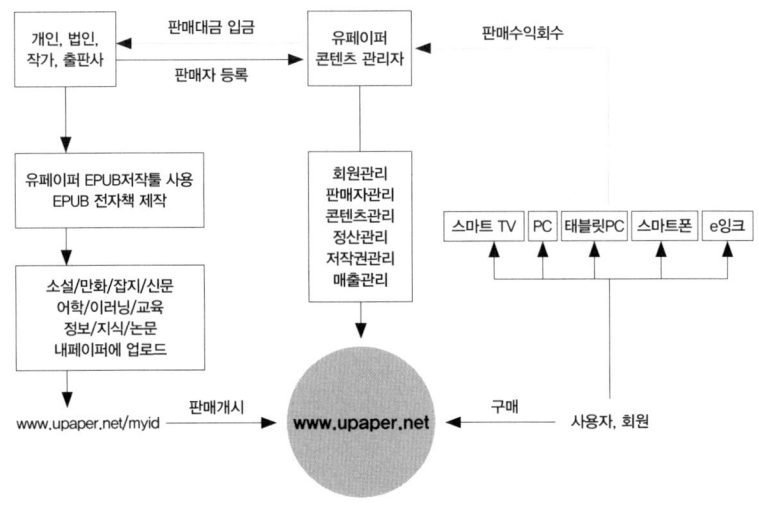

유페이퍼의 혁신은 여기서 그치지 않았다. 전자책 기업들이 애플의 인앱(AIP, In App Purchase) 정책 때문에 혼비백산하기 전부터, 유페이퍼는 뷰어, EPUB 제작툴, 결제방식 등 모든 플랫폼 서비스를 HTML5 기반으로 전환해 놓고 대비하고 있었다. 애플의 인앱 정책이 국내 전자책 유통 업체들을 뒤흔들어 놓을 것을 미리 예견했던 것이다. 그래서 유페이퍼는 애플의 인앱 정책으로부터 가장 자유로운 전자책 플랫폼이 되었다. 아마존이 최근 HTML5 기반으로 전환하고 있는 것을 보면 유페이퍼의 이러한 정책과 기술 개발은 1년 앞서 시작되었다. 또한 유페이퍼는 최근 예스24, 알라딘, 대교리브로, 영풍문고, 반디앤루니스 등 5개 서점과 콘텐츠 공급에 관한 제휴를 체결하고 유페이퍼에서 제공하는 전자책 콘텐츠를 공급하기 시작했다. 그동안 전자책 콘텐츠 업체나 작가들이 전자책을 판매하기 위해서는 20여 개에 달하는 유통사와 일일이 계약해야

했고, 유통사마다 다른 EPUB 뷰어 환경 때문에 전자책 제작에도 많은 어려움을 겪었다. 그런데 유페이퍼와 5개 서점의 제휴로 인해 이런 불편을 크게 해소하는 계기가 되었다. 적어도 유페이퍼에 전자책을 등록하면 유페이퍼에서 뿐만 아니라 5개 서점에서 동시 판매할 수 있다는 점에서 콘텐츠 업체들의 시간과 비용을 크게 줄여줄 것으로 보인다. 이런 환경 조성 때문인지 유페이퍼에 콘텐츠를 제공하는 업체가 200여 개로 급증하고 1만여 종의 콘텐츠가 집중되는 등 시간이 갈수록 콘텐츠 제공업체와 콘텐츠 수가 빠르게 증가하고 있다.

또한 유페이퍼는 국제디지털출판포럼에서 지난 5월 발표한 EPUB3.0에 기반한 인터랙티브 전자책 제작이 가능한 제작툴을 개발하여 2011년 말에 무료로 배포할 계획이고, 예스24, 알라딘, 대교리브로, 영풍문고, 반디앤루니스 등 5개 서점에 국한하지 않고 원스톱 유통채널 네트워크 확대를 위해 보다 개방적인 정책을 취해 나가고 있다. 유페이퍼는 아직 작은 기업에 불과하지만 11년의 전자책 역사에서 가장 혁신적인 서비스와 모델을 구현하고 실천한 기업이다. 아이폰 쇼크, 구글 쇼크 같은 글로벌 IT산업 지형에서 미래를 내다보지 못하고 IT와 모바일 후진국으로 전락한 환경에서도 유페이퍼 같은 혁신을 단행한 중소기업이 있다는 것만으로도 의미가 있다.

2010년 12월 중국 북경에서 열린 '디지털퍼블리싱 아시아 퍼시픽' 행사에서 처음으로 오버드라이브 CEO를 만난 적이 있었다. 1986년 미국 오하이오 주 클리브랜드에서 창업한 오버드라이브는 당시 CD-ROM에 전자책을 담아 도서관 등에 판매하는 작은 회사에 불과했다. 그리고

2000년에도 유페이퍼처럼 직원 수가 13명에 불과했다. 그런데 10년이 지난 지금 오버드라이브는 1만 4천여 명의 직원과 50여 개의 IT기업이 연합해서 연매출 50억 달러를 벌어들이는 글로벌 네트워크를 이끄는 기업이 되었다. 정확하게 10년 만에 벌어진 일이다. 한국에서 혁신성을 가지고 실천해 왔던 유페이퍼는 여전이 작은 중소기업에 불과하고, 글로벌 시장에서 혁신성을 가지고 실천해 왔던 오버드라이브는 글로벌 기업이 되었다. 유페이퍼와 오버드라이브의 비교는 우리에게 글로벌이라는 화두를 던져주기에 충분하다.

내수시장이 작다는 것에 체념 섞인 불만으로 그쳐야 할까? 아니면 대기업과 정부의 폐쇄적이고 근시안적인 문화에 대해 분노를 쏟아내야 할까? 내수시장이 작다거나 대기업과 정부의 문제는 당장 바뀔 수 있는 것이 아니라 담담하게 받아들여야 하는 운명 같은 것은 아닐까?

정답은 대기업과 정부의 혁신성에 기대지 말고 국내에서 혁신적 플랫폼 전략을 구체화하면서도 글로벌 진출에 대한 전략을 함께 실천하는 일이다. 특히 콘텐츠 업체들은 구글, 애플, 아마존과 같은 거대한 글로벌 기업이 열어 놓은 시장에 개미 떼처럼 몰려가서 자리를 잡을 필요가 있다. 글로벌 진출을 위한 실천이 축적되고 시간이 흐르면서 국내 비즈니스 환경에 영향을 덜 받으면서 사업을 할 수 있는 크고 작은 글로벌 기업들이 많이 탄생할 것이다.

6

어도비시스템즈와
마이크로소프트의
표준화 전쟁

최근 국제디지털출판포럼(IDPF)이 제정한 EPUB이 사실상 국제 산업 표준으로 자리를 잡아가고 있다. 그럴 수밖에 없는 이유는 워낙 다양한 운영체제와 화면 크기가 다른 단말기들이 쏟아져 나오기 때문이다. 운영체제나 단말기에 맞게 각각 전자책을 제작하려면 수익보다 개발비가 열 배 이상 들어가기 때문에 한 번 제작으로 모든 단말기에 적용될 수 있는 EPUB이 대세가 될 수밖에 없다. 이 말은 표준화란 그 산업에서 비용 등의 효율성 문제 때문에 시장에서 자율적으로 선택되어 가는 것이지, 정부나 특정 기관에서 강제해서 될 일이 아니라는 뜻이다.

전자책 표준화를 위해 미국에서는 1998년부터 여러 기업들이 모여 논의를 하기 시작했다. 1998년 10월에는 미국의 국립표준기술연구소

(National Institute of Standards and Technology)가 마이크로소프트, 어도비시스템즈 등 40여 개 기업과 함께 전자책 표준화를 위해 1년간 여러 차례 전자책 표준화 세미나를 개최했다. 2000년 1월 13일에는 이 세미나에 주도적으로 참여했던 30여 개 기업들이 샌프란시스코에서 모여 오픈 전자책 포럼(OEBF, Open Electronic Book Forum)을 결성했다. OEBF에서 표준화에 대한 기업 간 논쟁은 매우 격렬하게 진행되었다.

당시 표준화 논쟁을 양분하고 있던 기업은 마이크로소프트와 어도비시스템즈였다. 이미 PDF 시장을 장악하고 있던 어도비시스템즈는 어크로뱃리더(Acrobat Reader)의 시장 장악력을 위한 PDF를 밀었고, 닷넷 전략으로 디지털 콘텐츠 시장을 장악하려던 마이크로소프트는 자사의 전자책 리더(MS Reader)의 시장 장악을 위해 XML을 전략적으로 밀었다. 이들의 전자책 표준화 헤게모니 투쟁의 핵심에는 전자책과 종이책 모두 동일한 해상도를 지원하는 폰트 랜더링 기술이 있었다. 마이크로소프트는 클리어타입(ClearType)을, 어도비시스템즈는 쿨타입(CoolType)을 강조하면서 격렬한 논쟁을 전개했다. 하지만 대세는 XML이었다. XML은 다양한 단말기 환경에 맞게 제작하고 보여줄 수 있는 효율성을 가지고 있기 때문이었다. 당시의 XML은 전자책을 구성하는 저자, 출판사 등의 메타데이터 정보를 표현하기 위한 패키지 파일과 책 내용 자체를 표현하기 위한 도큐멘트(Document) 파일로 구성되게 했다. 도큐멘트 파일은 타이틀, 장, 문단, 리스트, 표, 이미지 등 콘텐츠 내용의 구조를 표현하고, 외형적인 포매팅은 CSS이나 XSL로 표현할 수 있도록 되어 있다. 지금의 EPUB 구조를 보면 XML이 진화 발전된 것임을 알 수 있다.

그런데 위와 같은 표준화 논쟁은 10년이 지난 지금 과연 어떻게 되었을까? 전자책 사업을 주도적으로 할 것 같은 마이크로소프트의 전자책 리더(MS Reader)는 오간데 없이 종적을 감춰버리고 말았다. 반면 PDF를 기반으로 전략을 짰던 어도비시스템즈는 디지털 에디션 출시에 이어 최근 EPUB과 호환 가능하고 인터랙티브 앱북을 제작할 수 있는 CS 5.5를 발표하는 등 과거에 비해 더욱 활발하게 전자책 사업을 전개하고 있다. 물론 당시 표준화 논의를 주도하던 OEBF는 향후 국제디지털출판포럼(IDPF)를 탄생시키는 데 기여했고, 국제디지털출판포럼은 EPUB 표준 규약을 제정하는 데 결정적인 역할을 했다. 또한 텍스트와 이미지만을 표현했던 EPUB을 인터랙티브 전자책 제작이 가능한 EPUB3.0 표준화 규약을 제정하는 데까지 발전하고 있다.

마이크로소프트와 어도비시스템즈의 표준화 논쟁에서 내가 말하고자 하는 메시지는 시장 자율적 경쟁에 의하지 않은 표준화 논쟁이나 표준화 정책은 매우 위험하다는 것이다. 현재 EPUB3.0 표준화 규약이 제정되어 있긴 하지만 현실적으로 보면 EPUB뿐만 아니라 다양한 운영체제에 제공한 SDK로 만든 인터랙티브 전자책이 대량 쏟아져 나오고 있다. 따라서 앞으로 EPUB3.0 기반의 인터랙티브 전자책과 SDK로 제작되는 인터랙티브 앱북의 경쟁이 불가피하다. 그 경쟁의 끝은 소비자가 선택하는 시장에서 자연스럽게 결정될 것이다.

이러한 냉엄한 진리는 전자책 또는 디지털 콘텐츠, IT산업에 대한 정부의 개입과 지원이 어떠해야 하는가에 대한 철학적 단서를 제공한다. 지난 10년간 전자책 산업에서 벌어진 일을 통해 그 구체적 단서를 추적해 보았으면 한다.

7

전 자 책
헤 게 모 니 를 둘 러 싼
대 리 전 쟁

한때 한국의 전자책 산업은 정보통신부와 문화체육관광부의 헤게모니 투쟁에 관련 단체와 기업들이 휩쓸렸던 적이 있었다. 2000년에 미국에서 시작된 전자책 열풍이 국내에도 그대로 들이 닥쳤다. 그래서 출판에 관한한 문화체육관광부의 고유 영역이라는 공식이 깨지는 사건이 발생했다.

2000년 9월 정보통신부에서 'e-Book산업 활성화를 위한 종합대책'을 발표한 것이다. 종합대책의 핵심은 5개년 동안 300억 원이 넘는 정책 자금을 투자하겠다는 것이다. 당시 기업들은 창조성을 가지고 있었지만 대부분 수익 모델을 정확하게 찾지 못했을 때였다. 정보통신부에서 종합대책을 발표하자 전자책 관련 기업들은 흥분과 기대감을 감추지 못했다. 정보통신부의 종합대책 후 그해 12월에 두산동아, 예인정보, 이키온, 엔피아시스템즈 등 100여 개 기업이 모여 사단법인 한국e-Book산업협의회를 창립했다. 종합대책이 발표되고 한국e-Book산업협의회가 발족하는 순간 정보통신부도 전자책을 다루겠다는 것이 공식화된 셈이다.

이런 사건이 일어나기 몇 개월 전으로 시간을 돌려보자. 정보통신부와 일부 기업은 전자책 산업 중장기 비전을 마련하기 위해 극비리에 태스크포스를 구성했다. 그 태스크포스에 나도 참여하게 되었는데, 우리 스스로 전자책 산업 비전과 전략을 이끌어 가는 '독수리 8인방'이라는 명칭을 붙였다. 어쨌든 당시 독수리 8인방이 만든 5대 전략은 e-Book 산업 인프라의 전략적 구축, e-Book 산업 핵심역량 강화, e-Book 콘텐츠 개발 활성화, 민관 합동으로 e-Book 시장 확대, 법제도 정비 등 전자책 산업 전반에 걸쳐 정책과 세부 실천 과제 등을 수립했다. 내용을 곰곰이 살펴보면 지금도 여전히 유효한 과제들을 도출할 수 있는 원형을 많이 내포하고 있다.

특히 현재 한국전자출판협회에서 진행하고 있는 전자출판교육센터, 전자출판공동제작센터, 전자출판물인증센터, 디지털북페어, 대한민국 디지털작가상과 같은 사업이나 한국콘텐츠진흥원에서 하고 있는 1인 창조기업과 콘텐츠 발굴 등의 사업은 당시 종합대책에서 그 원형을 찾을 수 있고, 더 나아가 상당한 수준으로 고도화되고 있는 것들이다. 그러나 종합대책에서 군이 정부에서 개입하지 않아도 될 과제들이 많이 눈에 띈다. 예를 들어 '유통기반의 확충'이나 '정보공유기반 조성', '핵심기술의 개발', '표준화 지원', 'e-Book 비즈니스의 활성화', 'e-Book 마켓플레이스 구축', '뷰어 및 단말기 보급 확대' 등 정부에서 개입하여 진행된 것들은 대부분 실패했고, 오히려 민간기업에서 스스로 또는 시장 선택에 의해 폐기되거나 발전시켜 온 경우가 많다.

전략	정책 과제	세부 실천 과제	현재 시점에서 평가
e-Book산업 인프라의 전략적 구축	제작기반 구축	e-Book 제작 - 리소스 확보	전자출판공동제작센터로 계승
		멀티미디어북 - 제작 하우스 건립	
	유통기반 확충	투명한 유통체계 형성 (DOI, INDECS 등)	UCI, 아이캅(ICOP) 등으로 계승
		e-Book서지 · 저작권 정보 시스템 구축	한국전자출판물인증센터에서 270만 건의 전자책 메타데이터 구축
		e-Book뱅크 구축 - 전문 사이트 구축사업과 연계	민간 전자책 오픈마켓으로 계승
		e-Book유통핵심기술의 홍보	민간기업에서 이미 확보
		콘텐츠 품질 평가 · 추천	시장에서 소비자에 의해 결정
		무선인터넷 활성화 - 무선인터넷 정책과 연계	아이폰 도입으로 무선인터넷 활성화
	정보공유기반 조성	전문 사이트 구축 - ICP-net 구축사업과 연계	시장에서 자연스럽게 형성됨
		휴먼네트워크 형성 - ICP-net 구축사업과 연계	
	산업지원체계 형성	e-Book산업협의회 구성 유도	2006년 한국전자출판협회와 한국e-Book산업협의회 사실상 통합
		e-Book지원센터 설치	전자출판공동제작센터로 계승
e-Book산업 핵심역량 강화	e-Book 제작 인력 양성	인력 양성 사업	전자출판교육센터로 승계
	핵심기술 개발	산업기술, 선도	한국콘텐츠진흥원, 한국저작권위원회 등 혁신 기술개발 지원 사업 등으로 계승
	표준화 지원	표준화사업	정부 개입 없이 민간기업에서 스스로 결정해 가고 있음
	e-Book 비즈니스 활성화	기존의 인터넷 비즈니스 활성화 정책과 연계	
	출판사업자 e-Book사업 촉진	IP의 CP전환 지원사업과 연계	전자출판교육센터로 승계
e-Book 컨텐츠개발 활성화	e-Book사업자 육성	멀티미디어산업지원사업의 우선 지원 대상으로 지정	한국콘텐츠진흥원 1인 창조기업, 한국전자출판협회 전자책 창업 지원 등으로 계승
	e-Book 컨텐츠개발 지원	영상자료 활용 사업, 국가전략 콘텐츠 개발사업 등과 연계	저작권 소멸 전자책 발굴로 계승

	1국민 1e-Book갖기운동	디지털컨텐츠산업 활성화 사업비	최근 한국전자출판협회와 관련 기업이 준비 중에 있음
민관합동으로 e-Book 시장 확대 (디지털직지 프로젝트)	우수한 e-Book콘텐츠 제작 및 보급	99년 영상자료디지털화 사업비	한국전자출판협회, 한국콘텐츠진흥원에서 계승
	청주인쇄출판박람회 활용		한국전자출판산업전, 디지털북페어 등으로 계승
	e-Book 마켓플레이스 구축	민간 컨소시엄으로 구축	민간기업에서 고도화시키고 있음
	Viewer/단말기 보급 확대	인터넷PC 정책, 단말기 정책 등 기존 정책과 연계	민간기업에서 무료 뷰어 및 제작툴 보급
법제도 정비	각종 법제도 정비	디지털 콘텐츠 산업 활성화 사업비	온라인디지털콘텐츠산업 발전법이 존재하나 무력한 법이 되었고, 현재 전자책 관련 법은 전무한 상태

반면 정부에서 반드시 해야 할 법제도 정비는 오히려 진척된 것이 별로 없어 보인다. 온라인디지털콘텐츠산업발전법이 있었지만 정보통신부가 해체되는 순간 무용지물이 되고 말았고, 문화체육관광부에선 종이책 기반의 출판문화산업진흥법에 전자책 관련 내용을 억지로 끼워 넣는 방식으로 처리되어 왔다. 그러다 보니 출판문화산업진흥법의 전자책 관련 내용에 향후 다가올 패러다임이나 혁신을 제대로 담아내지 못하고 있다.

종이책 산업과 전자책 산업은 태생 자체가 다른 산업이다. 종이책과 전자책과의 상관관계는 거의 없다. 특히 전자책 시장에서 전통적인 종이책 출판사가 엄청난 혁신이나 자기 변신을 하지 않는 한 그대로 이동되지는 않는다. 이 말은 전자책 산업의 주체가 달라진다는 것을 의미한다.

어쨌든 정보통신부가 종합대책을 내놓고, 한국e-Book산업협의회가 발족된 이후부터 한국전자출판협회와 한국e-Book산업협의회는 사실상 문화체육관광부와 정보통신부의 헤게모니 대리전쟁의 행동대장으로 전면에 나서게 되었다. 이렇게 대리전쟁은 2000년부터 2003년 4월까지 언론에 오르내리면서 줄기차게 진행되었다. 당시 문화체육관광부와 정보통신부는 전자책뿐만 아니라 게임, 방송통신 등의 영역을 두고 치열한 헤게모니 싸움을 하고 있었다. 그러다가 어느 순간 두 부처가 대타협을 한 것이다. 그 대타협의 내용이란 정보통신부가 방송통신 분야를 가져오는 대신 문화체육관광부는 정보통신부로부터 500억 원의 예산과 전자책 분야를 넘겨받는 것이었다. 당시 아주 어린 싹에 불과했던 전자책 분야는 두 부처의 빅딜에 활용된 작은 옵션에 불과했다.

문화체육관광부가 방송통신 분야를 양보하고 받은 500억 원은 한국콘텐츠진흥원을 설립하는 데 필요한 종잣돈이 되었다. 그리고 문화체육관광부가 500억 원 외에 하나 더 받은 것이 있었다. 바로 A4용지 3~4쪽에 불과했던 문서였다. 당시 한국e-Book산업협의회 사무처장을 맡고 있던 나는 신규 사업으로 '원형 스토리 사업'을 정보통신부에 제출한 적이 있었다. 그 사업은 전국에 숨어 있는 원형스토리와 이와 관련된 텍스트, 사진, 음성 등의 콘텐츠 소스를 발굴하여 애니메이션이나 전자책 동화 같은 콘텐츠 원천으로 만들자는 내용을 담고 있었다.

이 사업안을 구상하게 된 계기는 2002년 겨울 휴가 때 지인들과 강원도 태백산을 오르다가 눈 덮인 태백산 중턱에서 삼수령비에 적힌 '빗물의 운명'이라는 전설을 보면서였다. '빗물의 운명(Destiny of the Rainwater)'에는 다음과 같은 내용이 담겨 있다.

"하늘이 열리고 우주가 터지던 아득한 옛날 옥황상제의 命으로 빗물 한 가족이 大地로 내려와 아름답게 행복하게 살겠노라고 굳게 약속을 하고 하늘에서 내려오고 있었다. 이 빗물 한 가족은 한반도의 등마루인 이곳 三水嶺

으로 내려오면서 아빠는 낙동강으로 엄마는 한강으로 아들은 오십천 강으로 헤어지는 운영이 되었다. 한반도 그 어느 곳에 내려도 행복했으리라. 이곳에서 헤어져 바닷가에서나 만날 수밖에 없는 빗물 가족의 기구한 운명을 이곳 三水嶺만이 전해주고 있다."

강원도 태백엔 한강 등 큰강의 발원지가 있는 곳이기 때문에 오래전부터 자연스럽게 전해 내려오는 이야기를 삼수령비에 담은 것이다. 이걸 본 순간 이런 이야기가 전국에 얼마나 많이 숨어 있을까 하는 생각이 들었다. 백두산만 하더라도 창작동화로 응용할 수 있는 원형 스토리 갈래가 수백 개도 넘는다. 이렇게 찾아 가면 전국에서 찾아낼 수 있는 이야기 갈래가 수만 개, 수십만 개까지 확대될 것이 분명했다.

원형 스토리 사업 문서는 문화체육관광부가 한국콘텐츠진흥원을 설립할 때 핵심사업으로 내세웠던 문화원형사업의 모티프를 만들어 준 셈이다. 하지만 한국콘텐츠진흥원에서 전개한 문화원형사업은 주로 문화원형을 데이터베이스로 구축하는 수준에 머문 경우가 많았다. 원형 스토리 사업에서 말한 핵심은 데이터베이스가 아니라 그 원형을 찾아내서 킬러 콘텐츠로 만들려고 했던 창작 중심의 사업이었다. 굶이 회수를 건너 탱자가 되고 만 것이다.

어쨌든 문화체육관광부와 정보통신부의 이러한 헤게모니 전쟁과 빅딜 과정을 통해 정작 상처를 입은 것은 전자책 관련 기업들이다. 그래서 1세대 전자책 기업들은 정부의 과도한 개입을 본능적으로 싫어한다. 또한 정부의 전자책 정책을 신뢰하지도 기대하지도 않는다. 이런 경험을 가지고 있는 나 역시 기업 관계자를 만나면 정부 지원금을 중심에 삼으면 내성을 갖지 못해 생존하지 못하는 경우가 많다는 사실을 늘 강조한다. 정부 지원 정책 등을 묻는 기업들에게 독자적으로 생존할 수 있는 비즈니스 모델을 먼저 서둘러 만드는 게 더 현명하다는 것을 알려주고 싶어서다.

책 마지막 장에서 이렇듯 구질구질한 얘기를 늘어놓는 이유는 전자책 산업이나 IT산업에서 정부의 개입은 최소화하는, 산업에 대한 정부의 철학이 매우 중요하다는 것을 강조하고 싶기 때문이다. 정부는 기업 스스로 성장해 나갈 수 있는 인프라나 법제도 같은 환경 조성에 더 많은 힘을 쏟는 게 현명하다. 또한 기업들 역시 정부의 직접적인 지원을 중심에 두지 않고 비즈니스 모델 정립과 글로벌 같은 큰 시장을 개척하는 일에 더 치중하는 것이 바람직하다.

8

전자책
20년의 역사를
말한다!

지난 20년간 국내 전자책 산업 역사를 말할 때 한국전자출판협회를 빼놓을 수 없다. 전자책 산업이 지금처럼 급성장할 수 있는 채비를 갖추는 데는 10년 이상의 긴 시간이 필요했다. 그 세월 동안 많은 사람들의 숨은 노력이 있었고, 그 정점에 바로 한국전자출판협회가 있었다고 할 수 있다.

지금으로부터 19년 전 삼성전자, 삼보컴퓨터 등 컴퓨터 관련 기업과 평화출판사, 지식산업사 등 출판사들이 모여 책과 출판의 미래전략을 준비하기 위해 단체를 설립했다. 그것이 바로 지금의 한국전자출판협회다. IT업체와 출판사들이 모인 이유는 당시 새로운 기록매체로 떠오르고 있는 CD-ROM 때문이었다. 조그만 기록매체 한 장에 1년치 신문이나 수백 권의 책을 담을 수 있다는 것 자체가 당시에는 혁명적인 일이었다.

2000년 미국 작가 스티븐 킹이 《Riding the Bullet》라는 작품을 전자책으로 선보이면서 이틀 만에 40만 부 다운로드를 기록하자 전 세계 출판인들은 흥분을 감추지 못했다. 한국에서도 전자책의 가능성을 본 IT 기업들이 전자책 사업에 뛰어들기 시작했다. 1994년에 세계 최초로 PC 통신을 통해 전자책 도서관 서비스를 시작한 예인정보, 그 뒤를 이어 창업한 바로북, 100여 개 출판사가 공동 출자한 북토피아, 서울대 컴퓨터공학과 교수 30여 명이 만든 이키온, 모바일 전자책 서비스를 시작한 유페이퍼 등 지금은 흔적조차 없어진 기업도 있고, 아직까지 강인한 생명력을 가지고 발전해 온 기업도 있다.

2000년 당시 전자책 산업이 급성장할 것이라는 예측이 나오자 문화체육관광부와 한국전자출판협회는 전자책 컨소시엄을 구성하였고, 정보통신부는 5년 동안 326억 원을 전자책 사업이 집중 투자하겠다고 발표해 순식간에 100여 개 업체를 규합하여 '한국e-Book산업협의회'를 만들었다. 이때부터 문화체육관광부와 정보통신부는 전자책 산업을 둘러싼 치열한 헤게모니 싸움을 벌인다. 두 부처의 헤게모니 싸움은 2년간 치열하게 진행되다가, 2003년에 문화부가 전자책 분야를, 정보통신부가 방송통신 분야를 맡기로 하면서 해소된다. 그 뒤 2006년에 한국전자출판협회와 한국e-Book산업협의회가 극적 통합을 하게 되었다.

전자책 산업의 단일 대표기관으로 통합된 한국전자출판협회는 현재 3개의 센터를 통해 책과 출판의 미래를 구체화하기 전략을 추진해 오고 있다.

'전자출판물인증센터'에 관한 이야기

현재 독일에서는 전자책에 19%의 부가세가 붙는다. 반면 한국의 경우 면세를 받을 수 있다. 19%와 면세는 엄청난 차이다. 그만큼 전자책 면세 제도는 정부의 전자책 산업에 대한 지원이 가장 확실한 부분 중 하나다. 그런데 출판사가 면세사업자이기 때문에 종이책이 자동으로 면세되는 것처럼 전자책도 면세가 될까? 전자책의 경우 자동으로 면세가 되진 않는다. 반드시 한국전자출판물인증센터에서 인증을 받아야 면세가 된다. 전자책 면세에 대한 법적 근거는 기획재정부의 부가가치세법 시행령 제32와 부가가치세법 시행규칙 제11조, 그리고 문화체육관광부의 '전자출판물에 대한 부가가치세 면세 대상 기준 고시'에 근거한다.

왜 전자책은 종이책과 달리 인증을 받아야만 면세가 되는 것일까? 2004년 기획재정부와 문화체육관광부, 한국전자출판협회 관계자가 전자책 면세 문제를 논의하기 위해 만났다. 당시 기획재정부는 전자책이 디지털 콘텐츠와 다르지 않고, 디지털 음반이나 디지털 영상물이 전자책 면세 제도를 악용할 가능성이 많다는 의견이 지배적이었다. 종이책의 경우 ISBN을 발급받고 국립중앙도서관에 납본하고 육안으로 책인지 아닌지 정확하게 구분할 수 있기 때문에 자동으로 면세를 해주지만, 전자책의 경우 납본제도가 있는 것도 아니고 더욱이 무형물이기 때문에 책인지 아닌지 구분이 되지 않는다는 것이 기획재정부의 입장이었다. 그래서 문화체육관광부에서 '전자출판물에 대한 부가가치세 면세 대상 기준 고시'에서 지정한 내용에 합당하고, 한국전자출판협회에서 심의를 거쳐 심의필증을 받는 전자출판물에 대해서만 면세를 받게 하는 것을 조건으로 기획재정부의 승인을 얻어냈다.

당시 부가가치세법시행규칙 제11조 전자출판물의 범위를 "재정경제부령이 정하는 전자출판물"이라 함은 도서 또는 영 제32조 제2항의 규정에 의한 간행물의 형태로 출간된 내용 또는 출간될 수 있는 내용이 음향이나 영상과 함께 전자적 매체에 수록되어 컴퓨터 등 전자장치를 이용하여 그 내용을 보고 듣고 읽을 수 있는 것(전체 면수 중 1백분의 70 이상의 면수가 문자나 그림으로 구성되어 있는 것에 한한다)으로서 문화관광부 장관이 정하는 기준에 적합한 전자출판물을 말한다. 다만, 음반·비디오물 및 게임물에 관한 법률의 적용을 받는 것을 제외한다."는 것으로 조문을 개정하여, 마침내 2004년 7월부터 전자책도 종이책처럼 면세를 받기 시작했다.

그런데 교보문고가 전자책 사업에 진출하는 등 전자책 산업에 다양한 기업들의 참여가 늘어나고 2007년부터 오디오북이나 멀티미디어북 생산이 늘어나면서 기존의 부가가치세법 시행규칙 제11조와 문화체육관광부의 '전자출판물에 대한 부가가치세 면세 대상 기준 고시'에 있는 '전체 면수 중 100분의 70 이상의 면수가 문자나 그림으로 구성되어 있는 것에 한한다'는 문구 때문에 면세를 받지 못하는 오디오북과 멀티미디어북이 급증하기 시작했다.

문화체육관광부와 한국전자출판협회는 다시 기획재정부를 찾아갔다. 부가가치세법 시행규칙 제11조에 있는 문제의 그 문구를 수정해 달라는 요청을 하기 위해서였다. 전체 면수 중 100분의 70 이상의 면수가 문자나 그림으로 구성되어 있는 것에 한한다고 했을 때 오디오북은 아예 면세에 해당조차 되지 않았고, 100~200쪽짜리 멀티미디어북에 1~2분짜리 동영상이 삽입될 경우 사실상 면수의 7할 이상이 동영상이 돼버리는 모순이 발생하기 때문이었다. 예를 들어 동영상의 경우 정지 화면으로 분해를 해보면 보통 영화나 드라마를 기준으로 할 때 초당 24프레임의 면으로 구성되고, 애니메이션의 경우 초당 12프레임의 면으로 구성되어 있다. 1분 기준으로 할 때 영상물은 1,440쪽이 나오고, 애니메이션은 720쪽이 나온다. 당연히 아무리 면수가 많은 전자책이라 할지라도 1분짜리 동영상이나 애니메이션이 삽입될 경우 여지없이 면세를 받지 못하는 상황이 돼버리고 만다.

다행히 이런 모순을 인지한 기획재정부에서 '전체 면수 중 100분의 70 이상의 면수가 문자나 그림으로 구성되어 있는 것에 한한다'는 문구를 삭제하는 등의 부가가치세법 시행규칙 제11조 조문을 수정한 개정안을 발표하였고, 이에 맞춰 문화체육관광부 역시 기준고시에 있었던 그 항목을 삭제한 개정 기준고시를 발표하면서 오디오북과 멀티미디어북도 면세를 받는 길이 열리게 되었다. 그 결과 2010년 말 기준으로 부가세 면세를 받는 전자책이 270만건에 달하게 되었다.

공식적으로 전자책이 종이책처럼 면세를 받는 과정은 법제도 안착에 8년이 걸렸지만 사실 전자책 인증제도는 18년의 세월에 걸쳐 완성되었다고 할 수 있다. 1992년에 창립한 한국전자출판협회는 93년부터 전자출판물에 대한 포괄적인 법제화의 필요성을 알려나갔고, 1995년부터 전자출판물 부가가치세 면세의 필요성을 호소하였다. 그 결과 1996년 12월에 국무회의에서 전자출판물의 부가세 면세가 최종 확정되었고, 1998

년 한국전자출판물인증센터 업무 시작, 2004년 전자출판물에 대한 부가
가치세 면세 적용을 시작하는 등 18년간 숨가쁘게 달려왔다.

1993 .06. 28	'전자출판 현황과 전자출판물의 법제화 방안' 세미나 개최 - 문화체육부, 체신부 통신정책실, 삼성전자, 국립중앙도서관, 문화체육부, 국회 문화공보위원회, 과학기술처, 상공자원부, 관세청 관계자 참여
1993. 07. 26 / 08. 11	문화체육부에 "법률 개정 수정안에 대한 검토의견서" 제출 - 전자출판물 관련 [외국간행물 수입배포에 관한 법률 개정 수정(안) 검토의견서
1993. 12	정기국회에서 디스켓, CD-ROM, CD-I 등이 전자출판물로 처음 공식 인정된 〈외국간행물 수입 · 배포에 관한 법률〉과 동 시행령이 통과되어 94년 1월 1일 시행.
1993. 12. 31	문화체육부에 "전자 출판물 법제화에 대한 건의" - 전자출판물도 〈출판사 및 인쇄소의 등록에 관한 법률〉 제4조 및 시행령 제5조의 적용을 받아 납본대상이 되어야 하며, 외국간행물 수입 · 배포에 관한 법률에 의거한 수입 전자출판물에 대한 심의 필요
1994. 07. 01	문화체육부에 "전자출판물 법제화 조치에 대한 건의"
1995. 03. 25	문화체육부에 "전자출판물에 대한 부가가치세 면세 건의"
1995. 04. 10	재정경제원으로부터 '전자출판물에 대한 부가가치세 면세 건의 회신' 받음.
1995. 09. 02	전자출판물 비과세 문제 임시대책위원회 소집. 정부 관계 부처에서 협의 중인 전자출판물에 대한 부가가치세 면세 문제에 관하여 당국으로부터 대책위원회 구성을 포함한 적절한 업계 차원의 대응을 요구받아 협의를 위해 한국전자출판협회 문화체육부 공동 개최
1996. 12 .27	12월 27일 국무회의에서 전자출판물의 부가세 면세 최종 확정
1997. 03. 24	문화체육부에 "부과세 면세 대상 전자출판물 구분 기준" 대한 의견 제출
1997. 05. 31	〈부가가치세법 시행규칙〉 개정 시 (종이매체로) 출판되어 있는 도서나 정기간행물을 전자매체에 수록한 것을 '전자출판물'로 인정하여 부가세 면세 대상에 포함시킴. 그러나 종이간행물이 없이 CD-ROM 등의 전자매체로만 나온 경우, 그 내용이 출판물이라 하더라도 면세 대항에서 제외됨으로써 실질적인 면세 효과가 없다는 전자출판업계의 불만 제기. 또한 전자출판물에 대한 사회적 인식의 제고와 산업 진흥을 위해서는 인증마크제를 도입해야 한다는 의견 대두.
1998. 07 .23	한국전자출판협회에서 '전자출판물 인증제도 시행방안 공청회'를 개최하여 관련 업계. 학계 등의 의견수렴
1998. 10.1 4	한국전자출판협회에서 〈전자출판물 인증제도 규정〉 제정
1998. 11. 13	인증심의를 관장하는 인증위원회의를 개최하여 인증위원회 임원 선출
1998. 12. 1	'한국전자출판물인증센터' 현판식 및 인증 업무 개시
1998. 12. 08	문화관광부와 한국전자출판협회 간담회 개최 - 협회 법인화 및 인증센터 활성화 방안 논의
2004. 01. 26	재정경제부와 문화관광부 협의를 필하여 전자출판물에 대하여 부가가치세 면세를 위한 부가가치세법시행규칙 개정안 공포 · 시행
2004. 07. 01	한국전자출판물인증센터에서 인증받은 전자출판물에 한하여 부가가치세 면세 적용 시작
2006~2007	한국전자출판협회 내에 '전자출판물납본인증발전위원회' 구축하여 전자출판물 관련 법안 및 발전 방향 등에 대해 중장기 발전 방안 연구 및 전략 수립
2008. 04. 22	기획재정부 4월 22일부터 부가가치세법 시행규칙 개정으로 부가가치세가 면제되는 전자출판물의 범위를 오디오북, 멀티미디어북으로 확대 시행
2008. 05. 01	문화체육관광부 전자출판물 기준고시 개정 · 시행
2010. 12. 30	부가세면세 전자출판물 누적 270만 건 돌파

'전자출판교육센터'에 관한 이야기

전자책 관련 교육은 한국전자출판협회에서 전략적으로 추진하는 일 중 하나다. 2006년부터 출판인을 대상으로 '유비쿼터스출판아카데미' 교육을 시작했는데, 당시 교육 수강생을 모집하면서 과연 80명이나 모집할 수 있을까 걱정했다. 그런데 의외의 일이 벌어졌다. 팩스가 몸살이 날 정도로 수강신청서가 쏟아져 들어오기 시작했다. 접수 일주일 만에 300여 통에 달했을 정도였다. 그렇게 시작한 교육은 2011년까지 3천 명에 달한다.

한 가지 기억에 남는 일은 바오로딸 출판사에 일하시는 수녀님들이 매년 교육을 참가했는데 맨 앞자리에서 가장 열심히 듣는 수강생으로 기억된다. 수녀님들이 교육장 맨 앞에 앉아 있으면 교육센터 강의실 분위기가 환해지곤 했다.

교육 내용은 수강생들의 평가를 바탕으로 업그레이드하고 있는데 2011년부터 전자출판 기획&디자인, 전자출판 창업지원, 전자출판 제작·실습, 전자출판 전략 비즈니스 등 4개 과정으로 세분화되어 있는데, 특히 제작실습의 경우 QR코드를 활용한 융합형 전자책 제작, HTML 기반의 전자책 제작, 안드로이드 기반의 앱북 제작, XML 기반 데이터베이스 출판 제작, EPUB와 HTML5를 활용한 전자책 제작 등으로 세부 과목을 통해 EPUB 전자책은 물론 데이터베이스 출판과 앱북 등 단말기, 플랫폼, 오픈마켓 등 다양화되고 있는 전자책 시장에 능동적으로 대응할 수 있는 방법론을 구체화해 나가고 있다.

'전자출판공동제작센터'에 관한 이야기

전자출판공동제작센터는 2008년 11월에 개관했다. 전자출판공동제작센터 개관 목적은 출판 콘텐츠의 원소스 멀티유스 실현을 지원하는 공공 제작시설물이자 1인 전자책 출판사 창업을 지원하는 역할을 하는 곳이다.

국내 출판사들은 대부분 영세하고 규모가 작기 때문에 독자적으로 전자출판사업을 할 수 있는 여건이 매우 열악하다. 특히 1인 출판사 창업자는 더욱 열악하다. 그래서 중소 출판사나 1인 출판사 창업자들이 원하면 언제든 이곳을 통해 기획-제작-유통까지 원스톱으로 처리할 수 있도록 지원하고 있다.

전자출판공동제작센터가 하는 일을 좀 더 구체적으로 보면 디지털 출판 전시관에는 매년 e-Book Award를 수상한 작품들이 전시되는데, 이 작품들은 그동안 B2B 시장을 선도하는 작품들이거나 해외수출을 촉진하고 주도하는 것들이다.

첨단 단말기 전시관에는 2000년경에 출시된 초기의 e-Book 단말기에서부터 킨들, 파피루스, NUUT, 소니PRS 시리즈, 아이팟터치, 전자사전, 넷북, 아이패드, 60인치 멀티터치 올인원 PC 등 다양한 첨단 단말기를 볼 수 있다. 또한 새로운 단말기가 출시되면 즉시 이곳에서 볼 수 있다.

한국전자출판협회은 이 전시관을 최신형 단말기에 전자책을 테스트하고 제작할 수 있는 '첨단 단말기 테스트센터'로 확장할 계획이다. 본격적인 모바일 시대가 열리면서 글로벌 기업들이 쏟아내고 있는 e잉크 전자책 전용 단말기, 스마트폰, 태블릿PC 종류가 이루 헤아릴 수 없을 정

디지털 편집실	
	종이책의 디지털 데이터가 없거나 분실한 출판사를 위해 언제든지 종이책을 디지털 데이터로 변환하여 전자책을 만들 수 있도록 지원, BE-500A 무선제본기, CE-4800 유압식 재단기, 고속스캐너, Power Mac G5, G4 등의 매킨토시 등의 장비 무료 지원
첨단 단말기 전시관	
	전자책 첨단 단말기 현황 전시, 태블릿 PC(아이패드 1&2, 갤럭시탭 10.1), e잉크단말기(아이리버 Cover Story, 네오럭스 NUUT3, 아마존 Kindle(DX) 등) 첨단단말기 전시
디지털 출판 전시관	
	국내 30여 개 업체의 기술, 콘텐츠, 유통 등의 현황을 살펴볼 수 있으며, 출판사/디지털 콘텐츠 업체/전자출판 예비창업자 등에 대해 전자출판 관련 기술을과 유통 등에 제작/생산 지원 및 비즈니스 상담 지원
우수 전자책 열람실	
	문화체육관광부와 한국전자출판협회에서 매년 제작지원사업을 통해 발굴한 우수 전자책 열람, 300여 종의 우수 전자책, 오디오북, 멀티미디어북을 직접 살펴봄으로써 국내 전자출판물의 기획력과 제작기술 등을 한 차원 진전시킴. 향후 우수 전자책열람실은 디지털 도서관 수준으로 발전시킬 계획임
전자책 제작 지원실	
	XML, ePub, PDF, HTML, 플래시 등 다양한 포맷의 전자책을 직접 제작할 수 있는 지원 시설. e잉크 단말기, 스마트폰에 적합한 ePub 전자책, 아이패드 등 태블릿PC에 적합한 PDF, HTML 전자책, 다기종 단말기에 적합한 XML 기반 데이터베이스 출판물을 직접 제작할 수 있도록 지원 총 10석

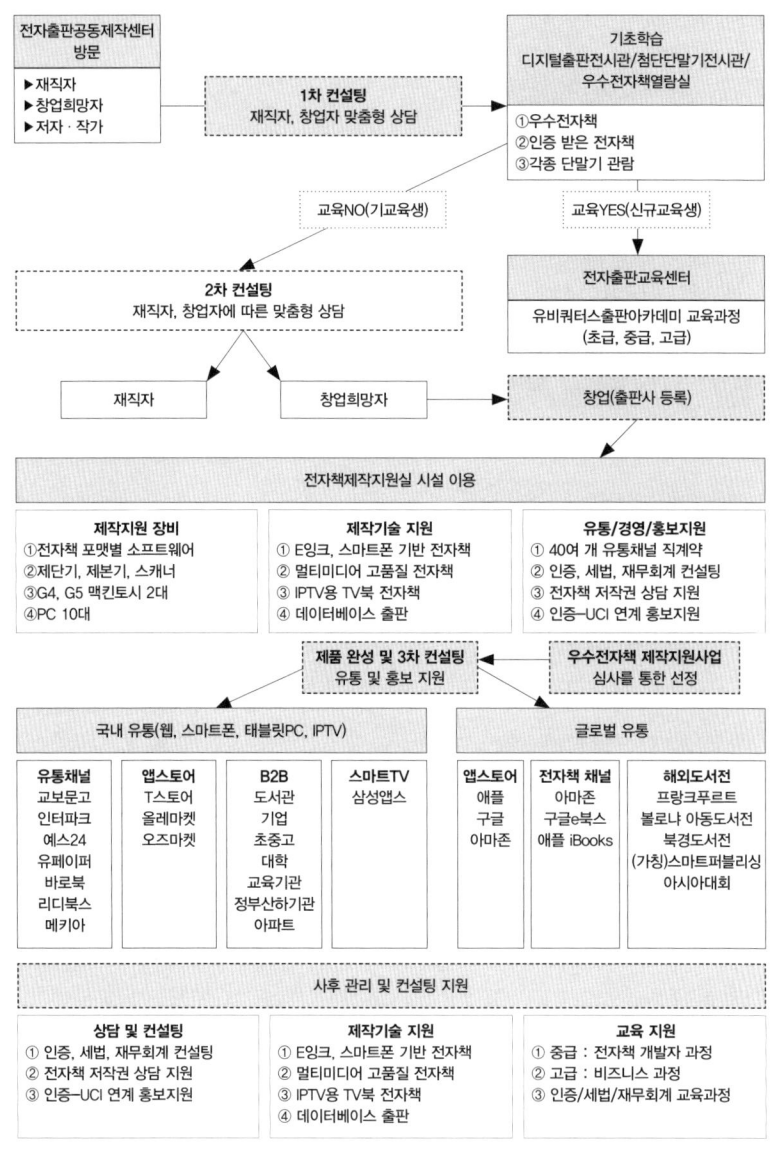

전자출판공동제작센터 방문
▶재직자
▶창업희망자
▶저자·작가

1차 컨설팅
재직자, 창업자 맞춤형 상담

기초학습
디지털출판전시관/첨단단말기전시관/
우수전자책열람실
①우수전자책
②인증 받은 전자책
③각종 단말기 관람

교육NO(기교육생)

교육YES(신규교육생)

2차 컨설팅
재직자, 창업자에 따른 맞춤형 상담

전자출판교육센터
유비쿼터스출판아카데미 교육과정
(초급, 중급, 고급)

재직자

창업희망자

창업(출판사 등록)

전자책제작지원실 시설 이용

제작지원 장비
①전자책 포맷별 소프트웨어
②제단기, 제본기, 스캐너
③G4, G5 맥킨토시 2대
④PC 10대

제작기술 지원
① E잉크, 스마트폰 기반 전자책
② 멀티미디어 고품질 전자책
③ IPTV용 TV북 전자책
④ 데이터베이스 출판

유통/경영/홍보지원
① 40여 개 유통채널 직계약
② 인증, 세법, 재무회계 컨설팅
③ 전자책 저작권 상담 지원
④ 인증-UCI 연계 홍보지원

제품 완성 및 3차 컨설팅
유통 및 홍보 지원

우수전자책 제작지원사업
심사를 통한 선정

국내 유통(웹, 스마트폰, 태블릿PC, IPTV)

유통채널
교보문고
인터파크
예스24
유페이퍼
바로북
리디북스
메키아

앱스토어
T스토어
올레마켓
오즈마켓

B2B
도서관
기업
초중고
대학
교육기관
정부산하기관
아파트

스마트TV
삼성앱스

글로벌 유통

앱스토어
애플
구글
아마존

전자책 채널
아마존
구글e북스
애플 iBooks

해외도서전
프랑크푸르트
볼로냐 아동도서전
북경도서전
(가칭)스마트퍼블리싱
아시아대회

사후 관리 및 컨설팅 지원

상담 및 컨설팅
① 인증, 세법, 재무회계 컨설팅
② 전자책 저작권 상담 지원
③ 인증-UCI 연계 홍보지원

제작기술 지원
① E잉크, 스마트폰 기반 전자책
② 멀티미디어 고품질 전자책
③ IPTV용 TV북 전자책
④ 데이터베이스 출판

교육 지원
① 중급 : 전자책 개발자 과정
② 고급 : 비즈니스 과정
③ 인증/세법/재무회계 교육과정

도로 많아지고 있고, 각 단말기마다 크기도 다르고 운영체제도 다르기 때문에 전자책 유통사나 출판사들은 많은 어려움을 겪고 있기 때문이다. 중소기업들이 비용 부담 때문에 출시되는 단말기를 전부 구매할 수도 없기 때문에 첨단 단말기 전자책 테스트센터는 중소기업들에게 중요하고도 반드시 필요한 인프라 시설이다.

전자출판공동제작센터에서 진행하는 중요한 일이 또 하나 있다. 1인 출판사나 중소 출판사를 원스톱으로 지원하는 일이다. 대기업과 자본 중심으로 재편되고 있는 전자책 산업에서 약자인 중소기업들이 자생력을 가질 수 있도록 하는 역할만큼 중요한 것은 없다. 이러한 지원 시스템은 중소기업은 물론 전문지식과 창조성을 가진 20~30대 청년들을 대상으로 1인 전자책 출판사 창업을 적극 지원하고, 향후 이들이 대량으로 전자책 창업에 나서게 되면 전자책 생태계를 풍성하게 만들 것이다.

이처럼 한국전자출판협회는 3개의 센터를 통해 전자책 생태계를 풍성하게 만드는 환경을 구축하고 현실화하고 있다. 시설이 크거나 화려하지도 않고 중소기업과 1인 전자책 창업자들에게 직접적인 자금 지원을 하는 것은 아니지만, 열정만 있다면 전자출판교육센터와 전자출판공동제작센터는 여러분을 전자책 사업으로 안내하는 가장 훌륭하고 최적화된 장소이자 네트워크를 만날 수 있는 곳임을 곧 알 수 있게 될 것이다. 왜냐하면 이곳에는 진정성과 혁신 정신을 가진 사람들이 많이 오가는 곳이기 때문이다.

9

국내외 전자책 약사

- ■
- ■
- ■
- ■
- ■

1992. 6	한국전자출판협회(KEPA) 창립
1993. 1	한국전자출판협회, '책의 해' 선포식에서 전자출판물 전시
1994. 10	(주)예인정보, 세계 최초 온라인 전자책 상용 서비스 시작
1995. 8	한국전자출판협회, CD-ROM 신제품 발표회 개최
1995. 9	韓日 전자출판협회 간담회 개최
1997. 3	(주)바로북 창립
1997. 5	한국전자출판협회, 97 서울국제도서전 '멀티미디어 출판 특별전'
1997. 12	(주)바로북, 전자책 뷰어 Barobook1.0 발표
1998. 10	(주)바로북, 전자책 뷰어 Barobook2.0 발표
1998. 10	1회 세계 e-Book 심포지엄 개최
1998. 10	일본e-Book컨소시엄(JEC) 구성
1998. 12	한국전자출판협회, 전자출판물 인증제도 시행
1998. 10	누보미디어, 로켓e북 단말기 출시
1999. 1	NuvoMedia, Softbook Press, Microsoft사 전자책 표준안 제시 및 OEB 표준안 추진위원회 결성

1999. 6	(주)바로북, 도스용 뷰어 Barobook for Dos 1.0 발표
1999. 7	(주)북토피아, (주)와이즈북 설립
1999. 9	OEB추진위원회 전자책 표준안 버전 1.0 스펙 발표
1999. 9	일본전자출판협회, 전자출판물 표준 교환 형식 JEPAX 1.0 발표
1999. 10	한국전자출판협회, 문화관광부 사단법인 설립 인가
2000. 1	미국, Open Electronic Book Forum(OEBF) 결성
2000. 5	미국, 제1회 Open Electronic Book Forum 개최
2000. 9	한국전자책컨소시엄(EBK) 창립총회/정보통신부 e-Book산업 활성화 위해 5개년 육성방안 발표
2000. 11	KEBIA(한국e-Book산업협의회) 창립총회 개최
2000. 12	KEBIA, e-Book산업 활성화를 위한 국회 조찬모임 개최
2001. 5	KEPA, EBKS(eBook Korea Standard) 1.0 발표
2001. 7	KEBIA, eBook 기술 표준화 포럼 구성
2001. 9	김포대학 출판학과에서 eBook 제작을 위한 편집 교육 실시
2002. 4	KEBIA, e-Book 허브 사이트 시범 서비스 시작
2002. 5	한국전자출판협회, 2002 한국전자출판산업전 개최
2002. 7	한국전자출판협회, KS X6100 전자책 문서 표준 제정
2002. 10	한국, 문화콘텐츠진흥원 법정법인화
2002. 10	일본, XMDF 포맷 기반의 개인 휴대 단말기(PDA)용 전자책 배급 서비스 제공
2003. 2	온라인디지털콘텐츠산업발전법 기본계획안 통과
2003. 3	한국e-Book산업협의회, 오픈컨소시엄 결성
2003. 12	한국전자출판물 제출(납본) 및 인증시스템 구축 사업
2004. 7	부가가치세법 시행규칙 개정으로 전자출판물 부가세 면제 시행
2004. 7	한국전자출판협회, 전자출판물 제출(납본) 대행기관으로 선정(문화관광부)
2004. 10	푸랑크푸르트도서전에 한국전자출판산업관 전시
2006. 2	KEBIA, KEPA - 한국전자출판협회로 통합
2006	(주)교보문고 전자책 사업 본격화
2006	구글, 구글 북 서치 프로젝트 발표
2006. 11. 21	출판계, 네이버, 다음 도서 본문 검색 합의안 발표
2007. 11	아마존 전자책 단말기 킨들(Kindle) 공개
2008. 4. 22	재정부 전자출판물 부가가치세법 시행규칙 공포
2008. 9. 30	전자출판물 공급방식 상관없이 '부가세 면제' 국세청 유권해석 발표
2008. 11. 27	파주출판단지 '전자출판공동제작센터' 개관
2009. 7. 16~17	2009디지털도서관 컨퍼런스 개최
2009. 7. 16	출판콘텐츠 자산관리 세미나

2009. 3. 23~26	2009 볼로냐 아동도서전 '한국디지털출판관' 전시
2009.1 0. 14~18	2009프랑크푸르트도서전 '한국디지털출판관' 전시
2009. 11. 19~20	2009 디지털북페어 개최
2009. 12. 30	부가세면세 전자출판물 인증 240만 건 돌파
2010. 1	애플 '아이패드(ipad)' 발표
2010. 2. 5	문화부/전출협 전자출판산업 육성방안 마련 토론회 개최
2010. 3	인터파크 전자책 비스킷(Biscuit) 서비스 시작
2010. 4. 26	문화부 전자출판산업 육성방안 발표
2010. 4. 20	KT 전자책 사업 진출 : QOOK북카페 서비스 론칭
2010. 10	웅진그룹, 북토피아 인수
2010. 10	구글, 프랑크푸르트도서전에서 구글에디션 발표
2010. 12. 14	2010 디지털출판포럼 개최
2010. 12	삼성전자 갤럭시탭 출시 두 달 만에 100만 대 돌파
2010. 12	부가세면세 전자출판물 인증 270만 건 돌파
2010. 12	구글e북스 서비스 오픈(영어권 전자책 300만 권)
2011. 2	나모인터랙티브 전자책 솔루션 발표
2011. 3	전자책 전문 출판사 10여 개 '뉴퍼블리셔포럼' 결성
2011. 3	애플 아이패드2 출시
2011. 3	미국 아만다 호킹 인디 작가 전자책으로 200만 달러 돌파
2011. 5	대교출판, 프렌디북 오픈
2011. 5	아마존 전자책 판매 종이책 추월 - 페이퍼백
2011. 7	OPMS 전자책 플랫폼 메키아 오픈
2011. 6	아마존 전자책 밀리언셀러 작가 등장
2011. 6	해리포터 시리즈 전자책 판매 시작
2011. 6. 23	한국전자출판협회 '제1차 스마트앱퍼블리싱 컨퍼런스' 개최 -앱 개발업체와 출판사 등 콘텐츠 업체와 협업 프로젝트 확대
2011. 7	삼성전자 갤럭시탭 10.1인치 출시
2011. 7	6개 전자책 유통연합(유페이퍼, 예스24, 알라딘, 영풍문고, 대교리브로, 반디앤루니스) 원스톱 지원 서비스 시작
2011. 7 . 12	한국전자출판협회 '제2차 스마트앱퍼블리싱 컨퍼런스' 개최
2011. 7. 13	한국전자출판협동조합 : 중소 및 1인출판사 전자책 관련 생산자 협동조합 구축(안북, e스토리, 프리 윌, 글그림, 애니아툰/산책길, 이모션북스, 푸른영토, 소천성, 아이이펍, 블루문파크, 그린북아시아, 어학문화사 100여개)
2011. 8	교보문고 전자책 일일 매출 2천만 원 돌파
2011. 8	한국전자출판협회 유비쿼터스아카데미 교육 수강생 3천 명 돌파
2011. 8	한국만화영상진흥원 스마트퍼블리싱시스템 구축사업 공동사업자로 교보문고 선정으로 국내 만화 작 가들의 전자책 사업 진출 가시화

2011. 8. 15	구글, 모토로라 인수. 전 세계 IT기업들에게 충격을 줌
2011. 9. 27~28	국립중앙도서관과 한국전자출판협회 공동주최로 국립디지털도서관에서 'Digital Book Festival 2011' 개최
2011. 10~2012. 상반기	애플 아이폰5, 아이패드3 등 혁신적인 제품 발표 예정 -삼성전자 등 안드로이드 기반 단말기 기업들의 애플 대항 제품 발표 예정